DAN GYSGOD Y FRENHINES

Dan Gysgod y Frenhines

Rebecca Thomas

Gwasg Carreg Gwalch

Argraffiad cyntaf: 2022

(h) testun: Rebecca Thomas

Cedwir pob hawl.
Ni chaniateir atgynhyrchu unrhyw ran o'r cyhoeddiad hwn,
na'i gadw mewn cyfundrefn adferadwy, na'i drosglwyddo
mewn unrhyw ddull na thrwy unrhyw gyfrwng, electronig, electrostatig,
tâp magnetig, mecanyddol, ffotogopïo, recordio, nac fel arall,
heb ganiatâd ymlaen llaw gan y cyhoeddwyr, Gwasg Carreg Gwalch,
12 Iard yr Orsaf, Llanrwst, Dyffryn Conwy, Cymru LL26 0EH.

ISBN: 978-1-84527-875-5
ISBN elyfr: 978-1-84524-497-2

Cyhoeddwyd gyda chymorth Cyngor Llyfrau Cymru

Darlun clawr: Lleucu Gwenllian
Dylunio'r clawr: Eleri Owen

Mapiau: Alison Davies

Cyhoeddwyd gan Wasg Carreg Gwalch,
12 Iard yr Orsaf, Llanrwst, Dyffryn Conwy, Cymru LL26 0EH.
Ffôn: 01492 642031
e-bost: llyfrau@carreg-gwalch.cymru
lle ar y we: www.carreg-gwalch.cymru

Argraffwyd a chyhoeddwyd yng Nghymru

I Steffan

Diolchiadau

Pleser yw cael diolch i'r sawl sydd wedi fy nghynorthwyo yn ystod taith y nofel hon. Hoffwn ddiolch yn arbennig i Myrddin ap Dafydd, Llio Elenid, Anwen, a phawb yng Ngwasg Carreg Gwalch. Diolch o galon hefyd i Lleucu Gwenllian am y clawr ardderchog ac i Alison Davies am lunio'r map a'r achresi.

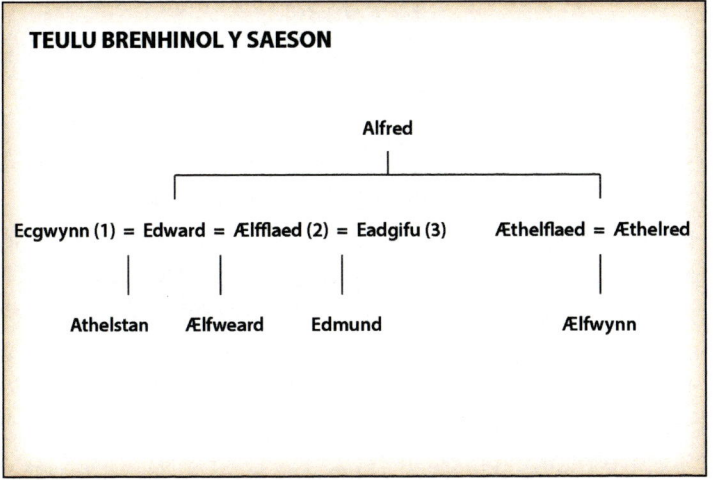

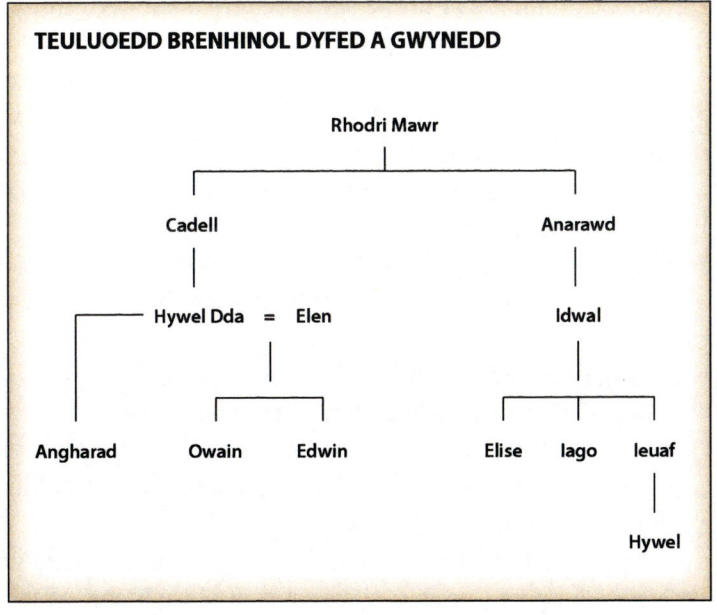

PROLOG

Y flwyddyn 911

Doedd hi ddim yn noson dda i fod ar gefn ceffyl. Ar ôl awr o farchogaeth galed, roedd dillad y gŵr a gwraig yn wlyb a thrwm ac yn gwneud dim i'w gwarchod rhag yr oerfel. Roedd llygaid y gŵr hanner ynghau, a'i feddyliau'n llawn breuddwydion o'i wely cynnes. Ond roedd gwên lydan ar wyneb ei wraig. Gyda'r cymylau trwchus yn eu cuddio, a chwibanu byddarol y gwynt yn rhoi taw ar bob sŵn, roedd hi'n noson berffaith ar gyfer ei chynlluniau hi.

'Ydyn ni bron yna?'

Anwybyddodd y wraig ei gwestiwn ac annog i'w cheffyl gyflymu. Carlamodd ar draws sawl cae gwlyb arall cyn stopio o'r diwedd yng nghysgod clwstwr o goed.

'Sai'n deall pam fod rhaid i'r cyfarfod hwn fod mor gyfrinachol,' brathodd y gŵr ar ôl dal ei wynt. 'Pam nad yw dy frawd di'n gallu dod i'r llys?'

Dim ateb. Safai ei wraig yn hollol stond, yn syllu i'r tywyllwch. Yn aros am rywbeth. Neu rywun.

'Æthelflaed? Beth sy'n bod?'

'Dim byd, Æthelred. Mae pob dim yn mynd yn ôl y cynllun.'

'Ble mae dy frawd di 'te?'

'Dyw e ddim yn dod,' daeth llais arall o'r tywyllwch.

Neidiodd Æthelred tu ôl i foncyff y goeden agosaf mewn ofn. Ond roedd y dyn a gerddai tuag atynt yn gyfarwydd. 'Iarll Eadric! Beth wyt ti'n ei wneud yma?'

Edrychodd Æthelflaed ac Eadric ar ei gilydd. Gwenodd yr iarll. 'Rydw i yma i wneud cymwynas ag Æthelflaed. Mae'r frenhines wedi penderfynu bod angen arweinyddiaeth newydd ar Fersia.'

'Beth?! Ond fy nheyrnas i yw Mersia! Fi yw'r brenin yma.' Trodd Æthelred at ei wraig, dryswch a braw yn lliwio ei lais main. 'Æthelflaed?'

'Fel dywedodd Eadric, mae angen arweinyddiaeth newydd ar Fersia,' atebodd Æthelflaed yn ddifater.

'A'r cynllun yw i ti briodi Eadric, ife?' poerodd Æthelred. 'Rwyt ti'n ffŵl os wyt ti'n meddwl wneith hynny weithio. Wneith yr ieirll byth dderbyn Eadric yn frenin drostynt. Bydd gwrthryfel.'

Syrthiodd yn dawel wrth weld y gyllell yn llaw Eadric. Doedd geiriau ddim yn mynd i'w achub nawr.

Rhedodd.

Aeth e ddim yn bell. Syrthiodd ar ei wyneb yn y baw, a saeth wedi ei chladdu'n daclus yng nghanol ei gefn.

Gostyngodd Æthelflaed ei bwa. 'Na. Fydda i ddim yn priodi neb byth eto.'

GWANWYN

1

6 mis yn ddiweddarach

Budr a swnllyd oedd argraff gyntaf Angharad o Gaerloyw. Roedd y cymylau yn pesychu i lawr ar ei phen a mwd yn ymgasglu o dan ei thraed, yn treiddio trwy ei hesgidiau newydd. Er bod y strydoedd yn gul iawn, roedd y masnachwyr wedi gwthio eu stondinau i lenwi pob bwlch posib. Gwnaeth stumog Angharad sŵn gobeithiol wrth basio rhesi o fwydydd anghyfarwydd, ond anwybyddai'r gwerthwyr hi – debyg nad oedden nhw'n credu bod gan ferch dair ar ddeg mlwydd oed unrhyw geiniogau i'w gwario.

Gwibiai plant o stondin i stondin, yn chwarae rhyw fath o gêm. Galwodd un neu ddau ohonynt arni wrth redeg heibio, ond doedd hi ddim yn eu deall. Roedd hi wastad wedi gwneud yn dda mewn gwersi Saesneg, yn dysgu rheolau gramadeg ac yn darllen testunau cymhleth am Dduw. Ond doedd dim byd wedi ei pharatoi ar gyfer clywed yr iaith yn fyw ar y stryd. Siaradai'r plant yn gyflym gydag acenion dieithr.

Roedd y stryd yn rhy brysur i'r gêm. Trawodd merch arall i mewn iddi.

'Dere i chwarae gyda ni!'

O leiaf dyna roedd Angharad yn credu iddi ddweud. Petrusodd.

'Angharad!'

Anwybyddodd Angharad y waedd gyfarwydd a rhedeg ar ôl y ferch, yn hapus i ddianc rhag cerydd ei llysfam.

'Angharad!'

Gallai Angharad weld y gwallt melyn yn gwau trwy'r dorf o'i blaen ac fe'i dilynodd yn benderfynol.

'Angharad!' Roedd llais ei llysfam yn bellach i ffwrdd erbyn hyn.

Wedi colli golwg o'r gwallt, ceisiodd Angharad redeg yn gyflymach. Ond yn rhy gyflym, ac yn sydyn roedd hi'n bentwr ar y llawr. Ymddangosodd llaw o'i blaen a'i thynnu i'w thraed. Roedd hi'n syllu i wyneb y ferch â'r gwallt sgleiniog melyn unwaith eto. Parablodd i ffwrdd yn Saesneg.

Siglodd Angharad ei phen mewn rhwystredigaeth. 'Arafach?' apeliodd mewn Saesneg gofalus.

Goleuodd wyneb y ferch. 'Cymraeg?'

'Ti'n siarad Cymraeg?' gofynnodd Angharad mewn syndod.

'Ychydig, dim llawer,' atebodd yn araf. 'Ælfwynn ydw i.'

'Angharad ydw i.'

'Chwarae gyda ni?' gofynnodd Ælfwynn.

Roedd Angharad ar fin cytuno ond oedodd wrth sylweddoli bod y cwymp wedi gadael gwaed ar ei dwylo a mwd ar ei ffrog. Byddai ei llysfam yn gandryll. Gyda gwên o gydymdeimlad cynigiodd Ælfwynn ddarn o frethyn iddi.

'Angharad!'

Roedd hi wedi aros yn llonydd am rhy hir. Ochneidiodd Angharad gan droi i edrych ar ei llysfam. Roedd storm yn codi yn llygaid Elen.

'Beth wyt ti'n meddwl wyt ti'n ei wneud? Rwyt ti'n dod â chywilydd ar dy dad yn rhedeg o gwmpas fel hyn.'

'O'n i jyst yn siarad gydag Ælfwynn,' dechreuodd Angharad.

'A phwy yw Ælfwynn? Cardotyn?' brathodd ei llysfam.

'Na,' trodd Angharad i'w chyflwyno, ond roedd y ferch â'r gwallt sgleiniog melyn wedi diflannu.

'Dere. Does gyda ni ddim amser am y gemau dwl hyn.'

Parhaodd ei llysfam i godi stŵr yr holl ffordd ar hyd y stryd. Wedi iddi sylwi ar gyflwr mwdlyd esgidiau a ffrog Angharad, gwylltiodd ymhellach. Roedd y pwnc yn dra chyfarwydd i Angharad. Roedd hi'n ferch i'r Brenin Hywel. Roedd disgwyl iddi ymddwyn fel boneddiges. Rhaid iddi fod yn ufudd ac yn dawel ac yn weddus. Roedd ei hymddygiad yn peri embaras i'w thad ac anghyfleustra i'w llysfam. Byddai'n well gan ei llysfam ganolbwyntio ei hymdrechion ar godi ei meibion ei hun. Roedd ganddi bedwar ohonynt, wedi'r cyfan.

Stopiodd Angharad wrando. Roedd ei llysfam yn foneddiges berffaith. Roedd ei gwallt wedi ei blethu yn dwt, dim un blewyn o'i le. Roedd gwallt Angharad yn greadur â'i feddwl ei hun. Doedd brwsio ddim yn ei leddfu. Safai ei llysfam yn gefnsyth a cherddai yn araf a phwrpasol. Roedd yn well gan Angharad redeg. Beth oedd pwynt symud yn araf os oeddet ti'n gwybod i ble roedd angen mynd? Roedd yn rhaid i Angharad gael esgidiau newydd yn aml.

Daeth y bregeth i ben wrth iddyn nhw gyrraedd yr eglwys. Yr adeilad cyntaf o garreg i Angharad ei weld yng Nghaerloyw. Doedd hi erioed wedi hoffi eglwysi. Roeddent i gyd yr un fath – yn oer ac yn anghysurus ac yn gorchymyn tawelwch. Roedd wastad dynion yn llechu yn y cysgodion hefyd, yn aros iddi wneud rhywbeth yn anghywir. Doedd eglwys Caerloyw ddim yn wahanol.

Penliniodd wrth ochr ei llysfam a chau ei llygaid. O fewn munudau roedd y llawr carreg yn cnoi ei choesau.

Ochneidiodd. Roedd ei llysfam yn credu – ac felly'n pregethu wrth Angharad yn aml – fod gweddïo am amser hir yn bwysig, i ddangos i bawb o'u cwmpas pa mor dduwiol oedden nhw. Ac yma, mewn tref anghyfarwydd o dan lygaid arweinwyr estron, tybiai Angharad y byddai ei llysfam yn mynnu gweddïo am amser hyd yn oed yn hirach nag arfer, er mwyn rhoi argraff dda.

Clatsh! Sŵn agor a chau drws yr eglwys yn orfrwdfrydig. Sŵn cerdded cyflym. Ni allai Angharad beidio ag agor ei llygaid. Ar un ochr iddi roedd ei llysfam yn bictiwr heddychlon perffaith, ei phen wedi ei phlygu a'i llygaid ynghau. Ond ar ei hochr arall roedd menyw ddieithr, tua'r un oedran â'i llysfam tybiai Angharad, wedi ymuno â nhw. Roedd rhywbeth yn wahanol amdani. Roedd hi wedi gwisgo'r un mor grand â llysfam Angharad, os nad yn fwy crand, ac roedd ei gwallt yr un mor daclus, os nad yn fwy taclus. Ond er bod ei dwylo wedi eu gwasgu mewn gweddi, nid oedd ei phen wedi ei phlygu, na'i llygaid wedi eu cau. Edrychai o gwmpas yr eglwys yn aflonydd. Daliodd lygad Angharad a chwincio.

O'r diwedd, cafodd llysfam Angharad ei threchu gan y llawr carreg. Wrth iddyn nhw gerdded yn yr un modd poenus o araf allan o'r eglwys daeth sŵn traed cyflymach ar eu holau – roedd y fenyw yn eu dilyn, yn cerdded yn frysiog. Bu bron i Angharad faglu dros ei thraed wrth geisio craffu dros ei hysgwydd arni. Doedd hi erioed wedi gweld menyw mor ddigywilydd.

Daeth ochr yn ochr â nhw ar drothwy'r eglwys. Nodiodd llysfam Angharad arni'n gwrtais, er na allai atal ei gwefus rhag crebachu gydag anfodlonrwydd. Doedd y fenyw hon yn amlwg ddim yn gwmni parchus.

'Bore da,' cyfarchodd y fenyw mewn Saesneg cynnes.

'Bore da,' atebodd llysfam Angharad yn ffurfiol yn ei

Saesneg nodweddiadol berffaith. Roedd rhaid iddi fod yn gwrtais – cwrteisi oedd wrth wraidd athroniaeth ei bywyd. Ac roedd Hywel wedi gorchymyn iddynt fod mor gyfeillgar â phosib gyda'r Mersiaid, felly roedd y pwysau i fod yn gwrtais hyd yn oed yn fwy nag arfer.

Trodd y fenyw at Angharad. 'A beth yw dy enw di?'

Syllodd Angharad arni mewn sioc. Doedd hi ddim wedi arfer â chael ei chyfarch gan oedolyn! 'Angharad ferch Hywel.'

Gwenodd y fenyw yn wybodus. 'Ac o ble wyt ti'n dod, Angharad?'

'Dyfed,' atebodd Angharad yn swil.

'Wyt ti'n mwynhau ymweld â Chaerloyw?'

'Ydw, mae'n lle diddorol iawn.' Roedd ei llysfam wedi ei gorchymyn i ddisgrifio popeth yn 'ddiddorol': ansoddair niwtral, diogel.

'Alla i ddim anghytuno gyda hynny!' chwinciodd y fenyw a throi 'nôl at lysfam Angharad. 'Mae dy ferch yn glod i ti a dy ŵr.'

'Nid fy merch i yw hi.'

'Mae'n digwydd,' meddai'r fenyw gyda chydymdeimlad. 'Rwy'n dy ganmol am ei chodi mor dda.'

'Mae'n rhaid i ni fynd.' Roedd yr aer o gwmpas ei llysfam yn beryglus o oer.

'Wrth gwrs, fe wna i beidio â'ch cadw chi ymhellach. Wela i chi eto.' Gwenodd ar Angharad a cherdded i ffwrdd gyda'r un camau brysiog.

'Roedd hi'n neis,' mentrodd Angharad wrth iddyn nhw ymlwybro 'nôl i'r gwersyll.

'Bydd dawel!' brathodd ei llysfam.

Parhaodd y tawelwch bregus tan iddynt gyrraedd trothwy ei phabell. Doedd Angharad erioed wedi gweld ei llysfam mor grac, ac roedd hi'n amau ei bod yn gwybod yr achos: roedd dieithryn wedi dangos trueni drosti. Ni allai ei llysfam oddef y cywilydd.

'Rwyt ti wedi achosi embaras enfawr i dy dad,' poerodd. 'Mae'n rhaid i ti ymarfer dy Saesneg. Rwyt ti'n cael trafferth yn cynnal y sgyrsiau mwyaf syml gyda phobl yma.'

Ni allai Angharad stopio'r dagrau rhag llenwi ei llygaid. Roedd y fenyw wedi bod mor garedig, ac wedi dweud y dylai ei llysfam fod yn falch ohoni.

'Mae'n rhaid i mi baratoi ar gyfer heno, cer!'

Crwydrodd Angharad o'r babell. Roedd yr haul yn dechrau torri trwy'r cymylau, yn gwneud i'w dagrau lifo'n fwy. Tynnodd un o'i hesgidiau a dechrau pigo'r mwd oedd wedi caledu o gwmpas y sodlau.

'Angharad! Beth wyt ti'n neud?'

Parhaodd Angharad i bigo. 'Glanhau fy sgidiau. Maen nhw'n frwnt,' sibrydodd.

Daeth pâr o ddwylo i dynnu'r esgid i ffwrdd. 'Paid â phoeni. Mae'r strydoedd mor fwdlyd fyddan nhw'n frwnt eto erbyn i ti gyrraedd y llys heno.'

Gwenodd Angharad trwy ei dagrau. 'Diolch, Edwin.'

Pwysodd ei brawd i lawr a gosod yr esgid 'nôl ar ei throed. 'Rwy'n mynd draw i babell Dad. Mae'n cyfarfod â'i gynghorwyr ac mae eisiau i mi fod yno. Sai'n gwybod pam.'

'Alla i ddod?'

Dechreuodd ceg Edwin ffurfio'r siâp 'na' hynny oedd mor gyfarwydd i Angharad, ond stopiodd wrth weld olion y dagrau ar ei bochau. 'Iawn, ond bydd rhaid i ti eistedd yn dawel yn y gornel.'

Neidiodd Angharad i fyny ac i lawr, wedi anghofio'n llwyr am y mwd ar ei thraed, a rhedeg am babell ei thad. 'Yn araf!' galwodd Edwin ar ei hôl.

Daeth i stop o flaen y babell fawr a chlustfeinio ar y lleisiau dwfn. Yn dadlau, siŵr o fod. Wrth ddilyn Edwin i mewn, gwnaeth ei hun mor fach a disylw â phosib, tasg nad oedd mor anodd â hynny o ystyried cyn lleied o sylw a delid iddi fel arfer yn llys ei thad. Roedd Hywel yn eistedd yng nghanol y babell, wedi ei amgylchynu gan griw o ddynion oedd i gyd yn edrych yn union yr un fath i lygaid Angharad. Nodiodd Hywel ar Edwin, ac aeth ei brawd i sefyll wrth ei ymyl. Syrthiodd ei olwg am eiliad ar Angharad yn eistedd yn y gornel, cyn symud ymlaen heb ddiddordeb. Teimlodd Angharad ei chalon yn curo'n gyflymach ac yn suddo ar yr un pryd.

'Mae Dyfed a'i brenhinoedd wedi elwa ar berthynas agos gyda Mersia. Peidiwch ag anghofio, dyna sut wnaeth y Brenin Cadell ennill y deyrnas yn y lle cyntaf,' mynnai un o'r dynion mewn llais hyderus, awdurdodol. Doedd ei thad ddim yn dwp, gwyddai Angharad – ni fyddai'n cael ei dwyllo gan lais. Geiriau'r dyn oedd yn bwysig.

'Nid yr un Mersia oedd honno,' atebodd ei thad yn araf. 'Nid yr un Mersiaid oedden nhw.'

'Pwynt ardderchog, Arglwydd!' neidiodd cynghorwr arall ar y cyfle i wthio ei farn. 'Mae Æthelred wedi marw. Mae'r syniad bod ei wraig yn mynd i arwain Mersia ar ei phen ei hun yn chwerthinllyd!' Siglodd ei ben mewn anghrediniaeth. 'Ni fydd y trefniant gwallgof hwn yn para. Bydd y Mersiaid yn callio ac yn dewis brenin newydd.'

'Fyddwn i ddim mor siŵr.' Un oedd yn ddigon dewr i'w herio. 'Mae Æthelflaed yn ferch i'r Brenin Alfred. Brenin mwyaf pwerus y Saeson erioed. Fydden ni'n ffyliaid i ddiystyru gallu ei ferch.'

Syllodd Angharad ar y cynghorwr mewn sioc. Brenhines yn teyrnasu ar ei phen ei hun, heb frenin yn ei harwain? Doedd hi erioed wedi clywed am y fath beth. Yn sicr, doedd gan ei llysfam ddim unrhyw rôl yn teyrnasu dros Ddyfed. Gwaith ei thad oedd hynny.

'Rwy'n teimlo'n ... anghyfforddus ... yn darostwng i fenyw ... ac rwy'n cytuno, mae'n annhebygol bydd ei theyrnasiad yn para am hir.' Oedodd ei thad ac edrych ar bob un o'i gynghorwyr yn eu tro. 'Ond dyna sydd yn rhaid gwneud. Heb ddarostwng, mae'r peryg o ymosodiad gan Fersia yn rhy uchel. Mae rhaid i ni barhau â'r seremoni heno.'

Ni allai Angharad reoli ei chyffro. Byddai hi'n cwrdd â'r frenhines heno!

Roedd y cynghorwyr yn gwybod yn well na pharhau i ddadlau. Arhosodd Angharad yn dawel ac yn llonydd wrth iddyn nhw adael fesul un. Aeth ei brawd i benlinio o flaen ei thad. 'Pa dasg sydd gennych chi i mi, Arglwydd?'

'Mae'r amser wedi dod i ti wneud dy gyfraniad i'r deyrnas ac i'n teulu.'

'Rwy'n barod,' datganodd ei brawd, y balchder yn amlwg yn ei lais.

'Wyt. Byddi di'n mynd i orffen dy addysg yn llys y Frenhines Æthelflaed. Bydd y frenhines yn rhiant maeth i ti. Ti fydd yn gyfrifol am gynnal y berthynas agos rhwng Dyfed a Mersia. Ond yn bwysicach,' oedodd Hywel a syllu'n ddwys arno. 'Ti fydd fy llygaid a'm clustiau ym Mersia. Bydda i eisiau gwybod pob dim.'

Ni chlywodd Angharad ateb ei brawd. Edwin yn gadael? Ei hunig ffrind yn gadael?

Cerddodd ei thad o'r babell heb edrych arni.

'Glywest ti hynny, Angharad?!' Roedd Edwin yn byrlymu â chyffro.

'Ti'n gorfod gadael,' atebodd Angharad yn drist.

'Rwy'n cael cyfle i brofi fy hun! Sai byth yn cael cyfle i wneud dim, ma' Dad wastad yn dewis Owain achos fod e'n hŷn. Ond nawr 'y nhro i yw e!' Sgwariodd ei ysgwyddau a syllu i'r pellter yn freuddwydiol. 'Rwy'n mynd i ddod â chlod ac anrhydedd i'r teulu i gyd.'

'Hoffen i gael cyfle i wneud pawb yn falch. I rywun gymryd sylw ohonof i. I ddweud wrtha i 'mod i'n bwysig.' Teimlai rhan o Angharad yn wael am dasgu dŵr oer ar gyffro Edwin, ond roedd hi'n cael trafferth ysgwyd yr iselder oedd wedi ymgartrefu ar ei hysgwyddau.

Cofleidiodd ei brawd hi, ei lygaid yn gynnes – llygaid dyn aeddfed, nid rhai plentyn pedwar ar ddeg mlwydd oed. 'Cei di dy gyfle cyn hir,' mynnodd. 'Mewn ychydig o flynyddoedd bydd Dad yn trefnu cynghrair briodas i ti. Ti fydd ei gynrychiolydd mewn teyrnas arall wedyn.'

Meddyliodd Angharad am eiriau cas ei llysfam, am ddiffyg diddordeb ei thad. 'Ond pwy fydd eisiau fy mhriodi i?'

'Rwyt ti'n ferch i frenin Dyfed, Angharad! Teyrnas fwyaf pwerus Cymru! Fyddan nhw'n cystadlu er mwyn ennill dy law.'

Nid oedd Angharad wedi ei hargyhoeddi.

Ystyriodd Edwin y cwestiwn ymhellach. 'Rwy'n gallu dychmygu Dad yn ceisio sicrhau cynghrair gyda Gwynedd. Mae'r Brenin Anarawd yn wncwl iddo, wedi'r cyfan.'

'Bydd rhaid i mi symud i'r gogledd?' Roedd Angharad yn amheus ac ychydig yn bryderus. 'Ond mae'n dywyll ac yn oer ac yn bwrw glaw drwy'r amser! Ac maen nhw'n siarad yn od.'

Chwarddodd Edwin.

'Ac mae môr-ladron o Iwerddon yn ymosod ar Wynedd yn aml!' ychwanegodd, gan gofio mymryn o wybodaeth a enillwyd trwy glustfeinio ar sgwrs rhwng ei thad a'i llysfam un noson.

Siglodd Edwin ei ben. 'Ti'n bod yn ddwl nawr. Dere, mae'n rhaid i ni baratoi ar gyfer heno.'

'Fydda i ddim yn dy weld di eto,' datganodd Angharad yn drist. 'Fydda i ar fy mhen fy hun.' Trodd ei hwyneb i'r llawr fel na allai weld y dagrau'n cronni yn ei llygaid. Roedd hi'n disgwyl i Edwin geisio ei chysuro gyda'r addewidion gwag roedd oedolion yn aml yn eu dweud, ond ymestynnodd tawelwch rhyngddynt. Pan fentrodd edrych i fyny eto, gallai weld ei hadlewyrchiad yn y dagrau oedd wedi ymgasglu yn ei lygaid ef.

* * *

Ni allai ei thristwch ladd cyffro Angharad wrth iddi aros tu allan i neuadd brenhines y Mersiaid. Doedd hi erioed wedi cael bod yn rhan o ddigwyddiad fel hyn o'r blaen. Byddai ei thad fel arfer yn ei gadael yn Nyfed gyda'i brodyr eraill. Heno, teimlai fel aelod go iawn o'r teulu yn ei ffrog sgleiniog newydd. Ni allai gystadlu gyda gogoniant ei llysfam, wrth gwrs, ond am unwaith doedd hi ddim yn poeni am achosi embaras i'w thad.

Safai ef o'i blaen yn wynebu'r neuadd, llysfam Angharad ar un ochr iddo a'i brawd hynaf, Owain, ar yr ochr arall – y darlun teuluol perffaith. Ond gallai Angharad weld y tensiwn yn ei gefn. Doedd Hywel ddim eisiau bod yma heno.

'Fy annwyl gefnder! Mae wedi bod yn rhy hir.'

Cafodd Angharad olwg cyflym ar wyneb ei thad wrth iddo droi i gyfarch y dyn. Disgleiriai ei lygaid llwyd â rhyw emosiwn anghyfarwydd. Nid hapusrwydd yn sicr, ond nid dicter chwaith. Anesmwythder efallai?

'Idwal, rwy'n falch dy fod di wedi dod.'

'Doedd y daith ddim mor hir â hynny.'

Syrthiodd distawrwydd lletchwith rhwng y ddau. Pwysodd Angharad heibio i Edwin er mwyn cael golwg gwell ar y dieithryn gyda'i acen anghyfarwydd. Ymddangosai ychydig yn ieuengach na'i thad.

'Idwal ab Anarawd, cefnder Dad,' sibrydodd Edwin. 'Mab brenin Gwynedd. Mae ei dad e'n rhy hen i deithio erbyn hyn.'

'Mae'n edrych mwy fel milwr na thywysog,' rhyfeddodd

Angharad. Yna cofiodd – efallai byddai'n rhaid iddi symud i'r gogledd i briodi, dyna ddywedodd Edwin! Craffodd ar y dyn gyda diddordeb newydd. Daliai ei hun yn fwy diofal na'i thad, ac edrychai fel petai wedi dod yn syth o'i geffyl, gydag olion y gwynt a'r glaw ar ei wallt. Dyma ddyn oedd wedi bod ar anturiaethau, penderfynodd Angharad.

'Ni'n mynd i mewn,' sibrydodd Edwin gan ei gwthio ymlaen. Roeddent ychydig o gamau tu ôl i Hywel, Elen ac Owain yn barod, a thaflodd ei llysfam gipolwg cas arnynt.

Gadawsant y dyn dirgel ar eu hôl. Roedd teulu Hywel yn cael mynd i mewn cyn teulu Idwal. Doedd Angharad ddim wir yn deall pam – rhywbeth i'w wneud â statws ei thad, siŵr o fod.

Anghofiodd yn llwyr am fab brenin Gwynedd wrth iddi gamu i mewn i'r neuadd. Doedd y neuadd ei hun ddim mor wahanol i neuaddau Dyfed – ystafell dywyll, a phwysau'r dynion wedi eu gwasgu o gwmpas y byrddau pren hir i'w deimlo. Ond neuadd brenhines oedd hon. Roedd rhywbeth yn gyfarwydd am y gwallt melyn a ddisgleiriai yn y pellter, ac wrth i Angharad agosáu dechreuodd gyffroi. Y fenyw o'r eglwys! Roedd hi'n fwy sgleiniog ei hymddangosiad heno, ond roedd y wên ddireidus yn dal i ddawnsio ar ei hwyneb.

Trodd Angharad i edrych ar ei llysfam. Ni chafodd ei siomi. Roedd hi'n ymladd i gadw ei phanig o dan reolaeth. Tybiai Angharad ei bod yn ail-fyw cyfarfod a sgwrs y bore yn ei phen, yn chwilio am gamgymeriad.

'Rydw i, Hywel ap Cadell, brenin pobl Dyfed, wedi dod i dderbyn goruchafiaeth Æthelflaed ferch Alfred, brenhines y Mersiaid,' datganodd Hywel, gan gymryd cam ymlaen. 'Rydw i'n addo i fod yn ufudd i'r frenhines, i dalu'r trethi a gytunwyd arnynt, ac i ddarparu cefnogaeth filwrol ar dir a dŵr pan fo achos.'

'Rydw i, Æthelflaed ferch Alfred, brenhines y Mersiaid, yn derbyn llw Hywel ap Cadell o Ddyfed.'

'Rydw i hefyd yn cyflwyno fy mab, Edwin ap Hywel, i'r frenhines, fel arwydd o'm ffyddlondeb.' Cyfeiriodd Hywel i Edwin gamu ymlaen a gosododd law ar ei ysgwydd.

Cododd Æthelflaed a gosod llaw ar ysgwydd arall Edwin. 'Rydw i'n derbyn gofalaeth dros Edwin ap Hywel. Ni ddaw niwed iddo tra cedwir y llw o ffyddlondeb.'

Moesymgrymodd Hywel a chamu yn ôl. Gydag ychydig o ansicrwydd aeth Edwin i sefyll wrth ochr Æthelflaed. Cadwai ei ben yn uchel a'i gefn yn syth, ond roedd Angharad yn adnabod ei brawd yn ddigon da i sylwi ar ei ddwylo'n crynu. Gwenodd arno ac atebodd yntau ei gwên gydag ychydig mwy o hyder.

Camodd Idwal ymlaen ac adrodd yr un llw. 'Taith ddiogel 'nôl i Wynedd,' atebodd Æthelflaed, gan wneud ei dymuniad iddo adael yn amlwg.

Suddodd calon Angharad. Y seremoni drosodd yn barod? Roedd hi wedi edrych ymlaen at weld mwy o'r frenhines.

'Hywel, mae gen i fater arall i drafod gyda thi.'

Ni ddatgelodd wyneb Hywel unrhyw emosiwn. Ni ellid dweud yr un peth am Idwal. Roedd ei genfigen ef yn amlwg, hyd yn oed i lygaid dibrofiad Angharad. Ond ni allai wneud dim ond gadael yn dilyn gorchymyn ei arglwyddes newydd.

Wrth droi 'nôl at Æthelflaed synnodd Angharad o weld y frenhines yn edrych arni hi! Ddim yn edrych arni fel arferai ei llysfam wneud, fel petai yn siomedigaeth gyson. Ddim yn edrych arni fel arferai ei thad wneud, yn gyflym a heb gymryd fawr o sylw ohoni. Roedd Æthelflaed yn craffu arni gyda diddordeb. Teimlodd Angharad ei bochau yn cochi o dan y fath archwiliad.

'Sut allai fod o wasanaeth?' gofynnodd Hywel.

'Hoffwn i i dy ferch gwblhau ei haddysg yn fy llys. Mae fy merch i, Ælfwynn, tua'r un oedran. Fyddan nhw'n gwmni da i'w gilydd.'

Brwydrodd Angharad i aros yn llonydd. Roedd menyw fwyaf pwerus Mersia – Ynys Prydain, siŵr o fod – ei heisiau hi!

Edrychodd Hywel ar Æthelflaed yn syn, bron fel petai wedi anghofio bod ganddo ferch. Yna dilynodd gyfeiriad ei llygaid. Teimlodd Angharad ei thad yn edrych arni yn iawn am y tro cyntaf erioed.

'Fy unig ferch yw hi,' dywedodd, yn pwyso a mesur pob gair.

'Merch anghyfreithlon,' atebodd Æthelflaed gyda gwên slei.

Teimlai Angharad wres embaras ei llysfam wrth ei hochr.

Anwybyddodd Hywel y sylw. Os oedd yn teimlo unrhyw embaras ei hun, ni ddangosodd hynny. 'Bydd rhaid iddi briodi'n dda.'

'Wrth gwrs.'

Nodiodd ei thad yn araf. A gyda'r sgwrs fer honno, sylweddolodd Angharad fod ei thynged wedi ei setlo a'i bywyd ar fin newid am byth.

HAF

1

2 flynedd yn ddiweddarach

Ar ôl eu profocio am wythnosau, roedd yr haul o'r diwedd yn datgelu ei llawn bŵer. Gadawai'r pelydrau, yn gymysg â'r gwynt ysgafn, deimlad pleserus ar fochau Angharad. Wedi'r glaw roedd y caeau dan draed yn wyrdd, yn mwynhau'r cyfnod yma o dorheulo. Roedd y ceffylau yn carlamu ychydig yn gyflymach nag arfer, yn cosi am y cyfle i ymestyn eu coesau.

Roedd Angharad yn dal i ryfeddu at y rhyddid oedd ganddi. Doedd hi erioed wedi cael marchogaeth yn Nyfed. Dim ond ei brodyr oedd â hawl i ddefnyddio'r ceffylau. Yn wir, roedd hi'n gallu cyfri'r nifer o weithiau cawsai adael y llys ar fysedd un llaw. Yn llys Æthelflaed, y tywydd oedd yr unig rwystr.

Wedi dweud hynny, roedd heddiw yn achlysur arbennig. Dyma oedd y tro cyntaf iddi hi ac Ælfwynn fentro tu hwnt i gyffiniau Caerloyw heb gwmni Æthelflaed.

Nid eu bod nhw ar eu pennau eu hunain chwaith. Roedd Eadric yn eu dilyn, yn ffigwr trawiadol ar ei geffyl du cyhyrog, ei glogyn yn chwyrlïo o'i gwmpas. Iarll oedd Eadric, yn berchen ar ystâd fawr rhywle yng nghefn gwlad Mersia. Ond treuliai'r rhan fwyaf o'i amser wrth ochr Æthelflaed. Ef oedd ei chynghorwr agosaf. Roedd hwn yn wahaniaeth arall i'r drefn arferol yn Nyfed. Yno, roedd arglwyddi'r deyrnas yn ffigyrau dieithr. Ymgasglent i roi cyngor i'w thad, i dderbyn cyfarwyddiadau, i dalu trethi, ac i wledda yn y llys ar achlysuron arbennig. Ond doedd yr un ohonynt mor agos at Hywel ag yr oedd Eadric at Æthelflaed. Ac yn sicr doedd yr un ohonynt erioed wedi dangos unrhyw ddiddordeb yn Angharad.

'Mae'n braf cael bod allan eto.' Ceisiodd Angharad daro sgwrs gydag Ælfwynn wrth i'w ceffylau arafu.

Cnodd Ælfwynn ei gwefus yn ddistaw. Roedd hi'n nerfus heddiw. Roedd hi wedi codi'n arbennig o gynnar er mwyn gwisgo'n ofalus (dewisodd ffrog goch ar ôl oriau o bendroni) ac i dacluso ei gwallt (oedd yn nwylo'r gwynt erbyn hyn). Roedd ei llygaid ymhell i ffwrdd, a'i dwylo yn dal ffrwyn y ceffyl yn fwy tyn nag oedd angen.

'Ti'n mynd i fod yn iawn,' gwnaeth Angharad ei gorau i'w chysuro. 'Ni'n mynd i gyrraedd yr ystâd, sgwrsio gyda'r iarll am fân bethau, casglu'r trethi, ac yna gadael. Fyddwn ni 'nôl yng Nghaerloyw cyn cinio.'

'Beth os eith rhywbeth o'i le?'

'Beth all fynd o'i le?' chwarddodd Angharad. 'Go iawn, beth yw'r gwaethaf all ddigwydd? Dyw teyrnas Mersia ddim yn mynd i ddymchwel oherwydd i ti wneud rhyw gamgymeriad bach wrth gasglu trethi gan un iarll.'

Ochneidiodd Ælfwynn. 'Rwy'n gwybod. Jyst ma' Mam wedi ymddiried ynof fi, a sai eisiau ei siomi hi.'

'Fyddi di ddim. Rwy'n sicr o hynny.'

Roedd yr ystâd yn llai nag yr oedd Angharad wedi ei ddisgwyl, o ystyried statws ei berchennog, Iarll Wulfric. Ond roedd yr adeiladau'n gadarn, pob trawst o bren mewn cyflwr da ac wedi ei osod yn ofalus. Roedd aroglau pleserus yn eu cyrraedd o gyfeiriad y gegin a thybiai Angharad fod yna gyfoeth mawr wedi ei blannu yn y tir ffrwythlon o'u cwmpas.

Os oedd Iarll Wulfric a'i wraig yn synnu gweld Ælfwynn yn hytrach na'i mam, ni welai Angharad arwydd o hynny. Roedd Wulfric yn wyneb eithaf cyfarwydd yn llys Æthelflaed. Doedd Angharad ddim wedi siarad ag ef o'r blaen, ond ymddangosai'n ddigon cyfeillgar. Edrychai ei wraig fel menyw weithgar. Roedd hi'n daclus ei hymddangosiad, ond wedi gwisgo'n ymarferol – defnydd trwm ei ffrog wedi ei ddewis i'w chadw'n gynnes tu allan, a'r lliwiau tywyll i guddio staeniau o'i gwaith ar yr ystâd.

Moesymgrymodd yr iarll a chusanu llaw Ælfwynn. 'Gaf i gyflwyno fy ngwraig, Heregyth?'

'Mae'n bleser i gwrdd â chi. Rwy'n falch iawn o'r cyfle i ymweld â'ch cartref hyfryd. Gaf i gyflwyno fy nghydymaith, Angharad ferch Hywel? Ac rydych chi'n adnabod Iarll Eadric, wrth gwrs.'

Nodiodd pawb ar ei gilydd. Roedd Ælfwynn yn dechrau ymlacio wrth i'r ffurfioldebau angenrheidiol gyfeirio'r sgwrs yn hawdd.

'Gaf i eich croesawu i'n neuadd?' cynigiodd Wulfric.

Dilynodd Angharad yn ufudd. Fyddai wedi bod yn sarhad ofnadwy i wrthod. Roedd rhaid cadw at y rheolau oedd yn llywodraethu cyfarfodydd fel hyn.

Er ei bod hi'n dipyn llai, roedd y neuadd yn debyg iawn i neuadd Æthelflaed yng Nghaerloyw. Tybiai Angharad fod sglein y byrddau a chynhesrwydd y tân er eu budd nhw'n arbennig. Aeth Ælfwynn ati i ddilyn y patrwm disgwyliedig, gan ganmol Heregyth ar y cacennau mêl a'r medd a weinwyd iddyn nhw, a nodi bod y tân i'w chroesawu'n fawr ar ôl eu taith. Ychydig yn fyglyd oedd e, ym marn Angharad.

'Gaf i gyflwyno fy mab, Cenred.'

Llwyddodd Ælfwynn i gynnal sgwrs am ryw bum munud

gyda'r bachgen ifanc heb i'r un ohonynt ddweud dim byd o bwys. Ond edrychai Wulfric a Heregyth yn ddigon bodlon, felly debyg roedd y cyfarfod yn cwrdd â'u disgwyliadau.

'Oes unrhyw faterion y dylwn i fod yn ymwybodol ohonynt?' gofynnodd Ælfwynn.

'Dim byd o bwys, Arglwyddes. Mae'r paratoadau am y cynhaeaf wrth law. Cawsom ni broblem gyda lladron ychydig o wythnosau yn ôl, ond achos unigol rwy'n tybio.'

'Gadewch i ni wybod os yw'n digwydd eto. A bydd y Frenhines Æthelflaed yn disgwyl eich cwmni yn nathliadau gŵyl Sant Guthlac.'

'Rydym yn edrych ymlaen at fod yno,' atebodd Wulfric yn gynnes.

Petai Angharad heb dreulio cymaint o amser yng nghwmni Ælfwynn ac Eadric, debyg na fyddai wedi sylweddoli ar y cipolwg cyflym rhyngddynt, a gwên gyflym Eadric o anogaeth.

'Diolch am eich croeso, a dymuniadau gorau gennyf i a'r frenhines.'

Pasiodd Wulfric gwdyn lledr i Ælfwynn. A dyna gyrraedd holl bwrpas yr ymweliad o'r diwedd, meddyliodd Angharad.

Ymlaciodd Ælfwynn wrth iddi ddringo 'nôl ar gefn ei cheffyl. Gwnaeth y ddwy ohonynt barhau i ymddwyn yn weddus tan eu bod allan o olwg yr ystâd, cyn rasio eu ceffylau ar draws y caeau. Ymhen dim roedd Caerloyw i'w weld yn y pellter.

'Wedes i fydde fe'n iawn,' gwaeddodd Angharad. 'Roeddet ti'n wych.'

Gwenodd Ælfwynn ac arafu i ddal ei gwynt. 'Diolch am ddod gyda fi. Mae cael cwmni yn gwneud gwahaniaeth mawr.'

'Croeso. Mi wnes i fwynhau.' Ac roedd hi wedi mwynhau, sylweddolodd Angharad. Doedd hi erioed wedi teimlo ei bod o ddefnydd yn Nyfed. O dan draed oedd hi o hyd. Yma, roedd rhywun yn ei gwerthfawrogi.

* * *

'Wnest ti'n dda.'

Roedd hi wedi nosi erbyn i Ælfwynn, Angharad ac Eadric ymgasglu o gwmpas y tân yn neuadd Æthelflaed i drafod gwaith y bore. Roedd y gwres, ynghyd â'r cwpan o fedd poeth yn ei dwylo, yn gwneud i Angharad deimlo'n gysglyd.

Wedi gwrando'n amyneddgar ar adroddiad manwl ei merch o ddigwyddiadau'r bore, nodiodd Æthelflaed yn fodlon. 'Gelli di wneud mwy a mwy o'r ymweliadau hyn nawr. Bydd hynny'n gymorth mawr i mi.'

Gallai Angharad weld Ælfwynn yn byrlymu gyda balchder, yn ei hatgoffa ychydig o Edwin wedi iddo dderbyn ei dasg swyddogol gyntaf gan eu tad. Doedd Æthelflaed ddim yn un i gynnig gair o glod yn ddifeddwl.

'Mae gen i newyddion hefyd. Daeth negeswyr yn gynharach: mae ein hadeiladwyr wedi bod yn brysur ac mae Tamworth yn barod. Byddwn ni'n mynd yno wythnos nesaf er mwyn agor y dref yn swyddogol.'

Daliodd Angharad lygad Ælfwynn mewn cyffro. Doedden nhw erioed wedi cael mynd mor bell â hynny o Gaerloyw o'r blaen. Arferai Æthelflaed eu gadael yn y llys o dan lygad barcut Eadric.

'Beth yw hanes Tamworth?' gofynnodd Æthelflaed. Doedd rhoi cyfarwyddiadau yn unig ddim yn ei bodloni – roedd hi eisiau i Ælfwynn ddeall pwrpas a phwysigrwydd y cyfarwyddiadau hynny. A châi Angharad fod yn rhan o'r addysg.

'Tamworth oedd prif dref Mersia yn ystod teyrnasiad y Brenin Offa, rhyw gant a hanner o flynyddoedd yn ôl,' atebodd Ælfwynn yn syth. 'Roedd yn dref grand, y fwyaf ym Mersia. Ond cafodd ei dinistrio gan y Llychlynwyr.'

'Cywir. A pham mae ailadeiladu Tamworth nawr yn bwysig?'

'I ddathlu ein buddugoliaethau dros y Llychlynwyr ac i amddiffyn yn erbyn ymosodiadau pellach ganddyn nhw.'

'Ac i amddiffyn yn erbyn Edward,' ychwanegodd Angharad, yn awyddus i wneud argraff dda.

'Dydw i ddim yn disgwyl ymosodiad ar Fersia gan fy mrawd, brenin Wessex,' atebodd Æthelflaed yn ofalus. 'Ond, rwyt ti'n iawn fod hyn yn ymwneud ag Edward. Ælfwynn, wyt ti'n gwybod sut?'

Cnodd Ælfwynn ei gwefus. 'Mae'n bwysig ein bod ni'n dangos i bobl Mersia mai ti, ac nid Edward, sy'n gyfrifol am amddiffyn eu teyrnas ac adeiladu eu trefi.'

'Da iawn. Pam?'

'Er mwyn sicrhau eu bod nhw'n aros yn ffyddlon i ti.'

Gwenodd Æthelflaed. 'I ni.'

Doedd Æthelflaed byth yn caniatáu i'w hemosiynau ei meddiannu. Ond dangosai dynerwch tawel, cyson tuag at Ælfwynn. Nid am y tro cyntaf teimlai Angharad yn falch o gael byw gyda nhw. Nid hi oedd canolbwynt y tynerwch, ond roedd bod ar ei gyrion yn ddigon i'w bodloni.

* * *

'Barod i chwarae?'

Chwarddodd Angharad heb godi oddi ar ei chefn lle gorweddai wrth ymyl y tân. 'Rydw i wastad yn barod. Ond fi'n synnu bod ti eisiau chwarae ar ôl y cyrchad gest ti tro diwethaf.'

Cyn dod i Fersia doedd hi ddim wedi ystyried ei haddysg yn anarferol. Ond roedd Ælfwynn wedi synnu ei bod hi mor gyfarwydd â Saesneg, a chymaint yr oedd hi'n gallu darllen, yn enwedig. Cawsai Ælfwynn ei hun yr addysg orau posib. Roedd ei thad-cu, y brenin Alfred, wedi talu sylw arbennig i addysg ei blant, a doedd Æthelflaed heb anghofio ei wersi. Yn ôl y frenhines, yr arweinwyr mwyaf llwyddiannus oedd y rhai a dalai sylw i'r byd o'u cwmpas.

Gwenodd Ælfwynn a gostwng i'w gliniau wrth ei hymyl. 'Wna i ddechrau. Coeden.' Dechreuodd gnocio ei bysedd un ar ôl y llall ar lawr ei hystafell.

Hawdd – roedd Angharad yn hen gyfarwydd â'r gair Saesneg. 'Treow,' dywedodd yn gyflym, cyn i Ælfwynn gyrraedd dau gnoc. 'Bóc.' Ei thro hi i gnocio ei bysedd.

'Llyfr,' atebodd Ælfwynn ar dap y pedwerydd bys.

'Agos,' rhybuddiodd Angharad gyda gwên ddireidus.

'Blaidd!'

'Wulf,' atebodd Angharad yn syth. 'Fisc.'

'Rwy'n gwybod hyn!' Gwasgodd Ælfwynn ei dannedd mewn rhwystredigaeth. 'Ymmm ...'

'Tri, dau, un! Pysgodyn oedd yr ateb.'

'Ach! O'n i'n gwybod hynny.'

'Rwy'n siŵr wnei di ennill tro nesaf,' meddai Angharad gyda chwinc chwareus.

'Ha rhyw ddydd, efallai ... Mae dy Saesneg di'n rhy dda i mi.'

Wedi ennill, teimlai Angharad y gallai fod yn hael. 'Dyw dy Gymraeg di ddim yn wael chwaith. Er ...' meddai, a'i llygaid yn pefrio, 'mae'r ffordd ti'n ynganu "c" yn ddigon arswydus i godi'r meirw.'

Bownsiodd y chwerthin o gwmpas yr ystafell am ychydig cyn i'r ddwy ohonynt syrthio'n ddistaw i'w meddyliau. Syllai Ælfwynn i mewn i'r tân, yn cnoi ei gwefus. Arwydd o ganolbwyntio oedd hyn, gwyddai Angharad.

'Am beth ti'n meddwl?'

'Am gymaint sydd gen i i'w ddysgu.'

'Gen i syniad gwell. Meddylia am bopeth ti wedi ei ddysgu yn barod.' Roedd Angharad wedi hen arfer delio gyda diffyg hunanhyder Ælfwynn. Roedd Ælfwynn eisiau bod yn berffaith, fel ei mam. Ond roedd gan ei mam ddegawdau o brofiad o deyrnasu ym Mersia, a doedd Ælfwynn ddim ond yn bymtheg. 'Mae dy fam di'n falch iawn ohonot ti. Roedd hynny'n amlwg heddiw.'

'Ti'n meddwl? Dyw hi ddim yn dangos ei theimladau yn aml.'

Meddyliodd Angharad am ei thad a bloeddio chwerthin. 'Gest ti fwy o sylw ganddi hi brynhawn 'ma na ches i gan 'y nhad i erioed.' Roedd y chwerthin wedi troi'n chwerw. Hoffai Angharad feddwl ei bod hi wedi gadael ei thad yn y gorffennol, ei bod hi'n fenyw annibynnol, wedi brwydro ei ffordd yn rhydd o'i gysgod. Ond doedd hi'n dal ddim yn gallu meddwl amdano heb deimlo dicter.

'Ti'n iawn, wrth gwrs. Rwy'n bod yn hunanol.' Siglodd Ælfwynn ei phen mewn rhwystredigaeth. 'Dyw fy mam i ddim yn gallu fforddio dangos ei theimladau – byddai'r ieirll yn gweld hynny fel gwendid, yn ei ddefnyddio yn ei herbyn. Ddwy flynedd ers marwolaeth Dad, dwy flynedd o reoli ar ei phen ei hun fel brenhines y Mersiaid, ac mae dal yn rhaid iddi gamu'n ofalus.'

'Dyna yw pris teyrnasu.'

'Na,' poerodd Ælfwynn. 'Dyna yw pris teyrnasu i fenywod. Dylet ti gwrdd â'm wncwl i, Edward, brenin yr Eingl a'r Sacsoniaid, ac arglwydd Ynys Prydain gyfan, fel y mae'n disgrifio ei hun erbyn hyn.'

Synnai Angharad wrth y casineb yn ei llais. Brawd Æthelflaed oedd Edward, brenin Wessex. A'i huwch-arglwydd hefyd. Fel roedd Hywel wedi tyngu llw o ffyddlondeb i Æthelflaed, roedd Æthelflaed ei hun wedi tyngu llw o ffyddlondeb i'w brawd. Ond hyd y gwyddai Angharad, doedd e ddim wedi ceisio ymyrryd â rheolaeth ei chwaer ym Mersia. Doedd e ddim wedi ymweld â'r deyrnas yn y ddwy flynedd roedd Angharad wedi byw yno.

'Chwant a dicter sy'n gyrru pob dim mae'n ei wneud. Ond eto mae pobl Wessex yn ei glodfori,' cwynodd Ælfwynn.

'Ond mae dy fam di wedi llwyddo er gwaethaf hynny,' ceisiodd Angharad ei llonyddu. 'Ac fe fyddi di'n llwyddo er gwaethaf hynny hefyd.'

2

Roedd Tamworth yn drawiadol.

Doedd Angharad ddim wir yn siŵr a oedd hi'n hoffi trefi. Er bod Caerloyw wedi bod yn gartref iddi am ddwy flynedd bellach roedd hi'n dal i golli ei ffordd wrth grwydro'r strydoedd gorlawn. Ac roedd wastad baw ym mhobman, dim ots pa dywydd. Ond gallai werthfawrogi tref fawreddog pan welai un. A dyna oedd Tamworth yn sicr. Datganiad o bŵer Æthelflaed i'r byd. Roedd ffos ddofn yn amgylchynu'r dref, a waliau pren newydd wedi eu hadeiladu i sefyll ar olion amddiffynfeydd cynharach y Brenin Offa. Doedd dim ffordd i mewn nac allan heblaw am drwy'r porth awdurdodol. A'r tu mewn i'r waliau, roedd y strydoedd taclus a'r eglwys grand yn cyhoeddi mai dyma oedd prif dref Mersia unwaith eto.

Datganiad o bŵer oedd dathliadau'r noson honno hefyd. Roedd holl ieirll Mersia wedi ymgasglu yn y neuadd fawr yng nghanol y dref, neuadd oedd yn fwy o faint ac yn fwy crand na neuadd Caerloyw. Eisteddai Angharad rhwng Ælfwynn ac Edwin ar y prif fwrdd yn y pen pellaf, ar lefel ychydig yn uwch na'r byrddau eraill, yn gwylio wrth i Æthelflaed wneud sioe o alw'r arglwyddi ati un ar ôl y llall, a diolch iddynt am eu cefnogaeth. Roedd y cwrw'n llifo a'r chwerthin a bloeddio yn codi'r to.

'Sut wyt ti? Dydw i ddim wedi dy weld di o gwmpas yn ddiweddar.' Roedd y gorfoledd o'i chwmpas mor swnllyd, bron y bu'n rhaid i Angharad weiddi ei chwestiwn.

'Iawn ... Mae'r abad yn fy nghadw i'n brysur,' oedd ateb swta Edwin.

'Ife clerigwr ti moyn bod?' gofynnodd Angharad. Doedd hi ddim yn cofio Edwin yn dangos diddordeb yn yr eglwys yn Nyfed.

Cododd Edwin ei ysgwyddau. 'Efallai. Dibynnu beth fydd Dad eisiau i mi wneud. A beth fydd Æthelflaed yn caniatáu i mi wneud.'

'Rwy'n siŵr bydd Æthelflaed yn barod i ystyried dy ddymuniadau di.'

Am eiliad edrychai Edwin fel petai am anghytuno. 'Ti'n mwynhau yma?' gofynnodd yn lle ateb ei sylw.

'Ydw! Mae Æthelflaed yn wych, mae'n dysgu shwt gymaint i fi. Fi'n cael cyfle i wneud gwaith pwysig fel casglu trethi ... ni'n cael cyfarfodydd i drafod hanes a diplomyddiaeth ... ac mae Ælfwynn yn gyfaill mor dda. Ni'n deall ein gilydd.'

Ni allai Angharad atal y brwdfrydedd rhag lliwio ei llais. Yn rhyfedd, roedd golwg feirniadol ar wyneb ei brawd.

'Maen nhw'n garedig iawn i mi yma,' gorffennodd, ychydig yn fwy amddiffynnol.

Meddalodd llygaid Edwin ac ochneidiodd. 'Ydyn, rwy'n gwybod.'

Arhosodd Angharad, yn disgwyl mwy.

'Bydd yn ofalus, dyna i gyd.'

Gofalus o beth? Cyn i Angharad gael cyfle i ofyn, gostyngodd tawelwch llethol ar draws y neuadd. Ar un ochr iddi ebychodd Edwin yn syn, ac ar yr ochr arall eisteddodd Ælfwynn fymryn yn dalach.

'Edward fab Alfred, brenin yr Eingl a'r Sacsoniaid ac

arglwydd Ynys Prydain gyfan,' atseiniodd y datganiad ar draws y neuadd.

Daeth sŵn pren yn crafu pren wrth i'r ieirll wthio eu meinciau i ffwrdd a neidio i'w traed yn frysiog. Oedodd y dyn yn y drws, gan fwrw golwg o amgylch y neuadd. Doedd e ddim yn edrych fel y byddai Angharad wedi disgwyl i frenin edrych. Roedd e'n fyr ac yn denau, ac wedi ei wisgo mewn du o'i gorun i'w sawdl. Disgleiriai ei wallt tywyll yn rhyfedd yng ngolau gwan y neuadd. Ond rhywsut doedd dim amheuaeth mai hwn oedd y Brenin Edward.

Edrychodd Angharad ar Æthelflaed. Am eiliad yn unig gwelodd anfodlonrwydd yn ei llygaid. Gydag anadl ysgafn gosododd yr emosiwn annefnyddiol hynny i un ochr a chodi i groesawu ei brawd. Cerddodd yn annodweddiadol o araf o gwmpas y bwrdd hir ac ar hyd y neuadd. Nid oedd wedi mynd yn bell erbyn i Edward ei chyrraedd. Moesymgrymodd Æthelflaed yn gyflym cyn gafael yn ei brawd a'i gofleidio, gan chwerthin yn hapus. Ni allai Angharad dynnu ei llygaid oddi ar y sioe. Roedd Æthelflaed wedi darostwng i Edward, ond wedi gwneud hynny yn y ffordd fwyaf cyflym a dibwys posib, gan ddefnyddio cariad ymddangosiadol chwaer tuag at ei brawd fel arf.

'Mae dy bresenoldeb yn achos gorfoledd i ni, fy annwyl frawd. Ond doedden ni ddim yn dy ddisgwyl!'

'Roeddwn i'n awyddus i fod yma i ddathlu ein llwyddiannau yn erbyn y Llychlynwyr gyda'n gilydd.' Tra roedd Æthelflaed wedi cadw ei llais yn isel, bloeddiodd Edward ei ymateb er lles y neuadd gyfan. 'Beth bynnag, mynnodd Athelstan ein bod ni'n dod.'

Ar hynny camodd dyn ifanc ymlaen a throdd Æthelflaed i'w gofleidio. Synhwyrodd Angharad y tensiwn yng nghorff Ælfwynn yn cynyddu. Roedd y dyn ifanc – oedd tua'r un oedran ag Edwin, tybiai Angharad – wedi derbyn cofleidiad

Æthelflaed yn fecanyddol, ei lygaid yn neidio o gwmpas y neuadd. Gallai Angharad weld rhywfaint o Edward yn lliw tywyll ei wallt a siâp ei drwyn main.

'Gwych! Ymlaen â'r dathlu!' datganodd Æthelflaed, gan gymryd braich ei brawd a'i arwain i'r bwrdd. 'Rwyt ti'n cofio fy merch i, Ælfwynn,' meddai, wrth i'r twrw gynyddu unwaith eto o'u cwmpas. Cododd Ælfwynn a moesymgrymu.

'Wrth gwrs!' atebodd Edward. 'Rwyt ti wedi tyfu ers y tro diwethaf i mi dy weld.'

Gwenodd Ælfwynn a phlygu ei phen.

'Ond dwyt ti ddim wedi cwrdd â fy mab i, Athelstan, nac wyt? Mae ychydig yn hŷn na thi.'

Nodiodd Athelstan ac Ælfwynn ar ei gilydd ar draws y bwrdd. I lygaid gwyliwr dibrofiad, ymddangosai'r ddau fel petaent wedi diflasu, heb ddiddordeb yn ei gilydd, ond roedd Angharad wedi byw yn llys Æthelflaed am ddigon o amser i wybod yn well.

'Sut mae dy wraig?' gofynnodd Æthelflaed yn ysgafn. 'Dy wraig newydd, rwy'n ei feddwl wrth gwrs, nid dy fam di,' ychwanegodd gan wenu ar Athelstan.

Plyciodd gwefus Edward. 'Mae'n iach, diolch.'

'Rydw i mor falch. Roeddwn i yn poeni gyda'r holl sïon–'

'Rhaid i mi fynd i sgwrsio â rhai o'r ieirll. Fyddan nhw'n falch iawn i weld eu brenin, mae'n siŵr,' torrodd Edward ar ei thraws. 'Athelstan, dere i gwrdd â dynion blaenllaw Mersia.'

Gwingodd Angharad wrth y sarhad yn ei lais. Roedd Ælfwynn yn parhau i sefyll fel cerflun wrth ei hymyl, a gosododd law ysgafn ar ei hysgwydd. 'Ti'n iawn?'

Anadlodd Ælfwynn yn araf. 'Ydw ... ydw ... jyst angen bach o awyr iach.'

Ochneidiodd Angharad ac eistedd i lawr. Roedd drama yn cael ei pherfformio o'i blaen, ond doedd hi ddim yn ei deall.

Roedd yn amlwg fod Æthelflaed wedi dadlau gydag Edward ... ond pam? 'Am beth oedd hynny i gyd?' gofynnodd i Edwin.

'Ti ddim wedi clywed y sïon? Maen nhw'n meddwl bod Edward yn mynd i osod ei wraig i un ochr a phriodi eto, am y trydydd tro.'

Teimlai Angharad yn drist dros ei wraig.

'Ond pam dod ag Athelstan yma, dyna yw'r cwestiwn ... mae pawb yn meddwl mai Ælfweard, mab ei wraig bresennol, fydd yn frenin ar ei ôl. Felly pam dod ag Athelstan ac nid Ælfweard?'

'Oherwydd mae eisiau Athelstan i deyrnasu dros Mersia,' torrodd llais chwerw ar eu traws.

Neidiodd Angharad. Prin roedd hi erioed yn clywed Æthelflaed yn siarad Cymraeg. 'Ond eich teyrnas chi yw Mersia,' mentrodd. 'A theyrnas Ælfwynn ar eich ôl.'

Gwenodd Æthelflaed. 'Rwy'n falch wnes i ddod â thi yma, Angharad ferch Hywel.' Teimlodd Angharad gynhesrwydd yn llifo trwy ei chorff. Roedd Edwin yn syllu'n dywyll ar y bwrdd.

Ochneidiodd Æthelflaed a dilynodd Angharad ei golwg bryderus ar draws y neuadd. Roedd Ælfwynn wedi ei chornelu gan Edward. 'Angharad, elli di fynd draw i siarad gydag Ælfwynn?'

Bod yn rhan o ddigwyddiadau! Neidiodd Angharad ar y cyfle. Gan anwybyddu gair o rybudd tawel ei brawd, gwnaeth ei gorau i gerdded yn araf ac urddasol draw at frenin y Saeson. O na allai ei thad ei gweld hi nawr, yn yr un neuadd, yn rhannu'r un cwrw ag Edward! Ac ar fin dechrau sgwrs gydag ef.

Gwelodd Ælfwynn Angharad yn agosáu a lledodd rhyddhad ar draws ei hwyneb. 'Wncwl,' meddai. 'Gaf i gyflwyno Angharad ferch Hywel?'

Moesymgrymodd Angharad fel roedd ei llysfam wedi

dysgu iddi wneud mewn bywyd arall. Doedd hi erioed wedi moesymgrymu wrth draed rhywun mor bwysig o'r blaen. Byddai ei llysfam ei hun yn genfigennus siŵr o fod.

'Angharad,' ailadroddodd y brenin yn araf. 'Enw hardd. Ond ddim yn enw Saesneg. Rwyt ti'n dod oddi dramor, rwy'n cymryd?'

'Rwy'n dod o Ddyfed,' ceisiodd Angharad ynganu pob gair yn glir ond yn naturiol. Roedd hi wedi hen ddod i arfer â siarad Saesneg yn llys Æthelflaed, ond roedd rhywbeth am Edward oedd yn gwneud iddi amau ei gallu ei hunan.

'A!' goleuodd llygaid Edward. 'Merch Hywel, is-frenin Dyfed, felly?'

Nodiodd Angharad, er ei bod hi'n ansicr o'r term 'is-frenin'. Nid oedd wedi clywed neb arall yn disgrifio ei thad fel hynny o'r blaen.

'Ac ers faint o amser wyt ti wedi bod yma?' gofynnodd Edward, gan gamu'n agosach ati.

'Dwy flynedd, Arglwydd.'

'Ers marwolaeth Æthelred?'

Gŵr Æthelflaed oedd Æthelred, cofiodd Angharad, a nodio. Plygodd Edward ei freichiau a'i hastudio mewn distawrwydd, fel petai'n ceisio datrys pos. Teimlai Angharad yn anghyfforddus o dan bwysau'r llygaid tywyll. Edrychodd ar ei ffrind am gymorth, ond roedd Ælfwynn yn syllu ar y llawr.

'Pam wnaeth hi ddod â thi yma?' gofynnodd Edward, heb ddisgwyl ateb ganddi. 'Sut mae dy dad di?'

'Iawn, rwy'n credu, Arglwydd. Dydw i ddim yn clywed ganddo yn aml ...' Gydag Edward yn parhau i'w gwylio, dechreuodd Angharad faglu dros ei geiriau. 'Hynny yw, dydw i ddim yn disgwyl clywed ganddo ... ym ... rydw i'n gorffen fy addysg yma ar hyn o bryd ... efallai byddai'n ei weld tro nesaf y bydd yn ymweld â'r frenhines.'

'Y frenhines?' gofynnodd Edward yn ysgafn. 'Fy chwaer? Arglwyddes yw'r gair rwyt ti'n chwilio amdano. Nid yw Æthelflaed yn frenhines.'

Sychodd Angharad ei dwylo chwyslyd ar ei ffrog. 'Rwy'n deall.'

'Pa mor aml mae dy dad yn ymweld â fy chwaer?'

'Ddim yn aml.'

'Pryd oedd y tro diwethaf?'

Y tro diwethaf oedd y noson dyngedfennol honno ddwy flynedd yn ôl, pan wnaeth Hywel ddarostwng i Æthelflaed a throsglwyddo Angharad i'w gofalaeth. Ond doedd Angharad ddim yn siŵr a ddylai ddatgelu hynny. Roedd rhywbeth yn dweud wrthi na fyddai Edward yn hapus iawn i glywed am y seremoni.

'Arglwydd, flin gen i dorri ar draws eich sgwrs, ond mae'n amser i Ælfwynn ac Angharad adael am y nos.'

Doedd Angharad erioed wedi bod mor falch o glywed llais Eadric. Gyda gwên hawdd diflannodd yr olwg ddwys oddi ar wyneb Edward. 'Wrth gwrs. Mae'n bleser i gwrdd â thi, Angharad, ac rwyf bob tro yn mwynhau'r cyfle i siarad gyda fy nith.'

Teimlai Angharad lygaid Edward yn llosgi ar ei chefn wrth iddi gerdded i ffwrdd, ond pan fentrodd gipolwg dros ei hysgwydd roedd yng nghanol sgwrs gydag un o'r ieirll.

3

Roedd yn amlwg o'r cylchoedd tywyll o gwmpas ei llygaid nad oedd Ælfwynn wedi cysgu. Dim bod Angharad wedi cael noson o freuddwydion melys chwaith. Bob tro iddi gau ei llygaid, roedd Edward yno'n syllu arni.

Os codi ofn ar Angharad wnaeth Edward, cawsai effaith wahanol ar Ælfwynn. Er gwaethaf ei blinder, roedd golwg benderfynol ar ei hwyneb wrth iddi aros i'r gwas baratoi ei cheffyl. Gyda'r wawr roedd Æthelflaed wedi galw'r ddwy ohonynt i'w hystafell. Doedd y frenhines ddim wedi cysgu chwaith. Eglurodd yn swta bod Edward wedi mynnu gadael ei fab yn Tamworth. Y pwrpas, yn ôl y brenin, oedd i Athelstan dderbyn addysg fwy amrywiol trwy dreulio peth o'i amser ym Mersia. Doedd Æthelflaed ddim yn credu gair o'r hyn a honnai ei brawd. Eisiau gweld coron Mersia yn gorffwys ar ben ei fab oedd Edward mewn gwirionedd.

Ac yn yr eiliad honno, wrth i'r tair ohonynt geisio cynhesu eu cyrff blinedig o flaen y tân, gwelodd Angharad Ælfwynn yn gwneud penderfyniad. Doedd hi ddim yn mynd i golli Mersia i Athelstan. Ac felly sythodd ei chefn, anadlodd yn ddwfn, a gwirfoddolodd i fynd i ymweld ag ystâd gyfagos i gyflwyno ei hun i ieirll yr ardal unwaith fod yr awr yn fwy parchus. Roedd hi'n gystadleuaeth bellach – cystadleuaeth roedd Ælfwynn yn benderfynol o'i hennill.

Ond doedd hi ddim yn mynd i fod yn fuddugoliaeth hawdd.

'Bore da!' galwodd Athelstan ar draws yr iard.

Ymsythodd Ælfwynn wrth ochr Angharad. 'Bore da.'

Cerddodd Athelstan yn frysiog tuag atynt. Roedd Angharad yn falch o'r cyfle i'w weld yng ngolau dydd. Nawr ei bod hi'n medru cael golwg agosach ar ei wyneb, doedd e ddim yn edrych mor debyg i'w dad. Roedd ei lygaid yn wahanol, rhywsut. Yn graff, ond yn fwy meddal na'r lygaid du a fu'n aflonyddu ar ei chwsg.

'Rydych chi'n mynd ar ymweliad?'

Roedd ei lais yn wahanol hefyd, sylwodd Angharad – ddim mor sidanaidd.

'Ydyn.' Doedd Ælfwynn ddim yn rhoi fawr o gyfle i'r sgwrs barhau.

'Gaf i ddod gyda chi? Fuaswn yn falch o'r cyfle i weld mwy o'r ardal.'

Oedodd Ælfwynn am eiliad. 'Wrth gwrs, â phleser!' Roedd ei llais fymryn yn rhy uchel, ac roedd Angharad yn amau i'w gwên ffug dwyllo Athelstan.

Daeth y gwas â'u ceffylau ac ymunodd Eadric â nhw, gan gynnig cyfarchiad serchog i gyfeiriad Athelstan. Actio oedd pob un ohonynt, sylweddolodd Angharad. Bu'n rhaid i'r gwas fynd i nôl ceffyl arall i Athelstan, ond nid oedd Ælfwynn mewn tymer i aros. Gadawodd y llys ar garlam, gydag Angharad wrth ei chefn.

Roedd hi'n ddiwrnod braf arall, ond y tro hwn ni allai Angharad fwynhau'r awyr agored. Er bod cynhesrwydd yr haul yn bleserus, roedd gwres y tensiwn rhwng Ælfwynn ac Athelstan yn boenus. Gwyliodd Angharad Athelstan gymaint ag y gallai heb iddo sylwi. Doedd hi erioed wedi gweld wyneb mor ddifynegiant. Does bosib nad oedd ganddo unrhyw ddiddordeb yn yr hyn oedd o'i gwmpas?

'Wnei di aros tu allan tro yma?' gofynnodd Ælfwynn wrth iddynt agosáu at yr ystâd.

Doedd cais ei ffrind ddim yn bersonol, gwyddai Angharad. Fel gwarchodwr byddai dyletswydd ar Eadric i fynd i mewn i neuadd yr iarll gydag Ælfwynn. Ond ni fyddai'n weddus i Angharad aros tu allan ar ei phen ei hun: byddai Athelstan wedi ei gloi allan hefyd, heb gyfle i ymyrryd yng ngwaith Ælfwynn. Roedd Æthelflaed wedi dysgu ei merch yn dda.

Ac felly gadawyd Angharad ar ei phen ei hun gyda'r dyn main rhyfedd hwn. Parhaodd y tawelwch rhyngddynt, ond nid oedd yn dawelwch mor lletchwith bellach, ac Ælfwynn wedi mynd.

'Ers faint wyt ti wedi bod yn byw yma?'

Teimlai'r un cwestiwn a ofynnodd Edward iddi yn wahanol iawn yn dod o geg Athelstan. Tybiai Angharad nad oedd ganddo ddiddordeb go iawn – cwrteisi oedd yn gyrru'r holi. 'Rhyw dair blynedd erbyn hyn.'

'Wyt ti'n gweld dy deulu yn aml?'

'Nac ydw, byth.'

'Rhaid bod hynny'n anodd.'

'Na, ddim o gwbl.' Daeth yr ateb yn hawdd. Yn annhebyg i'w dad, doedd Athelstan ddim yn gwneud iddi deimlo'n nerfus.

Am y tro cyntaf gwelodd fflach o ddiddordeb yn ei wyneb. 'Rwyt ti'n hapus i fod yma felly. Gaf i ofyn pam?'

Cyn i Angharad gael y cyfle i egluro ei bodlonrwydd, dychwelodd Ælfwynn ac Eadric. Cynhaliodd Eadric sioe o gyfeillgarwch tuag at Athelstan yr holl ffordd yn ôl i Tamworth, ei sgwrsio yn rhoi seibiant i Ælfwynn ac Angharad.

'Iawn?' gofynnodd Angharad yn Gymraeg wrth i'r ddwy ohonynt syrthio'n ôl ychydig.

Nodiodd Ælfwynn. 'Dim problemau.' Crychodd ei thalcen. 'Buest ti'n siarad gyda fe?'

'Ychydig ... doedd e ddim eisiau sgwrsio i ddechrau ond wedyn—'

'Beth wyt ti'n meddwl ohono fe?'

Syllodd Angharad ar gefn syth Athelstan. 'Mae'n anodd dweud ... Sai'n credu ei fod e mor beryglus â'i dad.' Meddyliodd am lygaid Athelstan, yn edrych i bob man ac yn gweld pob dim. 'Ond mae'n graff yn sicr. Mae'n fy atgoffa i o dy fam.'

Ni ymatebodd Ælfwynn. Roedd ei dwylo yn wyn o gwmpas awenau ei cheffyl. Wrth i Tamworth ddod i'r golwg, carlamodd i ffwrdd heb ddweud gair. Doedd Angharad ddim yn farchoges mor grefftus ac erbyn iddi gyrraedd y porth roedd Ælfwynn wedi disgyn oddi ar ei cheffyl ac ar ei ffordd i mewn i'r neuadd.

'Aros!' gwaeddodd Angharad.

'Gad hi,' sibrydodd Eadric gan gynnig ei law i'w helpu i'r llawr. Taflodd olwg nerfus i gyfeiriad eu gwestai. Roedd Athelstan yn eu gwylio, yn nodweddiadol o dawel a difynegiant. Nodiodd arnynt a cherdded i ffwrdd.

'Mae lot o bwysau arni,' eglurodd Eadric yn araf. 'Gydag Athelstan yma nawr, mae'n rhaid iddi brofi ei hun ... dyw hi ddim yn cael gwneud yr un camgymeriad.' Ochneidiodd. 'Yr hyn mae Æthelflaed yn ceisio ei wneud ... does neb wedi gwneud hynny'n llwyddiannus o'r blaen. Mae'n fenter beryglus iawn.'

Roedd Eadric yn dewis ei eiriau yn ofalus. Ni allai fforddio i neb ei glywed yn trafod Athelstan a'r olyniaeth. Byddai un gair yn ddigon i gynnau tân o sïon.

'Bydd yn amyneddgar gyda hi, dyna'r cyfan rwy'n ei ddweud. Mae angen dy gefnogaeth a dy gyfeillgarwch di arni'n fwy na dim byd arall, hyd yn oed os nad yw hi'n sylweddoli hynny eto.'

Oedodd Angharad ac ail-fyw ei sgwrs gydag Ælfwynn yn ei phen. Teimlodd yr ansicrwydd yn ei bwrw. Roedd hi wedi arfer dweud pob dim wrth ei ffrind, beth bynnag a ddaethai i'w meddwl. Efallai byddai'n well iddi ddewis ei geiriau'n fwy gofalus yn y dyfodol.

4

Ceisiodd Angharad ei gorau i ddangos amynedd. Roedd angen cryn dipyn.

Roedd Ælfwynn wedi syrthio i dymer dywyll, yn benderfynol o'i chosbi am feddwl yn dda o Athelstan. Ac roedd hi'n adnabod ei ffrind yn ddigon da i wybod yn union sut i wneud hynny orau. Aeth ati i roi pellter bwriadol rhyngddynt.

Er i Angharad barhau i helpu Ælfwynn gyda'r cyfrifoldebau newydd roedd Æthelflaed yn eu rhoi ar ei hysgwyddau, anwybyddai ei ffrind hi'n llwyr. Un o'r gweision oedd hi nawr, yn lwcus os câi air o ddiolch am ei chymorth.

Ceisiodd Angharad berswadio ei hun bod dim ots. Roedd hi wedi hen arfer â'r fath driniaeth yn Nyfed, wedi'r cyfan. A theimlai'n eithaf sicr byddai'r storm hon yn pasio. Ond a dweud y gwir, roedd y cwmwl yn ei mygu. Oedd, roedd ei ffrind yn ei hadnabod yn dda iawn. Y pellaf i ffwrdd roedd Ælfwynn yn ei gwthio, y mwyaf roedd Angharad yn dyheu amdani.

Y nosweithiau oedd waethaf. Doedd Angharad erioed wedi sylwi bod cymaint o oriau mewn noswaith o'r blaen. Arferai dreulio pob noswaith gydag Ælfwynn – yn sgwrsio, astudio, chwarae gemau. Weithiau eistedd mewn tawelwch a wnaent yn unig, ond roedd yna gwmni yn y tawelwch hynny.

Bellach roedd drws Ælfwynn ar gau.

Ac ar ben y cyfan, ni allai Angharad ddod o hyd i Edwin yn unman. Roedd hi wedi teimlo'n euog wrth chwilio amdano i ddechrau – doedd hi ddim wedi gwneud unrhyw ymdrech i weld ei brawd yn ddiweddar, a nawr roedd hi'n troi ato i ddatrys ei hunigrwydd. Ond wrth iddi chwilio a chwilio heb lwyddiant dechreuodd deimlo'n rhwystredig ac yn flin. Roedd Edwin wedi troi ei gefn arni hefyd.

Ac yna un bore penderfynodd Ælfwynn bod ei ffrind wedi dioddef digon.

'Amser codi!'

Rholiodd Angharad ar ei chefn, wedi drysu. Roedd hi'n eithaf sicr iddi fod yng nghanol breuddwyd am Ælfwynn, ond teimlai'r gwallt melyn yn cosi ei bochau go iawn.

'Amser codi!' ailadroddodd Ælfwynn gan siglo ei hysgwydd.

Neidiodd calon Angharad yn sydyn mewn ymateb i'w hagosrwydd.

'Ma' Eadric yn rhoi gwersi saethu i ni bore ma!'

Gyda hynny eisteddodd Angharad i fyny yn syth. 'O'n i'n meddwl bod dy fam di ddim eisiau i ni ddefnyddio arfau?' Roedd hi wedi gwrando ar sawl dadl rhwng Ælfwynn a'i mam ar y pwnc.

'Mae 'di newid ei meddwl. Fel o'n i'n cadw dweud, byddai disgwyl i frenin allu arwain byddin.'

A'r mwyaf y gallai Ælfwynn ymddangos fel brenin, y mwyaf parod fyddai'r ieirll i'w dilyn, gorffennodd Angharad y ddadl.

Roedd Eadric yn aros amdanyn nhw ger y storfa arfau. Wrth sylwi ar y wên wybodus ar ei wyneb, dechreuodd Angharad dybio mai fe oedd yn gyfrifol am newid meddwl Æthelflaed. Nid hi oedd yr unig un i ddioddef tymer ddrwg Ælfwynn yn ddiweddar.

'Dyw rhain ddim yn deganau,' rhybuddiodd. 'Mae'n rhaid i chi fod yn ofalus, a does dim hawl gyda chi i'w defnyddio nhw heblaw 'mod i'n bresennol.'

Teimlodd Angharad wefr o gyffro wrth ddal y bwa yn ei llaw, cyffro oedd i'w weld yn amlwg ar wyneb Ælfwynn hefyd. Roedden nhw wedi cael pob math o wersi ers i Angharad symud i Fersia: darllen, ysgrifennu, ieithoedd, diplomyddiaeth. Doedd Angharad ddim yn cwyno – roedd hi'n mwynhau astudio. Ond roedd dysgu sut i saethu yn wahanol. Ychydig iawn o ferched yn Ynys Prydain gyfan allai honni eu bod nhw wedi cael gwersi saethu. Am funud gadawodd Angharad i'w hun freuddwydio. Roedd hi'n eistedd yn dal ar gefn ceffyl, byddin wrth ei chefn, gelynion yn syrthio un ar ôl y llall o'i blaen.

Dilynodd saeth gyntaf Angharad saeth Ælfwynn i orffwys ar y llawr rhyw ddau fetr i'r dde o'r targed roedden nhw'n anelu ato. Edrychodd y ddwy ohonyn nhw ar ei gilydd a chwerthin, Edward ac Athelstan yn atgofion pell.

'Ceisiwch eto, ond peidiwch tynnu eich llygaid oddi ar y targed,' cynghorodd Eadric, yn gwneud ei orau i beidio ag ymuno yn y chwerthin.

Aeth eu saethau'n agosach tro hwn. Ac yna'n agosach eto. Ond gwrthododd Ælfwynn stopio nes ei bod hi wedi bwrw ymyl y targed.

'Digon am heddiw,' dywedodd Eadric, y rhyddhad yn amlwg yn ei lais. Roedd yr haul yn uchel yn yr awyr erbyn hyn. 'Allwn ni barhau bore fory.'

'Gwych! Diolch, Eadric!'

Doedd Angharad ddim yn cofio'r tro diwethaf iddi weld ei ffrind mor hapus. Ac er bod ei breichiau ar dân a'i chefn yn boenau i gyd, doedd hi'n methu aros i ddychwelyd i ymarfer eto.

Wrth iddyn nhw gerdded am y neuadd cofiodd Angharad

am ei brawd. 'Eadric, wyt ti'n gwybod ble mae Edwin? Sai wedi ei weld e ers sbel.'

'Ath e i Gaergeri. Ond dyle fe fod 'nôl erbyn hyn ...' Oedodd wrth weld y pryder yn codi yn llygaid Angharad. 'Paid â becso, bydd rhyw eglurhad rwy'n siŵr.'

5

O'r diwedd daeth Angharad o hyd i Edwin. Neu yn hytrach daeth ei brawd o hyd iddi hi. Ar ôl diwrnod hir o saethu a cherdded tu allan roedd Angharad wedi brysio 'nôl i'w hystafell i newid ei chlogyn cyn mynd i gwrdd ag Ælfwynn i chwarae gêm. Rhedodd trwy'r drws gyda gwên wirion ar ei hwyneb i ddarganfod rhywun yn aros amdani.

'Oes gen ti bum munud?'

Doedd Angharad ddim wedi sylweddoli gymaint y bu'n poeni am ei brawd nes iddi deimlo'r rhyddhad o'i weld unwaith eto. 'Edwin, wrth gwrs ... ond ble wyt ti wedi bod? O'n i'n chwilio amdanat ti ... Nath Eadric ddweud bod ti wedi mynd i Gaergeri, ond bod pawb wedi disgwyl ti 'nôl sbel cyn hyn.'

Cofleidiodd Edwin hi gydag euogrwydd amlwg. 'Do, es i i Gaergeri. Es i i gwrdd â Dad yno ... sori, dylen i fod wedi sôn 'mod i'n mynd.'

Doedd ei thad ddim wedi gofyn i'w gweld hi. Wrth i'r ergyd ei tharo, teimlodd Angharad yn grac gyda'i hun am ddisgwyl y byddai'r sefyllfa'n wahanol. 'O'dd Dad yng Nghaergeri?' ceisiodd gadw ei llais yn ysgafn.

'O'dd e'n cyfarfod â'r Brenin Edward yno.'

Taniodd hynny ychydig o ddiddordeb. 'Pam?'

Cododd Edwin ei ysgwyddau. 'Sai'n gwybod, rhyw fusnes yn ymwneud â threthi.'

'Ond ma' Dad yn talu ei drethi i Æthelflaed – dyw e ddim yn talu trethi i Edward hefyd, nag ydy?'

Chwarddodd Edwin ond gyda chraffter yn ei lygaid. 'O'n i wedi anghofio pa mor gyfarwydd wyt ti â gwleidyddiaeth ein teyrnasoedd erbyn hyn.'

Doedd e heb ateb ei chwestiwn, sylwodd Angharad.

'Angharad, mae gan Dad dasg i ni, i'r ddau ohonon ni.'

'I fi hefyd?' Stopiodd hynny Angharad yn stond. Doedd ei thad erioed – *erioed* – wedi rhoi tasg iddi o'r blaen.

'Ma' fe eisiau i ni glosio at Athelstan. Treulio amser gyda fe, dod yn ffrindiau iddo.'

Ni allai Angharad beidio â chwerthin. Yn amlwg, doedd ei thad ddim yn gwybod y peth cyntaf am Athelstan. Gallai weld y tywysog nawr, ei sylw'n llwyr ar ennill teyrnas Mersia, pob sgwrs yn rhan o'i strategaeth. Doedd e ddim yn un am ffrindiau.

'Beth sy'n mynd ymlaen?'

Neidiodd Angharad ac Edwin. Doedd yr un ohonynt wedi sylwi ar y drws yn agor.

'Wel, beth yw'r gyfrinach fawr? Oes rhywun yn mynd i ddweud wrtho fi?' ebychodd Ælfwynn, ei llygaid yn fflachio.

'Jyst wedi bod yn ymweld â'n tad,' dewisodd Edwin ei eiriau yn ofalus. 'O'n i'n rhannu'r newyddion gyda Angharad.'

Cododd Ælfwynn ei haeliau a throi ei llygaid at Angharad.

'Dim byd pwysig,' mentrodd Angharad o'r diwedd, ond swniai'r geiriau'n wan.

Syllodd Ælfwynn arni'n hir. Roedd hi wedi clywed, roedd Angharad yn sicr o hynny. Ac wedi ei brifo. 'Does neb ar fy ochr i, oes e?' sibrydodd, a chau'r drws yn glep uchel ar ei hôl.

Trodd Angharad at Edwin. 'Os oes gan Dad dasg i mi, yna gall e ddod i ddweud wrtho fi ei hun.'

* * *

Y bore wedyn roedd Angharad yn hwyr i'w gwers saethu. Arferai Ælfwynn ddod i'w dihuno, gan wybod bod ei ffrind ddim ar ei gorau yn y boreau – ond heddiw roedd Angharad wedi deffro ar ei phen ei hun i ystafell wag.

Oer.

Melltithiodd a rhuthro i wisgo. Roedd hi wedi ofni byddai Ælfwynn yn ei beio am gynllwyn ei thad. Gorffwysai'r annhegwch yn drwm ar ei hysgwyddau. Roedd hi wedi treulio blynyddoedd yn dyheu am sylw ei thad. Ond nawr roedd y sylw hirddisgwyliedig hynny wedi dinistrio ei pherthynas gydag Ælfwynn.

Suddodd ei chalon ymhellach wrth iddi gyrraedd y storfa arfau. Roedd Eadric ac Ælfwynn yno'n barod. Ond roedd ganddyn nhw gwmni. Safai Athelstan yn edrych yn hamddenol trwy'r amrywiol arfau, yn pwyso ambell un yn ei law ac yn cyfeirio cwestiynau at Eadric. Gwenodd ar Angharad. Atebodd Angharad ei wên yn nerfus, ei stumog mewn clymau.

Syllodd Ælfwynn yn fwriadol i gyfeiriad arall, ei gwefus yn llinell fain. 'Barod?' gofynnodd wrth Eadric, heb roi cyfle i Angharad ddal ei gwynt.

Ond doedd Ælfwynn ei hun ddim yn barod heddiw. Ddim gydag Athelstan yn eu gwylio. Gwers gyntaf un Eadric oedd bod angen llonyddwch ar y meddwl er mwyn gweithredu'r bwa'n effeithiol. Ac felly ni synnodd Angharad wrth weld saeth Ælfwynn yn gwyro i'r dde, ymhell o'r targed, a'r ymdrech yn waeth hyd yn oed na'r tro cyntaf i'r ddwy ohonynt geisio. Mewn rhwystredigaeth, anfonodd saeth arall yn gyflym ar ei ôl, ond heb lwyddiant.

Gosododd Eadric law ar ei braich. 'Cymer funud. Angharad? Dy dro di.'

Camodd Angharad ymlaen yn nerfus. Doedd hi ddim wir yn canolbwyntio ar y targed, yn poeni yn hytrach am ymateb ei ffrind. Bron yn ddiarwybod iddi, hedfanodd ei saeth o'i bwa a glanio yn y canol. Syllodd ar y saeth yn syn: ni ddylai fod wedi llwyddo a'i meddwl ar wasgar.

'Saethu da!' canmolodd Athelstan.

Gwgodd Ælfwynn. Llwyddodd i fwrw'r targed ar ei thrydydd tro, ond dim ond o drwch blewyn. Doedd Angharad ddim yn meiddio edrych arni. Gallai deimlo'r dicter yn gwmwl o'i chwmpas. Methodd y targed yn fwriadol ar ei thro nesaf.

'Dyna ddigon am heddiw, rwy'n credu,' dywedodd Eadric yn ysgafn.

Cerddodd Ælfwynn i ffwrdd heb edrych ar yr un ohonynt.

6

Crwydrodd Angharad strydoedd Tamworth ar ei phen ei hun. Câi'r argraff bod pawb yn fodlon – o'r gwerthwyr ar eu stondinau i weision y llys yn mynd ar neges. Doedd dim un arwydd o anniddigrwydd na sibrwd o wrthryfel mewn unrhyw gornel dywyll. Byddai'r fath sefydlogrwydd yn dipyn o gamp i frenin gyda chymaint o elynion ag oedd gan Æthelflaed yn ei gwylio o ffiniau ei theyrnas. I frenhines, roedd y sefyllfa'n hollol wyrthiol.

Ond doedd Angharad ei hun ddim yn fodlon. Roedd hi'n ddiwrnod prysur iawn, a bu raid iddi dorri ar draws grwpiau o bobl yn sgwrsio yng nghanol y ffordd, osgoi plant yn rhedeg, a gwthio heibio ambell stondin. Ond er gwaethaf y bywyd yn byrlymu o'i chwmpas, teimlai'n unig dros ben. Doedd hi heb weld Ælfwynn ers y wers saethu drychinebus. Neidiai ei chalon bob tro y câi gip ar ben o wallt melyn.

'Angharad!'

Trodd Angharad yn obeithiol ond dim ond ei brawd oedd yn brwydro trwy'r dorf i'w chyrraedd. A oedd hi'n hapus i'w weld? Doedd hi ddim yn siŵr. Gwyddai nad Edwin oedd ar fai am dymer Ælfwynn. Ond fe oedd wedi cludo neges ei thad.

'Popeth yn iawn?'

'Ie, iawn,' gwthiodd Angharad y cwestiwn i ffwrdd.

'Nac wyt ddim.' Astudiodd Edwin hi'n ofalus. 'Ble mae Ælfwynn?'

Cododd Angharad ei hysgwyddau ac edrych ar y llawr.

'Ddylet ti ddim gadael iddi dy drin di fel hyn.'

Llosgodd llygaid Angharad gyda ffyrnigrwydd sydyn. 'Wna'th Dad ac Elen fy nhrin i'n waeth – wedest ti ddim byd bryd hynny.'

Ochneidiodd Edwin ac edrych i ffwrdd. 'Fi'n gwybod. Sori ... jyst ddim yn lico dy weld di'n anhapus.'

Roedd e'n aflonydd, sylwodd Angharad, ac yn cadw edrych dros ei ysgwydd yn nerfus. Tyfodd ei dicter – doedd ddim wir ots ganddo am ei phroblemau hi. 'Beth sy'n bod arnat ti?'

'Ma gen i rywbeth i ddweud wrthot ti.'

'Os taw neges arall gan Dad—'

'Na na.' Gafaelodd Edwin yn ei braich a'i thynnu i stryd dawelach. 'Ti'n mynd i glywed pethau heddiw. Ac efallai gweld ... wel, weli di'n fuan. Jyst paid credu pob dim rwyt ti'n ei glywed, iawn?'

Edrychodd Angharad arno mewn penbleth. 'Wnes i ddim deall gair o hynny.'

Cnodd Edwin ei wefus ac edrych dros ei ysgwydd unwaith eto. Roedd rhyw ddyn yn pwyso yn erbyn stondin ychydig o bellter i ffwrdd, a menyw yn cardota yng ngheg y stryd. Tynnodd Angharad yn agosach ato. 'Jyst paid credu pob dim ma' hi'n ei ddweud.'

'Hi? Æthelflaed?'

Gwasgodd Edwin ei llaw a cherdded i ffwrdd yn gyflym. Syllodd Angharad ar ei ôl, y dicter a fu'n byrlymu'n agos i'r wyneb yn ystod eu sgwrs yn tasgu i bob man. Roedd e'n ei thrin hi fel plentyn. Yn esgus ei fod e gymaint yn fwy pwysig na hi, yn gwybod cymaint yn fwy na hi, yn deall cymaint yn fwy na hi. Wel doedd hi ddim yn blentyn, a doedd dim rhaid iddi wrando arno fe mwyach. Gallai hi wneud ei phenderfyniadau ei hun ynghylch pwy i wrando arnyn nhw a phwy i gredu.

Parhaodd Angharad i felltithio Edwin yr holl ffordd yn ôl i'r llys. Roedd ei meddwl hi mor bell i ffwrdd fel na sylwodd yn syth ar y don o gyffro yn ei bwrw wrth iddi gyrraedd yr iard. Roedd y gweision yn sibrwd yn gynhyrfus ymysg ei gilydd, a mwy o ieirll nag arfer yn loetran heb bwrpas amlwg.

'Beth sydd yn mynd ymlaen?' gofynnodd wrth un o'r ieirll.

'Mae un o'r Arglwyddi wedi torri ei lw o ffyddlondeb i'r frenhines. Mae wedi dioddef cyfiawnder Æthelflaed yn syth.' Craffodd yr iarll ar Angharad. 'Mae'r boneddigesau i gyd wedi ymgasglu yn y neuadd – dylet ti fynd yno hefyd.'

Roedd ganddo sylw Angharad yn syth. Doedd Æthelflaed ddim fel arfer yn goddef presenoldeb y boneddigesau a'u clebran di-bwynt. Rhaid bod rheswm da dros y cyfarfod. Aeth ar garlam i'r neuadd, y cyffro wedi llwyddo i ddisodli ei thymer ddrwg.

Safai Æthelflaed a'i chefn at holl foneddigesau'r llys, yn syllu i ddyfnder y tân. Ymestynnodd Angharad ar flaenau ei thraed er mwyn ceisio cael golwg ar Ælfwynn, ond doedd hi ddim i'w gweld yn unman. Sylwodd ar un fenyw mewn gwisg fonheddig ar ei gliniau ar y llawr yng nghanol y cylch o foneddigesau. Roedd golwg rewllyd ar ei hwyneb, a rhywsut llwyddai i osgoi edrych ar unrhyw un o'r menywod o'i chwmpas.

Teimlai Angharad i oes gyfan basio cyn i Æthelflaed droi i wynebu'r neuadd. Rhedodd ias oer i lawr ei chefn. Doedd hi erioed wedi gweld y fath ddirmyg ar wyneb y frenhines o'r blaen.

'Rwyt ti'n gwybod pam rwyt ti yma?' poerodd Æthelflaed.

Edrychodd y fenyw ar ei gliniau yn syth i'w llygaid a nodio'n araf.

'Gwych. Gelli di egluro i bawb felly.'

'Rydw i yma i wasanaethu brenhines Mersia.' O dôn ei llais roedd yn amlwg mai dyna oedd y peth diwethaf y dymunai'r fenyw ei wneud.

'Yn wir, mae'n ddyletswydd ar bob unigolyn i wasanaethu ei arglwydd neu arglwyddes, ac i fod yn ffyddlon iddynt. Nag wyt ti'n cytuno?'

'Ydw.'

'Anodd deall, felly,' parhaodd Æthelflaed, ei llais yn beryglus o dawel, 'pam oedd dy ŵr di yn teimlo nad oedd y rheol hon yn berthnasol iddo fe? Pam oedd e'n teimlo nad oedd rhaid iddo fod yn ffyddlon i'w arglwyddes? Pam oedd e'n teimlo y gallai dorri ei lw o ffyddlondeb i mi?'

Gadawodd Æthelflaed y distawrwydd i ymledu i gorneli'r neuadd. Roedd pob llygad wedi ei hoelio ar y fenyw ar y llawr. Roedd hi'n parhau i anwybyddu'r gynulleidfa.

'Wel,' meddai Æthelflaed o'r diwedd. 'Hoffwn i groesawu Non i'r llys. Gwraig is-frenin Brycheiniog. Ein morwyn newydd. Rwy'n siŵr bydd hi'n awyddus i fod o wasanaeth i chi gyd, felly os oes gennych chi unrhyw dasg yr hoffech chi iddi ei chyflawni, gofynnwch. Ni fydd yr un dasg yn rhy fach.'

Gyda hynny aeth Æthelflaed i eistedd, ac roedd hi'n amlwg bod y cyfarfod ar ben.

Parhaodd Angharad i syllu ar Non. Rhaid bod brenin Brycheiniog wedi gwneud rhywbeth wirioneddol ofnadwy i ysgogi Æthelflaed i drin ei wraig yn y fath ffordd. Doedd llafur morwyn ddim yn waith i frenhines.

Clustfeiniodd ar sgwrs rhwng dwy o'r boneddigesau wrth iddynt basio. 'Lladd Abad Ecgberht glywes i,' sibrydodd un. 'Pwy fyddai'n gwneud y fath beth?! Ymosod ar ddyn duwiol!'

Wedi clywed digon, gadawodd Angharad gynnwrf y neuadd.

7

Roedd Ælfwynn yn torri rheol Eadric ac yn ymarfer saethu ar ei phen ei hun. Stopiodd Angharad ychydig o bellter i ffwrdd a'i gwylio. Roedd ei chyhyrau yn dynn gan densiwn. Nid am y tro cyntaf edmygodd Angharad siâp ei breichiau. Ysai i gamu ymlaen a'i chofleidio.

'Oeddet ti'n gwybod?' Roedd Ælfwynn wedi sylwi arni.

'Na, Ælfwynn, wrth gwrs doedden i ddim yn gwybod.'

'Jyst yn meddwl falle bydde dy dad wedi dweud rhywbeth. Ma' brenin Brycheiniog yn un o'i gymdogion, ond yw e?'

'Sai wedi siarad gyda 'nhad i ers i mi ddod yma dair blynedd yn ôl – a sai'n dymuno siarad gyda fe chwaith. Ti'n gwybod hynny.'

'Neu Edwin 'te.'

Siglodd Angharad ei phen yn flinedig. 'Siarad mewn posau mae Edwin. Dyw e ddim yn dweud dim byd o werth wrtho fi. Ddim yn ymddiried ynof fi ddigon falle. Neu'n meddwl 'mod i'n rhy dwp i ddeall.' Teimlodd fymryn o obaith wrth i gydymdeimlad fflachio'n sydyn drwy lygaid Ælfwynn. 'Ydw i'n gallu ymarfer gyda ti?'

Roedd rhan o Ælfwynn eisiau cytuno, gallai Angharad weld hynny'n blaen. Ond yna siglodd ei phen. 'Byddai'n well gen i fod ar fy mhen fy hun heddiw.'

Syllodd Angharad arni'n drist. Yn agosach nawr, gallai weld y chwys yn ymgasglu ar gefn ei gwddf, a'i breichiau yn crynu ychydig o dan bwysau'r bwa. Ymestynnodd a gosod llaw ar ei braich yn ysgafn, fel petai'n ofni ei llosgi. 'Fi yma i ti os ti moyn siarad.'

Gadawodd Ælfwynn i'w saethu, gan wneud ei gorau i beidio ag edrych dros ei hysgwydd.

* * *

Ceisiodd Angharad wthio Ælfwynn o'i meddwl wrth iddi gerdded 'nôl am y neuadd i chwilio am Edwin. Gorfododd ei hun i ystyried Non, brenin Brycheiniog, a'r abad marw. *Pwy fyddai'n gwneud y fath beth?!* Roedd hi wedi clywed am wrthryfeloedd, am ddynion yn lladd ei gilydd ar faes y gad. Ond lladd abad? Pa gasineb allai fod wedi ysgogi hynny? Yn llechu'n anesmwyth ymysg y cwestiynau hyn oedd yr olwg beryglus ar wyneb Æthelflaed wrth iddi gosbi Non. Roedd Angharad wedi gweld ochr i'r frenhines doedd hi erioed wedi ei gweld o'r blaen, ochr oedd yn codi ofn arni.

Ac yna roedd rhybudd Edwin. *Jyst paid credu pob dim mae hi'n ei ddweud.* Oedd hi i fod i gredu bod y cyhuddiad yn ffals? Ond os felly, pam fyddai Æthelflaed wedi cipio Non? Ac o ble roedd Edwin yn cael ei wybodaeth? Rhwbiodd ei llygaid wrth iddi gyrraedd y neuadd. Roedd rhaid iddi wybod y gwir.

Gwelodd ei brawd yn syth. Ond doedd e ddim ar ei ben ei hun. Eisteddai Athelstan gyferbyn ag ef, yn canolbwyntio ar fwrdd gwyddbwyll a orffwysai rhyngddynt. Gwyliodd Angharad yn ddistaw wrth i Athelstan bwyso ymlaen a sibrwd rhywbeth yng nghlust Edwin. Dechreuodd ei brawd ruo chwerthin, ac Athelstan ei hun ... doedd hi erioed wedi ei weld yn edrych mor fywiog.

'Wyt ti'n dod i mewn?' gofynnodd un o'r gweision yn swta wrth wthio heibio.

Neidiodd Angharad o'r ffordd ac oedi am eiliad. Syllodd eto ar Edwin. Yn cyflawni gorchymyn eu tad ... ond yn edrych mor llon. Cerddodd i ffwrdd. Doedd hi ddim yn deall yr un o'r bobl o'i chwmpas bellach.

Suddodd i eistedd wrth ymyl y tân yn niogelwch ei hystafell ei hun, gyda drws caeedig rhyngddi ac annibendod y byd. Pam oedd rhaid i bob dim fod mor gymhleth? Roedd y chwys yn disgleirio ar gefn gwddf Ælfwynn wedi ei serio ar ei chof, a rhybudd Edwin yn atseinio yn ei chlustiau. Caeodd ei llygaid a gosod ei dwylo dros ei chlustiau. Cododd a neidio i fyny ac i lawr sawl gwaith er mwyn ceisio alltudio'r holl deimladau a meddyliau – doedd dim rhaid iddi roi ei hamser iddyn nhw.

Yna gwelodd hi'r llythyr.

Roedd y darn o femrwn yn gorffwys yn ddiniwed ar y bwrdd. Roedd Angharad wedi gweld Æthelflaed yn pori dros lythyron yn y gorffennol ond doedd hi ei hun erioed wedi derbyn un. Cododd y darn yn araf a'i droi drosodd, ei chalon yn rasio. Oedd ei thad wedi penderfynu cysylltu â hi o'r diwedd?

Sêl y brenin. Edward.

Gollyngodd y llythyr fel petai wedi llosgi ei dwylo.

Roedd y geiriau Saesneg cyfeillgar wedi eu hysgrifennu'n daclus:

Rydw i wedi cael y pleser o ddod i adnabod dy dad yn well dros yr wythnosau diwethaf. Fyddwn ni'n cwrdd eto'n fuan.

8

'Gaf i ychwanegu pren at y tân?'

Neidiodd Angharad wrth glywed y geiriau Cymraeg. Non oedd yn sefyll yn y drws, yn yr un ffrog a fu'n gwisgo wrth benlinio o flaen Æthelflaed, ac yn lluchio pentwr o bren tu ôl iddi. Gwyliai brenhines Brycheiniog hi gyda diddordeb digywilydd.

'Wrth gwrs ...' petrusodd Angharad. 'Diolch,' ychwanegodd yn lletchwith. Osgôdd edrych arni gan obeithio y byddai'n cyflawni ei thasg mewn tawelwch, ond roedd gan Non gynlluniau eraill.

'Pam wyt ti mor gyfeillgar gyda nhw?'

Roedd y feirniadaeth yn ei llais yn gyfarwydd. Teimlai Angharad yn flinedig. Roedd hi wedi cael hen ddigon ar orfod cyfiawnhau ei pherthynas gydag Æthelflaed ac Ælfwynn.

'Mae Æthelflaed wedi bod yn garedig iawn i mi.'

'Wrth reswm!' wfftiodd Non. 'Does bosib nad wyt ti'n ddigon clyfar i weld drwy hynny?!' Stopiodd chwarae gyda'r tân, wedi ei synnu gan dawelwch Angharad. 'Hi yw'r gelyn! Beth am dy ffyddlondeb tuag atom ni, dy bobl dy hun?'

'Rydw i'n ffyddlon i fy nhad,' atebodd Angharad yn araf. 'Wyt ti?'

Gwingodd Angharad o dan olwg ddwys Non, gan gofio'r

dasg i glosio at Athelstan, y dasg roedd hi wedi ei hanwybyddu'n llwyr. 'Fe anfonodd fi yma,' atebodd yn amddiffynnol. 'A nawr mae'n rhaid i mi wneud y gorau o'r sefyllfa.'

'Doedd ganddo ddim dewis! Nag wyt ti'n deall hynny?' Siglodd Non ei phen mewn anghrediniaeth wrth weld y penbleth ar wyneb Angharad. 'Nag wyt ti'n meddwl bod e'n rhyfedd mai dim ond o Ddyfed y mynnodd Æthelflaed dderbyn gwystlon? Mae'n chwarae gemau gyda ni i gyd.'

Syllodd Angharad arni'n syn. Doedd hi erioed wedi ystyried ei hun yn wystl o'r blaen. Roedd hi'n rhydd i fynd a dod wedi'r cyfan. Petai hi'n dewis gadael Tamworth nawr a theithio 'nôl i Ddyfed i weld ei thad ni fyddai Æthelflaed yn ei stopio ... neu a fyddai hi?

'Popeth yn iawn fan hyn, Angharad?'

Tan hynny, nid oedd Angharad wedi sylweddoli ei bod hi'n bosib teimlo anesmwythder a rhyddhad ar yr un pryd. Wrth droi i edrych ar Æthelflaed roedd hi'n falch o weld mai'r fersiwn cyfarwydd o'r frenhines oedd yn sefyll o'i blaen – yn awdurdodol, ond yn gyfeillgar hefyd.

Trodd Æthelflaed at Non. 'Mae angen dy help di yn y gegin.'

Ni allai brenhines Brycheiniog wneud dim ond gwgu a gadael.

Eisteddodd Æthelflaed i lawr gyferbyn ag Angharad a chymryd ei llaw. Brwydrodd Angharad y reddf i dynnu ei llaw chwyslyd yn rhydd o'i gafael.

'Rwyt ti wedi clywed beth wnaeth is-frenin Brycheiniog, yn dwyt?'

'Ydw,' sibrydodd Angharad.

'Rwyt ti'n deall, felly, pam mae hyn yn angenrheidiol?'

'Wrth gwrs.'

'Dwyt ti ddim wedi derbyn unrhyw neges gan dy dad?' Roedd Æthelflaed yn syllu arni'n ddwys.

Siglodd Angharad ei phen yn fud.

Gwenodd Æthelflaed gyda chydymdeimlad, ei llygaid yn ymlacio. 'Na, doedd e erioed yn talu sylw i ti, nag oedd? Wel cofia di, os wyt ti'n clywed ganddo fe, dere i ddweud wrtha i yn syth.'

'Gwnaf.' Gwyddai Angharad fod disgwyl iddi ddweud mwy ond roedd ei cheg yn teimlo'n sych a'i thafod yn drwm.

'Oes rhywbeth arall hoffet ti ei ddweud wrtha i?'

Arhosodd Angharad yn hollol lonydd, gan orfodi ei hun i beidio ag edrych i gyfeiriad y tân. Roedd rhan ohoni eisiau rhannu pob dim gyda'r frenhines. Byddai Æthelflaed yn ei chysuro, ac yn gwybod sut i ddelio gydag Edward.

Ond na. Ni allai wneud hynny. Roedd llythyr Edward yn enwi ei thad. Petai Æthelflaed yn dod i wybod am ei berthynas agos newydd gydag Edward, am ei orchymyn i Edwin glosio at Athelstan, bosib iawn byddai'n penderfynu fod Hywel wedi torri ei llw o ffyddlondeb. Edwin fyddai'n talu'r pris am hynny. Ac ar ôl gweld ei thriniaeth o frenhines Brycheiniog doedd Angharad ddim yn amau byddai Æthelflaed yn ei gosbi'n hallt.

'Na, dim byd.'

Gosododd Æthelflaed law ar ei hysgwydd. 'Galw fi neu Eadric os ydy Non yn dy drwblu di eto, iawn?'

Gyda hynny gadawodd Angharad i ddychwelyd i'w meddyliau cythryblus ei hun. Doedd hi ddim yn siŵr sut i ddehongli'r sgwrs gyda Non. Ffyddlondeb tuag at ei phobl ei hun? Beth oedd hynny'n ei feddwl? Dyma oedd ei phobl hi nawr. Dyma oedd ei lle hi, yn llys Æthelflaed. A doedd hi ddim yn garcharor yn sicr. Roedd ei thad wedi penderfynu ei hanfon yma, ac roedd hi ei hun wedi penderfynu aros. Ond ni allai anghofio'r olwg felltithiol ar wyneb Æthelflaed a'r caledwch yn ei llais.

Ac roedd olion llythyr Edward yn parhau i'w harteithio o'r tân.

9

Gydag ansicrwydd yn ei chysgodi, gwelodd Angharad fwy o Brydain nag oedd hi erioed wedi ei weld o'r blaen. Roedd ffyrnigrwydd newydd yn y ffordd aeth Æthelflaed ati i adeiladu trefi. Stafford, Eddisbury, Warwick, Chirby ... Er iddi aros ym mhob un o'r trefi – weithiau am wythnos, weithiau am fisoedd – doedd Angharad ddim yn cofio eu henwau i gyd. Tybiai na fyddai Æthelflaed yn hapus tan i'r deyrnas gyfan suddo o dan bwysau'r trefi cadarn. I wyliwr anwybodus, roedd Æthelflaed yn gwneud ei gorau i amddiffyn Mersia rhag y Llychlynwyr, gyda phob tref newydd yn rhwystr arall i'w llwybr ar draws y deyrnas. Ac ym mhob tref a adeiladodd, rhoddodd y frenhines yr un araith, yn erfyn ar Fersia i sefyll yn gryf yn erbyn y gelyn hwn.

Ond roedd Angharad yn gwybod yn well. Creu teyrnas i gystadlu â Wessex oedd Æthelflaed, teyrnas fyddai'r ieirll am ei hamddiffyn os deuai Edward i guro ar y drws.

'Runcorn fydd yr olaf,' mynnodd Æthelflaed.

'Bydd rhaid iddo fod!' rhybuddiodd Eadric. 'Dyw'r ieirll ddim am wario mwy o arian ... mae'r trefi yn eu plesio ar hyn o bryd, ond allwn ni ddim eu gwthio'n rhy bell – mae'r fenter hon yn gostus.'

Roedd Angharad yn dal i ryfeddu ar allu Eadric i siarad

mor blaen gydag Æthelflaed. Doedd neb arall yn meiddio mynegi anghytundeb yn y fath ffordd.

'Runcorn fydd yr olaf.' Gwgodd Æthelflaed arno ond ni chafodd ei hannifyrrwch amlwg unrhyw effaith ar Eadric – nodiodd yn fodlon.

'Dylai Ælfwynn fynd i'w agor,' cynigiodd.

'Syniad da,' ildiodd Æthelflaed. 'Wyt ti'n hapus i wneud?' Cyfeiriodd y cwestiwn at ei merch, oedd wedi bod yn gwylio'r sgwrs â diddordeb.

Nodiodd Ælfwynn fel petai'n fawr o ots ganddi. Ond gwyddai Angharad y byddai ei nerfusrwydd yn dechrau byrlymu. Roedd Æthelflaed yn hen law ar agor trefi erbyn hyn, yn feistres ar y sioe a'r syrcas. Byddai Ælfwynn yn teimlo dan bwysau i fod yr un mor berffaith wrth agor Runcorn.

'Bydd Eadric ac Angharad yn mynd gyda ti,' oedodd Æthelflaed a syllu'n feddylgar i'r pellter. 'A Iarll Wulfric a'i fab. Mae eu cefnogaeth nhw'n bwysig, felly gwna'n siŵr dy fod di'n talu sylw iddyn nhw.'

Gwnaeth y pwysau ychwanegol ddim i leddfu nerfau Ælfwynn.

* * *

Os mai Runcorn fyddai'r dref olaf i Æthelflaed ei hadeiladu, yna dylai Angharad fod wedi gwerthfawrogi'r daith yn fwy. Efallai dyma fyddai'r tro olaf iddi dreulio wythnos yn teithio hyd a lled Mersia yng nghwmni Ælfwynn a'i gosgordd, yn cysgu mewn neuadd wahanol bob nos. Efallai dyma fyddai'r tro olaf iddi fwynhau gwledd mor foethus mewn tref newydd sbon. Ond roedd ei brwydr fewnol yn parhau ac yn amharu ar yr hwyl. Edwin yn ei chynghori i beidio ag ymddiried yn Æthelflaed. Æthelflaed yn cosbi Non. Non yn ei disgrifio'n wystl. Ælfwynn yn dweud bod eisiau llonydd arni. A disgwyliai Angharad weld Edward yn aros amdanyn nhw tu ôl i bob cornel.

Drws nesaf iddi, yng nghanol y bwrdd, ymddangosai Ælfwynn yn hollol gartrefol yn sgwrsio gyda Iarll Wulfric a'i fab, Cenred. Gyda gwên fawr ar ei hwyneb, gwrandawai'n astud ar Wulfric, yn rhoi'r argraff mai ei farn ef oedd y peth mwyaf diddorol iddi erioed ei chlywed. Ond roedd Angharad yn ei hadnabod yn ddigon da i sylwi ar ei nerfusrwydd. Roedd ei llaw dde yn dal ei chwpan ychydig yn rhy dynn, a'i llais fymryn yn rhy uchel.

Teimlodd Angharad awydd sydyn i'w chysuro. Estynnodd ei throed a chyffwrdd yn ysgafn â throed Ælfwynn o dan y bwrdd. Ni thynnodd Ælfwynn ei throed yn ôl, a thyfodd gwên go iawn ar ei hwyneb.

Parhaodd Angharad i'w gwylio'n dawel, yn esgus diddordeb yn y sgwrs gyda Wulfric – er na allai ddweud gyda sicrwydd am beth oedden nhw'n siarad. Wrth iddi wneud mwy a mwy o ddyletswyddau ar ran ei mam roedd Ælfwynn wedi dechrau ffafrio gwisgo'n syml. Doedd heno ddim yn wahanol: roedd ei gwallt melyn wedi ei dynnu 'nôl yn dynn ac roedd ei ffrog goch fawr yn cuddio siâp ei chorff. O bell, efallai na fyddai rhywun wedi sylwi nad brenin oedd yn eistedd ym mhen y neuadd.

Gyda phwysau Ælfwynn yn erbyn ei throed teimlodd Angharad ei hun yn ymlacio rywfaint. Doedd dim ffordd y gallai Edward fod yn eu gwylio nhw nawr.

* * *

Roedd hi'n ddiwrnod budr wrth iddyn nhw ddechrau ar eu taith hir 'nôl i Tamworth. Byddai Angharad fel arfer yn edrych ymlaen at unrhyw gyfle i farchogaeth, ond roedd hi, hyd yn oed, yn amheus heddiw. Braidd allai weld dim byd trwy'r glaw didrugaredd a doedd dim cysgod rhag y gwynt main.

Edrychai Ælfwynn yn ddigon bodlon. Tybiai Angharad ei bod hi'n falch o'r glaw – roedd Eadric wedi cynghori iddyn nhw farchogaeth yn gyflym er mwyn cyrraedd lloches yn Eddisbury, un arall o drefi Æthelflaed, cyn gynted â phosib. Doedd dim disgwyl i Ælfwynn ddiddanu Wulfric a Cenred heddiw.

Daliodd lygad Angharad trwy'r glaw a gwenu'n ddireidus gan annog ei cheffyl ymlaen. Chwarddodd Angharad a tharo'r un carlam. Roedd Runcorn wedi bod yn ffisig i dymer Ælfwynn. Roedd ei dicter wedi dadmer ac ymddangosai fel petai wedi ymlacio. Teimlai Angharad rywfaint o bwysau'n codi o'i hysgwyddau. Gallai ddelio gyda phob problem arall, dim ond bod Ælfwynn wrth ei hochr.

Sŵn sgrech sydyn yn torri trwy'r gwynt.

Brwydrodd Angharad i ddod â'i cheffyl i stop gan edrych o'i chwmpas yn wyllt. Roedd ceffyl Ælfwynn ychydig o bellter i ffwrdd, yn cerdded mewn cylchoedd dryslyd. Yng nghanol y ffordd roedd corff yn sach ar y llawr.

Neidiodd Angharad o'i cheffyl yn gyflymach nag oedd yn ddiogel. Syrthiodd i'w gliniau yn y baw wrth ymyl Ælfwynn wrth i Eadric rasio tuag atynt.

'Ælfwynn?' gwaeddodd Angharad gan ei hysgwyd.

Ni ymatebodd Ælfwynn a gosododd Eadric law ar fraich Angharad. 'Aros.'

Eisteddodd Angharad 'nôl ar ei sodlau, dagrau yn gymysg â'r glaw ar ei hwyneb erbyn hyn. Yn araf trodd Eadric Ælfwynn ar ei chefn.

'Rhaid i ni gyrraedd Eddisbury'n gyflym,' dywedodd Eadric o'r diwedd. 'Rwy'n credu ei bod hi wedi bwrw ei phen, ond bydd y meddygon yno'n gallu dweud yn well.'

'Ydy hi'n mynd i fod yn iawn?' sibrydodd Angharad.

'Wnawn ni ein gorau.'

Ni allai Angharad dynnu ei llygaid oddi ar gorff llipa Ælfwynn. Doedd hyn ddim yn iawn. 'Dyw hi erioed wedi cael damwain o'r blaen.'

Cododd Eadric a cherdded draw i dawelu ceffyl Ælfwynn. Trwy'r glaw gwelodd Angharad ef yn edrych yn ofalus ar y ffrwyn. Daeth un darn yn rhydd yn ei law. Roedd y lledr wedi torri. Edrychai'r rhwyg yn daclus. Gwaith cyllell.

10

Gwrthododd Angharad adael ochr Ælfwynn. Hyd yn oed wedi i'r meddygon fynnu y byddai'n iawn ond iddi orffwys, parhaodd Angharad i eistedd wrth ymyl ei gwely yn dal ei llaw. Roedd ei stumog yn glymau o ansicrwydd ac euogrwydd. A ddylai hi fod wedi dweud rhywbeth?

Fyddwn ni'n cwrdd eto'n fuan iawn.

Y lledr yn syrthio'n ddwy ran yn nwylo Eadric.

Ai Edward oedd yn gyfrifol, rhywsut? Petai hi wedi dweud y gwir wrth Æthelflaed a fyddai hyn wedi digwydd?

Siglodd Angharad ei phen yn benderfynol. Na. Roedd gan Æthelflaed ac Ælfwynn nifer o elynion. Doedd dim ffordd o fod yn sicr mai Edward oedd wedi gwneud.

Mwythodd law Ælfwynn yn ysgafn, ei chroen yn feddal o dan ei bysedd. Edrychai'n arbennig o hardd yn ei chwsg. Roedd ei gwallt yn bwll o aur o gwmpas ei phen ac roedd rhywbeth hudolus am y ffordd reolaidd y codai a disgynnai ei brest.

Gan synhwyro, efallai, fod rhywun yn ei gwylio, agorodd Ælfwynn ei llygaid yn araf. Edrychodd o gwmpas mewn penbleth am eiliad ond yna lledodd ofn ar draws ei hwyneb ac eisteddodd i fyny yn frysiog.

'Ble ydw i? Beth ddigwyddodd?'

'Ssh aros, sdim brys,' atebodd Angharad, gan ddal yn fwy tyn yn ei llaw. 'Ni wedi cyrraedd Eddisbury.'

'Beth ddigwyddodd?' ailadroddodd Ælfwynn.

'Wnest ti syrthio o dy geffyl ddoe. Ti wedi bod yn cysgu ers hynny.' Gwyliodd Angharad hi'n ofalus, yn aros iddi wylltio, fel arferai ei wneud pan âi pethau o le. Ond dechrau crio wnaeth Ælfwynn. A dim dagrau unigol deniadol, ond crio uchel hyll, ei hysgwyddau yn codi ac yn gostwng. Heb feddwl, cymerodd Angharad hi yn ei breichiau. 'Mae'n iawn, ti'n saff nawr.'

Tynnodd Ælfwynn oddi wrthi. 'Ond wnes i ddifetha pob dim. Fi oedd i fod yn gyfrifol am y daith i Runcorn ... ond do'n i ddim hyd yn oed yn gallu gwneud hynny'n gywir.'

'Dim dy fai di oedd e! Roedd rhywun wedi torri ffrwyn dy geffyl. Rodd rhywun eisiau gwneud yn siŵr bod ti'n syrthio, Ælfwynn!'

'Beth? Ond sut? A pham?'

'Sai'n siŵr ...' Claddodd Angharad eiriau Edward ymhellach yn ei phen. 'Ond mae Eadric yn trio canfod y gwir. Paid poeni amdano fe nawr. Y peth pwysig yw dy fod di'n saff.'

Siglodd Ælfwynn ei phen mewn rhwystredigaeth. 'Am lanast ...' Ailddechreuodd y dagrau, ond yn dawelach y tro hwn. 'Roedd e mor bwysig i mi wneud argraff dda ar Wulfric hefyd.'

'Wulfric? Pam? Jyst rhyw hen ddyn yw e! Beth sydd mor bwysig amdano fe?'

'Mae Mam yn dweud ei fod e'n boblogaidd iawn gyda'r ieirll eraill – bydd ei gefnogaeth e'n hollbwysig. Mae'n meddwl ... mae'n meddwl falle bydd rhaid i mi briodi Cenred.' Roedd yn amlwg o lais Ælfwynn ei bod hi'n ffeindio'r cynllun yn annymunol. Ac roedd rhyw emosiwn dieithr arall i'w glywed yn ei llais hefyd.

Teimlai stumog Angharad ychydig yn rhyfedd. 'Ei fab e? Y bachgen bach oedd gyda fe?'

Chwarddodd Ælfwynn trwy ei dagrau. 'Paid â bod yn gas. Mae ddim ond dwy flynedd yn iau na ni.'

'Hm. Dyw e ddim yn ymddwyn felly.'

Gwasgodd Ælfwynn ei llygaid ynghau. 'Fi'n sori, Angharad,' dywedodd o'r diwedd. 'Sai eisiau dy wthio di i ffwrdd. Fi mor hapus pan dwi gyda ti. Ma'r pwysau jyst yn annioddefol. Sai'n gwybod beth i wneud o un dydd i'r llall ac mae'n teimlo fel bod pawb yn fy erbyn i.'

Cofleidiodd Angharad hi'n dynn a thro hyn ni thynnodd Ælfwynn yn ôl. 'Sai yn dy erbyn di. Fyddai byth yn dy erbyn di. Fyddai wastad yma i ti.' Cusanodd hi'n ysgafn ar ei thalcen. 'Ceisia gysgu. Mae angen i ti orffwys.'

Daliodd Angharad hi'n dynn nes iddi syrthio i gysgu yn ei breichiau.

11

Edrychai Æthelflaed yn ddigon hamddenol a bodlon yn ei chadair. Actio oedd hi, gwyddai Angharad. Roedd cyfarfodydd mawr o holl ieirll Mersia yn anarferol iawn erbyn hyn – roedd yn well gan Æthelflaed deyrnasu ar gyngor grŵp llai o gynghorwyr agos. Fyddai'r ieirll ddim ond yn dod ynghyd ar gyfer digwyddiadau cymdeithasol fel arfer.

'Newyddion da,' datganodd Æthelflaed wrth y neuadd lawn. 'Mae Llychlynwyr y de-ddwyrain ar fin darostwng i fy mrawd, y Brenin Edward.'

Codwyd y to gan sŵn y bloeddio, a rhuthrodd gweision o gwmpas i sicrhau bod digon o gwrw. Gwelodd Angharad un neu ddau o'r ieirll yn estyn draw a tharo Athelstan ar ei gefn. Wrth ei hymyl roedd Ælfwynn yn dawel. Doedden nhw heb siarad rhyw lawer ers y noson o'r blaen, ond teimlai Angharad yn hyderus ei bod o'r diwedd wedi torri trwy rai o'r waliau roedd Ælfwynn wedi eu hadeiladu o'i chwmpas. Estynnodd ei throed a chyffwrdd â throed Ælfwynn dan y bwrdd, gan dynnu gwên fach o'i gwefus.

'Mae hyn, wrth gwrs, yn newyddion ardderchog. Rydym ni ar gyrion heddwch o fath nad ydym wedi ei weld ers dyddiau buddugoliaethau fy nhad, y brenin Alfred, dros y Llychlynwyr.'

Oedodd Æthelflaed wrth i'r bloeddio gynyddu.

'Diolch i'n gwaith caled ni, mae amddiffynfeydd Mersia yn gryf ac yn gadarn. Ar draws y deyrnas mae trefi, fel yr un fawreddog hon, yn sefyll fel sialens i unrhyw elyn fyddai'n meiddio croesi i mewn i'n tiroedd.'

'Diolch i'r frenhines!' gwaeddodd un o'r ieirll oedd fwyaf ffyddlon i Æthelflaed. Ond codwyd ei gri gan nifer eraill, ac yn fuan roedd y neuadd gyfan yn gweiddi ei henw.

Tro Athelstan oedd hi i eistedd yn dawel.

'Ond mae'r Llychlynwyr yn parhau i gynllwynio ar ein ffiniau ni,' dywedodd Æthelflaed. 'Rydym ni wedi eu gwylio ers peth amser, yn aros am ein cyfle.'

'Mae'r amser wedi dod i weithredu!' gwaeddodd un o'i chynghorwyr.

Gwenodd Æthelflaed. 'Yn wir. Mae'r amser wedi dod i weithredu. Wrth i Lychlynwyr y de-ddwyrain syrthio ar eu gliniau o flaen fy mrawd, rhaid i ni atgoffa Llychlynwyr y gogledd pwy sydd yn rheoli'r wlad hon.'

Gwasgodd Angharad ei dwylo dros ei chlustiau. Cofiodd am y cyfarfodydd rhwng ei thad a'i gynghorwyr – digwyddiadau digyffro, gyda phob un yn cymryd ei dro i ddweud ei ddweud. Yma, roedd pethau'n wahanol. Doedd dim angen cyngor ei chynghorwyr ar Æthelflaed, roedd hi wedi hen benderfynu sut y byddai'n gweithredu. Perswadio'r ieirll i'w chefnogi oedd angen gwneud. Chwarae i gynulleidfa oedd Æthelflaed mewn gwirionedd.

Ac roedd hi'n feistres ar ei chrefft. Roedd y neuadd gyfan yn gweiddi am y cyfle i ymosod ar y Llychlynwyr erbyn hyn.

'Fe wnawn ni gipio Derby,' cyhoeddodd Æthelflaed. 'Un o drefi mawreddog yr ymerodraeth Rhufeinig. Mae'r Llychlynwyr wedi cael aros yno am ormod o amser. Mae'n hen bryd i'r dref bwysig hon fod o dan reolaeth Mersia.'

Cafodd Angharad glywed barn go iawn Æthelflaed yn hwyrach y noson honno.

'Mae'n rhaid iddyn nhw gofio 'mod i'n bwerus hefyd. Mae'n rhaid i ni sicrhau nad buddugoliaeth Edward yn unig yw hyn. Gydag Athelstan yma, mae hynny'n fwy pwysig nag erioed.'

'A byddai buddugoliaeth yn codi morâl,' cynigiodd Angharad, ei hyder yn cynyddu wrth i Æthelflaed nodio mewn anogaeth. 'Byddai'n dangos bod yr holl arian a wariwyd ar adeiladu amddiffynfeydd fel Tamworth wedi bod yn werth chweil.'

'Yn union.'

Edrychai Ælfwynn yn ofidus. 'Ond mae'n rhaid i hyn weithio – allwn ni ddim fforddio colli brwydr yn erbyn y Llychlynwyr.'

Symudodd Eadric o'r bwrdd lle bu'n craffu ar fap. 'Gyda'r Llychlynwyr yn y dwyrain ar fin darostwng i Edward, a'r Cymry yn dawel ar ôl yr helynt gyda brenin Brycheiniog, does fawr o fygythiad i Fersia. Allwn ni sbario llu sylweddol i ymosod ar Derby.' Gosododd law ar ysgwydd Æthelflaed. 'Fe wna i arwain y llu fy hun. Wnawn ni ddim methu.'

Gafaelodd Æthelflaed yn ei law. 'Fe wna i ddod hefyd. Ni fydd amheuaeth wedyn mai buddugoliaeth byddinoedd Mersia a'u brenhines yw hyn.'

Am eiliad edrychodd Eadric yn ofidus – yn ddigon gofidus i Angharad amau sicrwydd buddugoliaeth yn Derby. Ond gwyddai Eadric yn well nag anghytuno gydag Æthelflaed wedi iddi wneud penderfyniad. Nodiodd yn araf. 'Fedri di aros ar gyrion y dref tan fod y frwydr drosodd. Ond bydd yn rhaid i ti gael cwmni.'

'Gall Angharad ddod gyda fi.'

Syllodd Angharad ar Æthelflaed mewn sioc. Doedd hi erioed wedi bod yn agos i frwydr o'r blaen. Roedd hi wedi clywed storïau am y fath frwydrau gan Edwin, a oedd, yn ei dro, wedi eu clywed gan Owain, eu brawd hynaf. Erbyn hyn roedd Angharad yn amau gwirionedd y storïau. Roedd hi wedi arfer credu pob gair a ddywedai Owain, ond nawr roedd hi'n sylweddoli nad oedd e gymaint yn hŷn na hi, ac yn rhy ifanc o lawer i fod ar faes y gad bryd hynny.

Ni lwyddodd Ælfwynn i guddio'i ansicrwydd. 'Fydda i'n aros yma i deyrnasu yn dy enw?'

Nodiodd Æthelflaed yn araf. 'Dyna fyddai orau. Gwna dy bresenoldeb mor amlwg â phosib, dangos i'r ieirll bod y deyrnas yn ddiogel yn dy ddwylo di.'

Edrychai Ælfwynn ychydig yn bryderus ond am unwaith ni sylwodd Angharad. Roedd hi'n llawn cyffro. Roedd Æthelflaed ei heisiau hi, Angharad ferch Hywel, i fynd gyda hi i'r frwydr. Efallai fod Non yn iawn – efallai mai darn bach oedd hi mewn gêm wleidyddol rhwng Æthelflaed a'i thad. Ond ers iddi symud i Fersia roedd y frenhines wedi ei thrin hi fel rhan o'i theulu. Mwy nag y gwnaeth Hywel erioed. Dyma oedd ei chartref hi nawr.

12

Roedd tawelwch trwm wedi gostwng dros eu pabell ar gyrion Derby. Roedd Angharad wedi arfer eistedd mewn tawelwch gydag Æthelflaed: doedd y frenhines ddim yn un i wastraffu geiriau. Ond roedd y tawelwch heno yn wahanol. Roedd tensiwn ac ansicrwydd anarferol yn llechu yn y cysgodion. Roedd y tawelwch yn rhy dawel.

Doedd dim gwynt heno. Os clustfeiniai Angharad, gallai glywed sŵn y frwydr yn y pellter. Petai heb wybod bod brwydr i gipio Derby, debyg na fyddai wedi adnabod y sŵn fel sŵn ymladd. Credai y gallai glywed taro metel ar fetel, ond bosib mai gwaith dychymyg oedd hynny.

Eisteddai Æthelflaed fel cerflun, ei dwylo wedi eu gwasgu ynghyd a'i llygaid yn bell i ffwrdd. Am y tro cyntaf erioed, roedd Angharad yn amau rheolaeth y frenhines dros y sefyllfa. Arferai Æthelflaed deyrnasu gyda dwrn caled, yn trefnu'r bobl o'i chwmpas fel petaen nhw'n ffigyrau mewn gêm o wyddbwyll. Doedd dim unrhyw sefyllfa na allai'r frenhines ei throi i'w mantais ei hun. Neu o leiaf dyna roedd Angharad wedi ei gredu. Tan nawr. Yma, wrth i'r frwydr fynd yn ei blaen rhyw filltir i ffwrdd, ni allai Æthelflaed wneud dim byd ond aros.

Yn sydyn, roedd sŵn carlamu. Yn dod yn agosach ac agosach. Plethodd Angharad ei dwylo i'w stopio rhag crynu.

Rhuthrodd negesydd i mewn i'r babell. 'Frenhines!' datganodd. 'Buddugoliaeth! Mae'r Llychlynwyr wedi ildio.'

Ni feiddiai Angharad deimlo rhyddhad. Er gwaetha'r fuddugoliaeth, roedd wyneb y negesydd yn ddifrifol. Roedd rhywbeth o'i le.

'Newyddion da,' atebodd Æthelflaed yn araf. Gallai Angharad synhwyro'r amheuaeth yn y ffordd ofalus ynganodd pob gair. 'Beth yw cyflwr ein byddin? Wnaethon ni ddioddef nifer o golledion?'

Roedd y negesydd wedi dal ei anadl erbyn hyn, a syrthiodd i'w liniau o'u blaen. 'Ychydig o golledion, Arglwyddes. Roedd mwy ohonyn nhw nag oedd ein sgowtiaid wedi dweud ...' Oedodd a gostwng ei lygaid i'r llawr. 'Rydym ni wedi colli pedwar o'r ieirll ... Iarll Sigwulf, Iarll Wulfred, Iarll Ælfric ac Iarll ... Eadric.'

Yn benysgafn, brwydrodd Angharad i aros ar ei thraed.

Ni newidiodd yr olwg ar wyneb Æthelflaed. 'Wnaethon ni dalu'n ddrud am y fuddugoliaeth hon, felly. Fe wnawn ni ddathlu eu bywydau a'u haberth heno. Dyna i gyd am y tro, fe wna i ymuno â chi yn y dref mewn ychydig o funudau.' Crychodd ei thalcen. 'Ffeindia allan enwau'r sgowtiaid.'

Nodiodd y negesydd yn fud a gadael yn frysiog.

Am y tro cyntaf ers iddi symud i Fersia, teimlai Angharad ei bod hi'n gweld yr Æthelflaed go iawn. Am unwaith ni cheisiodd y frenhines atal ei hemosiynau rhag meddiannu ei chorff. Doedd dim dagrau na sgrechian, ond suddodd ei hysgwyddau. Diflannodd y frenhines dal a chadarn, wedi ei disodli gan fenyw oedd wedi gweld a chlywed gormod. Yn sydyn roedd Angharad yn sylwi ar y rhychau o gwmpas ei llygaid a'r llwyd yn ei gwallt. Rhaid eu bod nhw wastad wedi bod yno, ond roedd mwgwd Æthelflaed fel arfer yn eu cuddio. Nawr roedd y mwgwd wedi disgyn.

Anadlodd Æthelflaed yn ddwfn. Ac mewn eiliad

diflannodd y fenyw fregus, ac roedd Angharad unwaith eto yn edrych ar frenhines Mersia.

'Awn ni?' gofynnodd.

* * *

Dim ond un noson arhoson nhw yn Derby. Rhoddodd Æthelflaed ei stamp ar y dref yn ei ffordd arferol – sioe roedd Angharad yn gyfarwydd â hi erbyn hyn, sioe oedd, efallai, ychydig yn fflat. Ond roedd yr ieirll a'r milwyr yn ddigon hapus, a'r cwrw'n llifo unwaith yn rhagor. Fe wnaeth trefniadau gweinyddol lyncu'r rhan fwyaf o'r diwrnod canlynol, gan gynnwys crogi'r sgowtiaid o flaen torf fawr.

Roedd Æthelflaed wedi mynnu eu bod nhw wedi camarwain y fyddin yn fwriadol ac felly yn euog o frad. Ond doedd dim unrhyw dystiolaeth o hyn, ac roedd Angharad yn amheus. Ymddangosai pob un o'r sgowtiaid yn ddigon diniwed, yr ifancaf yn ifanc iawn – efallai oedran Edwin. Bu raid iddi edrych i ffwrdd wrth i un o'r ieirll weithredu'r gosb, gan gadw ei golwg ar Æthelflaed. Roedd y frenhines yn gwylio gyda llygaid caled. Teimlai Angharad fel chwydu. Efallai dyma fyddai ffawd ei brawd petai Æthelflaed yn dod i wybod am gynlluniau Hywel, ac am ei berthynas gydag Edward.

Roedd yr haul yn uchel yn yr awyr erbyn iddyn nhw ddechrau'r daith 'nôl i Tamworth, a phrynhawn hir o farchogaeth o'u blaenau i gyrraedd y lloches nesaf. Roedd tawelwch wedi dod yn arferol rhwng Æthelflaed ac Angharad erbyn hyn. Tybiai Angharad nad oedd y frenhines eisiau ei chwmni. Ac ar ôl ei thriniaeth o'r sgowtiaid doedd Angharad ddim yn siŵr a oedd hi eisiau bod yno chwaith.

Yng nghwmni Eadric a'r fyddin, roedd y daith wedi cymryd dros wythnos. Ond hedfanodd Æthelflaed ar draws ei theyrnas, yn bwriadu cyrraedd Tamworth o fewn hanner yr amser hynny. Brwydrodd Angharad i aros wrth ei hochr. Doedd dim trugaredd i unrhyw berson neu geffyl a syrthiai tu ôl. Ar y trydydd diwrnod, daeth Tamworth i'r golwg. Rhywsut roedd Angharad wedi colli ei menig ac roedd ei bysedd wedi rhewi i ffrwyn ei cheffyl. Trodd smotiau o law yn dywallt, ac erbyn iddyn nhw gyrraedd porth y dref roedd ei chlogyn yn drwm gan bwysau'r dŵr, a'i gwallt wedi glynu i'w thalcen.

Teimlai Angharad yn ddigyswllt o'i chorff wrth iddyn nhw fynd i mewn i'r llys. Heb iddi eu cyfeirio, dilynodd ei thraed Æthelflaed i'w hystafell. Trodd ei llygaid i weld Ælfwynn yn rhuthro atynt, a golwg ofidus ar ei hwyneb.

'Hoffwn i funud gyda fy merch,' dywedodd Æthelflaed. Hwn oedd y tro cyntaf iddi siarad gydag Angharad ers i'r negesydd dorri'r newyddion yn Derby.

Rhwygodd geiriau Æthelflaed drwy'r cwmwl a daeth Angharad ati ei hun yn sydyn. Gadawodd yr ystafell yn sigledig, gydag un olwg olaf ar Ælfwynn, oedd yn syllu rhyngddynt gyda phryder cynyddol.

Roedd Angharad eisiau galaru, roedd hi eisiau teimlo marwolaeth Eadric yn ei tharo fel ergyd bob cam a gymerai. Ond mewn gwirionedd, gyda'i gwallt yn hongian yn dalpiau gwlyb o gwmpas ei hwyneb, a'i hesgidiau a sanau yn drwm, roedd rhan ohoni a ddymunai ddim byd ond i fod yn sych a chynnes. Ac roedd rhan arall, hefyd, oedd wedi ei brifo gan oerni Æthelflaed. Yn y rhan honno cafodd geiriau brenhines Brycheiniog lwyfan.

Ai dyma oedd ei lle wedi'r cyfan? Roedd yr ymdeimlad cyfarwydd hynny mai hi oedd yr aelod diangen a dieisiau o'r teulu yn dychwelyd. Gwystl. Ai dyna i gyd oedd hi mewn gwirionedd? Oedodd Angharad tu allan i'r drws, ar goll yn ei niwl.

'Rwy'n falch dy fod di 'nôl yn ddiogel.'

Neidiodd Angharad. 'Diolch,' llwyddodd i ymateb.

Edrychodd Athelstan arni gyda phryder. 'Wyt ti'n iawn? Dwyt ti ddim wedi dy anafu?'

Siglodd Angharad ei phen. 'Sori, dydw i ddim yn gallu canolbwyntio ... mae'r diwrnodau diwethaf wedi bod yn anodd.' Rhy onest, rhy bersonol, sylweddolodd wedi i'r geiriau adael ei cheg.

Er syndod iddi, fflachiodd cydymdeimlad ar draws wyneb Athelstan. 'Roedd yn flin iawn gen i glywed am y colledion, ac am Iarll Eadric yn enwedig ... ond mae'n newyddion da bod Derby wedi disgyn i ddwylo Mersia.'

Cyn i Angharad gael cyfle i ymateb ymddangosodd Ælfwynn yn y drws. Gwthiodd heibio iddynt a rhuthro i ffwrdd.

* * *

Petrusodd Angharad tu allan i'r drws, yn paratoi yr hyn roedd hi eisiau ei ddweud yn ei phen. Y peth hawdd fyddai gadael Ælfwynn a dweud dim. Roedd rhywbeth am alar oedd yn codi waliau, ar yr union bryd pan roedd y fath waliau fwyaf annefnyddiol. Na, roedd yn rhaid iddi siarad gydag Ælfwynn. Cyn Derby roedd hi wedi gallu bwrw trwy rai o hen waliau Ælfwynn. Ni allai roi cyfle iddi adeiladu rhai newydd.

Gydag anadl ddofn aeth i mewn i'r ystafell. Roedd Ælfwynn yn eistedd ar y llawr wrth y tân, yn yr union fan y bu'n eistedd niferoedd o weithiau o'r blaen wrth iddyn nhw chwarae gemau. Heno roedd ei dwylo wedi eu gwasgu'n dynn yn ei chôl, ac roedd olion dagrau ar ei bochau.

'Ælfwynn ...' cychwynnodd Angharad, ond roedd yr holl eiriau a fu'n eu paratoi mor ofalus wedi dianc. Eisteddodd wrth ei hymyl a'i chofleidio. 'Rydw i yma i ti,' sibrydodd, wrth i ysgwyddau Ælfwynn ddechrau ysgwyd.

'Allai ddim crio,' gorfododd Ælfwynn y geiriau allan trwy ei dagrau. 'Ma' rhaid i fi fynd lawr i'r wledd. Ni'n dathlu'r fuddugoliaeth ... alla i ddim edrych fel hyn.'

'Ti wedi colli ffrind agos, mae hawl gen ti i alaru.'

'Roedd e fel tad i fi, pan oedd fy nhad i'n fyw ond hyd yn oed yn fwy wedi ei farwolaeth ...' Tynnodd i ffwrdd a cheisio rhwbio ei llygaid. 'Ond alla i ddim edrych fel hyn. Mae'n rhaid i'r ieirll weld brenhines, rhywun fydd yn eu harwain. Allan nhw ddim gweld dagrau.'

Estynnodd Angharad ei llaw a thynnu llaw Ælfwynn o'i llygaid. 'Ond fe alla i weld y dagrau. Does dim rhaid i ti guddio unrhyw beth oddi wrtha i.'

Ni adawodd Ælfwynn ei llaw i fynd, ac wrth edrych i'w llygaid sylwodd Angharad ar ddryswch yno, wedi ei blethu gyda'r galar. Ond hefyd rhyw emosiwn anghyfarwydd arall. Pwysodd Ælfwynn ymlaen a'i chusanu'n araf ar ei gwefus. Ymatebodd ei chorff yn syth ac yn reddfol, a theimlai Angharad ei bod wedi cyrraedd adref o'r diwedd.

13

I wyliwr anwybodus, mae'n debyg na fyddai'n amlwg bod pethau wedi newid. Roedd Angharad ac Ælfwynn unwaith eto yn carlamu ar draws tiroedd Mersia i ymweld ag amrywiol ystadau. Roedd Ælfwynn unwaith eto wedi codi ar doriad y wawr i bendroni dros ei gwisg. Roedd Angharad unwaith eto'n ffeindio'r sgyrsiau ffurfiol – dibwys yn ei barn hi – ychydig yn ddiflas.

Byddai rhywun a fu'n gwylio eu symudiadau yn fwy gofalus efallai wedi sylwi ar newid arwyddocaol. Dim Eadric oedd yn gwmni iddynt tro hwn – roedd Iarll Wulfric wedi cymryd ei le. Gan eistedd yn dal ar geffyl du cyhyrog tebyg gyda'i glogyn moethus yn chwyrlïo yn y gwynt, bosib na fyddai'r gwyliwr wedi credu bod fawr o wahaniaeth. Ond roedd y gwahaniaeth yn amlwg i Angharad. Roedd Eadric wedi bod yn gefn i Ælfwynn, wedi cynnig barn neu air o gyngor pan oedd angen. Ym mhresenoldeb Wulfric, teimlai Ælfwynn fod yn rhaid iddi brofi ei hun.

Ond hyd yn oed petai'r gwyliwr gofalus iawn wedi sylwi ar hyn, debyg na fyddai wedi sylwi ar y newid arall. Teimlai Angharad gyffro o fath nad oedd hi erioed wedi ei deimlo o'r blaen. Roedd rhan ohoni'n teimlo'n euog am hynny, yn teimlo'n euog am fwynhau unrhyw fymryn o hapusrwydd o dan y fath amgylchiadau. Ond roedd marwolaeth Eadric wedi dysgu iddi bod bywyd yn gallu parhau trwy ddigwyddiadau ofnadwy. Ac felly gadawodd i'w hun deimlo'r cyffro hynny.

Roedd yr emosiwn yn estron i Angharad. Roedd yn wahanol i'r bodlondeb y bu'n ei deimlo ers symud i lys Æthelflaed. Awgrymai bodlondeb ryw fath o lonyddwch, ond doedd Angharad ddim yn teimlo'n llonydd bellach. Roedd hi'n dyheu i gael symud. Roedd ei nerfau ar draws y lle i gyd. Roedd ei chalon yn curo'n gyflymach. Ac roedd y curo hynny yn cynyddu bob tro iddi edrych i gyfeiriad Ælfwynn.

'Wnes i'n iawn?' gofynnodd Ælfwynn o dan ei hanadl wrth iddyn nhw gyrraedd 'nôl yn y llys.

'Perffaith,' gwenodd Angharad. 'Dim cam o'i le.'

'Ti'n siŵr?' Roedd Ælfwynn wedi dechrau'r arfer o gnoi ei hewinedd wrth bryderu am rywbeth.

'Ydw!' Estynnodd Angharad a thynnu ei llaw o'i cheg. 'Does dim angen i ti boeni.'

Ni thynnodd Ælfwynn ei llaw i ffwrdd, a meddalodd ei llygaid.

'Bore da, Ælfwynn, Angharad.'

Gollyngodd Ælfwynn ei llaw yn frysiog a throi i wynebu Athelstan. Suddodd calon Angharad wrth weld Edwin gyda'r tywysog. 'Bore da.'

Gostyngodd tawelwch lletchwith rhyngddynt.

'Bore hyfryd am daith tu allan,' dywedodd Athelstan o'r diwedd. 'Rydw i ac Edwin yn mynd o gwmpas y dref ... croeso i chi ymuno â ni.'

Cododd Angharad ei haeliau ar ei brawd, ac edrychodd yn ôl arni gyda golwg annarllenadwy ar ei wyneb.

'Swnio'n hyfryd,' atebodd Ælfwynn yn ysgafn. 'Ond rydym ni newydd ddychwelyd.'

Ni edrychai Athelstan yn siomedig. Debyg nad oedd wedi disgwyl i Ælfwynn dderbyn ei wahoddiad. 'Rhywbryd eto falle.'

Aethant yn eu blaen heb i Angharad ac Edwin dorri gair.

'Mae dy frawd di'n ffrindiau da gydag Athelstan,' nododd Ælfwynn wedi iddynt gyrraedd preifatrwydd diogel ei hystafell.

'Hm ... Do'n i ddim wedi sylwi cyn heddiw ... dydw i ddim yn ei weld yn aml iawn erbyn hyn.' Gwingodd. Doedd hi ddim wedi bwriadu swnio mor amddiffynnol.

'Efallai gallet ti ffeindio allan mwy? Gofyn i Edwin am beth mae'n siarad gydag Athelstan?'

'Falle,' atebodd Angharad yn anesmwyth. A ddylai ddweud wrth Ælfwynn mai gwneud gwaith eu tad oedd Edwin? Roedd rhan ohoni'n dyheu i fod yn hollol onest, i beidio llygru eu perthynas gyda chyfrinachau. Roedd Ælfwynn yn deg. Ni fyddai'n cosbi Edwin am ddilyn gorchymyn eu tad.

Ond byddai'n teimlo dyletswydd i ddweud wrth Æthelflaed. Doedd dim dwywaith beth fyddai ei hymateb hi.

Ac felly arhosodd Angharad yn dawel wrth i forwyn ddod i osod y bwrdd gyda medd poeth a bara. Cymerodd Angharad ddarn o fara yn syth ond eisteddodd Ælfwynn a syllu ar ei bwyd am oes.

'Mae'n rhaid i ti stopio poeni – wnest ti'n wych heddiw. Does dim byd mwy allet ti fod wedi ei wneud.'

Cnodd Ælfwynn ei gwefus. 'Ond mae'n hollbwysig 'mod i'n ennill cefnogaeth Wulfric.'

'A Cenred?' ni allai Angharad stopio ei hun rhag gofyn.

Anwybyddodd Ælfwynn y cwestiwn. 'Mae gan Wulfric gymaint o ddylanwad ymysg yr ieirll – ennill cefnogaeth Wulfric ac rwy'n ennill cefnogaeth y rhan fwyaf o ieirll Mersia.'

'Ac ar sail dy berfformiad heddiw, does dim rheswm i gredu na fyddi di'n ennill ei gefnogaeth.' Roedd Angharad eisiau gofyn am Cenred eto, ond edrychai Ælfwynn yn rhy ddigalon. Symudodd i eistedd wrth ei hymyl. 'Ti'n gwneud gwaith gwych, ond mae'n rhaid i ti ymlacio hefyd. Elli di ddim treulio pob munud o bob dydd yn gweithio – fyddi di'n gyrru dy hun yn wallgof. Fyddi di'n teimlo'n well ar ôl cael seibiant.'

Pwysodd Ælfwynn ei phen ar ei hysgwydd. 'A phryd wnest ti ddod mor ddoeth?'

'Wastad wedi bod, dim ond nawr ti'n sylwi,' profociodd Angharad. Rhedodd ei bysedd trwy wallt Ælfwynn, yn dad-wneud y clymau a grëwyd gan wynt y bore. 'Fyddi di'n iawn,' addawodd. 'Fyddwn ni'n iawn.'

Wrth i Ælfwynn droi ei phen i dderbyn ei chusan, sylwodd Angharad fod y pryder wedi lleddfu rhyw ychydig o'i llygaid. Teimlodd euogrwydd sydyn. Ar ba sail oedd hi'n gallu addo bod popeth yn mynd i fod yn iawn?

Fyddwn ni'n cwrdd eto'n fuan.

14

Roedd hi'n ddiwrnod braf ac Angharad yn ysu am fod allan gydag Ælfwynn. Roedd gwên yn chwarae ar ei gwefus wrth feddwl amdani a'r diwrnod fydden nhw'n ei gael gyda'i gilydd. Ond roedd Æthelflaed wedi mynnu ei gweld yn gyntaf. Teimlai Angharad ychydig yn ansicr – doedd Æthelflaed ddim wir wedi siarad gyda hi ers y frwydr yn Derby. A doedd hi ddim yn cofio'r tro diwethaf iddi gael ei galw i weld y frenhines heb fod Ælfwynn hefyd yn bresennol.

'Rhaid i mi ddiolch i ti, Angharad,' dywedodd Æthelflaed o'r diwedd. 'Rwyt ti wedi helpu Ælfwynn i ddod o hyd i'w hyder, yn enwedig ar ôl y ddamwain.'

Damwain. Brwydrodd Angharad yn erbyn ei heuogrwydd. Nid ei bai hi oedd cwymp Ælfwynn. Ni fyddai dweud wrth Æthelflaed am lythyr Edward a chynlluniau ei thad wedi newid dim.

'Paid meddwl 'mod i heb sylwi. Mae Ælfwynn yn dibynnu arnat ti am gefnogaeth a chyngor, ac rwyt ti'n hael iawn yn rhoi'r ddau.' Oedodd Æthelflaed, yn tapio ei bysedd ar fraich ei chadair. 'Rwy'n credu, felly, dy fod di'n haeddu gwybod mwy am yr hyn rydym ni'n ei gynllunio. Yr hyn sydd i ddod.'

Ymlaciodd Angharad. Doedd hi ddim wedi disgwyl geiriau mor garedig. Dyma oedd yr hen Æthelflaed. Nid yr

Æthelflaed oedd yn crogi bechgyn ifanc, ond yr Æthelflaed oedd wedi rhoi cartref iddi hi.

'Dyw e ddim yn gyfrinach 'mod i'n bwriadu i Ælfwynn fy olynu fel brenhines Mersia. Dyw e ddim ychwaith yn gyfrinach,' poerodd Æthelflaed, 'bod fy mrawd eisiau stopio hynny rhag digwydd. Mae'n debyg ei fod e'n dychmygu coron Mersia yn eistedd ar ben Athelstan.'

Nodiodd Angharad gan gladdu ei heuogrwydd ychydig yn ddyfnach. *Fyddwn ni'n cwrdd eto'n fuan.*

'Er mwyn i Ælfwynn lwyddo, mae cefnogaeth yr ieirll yn hanfodol. Mae hyn yn bwysicach fyth nawr fod Eadric,' crynodd ei llais ryw fymryn wrth yngan ei enw, 'wedi ein gadael.'

'Rwy'n deall.'

'Mae sawl ffordd i ennill cefnogaeth yr ieirll,' parhaodd Æthelflaed yn yr un llais gwastad arferai ddefnyddio wrth roi gwersi i Angharad ac Ælfwynn. 'Mae rhoddion yn un ffordd – cyfoeth, tir, teitlau … Ond dylanwad yw'r rhodd mae'r ieirll yn ei drysori mwy na dim. I wybod bod ganddyn nhw glust y frenhines, i allu dylanwadu ar y ffordd mae'r deyrnas yn cael ei rhedeg.'

Nodiodd Angharad yn araf. Teimlodd wacter yng ngwaelod ei stumog wrth iddi sylweddoli i ble roedd y ddarlith hon yn mynd.

'Nawr, sut i wneud i iarll deimlo ei fod yn ddylanwadol? Wel y ffordd amlwg yw trwy gynghrair. A'r gynghrair fwyaf cadarn yw priodas.'

Meddyliodd Angharad am Edward, yn barod ar ei ail wraig, ac amau hynny ychydig. Ond roedd hi'n ddigon doeth i gadw'n dawel.

'Dyna sut wnes i ddod yn frenhines Mersia yn y lle cyntaf. Roedd fy nhad i'n deall mai'r ffordd orau i sicrhau ffyddlondeb Æthelred oedd i mi ei briodi.'

Roedd golwg bell ar wyneb Æthelflaed – doedd hi ddim fel arfer yn siarad am ei gŵr.

'Iarll Wulfric yw'r iarll fwyaf pwerus ym Mersia. Os yw e'n mynd i fod yn ffyddlon i ni, bydd e'n disgwyl gwobr. Bydd rhaid i Ælfwynn briodi ei fab, Cenred.'

Roedd yna haearn yn llygaid Æthelflaed nawr.

'Mae dyfodol Ælfwynn yn dibynnu ar y gynghrair hon. A fydda i ddim yn goddef i unrhyw beth – neu unrhyw un – amharu ar hynny, wyt ti'n deall?'

Ni allai Angharad symud er mwyn nodio. Roedd ei bochau'n llosgi. Doedd hi ac Ælfwynn ddim yn dwp, roedden nhw'n gwybod i beidio â gwneud sioe o'u perthynas. Beth bynnag a ddigwyddai ym mhreifatrwydd ystafell Ælfwynn, yn gyhoeddus ni allai eu teimladau fodoli. Ac roedd Angharad wedi credu iddynt feistroli'r grefft o fyw celwydd.

Ond roedd Æthelflaed yn gwybod. Ac yn ei bygwth. Roedd hi'n hen gyfarwydd ag Æthelflaed yn bygwth pobl eraill erbyn hyn. Ond bygwth gelynion a wnâi fel arfer. Doedd Angharad erioed wedi dychmygu byddai'r frenhines yn ei hystyried yn elyn.

'Fel rwy'n dweud,' parhaodd y frenhines, ei llais yn meddalu ychydig, 'rwy'n ddiolchgar iawn i ti am yr hyn rwyt ti'n ei wneud dros Ælfwynn. Ond mae'n rhaid i'r gynghrair briodas hon fynd yn ei flaen yn llwyddiannus.'

Ni allai Angharad aros i ddianc o'r ystafell.

* * *

Doedd gan Angharad ddim o'r galon i ymuno ag Ælfwynn wedi'r cyfarfod gydag Æthelflaed. Byddai ei chariad yn gwybod yn syth bod rhywbeth o'i le. Ond sut allai egluro? Sori, Ælfwynn, mae dy fam di'n dweud bod rhaid i fi gadw 'mhellter rhag ofn i mi beryglu dy berthynas â Cenred. Gwingodd.

Ond doedd hi ddim eisiau bod ar ei phen ei hun chwaith. Roedd y sgwrs gydag Æthelflaed wedi codi ofn arni. Unwaith eto, roedd hi wedi dod wyneb yn wyneb â'r Æthelflaed galed – greulon hyd yn oed. A'r tro hwn roedd hi wedi dod yn rhy agos.

Daeth o hyd i Edwin ger y storfa arfau, yn chwifio cleddyf yn erbyn gelyn dychmygol. Wedi ymgolli'n llwyr yn ei waith, roedd rhyw fath o lonyddwch wedi syrthio drosto. Trodd Angharad yn awyddus at y rhes o gleddyfau. Efallai mai dyna oedd y ffordd ymlaen.

'Bydd yn ofalus!' rhybuddiodd Edwin wrth iddi estyn am y cleddyf fwyaf ysgafn y gallai ei weld.

'Dyw nhw ddim yn finiog.'

'Ond dal yn drwm. Alli di gleisio dy hun yn eitha cas.'

Roedd e'n iawn. Dechreuodd ei hysgwyddau wingo o dan y pwysau. Ond roedd yr ymarfer corff yn llwyddo i leddfu ei phryderon – wrth iddi orfodi'r gleddyf drwy'r awyr doedd ganddi ddim cyfle i ganolbwyntio ar ddim byd ond yr arf yn ei llaw. Trueni mai menyw oedd hi – chwerthin yn ei hwyneb fyddai'r dynion a warchodai'r storfa arfau petai hi'n dod yma i ymarfer ar ei phen ei hun.

Ochneidiodd Angharad a gosod y cleddyf i un ochr.

'Beth sy'n bod?' Gollyngodd Edwin ei gleddyf ei hun a phwyso ar ei liniau, yn anadlu'n ddwfn.

'Pob dim.' Ble i ddechrau? Beth ddylai hi ei ddweud wrth Edwin? Beth oedd hi eisiau ei ddweud wrth Edwin? 'Ma' popeth jyst mor gymhleth.'

Ac yna roedd y geiriau yn tasgu allan i ffurfio pont rhyngddynt. Soniodd am ei pherthynas gydag Ælfwynn. Siaradodd i'r llawr, yn ofni ymateb Edwin. Ond pan fentrodd edrych i fyny, roedd ei lygaid yn llawn tynerwch. Doedd e ddim wedi ei synnu, sylwodd.

Soniodd am rybudd Æthelflaed. Unwaith dechreuodd hi

siarad am Æthelflaed ni allai stopio. Cosbi Non, crogi'r sgowtiaid ... ei bod hi'n teimlo'n anghyfforddus yng nghwmni'r frenhines. Doedd hi ddim wedi sylweddoli faint o bwysau bu'n cario ar ei hysgwyddau tan iddi ddechrau rhannu'r baich.

Siglodd Edwin ei ben yn araf. 'Rwyt ti'n poeni gormod am Æthelflaed.'

Edrychodd Angharad arno mewn anghrediniaeth.

'Mae'n bwerus dros ben, wrth gwrs, ac yn gallu bod yn llym a didrugaredd. Ond dyw hynny ddim yn syndod – mae hi'n frenhines, wedi'r cyfan.'

'Fydde Dad wedi crogi'r sgowtiaid?' Doedd Angharad ddim yn adnabod ei thad yn ddigon da i wybod yr ateb.

'Sai'n siŵr ... Fydde Edward yn sicr wedi.' Cododd Edwin ei ysgwyddau. 'Beth bynnag, wneith hi ddim dy frifo di, mae'n caru ei merch gormod.'

Gan weld bod Angharad heb ei pherswadio, gosododd Edwin law ar ei hysgwydd. 'Mae dy berthynas gydag Ælfwynn yn amlwg yn gwneud y ddwy ohonoch chi'n hapus. Wrth gwrs mae rhaid i ti fod yn ofalus ... ond dylet ti ddim taflu hynny i ffwrdd chwaith. Ychydig iawn o bobl sy'n ddigon lwcus i ddod o hyd i'r hyn sydd gennych chi.'

Doedd Angharad ddim wedi disgwyl hyn. Edwin oedd yr un synhwyrol – wastad mor gall, wastad mor bwyllog. Doedd ei brawd erioed wedi bod yn un am areithiau angerddol o'r blaen. 'Ti ddim yn meddwl dylen i roi lle iddi? Gadael iddi ddatblygu perthynas gyda Cenred cyn iddyn nhw briodi?'

'Ydy hi eisiau i ti wneud hynny?'

'Dyna mae Æthelflaed ei eisiau.'

'Dim Æthelflaed sy'n bwysig. Ti ac Ælfwynn sy'n bwysig.' Siglodd Edwin ei ben mewn rhwystredigaeth, ei lygaid yn fflachio gyda ffyrnigrwydd annodweddiadol. 'Dyw syrthio mewn cariad ddim yn rhywbeth allwn ni ei reoli, Angharad.'

Syrthio mewn cariad. Geiriau Edwin, nid ei geiriau hi. Ond rhai gwir, sylweddolodd Angharad. Gwenodd trwy ei dagrau.

'Ni'n siarad gormod amdana i, fel arfer – sut wyt ti?'

'Fi'n iawn.'

'Ydy Dad dal eisiau ti i glosio at Athelstan?'

'Ydy ... a fi'n treulio lot o amser gydag Athelstan, ond dim er lles Dad.' Roedd golwg bell yn llygaid Edwin erbyn hyn. 'Mae'n ddyn da, ti'n gwybod. Yn addfwyn. Ddim fel Edward ...'

Roedd Angharad ar fin gofyn mwy am Athelstan ond unwaith i Edwin ddweud ei enw ni allai atal Edward rhag llygru ei meddyliau.

'Mae arna i ofn.'

Dyna ni, roedd hi wedi cyfaddef y gwir o'r diwedd – i Edwin ac iddi hi ei hun. Roedd hi'n llygoden ymysg cewri. Roedd hi wedi ei hamgylchynu gan unigolion cryf, yn barod i fynd i'r eithaf i lwyddo. Doedd hi ddim yn haeddu bod yn eu cwmni.

'Wedes i, fydd Æthelflaed ddim yn dy frifo di.'

'Na ... dim Æthelflaed. Mae Æthelflaed yn codi ofn arna i weithiau ... ond ddim fel hyn. Mae arna i ofn Edward.'

Edrychai Edwin yn fwyfwy gwelw wrth iddi egluro am y llythyr. 'Ac yna wnaeth rhywun dorri ffrwyn ceffyl Ælfwynn yn fwriadol – dyna pam wnaeth hi syrthio yn Runcorn. A fi jyst yn teimlo mor euog ... beth os taw cynllun Edward oedd hynny? Ddylwn i fod wedi dweud am y llythyr. Efallai byddai Ælfwynn heb syrthio.'

'Petaet ti wedi dweud wrth Æthelflaed am y llythyr, yna byddai'n gwybod bod Dad yn ochri gydag Edward,' dywedodd Edwin.

'Ac wedi dy gosbi di am hynny.'

Roedd gwylio ei brawd yn ystyried y broblem fel edrych mewn drych, y petruster ar ei wyneb yn gyfarwydd. Ond teimlai'r broblem yn llai brawychus, rhywsut, wrth ei gweld yn nwylo rhywun arall.

'Mae Æthelflaed yn gwybod bod Edward yn fygythiad,' dywedodd Edwin o'r diwedd. 'Mae'n gwybod ei fod e eisiau Athelstan i gael coron Mersia. Na, fyddai dweud wrthi ddim wedi gwneud gwahaniaeth.'

Oedodd, y gofid yn amlwg yn ei lygaid.

'Dydyn ni ddim yn siŵr taw Edward oedd yn gyfrifol am ddamwain Ælfwynn, ydyn ni? Mae cynllwynio i ennill cefnogaeth yr ieirll yn un peth, ond brifo Ælfwynn – ei nith ei hun? Mae hynny'n hollol wahanol. Allai ddim dychmygu unrhyw frenin yn gwneud rhywbeth tebyg. Bosib mai rhyw unigolyn yn Runcorn oedd ar fai, jyst rhywun â rhyw gŵyn yn erbyn Æthelflaed.'

Nodiodd Angharad. Roedd hi wedi bod trwy'r dadleuon hyn i gyd o'r blaen.

Ond roedd Edwin yn dal i edrych yn ofidus. 'Mae gan Edward ei lygaid arnat ti ... ac mae rhywun yn amlwg eisiau brifo Ælfwynn ... ma'n rhaid i ti fod yn ofalus.'

'*Rydw i wedi cael y pleser o ddod i adnabod dy dad yn well dros yr wythnosau diwethaf.* Beth wyt ti'n meddwl ma' hynny'n meddwl? Beth ma' Dad yn neud?'

'Yr un peth mae wastad wedi gwneud. Cefnogi'r ochr mae'n meddwl bydd yn fuddugol.'

15

Canolbwyntiodd Angharad ar ei chariad tuag at Ælfwynn. Dyna oedd y peth pwysig. Dyna oedd y peth cyson. Trwy ganolbwyntio ar Ælfwynn, ac Ælfwynn yn unig, gallai esgus bod pob dim yn iawn o hyd. Ond roedd hi'n mynd yn gynyddol anodd cynnal y celwydd hwnnw.

Ychydig o ddiwrnodau wedi ei chyfarfod gydag Æthelflaed, dychwelodd Angharad i'w hystafell i ddarganfod y frenhines yn aros amdani yno. Roedd hi'n sefyll yn gefnsyth o flaen y tân, ei dwylo wedi eu plethu o'i blaen a golwg ffyrnig ar ei hwyneb. Emosiwn cyntaf Angharad oedd panig. Roedd Æthelflaed yn gwybod pob dim. Y llythyr. Edwin. Ei thad.

Ond yna sylwodd bod gan y frenhines gwmni. Penliniai Non o'i blaen. Y tro diwethaf i Angharad weld Non wrth draed Æthelflaed, roedd hi wedi ymddangos yn ddifater ynghylch ei sefyllfa. Heddiw roedd ei hofn yn amlwg.

'Angharad, flin gen i amharu arnat ti,' roedd llais Æthelflaed yn hollol oer. 'Rwy'n gobeithio gelli di helpu gyda mater cyflym.'

Arafodd calon Angharad ryw fymryn. Doedd hi ddim mewn trwbl.

'Roedd angen tacluso'r tân yn fy ystafell neithiwr. Ond doedden i ddim yn gallu dod o hyd i Non yn unman. A doedd neb arall wedi ei gweld hi chwaith. Felly, ble oedd hi?'

Trodd Non i edrych arni, ond doedd Angharad ddim yn gallu darllen yr olwg ar ei hwyneb. Beth oedd hi wedi bod yn ei wneud?

'Stori Non yw dy fod di wedi gofyn am ei chwmni i fynd am dro o gwmpas y dref.'

Brwydrodd Angharad i gadw'r syndod o'i hwyneb. Ei greddf gyntaf oedd siglo ei phen ond stopiodd ei hun. Doedd yr Æthelflaed hyn ddim yn goddef brad o unrhyw fath. Yr Æthelflaed hyn oedd wedi crogi'r sgowtiaid am eu camgymeriad. Yr Æthelflaed hyn oedd wedi ei bygwth hi.

Edrychodd ar Non a'i melltithio am ei thynnu i mewn i'r helynt. Doedden nhw ddim yn ffrindiau. Mewn gwirionedd, roedd hi wedi gwneud ei gorau i osgoi brenhines Brycheiniog ers eu sgwrs gyntaf. Ond o siglo ei phen byddai'r fenyw'n dioddef. Efallai'n marw. Ac ar ei dwylo hi byddai'r gwaed.

'Ie,' dywedodd ar ôl eiliad o oedi. 'Roedden i eisiau awyr iach ond ddim eisiau mynd ar fy mhen fy hun.'

Mewn gwirionedd, roedd hi wedi treulio'r nos gydag Ælfwynn. Tybiai Angharad fod Æthelflaed yn gwybod hynny. Ond roedd rhaid iddi esgus yn wahanol. Roedd rhaid i berthynas ei merch gydag Angharad aros yn gyfrinach. Ni allai effeithio ar ei chynlluniau am gynghrair briodasol.

Syllodd Æthelflaed arni yn dawel am funud cyfan. 'Rwy'n gweld.' Trodd at Non. 'Rwyt ti wedi cael dy achub y tro hwn. Ond paid gadael y llys eto heb fy nghaniatâd i. Fydd ddim cyfle arall.'

Rhuthrodd Non o'r ystafell heb edrych ar Angharad.

'Dewisa'r cwmni rwyt ti'n ei gadw yn ofalus iawn Angharad.'

Nodiodd Angharad.

'Oes rhywbeth arall hoffet ti ei ddweud wrtha i?'

Teimlodd Angharad bwysau'r cwestiwn am yr ail dro. *Fe wnawn ni gwrdd eto'n fuan*. Roedd geiriau Edward bron â dianc o'i cheg. Na. Ni allai fradychu Edwin.

Siglodd ei phen.

* * *

'Gaf i ddod mewn?'

Cnodd Angharad ei gwefus ac edrych o'i chwmpas yn gyflym. 'Iawn. Ond does gen i ddim lot o amser.'

Safodd Non yn ei gwylio am funud. Roedd golwg feddylgar ar ei hwyneb, fel petai'n ceisio gwneud penderfyniad.

'Beth?'

'O'n i jyst eisiau diolch i ti ... am gynne.'

Cododd Angharad ei hysgwyddau yn anghyfforddus. 'Do'n i ddim eisiau i ti fod mewn trwbl.'

'Rwy'n gwerthfawrogi hynny'n fawr iawn.'

'Ble oeddet ti neithiwr, go iawn?'

Disgynnodd pwysau anweledig ar ysgwyddau Non. Am y tro cyntaf ers iddi gyrraedd Tamworth, edrychai'n fregus. 'Ti'n addo ddim dweud wrth neb?'

Ar ôl eiliad nodiodd Angharad. Roedd hi'n cario cymaint o gyfrinachau yn barod, beth oedd un arall?

'O'n i'n gweld fy ngŵr.'

Syllodd Angharad arni'n syn. Roedd hi wedi anghofio bod Non dal yn wraig i frenin Brycheiniog.

'Sai di gweld e ers cymaint o amser .... o'n i jyst eisiau clywed ei lais ... a theimlo ei freichiau o'm cwmpas unwaith eto.' Roedd un deigryn yn llithro i lawr ei boch. 'Ond os rhywbeth mae'n waeth nawr, wedi i mi ei weld e – fi'n teimlo hyd yn oed yn fwy unig.'

Teimlodd Angharad ergyd o gydymdeimlad. Beth petai rhywun yn ei gwahanu hi ac Ælfwynn yn yr un ffordd? Ni fyddai'n gallu goddef hynny.

'Iawn ...' dywedodd yn lletchwith. 'Wel, bydd yn fwy gofalus tro nesaf.'

Moesymgrymodd Non a throi i adael yr ystafell.

 chydymdeimlad yn ei dallu, bron na sylwodd Angharad ar y manylyn rhyfedd yn y stori. 'Beth oedd dy ŵr di'n ei wneud ym Mersia?'

Oedodd Non. Doedd Angharad ddim yn hoffi'r craffter amlwg yn ei llygaid, a bod ei dagrau wedi diflannu mor gyflym. 'Wn i ddim, dyw e ddim yn rhannu ei gynlluniau gyda fi.'

Celwydd, tybiai Angharad. Roedd rhywbeth wrth droed. *Fyddwn ni'n cwrdd eto'n fuan.*

16

Ni roddodd Non gam o'i le wedi hynny. Gwyliodd Angharad hi'n ofalus ond ni ddangosodd unrhyw awydd i adael y llys eto, debyg oherwydd bod Æthelflaed yn cadw llygad barcut arni hefyd. Prin iddi gael cyfle i symud o ochr y frenhines. Dyna lle roedd hi nawr, yn gweini'r prif fwrdd ac yn arllwys mwy o ddiod i gwpan Æthelflaed.

Teimlodd Angharad y blew yn codi ar ei breichiau wrth i negesydd ruthro i mewn i'r neuadd. Fe'i hatgoffwyd o noson arall pan wnaeth negesydd dorri ar draws gwledd Æthelflaed – i gyhoeddi ymweliad Edward y tro hwnnw.

Ond heddiw daeth y negesydd yn syth i'r bwrdd uchel a sibrwd yng nghlust Æthelflaed. Gwyliodd Angharad hi'n ofalus ond cuddiai Æthelflaed ei theimladau'n dda. Wrth ei hymyl dechreuodd Ælfwynn gnoi ei gwefus.

'Beth yw'r newyddion?' gwaeddodd un o'r ieirll. Ategwyd ei gwestiwn gan eraill ac ymhen dim roedd y neuadd gyfan yn bloeddio am eglurhad gan y frenhines.

'Mae'r negesydd wedi dod â newyddion o'r gogledd.' Gallai Angharad synhwyro Æthelflaed yn asesu awyrgylch yr ystafell, yn gweld a oedd hynny'n ddigon o wybodaeth i'w rhannu. Roedd yn amlwg nad oedd hi eisiau trafod cynnwys y neges o flaen y neuadd gyfan. Ond teimlai'r ieirll yn wahanol a doedd gan Æthelflaed ddim dewis.

'Mae'r Albanwyr eisiau i ni ymuno gyda nhw yn eu brwydr yn erbyn y Llychlynwyr yn Corbridge.'

Codwyd y to. Awgrymai'r cynnwrf fod gan yr ieirll farn gref, ond doedd Angharad ddim yn gallu gweithio allan beth yn union oedd y farn honno.

'Rydw i o blaid y gynghrair hon,' cyhoeddodd Æthelflaed, a llwyddodd ei geiriau i dawelu'r ieirll. Ond roedd ei hanesmwythder yn amlwg erbyn hyn. Ffurfioldeb oedd sêl bendith yr ieirll fel arfer. Byddai Æthelflaed yn cymryd barn ei chynghorwyr agosaf, ond byddai hynny'n digwydd mewn sgwrs breifat, tu ôl i ddrysau caeëdig. Roedd y fath yma o drafodaeth eang ac agored yn eithriadol.

'Pam?' gwaeddodd un. 'Fe wnaethon ni guro'r Llychlynwyr yn Derby. Dyna oedd y frwydr olaf. Mae gyda ni heddwch nawr.'

Roedd ei safbwynt yn boblogaidd.

'Beth yw pwynt cythruddo'r Llychlynwyr nawr? Fyddwn ni'n cael dim o'r fuddugoliaeth. Yr Albanwyr fydd yn cael y budd i gyd.'

'Ac i helpu'r Albanwyr o bawb?' ychwanegodd un arall gan boeri ar y llawr.

Synnai Angharad at yr atgasedd. Cyn belled ag y gwyddai hi, doedd yr Albanwyr erioed wedi gwneud dim i haeddu gelyniaeth y Mersiaid.

'Bydd y gynghrair yn fuddiol i Fersia hefyd,' torrodd Æthelflaed ar eu traws. 'Gyda Mersia i'r de a'r Albanwyr i'r gogledd, bydd y Llychlynwyr wedi eu gwasgu a'u pŵer wedi ei gwtogi yn sylweddol. Bydd ein ffiniau wedi eu cadarnhau, gyda'r posibilrwydd hefyd i ni wthio ymhellach i'r gogledd yn y dyfodol.'

Tawelwch. Doedd dim un iarll yn awyddus i gwestiynu doethineb y frenhines i'w hwyneb, ond roedd eu anhapusrwydd yn amlwg.

Edrychodd Æthelflaed ar yr ieirll, yn herio rhywun i anghytuno gyda hi. 'Bydd y fyddin yn gadael fory.'

Wrth i Æthelflaed eistedd i lawr, dechreuodd y sgwrsio ailgydio ar draws y neuadd. Ond gallai Angharad deimlo'r anfodlonrwydd yn lledu o fainc i fainc. Debyg roedd Æthelflaed yn ei deimlo hefyd, ond ni chymerodd unrhyw sylw.

Roedd Ælfwynn yn fwy nerfus. 'Rwy'n mynd i siarad gyda rhai o'r ieirll,' sibrydodd, gan adael Angharad ar ei phen ei hun gydag Æthelflaed.

Canolbwyntiai'r frenhines ar y bwyd o'i blaen, ac felly trodd Angharad i edrych ar y neuadd. Roedd Ælfwynn wedi cychwyn sgwrs â Wulfric. Doedd Angharad ddim yn gallu clywed y geiriau ond roedd yn amlwg bod Ælfwynn yn ceisio ei berswadio o fanteision y gynghrair gyda'r Albanwyr. Roedd hi'n actores dda, edmygodd Angharad, wrth ei gwylio yn chwerthin ac yn pryfocio Wulfric. Roedd y fenyw ifanc bryderus wedi diflannu o flaen ei llygaid.

'Rwyt ti'n deall pam fod cynghrair gyda'r Albanwyr yn angenrheidiol?'

Trodd Angharad i weld Æthelflaed yn craffu arni.

'Bob dydd mae pŵer fy mrawd i yn Wessex yn cynyddu,' fe wnaeth hi barhau. 'Bob dydd mae'r bygythiad i Fersia yn cynyddu. Mae'n rhaid i ni gael ffrindiau pwerus i wrthsefyll y bygythiad hynny.'

Nodiodd Angharad, er mewn gwirionedd doedd hi ddim yn deall rhesymeg Æthelflaed. Roedd hi'n deall bod Edward yn fygythiad. Roedd hi'n deall yr angen i gael ffrindiau pwerus. Roedd hynny'n gwneud synnwyr. Ond doedd hi ddim yn deall troi at yr Albanwyr. Os oedd Æthelflaed eisiau ffrindiau pwerus, pam ddim sicrhau heddwch gyda'r Llychlynwyr? Nhw oedd cymdogion Mersia wedi'r cyfan. Petai Edward yn symud yn erbyn Mersia, ni allai Angharad weld sut fyddai cynghrair gyda'r Albanwyr o unrhyw werth.

Na, dim strategaeth wleidyddol oedd wedi gyrru penderfyniad Æthelflaed i gefnogi'r Albanwyr.

Wrth i'r frenhines droi i ffwrdd, sylwodd Angharad pa mor welw oedd ei chroen erbyn hyn. Chwarae gyda'i bwyd wnaeth hi drwy gydol y wledd. Roedd ei llaw main wedi ei gwasgu'n dynn o gwmpas ei chwpan, ond er gwaethaf hynny gallai Angharad weld ei bysedd yn crynu. Roedd Æthelflaed yn frenhines bwerus o hyd, yn frenhines i'w hofni o hyd. Ond cysgod yn unig oedd hi o'r frenhines a wnaeth gymaint o argraff ar Angharad yn yr eglwys yng Nghaerloyw.

* * *

'Mae angen iddi bwyllo,' sibrydodd Ælfwynn.

Roeddent yn gorwedd ochr yn ochr ar ei gwely, y nos yn eu cofleidio. Atseiniai sŵn y wledd yng nghlustiau Angharad o hyd ond roedd llonyddwch yr ystafell yn gwneud ei orau i leddfu ei phen tost.

Pwysodd Angharad ei thalcen ar fynwes Ælfwynn. Rhedodd ei bysedd ar hyd ei braich a gafael yn ei llaw. 'Mae hi eisiau dial am Eadric. Mae hi eisiau cosbi'r Llychlynwyr.' Fflachiodd cyrff llipa'r sgowtiaid o flaen ei llygaid unwaith eto.

Dechreuodd Ælfwynn gnoi ei ewinedd.

'Paid, sdim angen poeni. Bydd yr ieirll yn anhapus am gyfnod, ond wedi i ni gael buddugoliaeth yn Corbridge fyddan nhw'n ddigon bodlon eto.'

Ochneidiodd Ælfwynn. 'Ond mae'n fenter beryglus. Ac mae'r ieirll eisiau sicrwydd nawr, maen nhw eisiau'r opsiwn saff. Allwn ni ddim gadael iddyn nhw gredu mai Athelstan ac Edward yw'r opsiwn saff.'

'Fyddwn ni ddim,' addawodd Angharad. Unwaith eto,

teimlai ychydig yn euog – pwy oedd hi i wneud y fath addewid? Ond roedd yna rywbeth am fod yng nghwmni Ælfwynn oedd yn rhoi sicrwydd iddi. Fydden nhw'n llwyddo. Doedd dim dewis ond llwyddo. Doedd hi ddim yn barod i golli'r hyn oedd ganddyn nhw.

'Dyw e ddim fel Mam i ymddwyn fel hyn. Mae wedi gweithio mor galed i sicrhau cefnogaeth, ar gyfer ei hun ac ar fy nghyfer i fel ei holynydd. Dyw e ddim fel hi i daflu pob dim i ffwrdd gyda rhyw benderfyniad byrbwyll.'

Gwyliodd Angharad Ælfwynn am funud. Gorweddai ei chariad yn llonydd ar ei chefn, yn syllu ar y nenfwd gyda'i llygaid yn llawn pryder. 'Mae'n sâl,' dywedodd o'r diwedd.

'Rwy'n gwybod. Mae'r meddygon wedi bod yn rhoi adroddiadau i fi yn ddyddiol. Dydyn nhw ddim yn gwybod sut i'w gwella.'

Roedd ei chyfaddefiad yn rhywfaint o ergyd i deimladau Angharad. 'Pam wedest ti ddim?'

Tynnodd Ælfwynn wyneb Angharad tuag ati a'i chusanu'n ysgafn. 'Doeddwn i ddim eisiau i ti boeni ...' Oedodd a phwyso ei thalcen yn erbyn talcen Angharad. 'Na, dyw hynny ddim yn wir. Fi'n trysori'r amser rwy'n ei gael gyda ti ... ond ni'n treulio gormod o amser yn siarad am broblemau gwleidyddol ... Mam .... Edward ... yr ieirll ... Roeddwn i eisiau safio peth amser jyst ar ein cyfer ni.'

Cyflymodd calon Angharad.

'Rwy'n dy garu di.'

Roedd y geiriau wedi neidio o'i cheg cyn iddi hyd yn oed sylweddoli. Am eiliad dymunai eu cipio yn ôl, ond roedd hi'n rhy hwyr, roedd y geiriau wedi eu rhyddhau o garchar ei chalon.

'Rwy'n dy garu di hefyd,' sibrydodd Ælfwynn.

Doedd Angharad erioed wedi gweld y fath sicrwydd ar ei hwyneb o'r blaen. Teimlodd gynhesrwydd yn lledu trwy ei chorff, rhywsut yn bleserus ac yn annioddefol ar yr un pryd.

'Rwyt ti'n fy neall i fel neb arall. Ti'n addo peidio byth fy ngadael i?'

Ni oedodd Angharad. 'Rwy'n addo wna i byth dy adael di.'

17

Dihunodd Angharad i'r ymdeimlad pleserus o belydrau'r haul yn cynhesu ei hwyneb. Doedd hi ddim yn cofio syrthio i gysgu. Roedd Ælfwynn yn dal i gysgu wrth ei hochr, a symudodd Angharad yn ofalus er mwyn peidio â'i deffro. Ymddangosai mor heddychlon, ei chyhyrau yn llac a'i gwallt wedi ei phlastro ar draws ei hwyneb. Dyma oedd yr amser gorau o bob diwrnod. Yn ystod y nos câi Ælfwynn ddianc i fyd arall lle doedd dim rhaid iddi chwarae rôl brenhines.

Gadawodd Angharad hi i fwynhau'r munudau olaf o'i hamser yn y byd arall hynny a mynd i gasglu brecwast o'r gegin. Doedd Ælfwynn ddim fel arfer yn gwneud amser i fwyta brecwast.

Roedd Ælfwynn wedi deffro erbyn iddi ddychwelyd. 'Newyddion drwg,' cyfarchodd.

'Beth sydd wedi digwydd?'

'Mae Mam yn ddifrifol sâl. Mae'r meddygon yn mynnu iddi aros yn y gwely.'

'Bydd hi'n gwella,' cysurodd Angharad, er bod ei chalon yn suddo. Roedd hi wedi gobeithio y gallai pethau aros fel yr oedden nhw am ychydig yn fwy o amser. Doedd hi ddim yn barod eto, ddim yn barod i golli Ælfwynn i'r goron.

Caeodd Ælfwynn ei llygaid. 'Mae ei chyflwr hi wedi gwaethygu mor gyflym ... Byddai'n mynd i'w gweld hi nawr

– mae'n rhaid i mi ei pherswadio hi i orffwys tra 'mod i'n cymryd rheolaeth o bob dim.'

'Mae'r fyddin yn gadael i fynd i Corbridge heddiw,' atgoffodd Angharad hi.

'All Mam ddim symud o'r gwely ... Bydd rhaid i fi fynd.'

'Wna i ddod gyda ti.'

Siglodd Ælfwynn ei phen yn araf. 'Na, byddai'n well gen i dy fod di'n aros fan hyn i gadw llygad ar Mam ... ac ar Athelstan ... Duw a ŵyr beth allai ddigwydd tra 'mod i i ffwrdd.'

Doedd Angharad ddim wedi disgwyl i ddagrau gronni yn ei llygaid. 'Ond wnes i addo aros gyda ti!'

Gwenodd Ælfwynn a chymryd ei llaw. 'Do. A byddi di. Ond mae angen dy help di arna i nawr. Y peth gorau elli di wneud yw aros yma a sicrhau nad yw Athelstan yn symud yn fy erbyn i.'

* * *

Doedd Angharad erioed wedi eistedd wrth ochr gwely claf o'r blaen. Doedd hi ddim wir yn siŵr beth ddylai ei wneud. Neu hyd yn oed os dylai wneud rhywbeth. Roedd Æthelflaed yn cysgu, ond tra roedd Ælfwynn wedi edrych yn heddychlon yn ei chwsg, edrychai ei mam fel petai cwsg yn ymdrech fawr. Roedd ei hanadlu yn drwm ac anghyson, ac roedd hi'n troi a throsi tan fod y cwilt yn gwlwm o'i chwmpas. Teimlai Angharad ychydig yn euog o weld Æthelflaed yn y fath gyflwr. Ælfwynn ddylai fod yma, nid hi. Ond roedd Ælfwynn wedi gorfod mynd i Corbridge.

Roedd y meddygon wedi argymell gosod pren ar draws y ffenestri a chadw'r tân i ruo. Gallai Angharad deimlo – ac arogli – ei chwys.

Neidiodd wrth i Æthelflaed ymestyn a gafael yn ei llaw.

'Dylech chi geisio cysgu,' sibrydodd Angharad.

Crychodd gwefus sych Æthelflaed yn wên. 'Fel mae pethau wedi newid. Ti'n rhoi gorchmynion i fi erbyn hyn!'

'Gorchymyn y meddygon,' cywirodd Angharad.

Chwarddodd Æthelflaed ond trodd yn beswch. Gafaelodd Angharad mewn cwpan o'r bwrdd a'i ddal yn ofalus i'w gwefus. 'Rwyt ti'n ferch dda, Angharad. Roedd yn un o'm penderfyniadau gorau i, dod â thi yma.'

Gwelodd Angharad wallt melyn Ælfwynn, ei llygaid yn disgleirio wrth iddi chwerthin. 'Rwy'n cytuno.'

Edrychodd Æthelflaed arni'n ddwys, a thrwy ganolbwyntio ar ei llygaid yn unig y gallai Angharad berswadio ei hun nad oedd dim byd o le. Roedd ei llygaid mor siarp ag erioed, yn edrych arni a wir yn ei gweld hi.

'Rwyt ti'n meddwl 'mod i'n galed, rwy'n gwybod ... yn ddideimlad ... yn ddidrugaredd ... Ond i fenyw yn fy sefyllfa i mae trugaredd yn wendid.'

Gwelodd Angharad gyrff y sgowtiaid a chnoi ei thafod.

'All brenhines ddim dangos gwendid. Fydd Ælfwynn ddim yn gallu dangos gwendid.'

Torrodd pwl arall o beswch ar draws ei haraith ac edrychodd Angharad i ffwrdd yn lletchwith.

'Rwy'n gwybod bod pobl yn siarad amdana i... yn ceisio dy droi di yn fy erbyn i ... ac mae'n wir, dydw i ddim yn sant ... ddim o bell ffordd. Ond paid credu pob dim yr wyt ti'n ei glywed. Mae gan bawb agenda. Alli di ddim ymddiried yn neb. Pob dim wnes i erioed ... er lles Ælfwynn ...'

Er ei bod hi'n cael trafferth ffurfio brawddegau, er bod ei llais yn torri, roedd yna dân yn llygaid Æthelflaed o hyd. A'r tân hwnnw yn herio Angharad i anghytuno â hi.

'Addo wnei di edrych ar ei hôl hi.'

'Rwy'n addo.' Arhosodd Angharad am fwy, ond llaciodd gafael Æthelflaed ar ei llaw a syrthiodd yn ôl i gysgu.

'Mae'n mynd i farw'n fuan.' Daeth llais o'r drws, llais oedd yn llawer rhy uchel ar gyfer ystafell claf.

Gwraig brenin Brycheiniog oedd wedi dod i lenwi cwpan Æthelflaed. Syllodd Angharad arni yn wyliadwrus.

'Wedi iddi farw dylet ti ffoi. Cer 'nôl at dy dad. Mae'n ddyn clyfar, mae'n gwybod sut i amddiffyn ei hun a'i deyrnas.'

'Beth wyt ti'n ei wybod am fy nhad i?' gofynnodd Angharad yn siarp.

'Ma' fy ngŵr i wedi bod yn cynnal trafodaethau gyda fe. O'dd e'n dweud ei fod e'n siarad yn ddoeth.'

'Trafodaethau am beth?'

'Y dyfodol,' atebodd Non gyda gwên felys.

Syllodd Angharad arni am funud, yr atgofion yn aflonyddu. 'Y noson honno, pan est ti i gwrdd â dy ŵr ... wedest ti fod e ddim yn trafod ei gynlluniau gyda ti.'

'O na, mae'n rhannu pob dim gyda fi,' chwarddodd Non a sgwario ei hysgwyddau yn falch. 'Fi 'di bod yn pasio gwybodaeth ymlaen ato ers misoedd. Symudiadau Æthelflaed, ei gwendidau, pa ieirll sy'n ei chefnogi ...'

Roedd hi wedi amddiffyn y fenyw hon, wedi galluogi'r twyll. Teimlai Angharad fel chwydu.

'... sut i ddod â'i theyrnasiad i ben.'

Roedd rhywbeth sinistr am ei geiriau. Rhedodd ias oer i lawr gefn Angharad. Glaniodd ei llygaid ar y cwpan roedd Non yn parhau i'w lenwi. Mewn panig gwyllt trawodd y cwpan i'r llawr.

Chwarddodd Non. 'Doeddet ti ddim wedi sylwi ei bod hi wedi dirywio mor gyflym? Ond mae'n rhy hwyr nawr. Mae hi wedi bod yn yfed y tonig ers rhai wythnosau.'

'Sut ...' sibrydodd Angharad trwy'r lwmp yn ei gwddf. 'Sut allet ti wneud y fath beth?'

'Yn ddigon hawdd. Fe wnaeth hi fy ngharcharu i yma, fy

ngorfodi i, brenhines teyrnas arall, i fod yn forwyn iddi hi. I gyd oherwydd i fy ngŵr frwydro am annibyniaeth i'w bobl.'

'Wnaeth dy ŵr di ladd abad.'

'Efallai,' poerodd Non. 'Ond ma' Æthelflaed wedi gwneud gwaeth. Dwyt ti ddim wedi gweld dim, wedi dy gau i fyny fan hyn. Rwyt ti'n gymaint o garcharor â fi.'

Ni wyddai Angharad sut i ymateb. Doedd ganddi ddim o'r egni i ddadlau. Ei bai hi oedd hyn. Hi oedd wedi dweud celwydd i amddiffyn Non. Efallai byddai Æthelflaed yn gwbl iach o hyd petai hi wedi bod yn onest.

'Cer 'nôl at dy dad, Angharad,' ailadroddodd Non. 'Paid â bradychu dy bobl dy hun.'

Trodd Angharad i edrych ar gorff gwelw Æthelflaed. Roedd hi wedi gwneud hynny'n barod.

18

Penliniodd Angharad, ond y tro hwn doedd y llawr carreg ddim yn ei phoeni. Wrth iddi wasgu ei dwylo at ei gilydd ystyriodd dros beth ddylai weddïo. Am faddeuant? Gwthiodd Angharad y llais bach i ffwrdd yn benderfynol. Doedd ganddi ddim yr amser i ymladd â'i chydwybod ... dim heddiw. Am i Æthelflaed wella? Ond roedd Non yn sicr ei bod hi'n rhy hwyr i hynny bellach ... Efallai byddai'n well peidio â gwastraffu gweddi, a gofyn yn lle i Ælfwynn ddychwelyd yn ddiogel o Corbridge a chymryd coron y deyrnas.

Yn y pen draw penderfynodd Angharad beidio â gweddïo am ddim byd penodol. Gwell fyddai gadael i Dduw ddatrys y dilema.

'Angharad?'

Hedfanodd ei llygaid ar agor, pob gweddi wedi ei hanghofio. 'Edwin? Beth wyt ti'n ei wneud yma?'

Ymunodd Edwin â hi ar y llawr. 'Yr un peth â ti rwy'n cymryd – edrych am arweiniad gan Dduw.'

Roedd ei lais yn chwerw a chylchoedd tywyll o gwmpas ei lygaid, ond doedd gan Angharad ddim yr amser na'r amynedd i wrando ar ei broblemau. 'Mae Æthelflaed yn marw.'

'Clywes i'r sïon ... fydd Ælfwynn yn ei holynu?'

'Ie dyna yw dymuniad Æthelflaed ...'

Oedodd Angharad. *Alli di ddim ymddiried yn neb.* Beth os oedd Æthelflaed yn iawn? Roedd Edwin yn agos i Athelstan wedi'r cyfan, ac wedi bod yn dilyn gorchmynion eu tad yn ffyddlon. Oedd hi'n gallu ymddiried ynddo?

'Cafodd Æthelflaed ei gwenwyno gan frenhines Brycheiniog.'

Gwyliodd yn ofalus am ei ymateb. Doedd hi erioed wedi gweld ei brawd yn wirioneddol flin o'r blaen. Trodd ei ddwylo'n ddyrnau a symudodd ei wefus heb yngan gair. Ymlaciodd Angharad. Doedd Edwin ddim wedi bod yn rhan o'r cynllun.

Ond roedd rhaid iddi ofyn. I fod yn hollol siŵr. 'Oeddet ti'n gwybod?'

Edrychodd ei brawd arni, wedi ei anafu, a siglo ei ben. 'Ma' lot o sôn wedi bod am yr olyniaeth – cynllun Edward oedd i Athelstan gymryd coron Mersia. O'n i'n cymryd bydde rhyw gynllun i sicrhau bod hynny'n digwydd. Ond do'n i ddim yn gwybod dim am ladd ...'

'Oedd Athelstan yn gwybod?'

Doedd Angharad ddim wedi meddwl ei bod hi'n bosib i lygaid Edwin dywyllu hyd yn oed yn fwy.

'Sai'n gwybod. Dydyn ni ddim yn siarad.'

'Beth ddigwyddodd?' Rheswm arall i gasáu ei hun, sylweddolodd Angharad. Doedd hi ddim wedi talu braidd dim sylw i Edwin yn ddiweddar. Roedd hi wedi ymgolli cymaint yn ei phroblemau ei hun iddi anghofio am ei brawd. Ei brawd oedd wastad wedi bod yna iddi. Pwysai'r euogrwydd yn drwm ar ei hysgwyddau. Sut allai fod wedi ei amau?

'Defnyddio fi o'dd e. I glosio at Dad.'

Gosododd Angharad law ar ei fraich. 'Fi mor sori.'

'Ma'r llys 'ma yn llawn nadroedd. Pawb ag agenda. Pawb eisiau defnyddio pawb arall at eu dibenion eu hunain.'

Rhewodd Angharad wrth glywed geiriau mor debyg i rai Æthelflaed.

'A sai'n gwybod a oedd Dad yn gwybod, cyn i ti ofyn,' parhaodd Edwin. 'Dyw e ddim yn rhannu lot o'i gynlluniau gyda fi nawr chwaith. Dyw e ddim yn meddwl 'mod i'n ysbïwr digon da.'

Tynhaodd Angharad ei gafael ar ei fraich. 'Ti'n gwybod 'mod i ddim yn ceisio dy ddefnyddio di, yn dwyt?'

Ochneidiodd Edwin a'i thynnu'n agos. 'Wrth gwrs fi'n gwybod hynny,' sibrydodd i'w gwallt.

Torrodd peswch bwriadol un o'r clerigwyr ar draws eu cofleidiad.

'Well i ni adael ...' dywedodd Edwin..

Cododd Angharad law i'w llygaid wrth iddyn nhw ddychwelyd i'r awyr agored.

'Bydd yn ofalus yn ystod y dyddiau nesaf,' dywedodd Edwin mewn llais isel.

Chwifiodd Angharad y pryder i ffwrdd. 'Bydda i'n iawn.'

'O ddifri, os ydy'r frenhines yn gallu cael ei gwenwyno, does neb yn saff.'

Ælfwynn. Roedd rhaid iddi edrych ar ôl Ælfwynn.

'Wir, rwy'n poeni amdanat ti, Angharad. Allen i ddim goddef dy golli di.'

Arhosodd y geiriau hynny gydag Angharad wrth iddi gerdded 'nôl i'r neuadd, yn glogyn cynnes yn erbyn y gwynt. Roedd y cariad a deimlai tuag at Edwin wedi parhau i losgi trwy gydol ei hamser ym Mersia. Efallai ddim yn dân mor ffyrnig â'r teimladau oedd ganddi tuag at Ælfwynn erbyn hyn, ond yn gyson a dibynadwy. Roedd hi'n falch o'u perthynas – y fath o berthynas lle gallent fynd am wythnosau, misoedd hyd yn oed, heb siarad, ac yna ailgydio yn y sgwrs heb fawr o ymdrech. Roedd hi'n lwcus, sylweddolodd Angharad. Doedd hi ddim yn haeddu bod mor lwcus.

'Mae'r fyddin wedi ennill buddugoliaeth yn Corbridge,' cyfarchodd Iarll Wulfric wrth iddi gyrraedd y neuadd.

Nodiodd Angharad gan geisio cuddio ei rhyddhad. 'Yn ôl y disgwyl. Mae Ælfwynn ar y ffordd yma?'

'Ydy ...'

Roedd rhywbeth am ei lais wnaeth achosi i Angharad aros yn stond.

'Mae'r frenhines wedi marw.'

19

Rhyfeddai Angharad at brysurdeb strydoedd Tamworth. Yn y dref âi bywyd yn ei flaen bron fel bod dim wedi newid. Âi Ælfwynn yn ei blaen hefyd, yn claddu ei galar mewn rhan gyfrinachol o'i chalon. Ond iddi hi roedd popeth wedi newid.

'Mae hanes yn dangos bod olyniaeth ddidrafferth yn fuddiol i Mersia,' dywedai, mewn llais a swniai'n ddifater i glustiau dibrofiad. 'Bob tro mae'r goron wedi pasio yn syth o'r brenin neu frenhines i'r olynydd mae pobl Mersia wedi elwa ar gyfnod o heddwch a sefydlogrwydd. Dim newid mewn trethi, dim newid mewn llywodraeth, popeth yn parhau fel y dylai.'

Cilwenodd Wulfric. 'Mae hynny'n wir ond am un peth – dy fam oedd brenhines gyntaf Mersia.'

'A rydych chi'n feirniadol o'r ffordd wnaeth fy mam deyrnasu?' heriodd Ælfwynn.

Symudiad da, meddyliodd Angharad. Ni fyddai Wulfric eisiau siarad yn wael am Æthelflaed mor fuan wedi ei marwolaeth. 'Gorffwysed mewn hedd,' torrodd ar draws eu sgwrs, i bwysleisio'r pwynt.

'Gorffwysed mewn hedd,' adleisiodd Ælfwynn wrth i Wulfric siglo ei ben yn araf. 'Mae Mersia wedi ffynnu o dan ei theyrnasiad hi. Petai'n ddyn, byddai'n cael ei chlodfori fel y brenin gorau erioed i fendithio Mersia gyda'i theyrnasiad!'

'Efallai ...'

Wedi cyrraedd y farchnad, gadawodd Ælfwynn Wulfric i ystyried ei geiriau ymhellach wrth iddi daro sgwrs gydag un o'r stondinwyr. Roedd Angharad yn llawn edmygedd. Cerddai Ælfwynn fel mai hi oedd biau Tamworth – fel nad oedd ei rheolaeth o'r dref yn fregus, yn amodol ar gefnogaeth yr ieirll. Ond yn gymysg â'r awdurdod hynny roedd mymryn o'r hudoliaeth a fu'n nodweddiadol o'i mam. Nid oedd Ælfwynn yn gorfodi'r ieirll i'w chefnogi – roedd yn eu swyno.

'Ac fe wnaeth y Frenhines Æthelflaed sicrhau 'mod i'n dysgu pob dim ganddi cyn ei marwolaeth,' parhaodd i egluro wrth Wulfric. 'Bydda i'n teyrnasu fel y gwnaeth hi.'

Ochneidiodd Wulfric. 'Efallai fod hynny'n wir. Ond elli di ddim teyrnasu heb gefnogaeth yr ieirll.'

'Dyna holl bwrpas y sgwrs hon.' Gwenodd Ælfwynn yn ysgafn a chyffwrdd â'i ysgwydd. 'Mae ennill dy gefnogaeth di yn golygu ennill cefnogaeth yr holl ieirll, neu dyna roedd fy mam i'n arfer dweud beth bynnag. Oedd hi'n gywir?'

Gallai Angharad weld bod Wulfric yn mwynhau'r ganmoliaeth wrth iddo sgwario ei ysgwyddau. 'Efallai. Ond os felly mae'n rhaid i ti wneud mwy i'm perswadio i.'

Gwenodd Ælfwynn. Roedd Wulfric wedi ei fachu.

'Ni all unrhyw frenhines deyrnasu heb gynghorwyr. Bydd angen dynion pwerus a chraff yn gefn i mi, a hoffwn i dy benodi di fel yr un mwyaf blaenllaw ohonynt. Fy mhrif gynghorwr, fy llaw dde, fy llygaid a'm clustiau.'

Nodiodd Wulfric yn araf. 'A beth sydd i warantu fy statws?'

A dyma ni, meddyliodd Angharad, gan edrych i ffwrdd. Doedden nhw ddim wedi dadlau am hyn, ddim hyd yn oed wedi trafod y peth. Roedd y ddwy ohonyn nhw'n gwybod beth oedd angen gwneud, yn gwybod bod ddim dewis gan Ælfwynn mewn gwirionedd. Ac roedd Angharad yn ei charu gormod i'w thynnu i mewn i sgwrs fyddai ddim ond yn gwneud y sefyllfa'n fwy poenus.

Ond roedd hi'n brifo.

'Dy fab, Cenred – beth yw ei oedran e erbyn hyn?'

Gwelodd Angharad ddealltwriaeth a diddordeb yn fflachio trwy lygaid Wulfric. 'Deunaw.'

'Rwy'n cynnig cynghrair briodas. Bydd hynny'n sicrhau dy statws di a dy deulu tra bydda i – ac unrhyw blant o'm priodas – yn teyrnasu dros Fersia.'

Edrychodd y ddau ar ei gilydd mewn tawelwch. Ar ôl cyfnod a deimlai fel oes, nodiodd Wulfric. Estynnodd Ælfwynn ei llaw iddo ei chusanu. Gwyddai Angharad y dylai deimlo'n fodlon. Gyda chefnogaeth Wulfric roedd olyniaeth Ælfwynn yn sicr. Ond roedd rhan o'i meddwl yn crwydro 'nôl i doriad gwawr y bore hwnnw, pan ddihunodd unwaith eto wrth ochr Ælfwynn. Ac roedd y rhan honno'n galaru.

* * *

'O dan fy arweiniad i bydd Mersia yn parhau i ffynnu,' datganodd Ælfwynn i'r neuadd. 'Byddwn yn parhau i gadw ein trefi, amddiffyn ein ffiniau, a sicrhau heddwch trwy gydol y deyrnas.'

Roedd pwysigion Mersia wedi llenwi'r neuadd i'r ymylon er mwyn clywed ei geiriau. Gyda Wulfric wrth ei chefn – yn llythrennol wrth iddi sefyll o flaen y neuadd – doedd dim amheuaeth ynghylch cefnogaeth yr ieirll. Ffurfioldeb oedd yr araith.

Edrychodd Angharad o gwmpas y neuadd. Roedd y mwyafrif o'r ieirll yn gwrando ar Ælfwynn gyda diddordeb. Ac ar y cyfan ymddangosai'r diddordeb hynny yn ddiddordeb go iawn. Roedd yn dyst i lwyddiant Æthelflaed fod yr holl ddynion hyn yn derbyn gallu menyw i deyrnasu.

Doedd Edwin ddim i'w weld yn unman. Na Non chwaith, sylweddolodd Angharad. Debyg ei bod hi wedi ffoi. Gwynt teg ar ei hôl hi, meddyliodd yn sur. Roedd Athelstan yn sefyll yn dawel yng nghefn y neuadd, ei lygaid yn neidio o iarll i iarll yn feddylgar. Wedi gweld a chlywed digon, trodd a sleifio i ffwrdd.

Edrychodd Angharad yn ôl ar Ælfwynn yn gyflym. Roedd ei haraith yn parhau, gyda'r ieirll nawr yn bloeddio cymeradwyaeth o dan arweiniad Wulfric. Dilynodd Athelstan.

Roedd e'n paratoi ei geffyl yn yr iard erbyn iddi ei ddal. Doedd dim gweision i'w gweld yn unman heddiw – i gyd yn clustfeinio wrth ddrws y neuadd, mae'n debyg.

'Angharad,' cyfarchodd gyda gwên brin.

'I ble rwyt ti'n mynd?' gofynnodd Angharad yn ofalus.

'I Wessex. Rhaid i mi adrodd hanes marwolaeth ei chwaer wrth fy nhad.'

'Mae negesydd wedi mynd â'r newyddion eisoes.'

Cododd Athelstan ei ysgwyddau. 'Bydd y Brenin eisiau clywed gennyf i.'

Ni wyddai Angharad beth i'w ddweud. Doedd hi ddim eisiau i Athelstan fynd o'i golwg. Yma, o leiaf, gallai ei wylio yn cynllwynio, a meddwl am ffordd i'w rwystro. Petai'n gadael Mersia, byddai hi yn y tywyllwch. Ond doedd ganddi ddim ffordd o'i orfodi i aros.

'Wel, hwyl fawr,' dywedodd Athelstan, ac er mawr syndod i Angharad estynnodd ei law tuag ati. 'Dwed wrth Ælfwynn ...' dechreuodd. 'Dwed wrthi i fod yn gall yn y dyddiau i ddod.'

Daliodd Angharad ei lygaid, gyda'i llaw yn ei law ef. 'Byddi di'n gall hefyd.'

Chwarddodd Athelstan. 'Fe wnawn ni gwrdd eto, Angharad ferch Hywel, rwy'n siŵr.'

20

Peth rhyfedd oedd storm ym mis Awst, meddyliodd Angharad wrth iddi orwedd yn syllu ar y nenfwd. Ond byddai'r caeau yn ddiolchgar am y glaw, wrth gwrs, ac roedd hi'n eithaf mwynhau gwrando ar y gwynt yn gwneud ei orau i dorri trwy'r waliau.

Glaniodd ei llygaid ar Ælfwynn, yn gorwedd yn llonydd wrth ei hochr. Gobeithiai Angharad ei bod hi'n cael cyfle i ddianc yn ei breuddwydion. Roedd sawl wythnos wedi gwibio heibio ers marwolaeth Æthelflaed, ond tu hwnt i ambell ddeigryn wrth weld y corff, doedd Ælfwynn ddim wedi cael cyfle i alaru, ddim go iawn. Doedd dim amser i ddim byd ond cynllunio'r ffordd ymlaen. Ac wrth gwrs roedd yr hen reol, y rheol a ddysgodd Ælfwynn gan ei mam – doedd brenhines ddim i fod i ddangos emosiwn, doedd brenhines ddim i fod i ddangos gwendid. Doedd neb yn cael gweld ei thristwch. Neb ond Angharad.

Ond teimlai Angharad fymryn o obaith eu bod nhw wedi goroesi'r storm. Roedd wythnos gyfan wedi pasio ers seremoni coroni Ælfwynn yn frenhines Mersia. Doedd dim un o'r ieirll wedi mynegi anhapusrwydd, a doedd dim unrhyw arwydd o symudiad ar draws y ffin. Dim gair gan Edward.

Wythnos arall a byddai Ælfwynn yn priodi Cenred. Wedi

hynny ni fyddai Edward yn medru ei chyffwrdd heb gythruddo ieirll Mersia. Ac er bod brenin Wessex yn bwerus, nid oedd mor bwerus i allu mentro rhyfel yn eu herbyn nhw.

Ond gyda'r sefydlogrwydd hwnnw – gyda'r briodas honno – byddai newid. Rhedodd Angharad law trwy wallt ei chariad ac ochneidio. Nid dyma oedd y diwedd. Roedden nhw'n caru ei gilydd gormod. Ond byddai pob dim ychydig yn anoddach o hyn ymlaen. Doedd hi ddim yn siŵr faint o nosweithiau o ddeffro wrth ymyl Ælfwynn oedd ganddi ar ôl. Gwyliodd ei chariad yn ofalus, gan geisio serio pob modfedd ohoni yn ei thrwmgwsg ar ei chof am byth.

Yn sydyn, daeth sŵn rhywun yn symud tu allan i dorri ar draws ei meddyliau. Arhosodd Angharad yn hollol lonydd, ac wrth i'r gwynt leddfu clywodd y pren yn gwichian unwaith eto. Cododd yn araf a sleifio at y drws, gan afael yn y ffon ddur a ddefnyddiai Non i brocio'r tân.

Neidiodd y ffigwr oedd yn llechian yn y coridor wrth i Angharad agor y drws yn gyflym yn ei wyneb.

'Arglwyddes,' sibrydodd. 'Mae gen i neges gan dy dad.'

Syllodd Angharad arno'n syn. 'Hywel?!'

'Mae eisiau i ti ddod i gwrdd ag ef nawr. Nid yw ei wersyll yn bell o'r dref.'

'Ond mae'n ganol nos ac mae'n stormus ofnadwy tu allan.'

'Mynnodd y brenin. Mae'n fater bwysig.'

Roedd Angharad ar fin gwrthod. Roedd hi'n arglwyddes ym Mersia. Y person agosaf at y Frenhines Ælfwynn. Doedd gan neb yr hawl i fynnu ei phresenoldeb yng nghanol y nos fel hyn. Yn sicr ddim ei thad. Ond er gwaethaf ei hanfodlonrwydd, roedd ganddi gwestiynau. Beth oedd ei thad yn gwneud ym Mersia? A pham galw amdani hi? Roedd rhan o Angharad – rhan gudd, wedi ei chladdu ymhell yn ei chalon tu hwnt i'w gafael ei hun, hyd yn oed – yn falch bod ei thad eisiau siarad gyda hi. Nid oedd erioed wedi mynnu ei phresenoldeb o'r blaen. Efallai o'r diwedd roedd yn barod i gydnabod ei gwerth.

Syllodd yn ôl ar Ælfwynn, gan ystyried ei deffro i ofyn am gyngor. Na, roedd ganddi hen ddigon ar ei phlât – roedd hi'n haeddu pob munud o gwsg gallai ei gael. Wedi gwisgo'n dawel gosododd un gusan ar ei thalcen a dilyn y negesydd.

* * *

Wrth gyrraedd pabell ei thad teimlai Angharad ei bod hi wedi teithio 'nôl mewn amser. Eisteddai Hywel yn y canol, dim blewyn ar ei ben wedi newid yn yr amser y bu Angharad ym Mersia. Roedd wedi ei amgylchynu unwaith eto gan ei gynghorwyr. Roedd adeg pan fyddai Angharad wedi gwrando'n astud ar eu geiriau. Ond roedd hi'n hŷn nawr, ac wedi gweld a chlywed digon o'r byd i wybod mai gwarchod eu buddiannau eu hunain roedd y fath ddynion fel arfer. Gwnaeth ei gorau i gau allan eu clebran.

Roedd Edwin yn sefyll yn eu mysg, sylwodd. Ceisiodd ddal ei lygad ond roedd ei brawd yn syllu'n ddwys i gyfeiriad arall. Dechreuodd Angharad deimlo'n anesmwyth. Doedd hi ddim yn cofio'r tro diwethaf i Edwin ei hanwybyddu.

'Angharad,' cyfarchodd Hywel hi.

Roedd ei thad yn edrych arni'n ddisgwylgar, a sylweddolodd Angharad ei fod yn aros iddi benlinio neu foesymgrymu o'i flaen. Ond gwrthododd wneud. Roedden nhw ym Mersia. Doedd gan ei thad ddim pŵer yma. Teimlodd foddhad wrth weld fflach o anfodlonrwydd yn ei lygaid.

'Mae Edwin yn dweud dy fod di'n un o gyfeillion Ælfwynn.'

Roedd Edwin wedi ei bradychu.

Teimlai'r frad yn fwy o ergyd o ddilyn mor gyflym ar ôl ei addewid yn yr eglwys. Roedd ei brawd yn edrych arni o'r diwedd, yn symud ei bwysau o un droed i'r llall yn euog. Trodd ei ben tua'r llawr wrth weld y siom ar ei hwyneb.

'Rydw i'n adnabod y Frenhines yn dda, ydw,' atebodd Angharad, gan bwysleisio'r teitl. Doedd ddim hawl gan ei thad i drin Ælfwynn gyda'r fath amarch.

'Faint o'r ieirll sydd yn ffyddlon iddi?' gofynnodd Hywel, heb gymryd sylw o'i hateb.

'Maen nhw i gyd yn ffyddlon iddi.' Brwydrodd Angharad i gadw ei llais yn gadarn yn erbyn y panig oedd yn ceisio cipio ei gwddf. Roedd rhyw gynllun wrth droed yma. 'Mae heddwch ym Mersia o dan ei theyrnasiad.'

Trodd Hywel at ei gynghorwyr. 'Os yw'r ieirll yn ffyddlon, bydd hyn yn anoddach na'r disgwyl.'

'Byddan nhw'n cefnu arni unwaith iddyn nhw sylweddoli i ba gyfeiriad mae'r gwynt yn chwythu,' atebodd un gyda sicrwydd.

'Dyw hynny ddim yn wir,' mynnodd Angharad. 'Mae'r Frenhines wedi sefydlu cynghrair agos gyda Iarll Wulfric. Ni fydd yr ieirll yn ei bradychu.'

'Pwynt da,' ymatebodd ei thad i'w gynghorwr, fel petai Angharad heb ddweud gair. 'Fyddan nhw ddim yn meiddio sefyll yn erbyn Edward, brenin yr Eingl a'r Sacsoniaid.'

'Ac arglwydd Ynys Prydain gyfan,' ebychodd Angharad yn goeglyd. 'Pryd wnest ti gymryd swydd yn was i frenin y Saeson?'

Parhaodd ei thad a'i gynghorwyr i'w hanwybyddu. Roedd Edwin yn ei gwylio, yn siglo ei ben, yn annog iddi fod yn ofalus. Syllodd yn ôl arno'n gas. Doedd hi ddim eisiau ei gyngor. Roedd e wedi bradychu eu perthynas.

Doedd dim pwynt iddi fod yma, sylweddolodd Angharad. Doedd ei thad ddim yn mynd i wrando arni. Roedd hi'n dwp i feddwl y byddai wedi gwneud. Doedd e erioed wedi gwrando arni o'r blaen. Pam fyddai Hywel yn newid nawr? Ond roedd hi wedi newid. Ac roedd yr Angharad hyn yn gallu cerdded i ffwrdd.

'Edward fab Alfred, brenin yr Eingl a'r Sacsoniaid ac Arglwydd Ynys Prydain gyfan,' datganodd negesydd, gan dorri ar draws sgwrs Hywel a'i gynghorwyr.

Neidiodd Angharad o'r ffordd a gwasgu ei hun i ochr y babell. Safodd ei thad yn araf a moesymgrymu o flaen y brenin. Prin y gallai Angharad reoli ei hanadlu. Roedd Edward yn sefyll o'i blaen unwaith eto. Doedd y brenin heb newid ryw lawer ers y wledd honno yn Tamworth, er, os rhywbeth, cariai ei hun mewn ffordd oedd hyd yn oed yn fwy hunanfodlon.

'Arglwydd Hywel,' cyfarchodd. 'Rwy'n falch o gael dy gwmni yn y fenter hon.'

'Beth bynnag alla i a phobl Dyfed ei wneud i gefnogi gwir frenin Mersia,' atebodd ei thad yn slic.

'Cachgi!' poerodd Angharad o dan ei hanadl.

Gwenodd Edward. 'Mae gen i newyddion da. Mae nifer o'r ieirll wedi tyngu llw i'm cefnogi. Ychydig iawn o gefnogaeth sydd gan fy nith erbyn hyn.'

'Wrth reswm,' atebodd Hywel. 'Maent yn sylweddoli, mae'n siŵr, eu bod nhw'n cefnogi llong sydd yn prysur suddo.'

Chwarddodd Edward. 'Llong yn suddo. Delwedd dda. Bosib wna i roi fy nith ar y fath long. Fyddai hynny'n gosb priodol am fy sarhau a'm bradychu, yn fyddai?'

Wrth i Hywel a'i gynghorwyr chwerthin a bloeddio eu cefnogaeth mewn ffordd a wnâi i stumog Angharad droi, edrychodd Edward o gwmpas y babell. Glaniodd ei lygaid arni a lledodd gwên ar draws ei wyneb.

Chwinciodd.

Rhedodd Angharad.

21

Roedd y porth ar gau pan gyrhaeddodd Angharad Tamworth. Arwydd drwg, gwyddai. Byddai masnachwyr yn tyrru i mewn i'r dref gyda'r wawr fel arfer. Anwybyddodd y milwr a warchodai'r porth Angharad yn llwyr. Gymaint oedd pethau wedi newid mewn un noson.

'Agor y porth,' dywedodd wrth y milwr.

'Does neb i fynd i mewn nac allan, dyna yw ein gorchmynion.'

'Gorchymyn pwy?!' poerodd Angharad.

Edrychai'r milwr yn anghyfforddus.

'Gwranda, does gen i ddim ots ar orchymyn pwy rwyt ti'n gweithredu. Beth bynnag sydd ar droed heddiw, Æthelflaed oedd eich brenhines. Ni fyddai'r dref hon wedi ei hadeiladu oni bai am Æthelflaed. Mae ei merch yn haeddu cael ei thrin gyda pharch.'

Gostyngodd y milwr ei ben mewn cywilydd. 'Iawn. Ond unwaith rwyt ti tu fewn alli di ddim gadael eto.' Gallai Angharad weld yr ofn ar ei wyneb. Doedd Edward ddim yn enwog am ei drugaredd.

Rhuthrodd drwy'r strydoedd gwag. Roedd y dref yn esgus cysgu, ond sylwodd Angharad ar gysgodion yn y drysau a'r ffenestri. Roedd y sïon o'r storm oedd ar fin torri yn amlwg wedi lledu trwy'r dref.

Roedd Ælfwynn wrthi'n perffeithio'i gwallt wrth i Angharad ruthro i mewn.

'Mae'n rhaid i ti ffoi.'

Syllodd Ælfwynn arni'n syn. 'Beth sy'n bod? Ble wyt ti wedi bod?'

'Mae yna wersyll rhyw filltir i ffwrdd. Mae 'nhad i yno ac mae Edward newydd gyrraedd. Maen nhw'n bwriadu cymryd Tamworth a choron Mersia.'

Cymerodd Ælfwynn anadl ddofn. 'Wna i orchymyn i'r milwr gau'r porth. Mae gyda ni ddigon o fwyd am y tro. Allan nhw ddim torri drwy'r muriau, dim ots faint o filwyr sydd gyda nhw.'

'Mae'r milwyr wedi cau'r porth yn barod.' Roedd Angharad yn casáu ei hun am bentyrru'r newyddion gwael wrth draed ei chariad. 'I dy atal di rhag ffoi.'

Cododd Ælfwynn yn araf a cherdded i edrych drwy'r ffenest. 'Maen nhw wedi fy mradychu i, felly. Yr ieirll.'

'Ydyn.' Doedd dim geiriau gan Angharad i leddfu'r ergyd.

'Mor anwadal ...' roedd ei llais yn ysgafn, ond roedd dicter ynddo. 'Mor barod i newid ochr.'

Cymerodd Angharad hi yn ei breichiau. 'Fydda i byth yn newid ochr. Ond mae'n rhaid i ti ffoi nawr. Alli di ddim aros i Edward dy ffeindio di yma.'

'Ti'n wirioneddol ofni fy wncwl, yn dwyt ti?'

Caeodd Angharad ei llygaid. Dylai hi fod wedi dweud y gwir. Y llythyr. Ffrwyn y ceffyl. Ond roedd hi'n rhy hwyr nawr. 'A dylet ti ei ofni hefyd. Mae'n rhaid i ti ddianc.' Oedodd, ei chalon yn rasio. Gwyddai beth oedd angen ei wneud. Roedd hi'n bryd iddi hi wneud yn iawn am ei chamgymeriadau. 'Fe wna i aros fan hyn ... i dynnu sylw Edward, i ennill amser i ti ffoi ... Wna i ymuno gyda ti yn hwyrach.'

'A beth wedyn?' gofynnodd Ælfwynn yn siarp. 'Byw'n

hapus gyda'n gilydd ar ryw ystâd yn y wlad? Ti'n gwybod na fyddai Edward yn gadael i hynny ddigwydd.'

Roedd ei geiriau fel cyllell trwy galon Angharad. Dyna'r union ddyfodol bu'n breuddwydio amdano. Treulio gweddill ei hoes gydag Ælfwynn, heb orfod poeni am gynlluniau gwleidyddol. Roedd Ælfwynn yn gywir, wrth gwrs – ni fyddai Edward yn caniatáu hynny. Ond ni fyddai Ælfwynn yn ei ganiatáu chwaith. Brenhines oedd hi, ac ni fyddai'n hapus gydag unrhyw statws arall. Ni allai Angharad ei chasáu am hynny – dyna'r person roedd hi wedi syrthio mewn cariad â hi.

'Byddwn ni'n ailadeiladu. Tra dy fod di'n rhydd mae gobaith. Wedi dy garcharu ac yn nwylo Edward, sut allwn ni ymladd wedyn?'

Ochneidiodd Ælfwynn. 'Ti sy'n iawn wrth gwrs, dydw i ddim yn meddwl yn glir. Fe wna i fynd.' Tynnodd i ffwrdd o afael Angharad wrth iddyn nhw glywed sŵn traed yn atseinio tu allan i'r drws.

'Arglwyddes,' cyfarchodd Iarll Wulfric.

Suddodd calon Angharad wrth i grŵp sylweddol o filwyr ei ddilyn i mewn i'r ystafell.

'Mor gyflym i droi arna i Wulfric.' Syllodd Ælfwynn arno tan iddo edrych i ffwrdd.

'Doedd gyda ni ddim dewis, mae Edward yn rhy bwerus.'

'Mae e ddim ond mor bwerus ag yr ydych chi'n gadael iddo fod.'

Dechreuodd Ælfwynn gerdded heibio ond camodd un o'r milwyr ymlaen i'w stopio, ei law wedi disgyn i'w gleddyf. 'Rydym ni wedi ein gorchymyn i'ch cadw chi yma.'

'Ti'n wironeddol mynd i ufuddhau i'r gorchymyn hwnnw?' gofynnodd Ælfwynn wrth Wulfric, gan anwybyddu'r milwr yn llwyr.

Edrychodd y ddau ohonynt ar ei gilydd am amser maith. Siglodd yr iarll ei ben.

'Wnei di byth basio'r milwyr wrth y porth.' Oedodd Wulfric, a gallai Angharad weld yr anghydfod yn ei lygaid. 'Ond mae yna ffordd arall allan, ffordd gudd na fydd Edward yn gwybod amdani. Dere gyda fi.'

Gallai Angharad synhwyro Ælfwynn yn pwyso a mesur opsiynau – oedd hi'n gallu ymddiried yn Wulfric? Ond mewn gwirionedd ni allai fforddio peidio. Roedd e'n gywir: doedd dim ffordd allan i Ælfwynn drwy'r porth. Roedd ei mam wedi adeiladu tref oedd yn rhy effeithiol yn ei hamddiffynfeydd.

Gan ddod i gasgliad tebyg, nodiodd Ælfwynn a thaflu un olwg olaf ar Angharad cyn dilyn Wulfric yn urddasol o'r ystafell. Wrth i'w chalon chwalu'n deilchion, cydiodd Angharad mewn llygedyn o obaith a'i ddal yn dynn. Efallai byddai ailadeiladu'r gefnogaeth i Ælfwynn yn bosib. Teyrnasu trwy ofn a wnâi Edward, ac roedd seiliau ei frenhiniaeth yn fregus dros ben.

* * *

Penderfynodd Angharad aros yn y neuadd. Roedd yn rhyfedd bod yno ar ei phen ei hun. Teimlai'n lle llawer mwy nawr ei fod yn wag. Doedd neb wedi trafferthu cynnau'r tannau ac roedd y gwynt yn ysgubo trwy'r ystafell. Pwysodd Angharad yn erbyn un o'r byrddau er mwyn ceisio atal ei choesau rhag crynu. Roedd Edward ar ei ffordd. Beth allai hi ei wneud i'w arafu, i ennill amser i Ælfwynn? Eisteddodd i lawr yn y sedd drws nesaf i sedd fawr brenhines Mersia a gwasgu ei dwylo ynghyd.

'Aha! Wedi darganfod rhywun o'r diwedd. Rhaid dweud bod y croeso yn y llys hwn wedi bod yn ofnadwy.' Brasgamodd Edward i mewn i'r neuadd, ei glogyn yn chwyrlïo o'i gwmpas, a'i law yn gorffwys yn ddidaro ar y cleddyf wrth ei wasg. Roedd dau filwr ar ei sodlau. 'A dweda wrtha i nawr, Angharad ferch Hywel, lle mae pawb?'

Cododd Angharad ei hysgwyddau. 'Dyw Ælfwynn ddim yma. Dyw hi ddim wedi bod yma ers wythnos. Mae hi yng Nghaerloyw.'

'Wyt ti'n gwybod beth yw'r gosb am ddweud celwydd wrth y brenin?' gofynnodd Edward, gwên fach yn chwarae ar ei wefus.

Plygodd Angharad ei phen ac edrych tua'r llawr, yn gwneud sioe o'i phetruster.

'Rwy'n aros am ateb, Angharad.'

'Ydych chi'n addo newch chi ddim ei brifo hi?' gofynnodd mewn llais bach.

'Caiff fy nith ei thrin gyda'r parch mae hi'n ei haeddu.'

'Mae'n cuddio yn adeilad y gweision.'

Rhedodd un o'r dau filwr o'r neuadd. Parhaodd Angharad i syllu ar y llawr. Gallai deimlo llygaid Edward arni.

'Fe wna i ofyn eto, Angharad. Wyt ti'n gwybod beth yw'r gosb am ddweud celwydd wrth y brenin?'

'Dydw i ddim yn dweud celwydd.'

Trodd Edward at y milwr arall. 'Dydw i ddim eisiau amau geiriau'r Arglwyddes, ond rhag ofn ei bod hi wedi gwneud camgymeriad ... Sicrha bod pob ffordd allan o'r dref wedi ei gau. A dwed wrth y milwyr i stopio unrhyw berson ar y strydoedd. Does neb i symud.'

Anadlodd Angharad yn ddwfn a gweddïo bod Ælfwynn wedi llwyddo i roi peth pellter rhyngddi a'r dref. Gwnaeth ei gorau i anwybyddu'r ffaith ddychrynllyd ei bod hi ar ei phen ei hun gydag Edward. Canolbwyntiodd ar wyneb Ælfwynn. Ei gwallt melyn.

Cerddodd y brenin yn araf ar hyd y neuadd a chylchu'r bwrdd nes ei fod yn sefyll tu ôl iddi. 'A dwyt ti ddim yn mynd i godi a moesymgrymu o flaen dy frenin?' sibrydodd yn ei chlust.

Cododd Angharad yn araf a throi i foesymgrymu'n gyflym cyn disgyn yn ôl i'w sedd. Roedd sŵn ei chalon yn curo'n drwm yn ei chlustiau.

Gwenodd Edward ac eistedd wrth ei hymyl. Yn sedd teyrn Mersia.

'Dyma fi o'r diwedd,' dywedodd. 'O'n i wedi dechrau meddwl na fyddai fy annwyl chwaer i byth yn marw. Roedd angen help arni yn y diwedd, wrth gwrs.'

Edward. Edward oedd tu ôl i bob dim. Ceisiodd Angharad ei gorau i barhau i anadlu'n gyson. Gallai hi fod wedi rhybuddio Æthelflaed ac Ælfwynn. Dylai hi fod wedi rhybuddio Æthelflaed ac Ælfwynn.

'Ac wedyn y cynllwyn i Ælfwynn ei holynu?' roedd Edward yn parhau. 'Rhaid cyfaddef o'n i'n meddwl bod Æthelflaed yn fwy clyfar. Doedd hynny byth yn mynd i weithio.'

Cnodd Angharad ei gwefus ac aros yn dawel.

'Mae dy ffyddlondeb i dy ...' oedodd Edward a syllu i'w llygaid gyda gwên dywyll yn dawnsio ar ei wyneb, 'ffrind yn edmygus.'

'Wnes i dyngu llw,' atebodd Angharad. Er mawr syndod iddi, roedd ei llais yn gadarn.

Goleuodd llygaid Edward ymhellach. 'Yn wir. Wnaeth dy dad dyngu llw hefyd. Ond does gan dy dad ddim asgwrn cefn. Bydd e'n gwneud beth bynnag rwy'n gofyn iddo wneud.'

Ni allai Angharad anghytuno â hynny.

'Ond dy ffyddlondeb di, rwy'n edmygu hynny. Hm ... beth sydd yn mynd i ddigwydd i ti nawr, dyna yw'r cwestiwn,' sibrydodd Edward.

Parhaodd Angharad i syllu'n syth o'i blaen, yn gwrthod cwrdd â'i lygaid. Teimlodd ei law yn gorffwys yn ysgafn ar ei choes.

'Rwyt ti wedi dysgu cymaint wrth fyw yma, ond mae dal gen ti gymaint ar ôl i'w ddysgu ... fyddai'n drueni i ti orfod gadael cyn cwblhau dy addysg.'

Oedodd Edward yn ddramataidd, yn amlwg yn mwynhau'r sioe. Brwydrodd Angharad i aros yn llonydd wrth i'w afael ar ei choes dynhau.

'Beth am symud i Wessex i fyw gyda fi? Mae gen i lawer y gallwn i ddysgu i ti. Rwy'n siŵr byddai dy dad yn cytuno.'

'Arglwydd!' Roedd un o'r milwyr wedi dychwelyd. 'Rydym ni wedi ei dal hi.'

Gwenodd Edward. 'Gwych.' Mwythodd wallt Angharad. 'Efallai gall y ddwy ohonoch chi ddod i fyw gyda fi.'

Parhaodd Angharad i syllu'n syth o'i blaen. Roedd yn rhaid iddi ddianc.

HYDREF

1

Doedd neuadd Aberffraw ddim mor sgleiniog â neuadd Tamworth. Ond er i'r lle ymddangos ychydig yn fudr a garw, y pren wedi gweld dyddiau gwell, roedd yr awyrgylch yn ddigon cartrefol. Roedd y tân yn rhuo'n fwy ffyrnig yma nag yn llys Æthelflaed. Effaith y gwynt, tybiai Angharad. Gallai ei glywed nawr, yn curo yn erbyn y waliau.

I'w llygaid hi, roedd y dynion yn eistedd wrth y byrddau yn wahanol hefyd. Yn fwy swnllyd, yn sicr, ond hefyd yn ddifater. Diflannai'r medd a'r cwrw yn gyflym a doedd neb yn cymryd gofal dros eu geiriau.

'Dwi'n difaru nad oedd eich tad yn medru dod ei hun – dwi ddim wedi gweld fy nghefnder ers sawl blwyddyn bellach.'

Trodd Angharad ei llygaid i wylio'r sgwrs rhwng ei brawd ac Idwal, brenin Gwynedd ers marwolaeth ei dad. Ond doedd e ddim wedi newid rhyw lawer ers iddi ei weld yng Nghaerloyw. Roedd ei lygaid yn aflonydd o hyd. Wrth edrych o gwmpas ei neuadd, teimlai Angharad ei fod yn siwtio'r lle. Neu'r lle yn ei siwtio fe.

'Roedd e'n siomedig hefyd. Ond mae Edward yn gymydog peryglus – mae'n rhaid iddo gadw llygad barcut ar ei ffiniau, yn enwedig wedi'r helynt ym Mrycheiniog,' atebodd Edwin.

Roedd Angharad yn edmygu perfformiad ei brawd. Petai hi heb wybod yn well, byddai wedi credu bod eu tad yn siomedig dros ben.

'Wrth gwrs,' ochneidiodd Idwal. 'Mae'r Saeson yn ein bygwth ni i gyd.'

Gwenodd Angharad i'w hun – byddai Idwal yn hawdd i'w berswadio.

Digon hawdd oedd perswadio Edwin hefyd. Wedi i Hywel a'i ddynion gyrraedd Tamworth i ddathlu buddugoliaeth Edward, llwyddodd Angharad i gipio munud gyda'i brawd. Ar ôl mynnu eto ac eto ei fod ar ei hochr hi, roedd e wedi ei bradychu – pam? Doedd gan ei brawd ddim geiriau i'w amddiffyn ei hun â nhw. Doedd e ddim wedi trio. Roedd e'n gwybod na fyddai Angharad byth yn maddau iddo.

Ond wrth i'r dathliadau fynd yn eu blaen bu rhaid i Edwin wylio Edward yn arddangos Ælfwynn yn ei chadwynau, yn cadw Angharad yn agos, ac yn gwneud hwyl am ben eu tad. Erbyn diwedd y noson roedd wedi dod i sylweddoli'r hyn a wyddai Angharad eisoes: ni allai aros yno.

Ac felly roeddent wedi llunio'r cynllwyn i ffoi i Wynedd dan orchudd y nos. Ond wrth iddyn nhw garlamu drwy borth Tamworth – doedd dim unrhyw filwyr yno i'w stopio, mor sicr oedd Edward o'i fuddugoliaeth – addawodd Angharad y byddai'n dychwelyd i Fersia, i helpu Ælfwynn.

'A bod yn onest, dyna pam wnaeth Hywel ein hanfon yma,' roedd Edwin yn ymateb.

Doedd gan Hywel ddim syniad eu bod nhw yng Ngwynedd. Ond doedd Idwal ddim i wybod hynny.

'Mae Hywel eisiau sicrhau perthynas fwy agos rhwng Gwynedd a Dyfed. Yr un teulu ydyn ni, wedi'r cyfan, ac mae gennym ni'r rhan fwyaf o Gymru o dan ein rheolaeth. Os byddwn ni'n unedig, ni fydd y Saeson yn medru ein cyffwrdd.'

Nodiodd Idwal yn araf. 'Rwyt ti'n siarad synnwyr. Ond dwi wedi bod yn dweud yr un peth ers blynyddoedd. Fy annwyl gefnder ddewisodd gadw ei bellter. Pam y newid rŵan?'

Parhaodd Angharad i syllu'n syth o'i blaen, fel petai'r sgwrs o ddim diddordeb iddi. Ond roedd ei gwefusau wedi eu gwasgu'n dynn mewn rhwystredigaeth. Yn Tamworth ni fyddai'n gwrando'n ddistaw – byddai Ælfwynn wedi gofyn am ei barn a'i chymryd o ddifri. Ond roedd hi yng Ngwynedd nawr, ac yma, fel yn Nyfed, doedd ei barn hi ddim yn bwysig. Ddim eto beth bynnag.

Ac felly plethodd Angharad ei dwylo a gwrando ar Edwin yn rhoi'r atebion roedden nhw wedi eu hymarfer ar y daith hir i Ynys Môn.

'Mae Hywel yn sylweddoli iddo wneud camgymeriad.'

Syllodd Idwal arno mewn syndod. Doedd brenhinoedd ddim fel arfer yn cyfaddef eu camgymeriadau. Doedd Hywel byth yn cyfaddef ei gamgymeriadau.

'Roedd Hywel yn fyr ei olwg. Roedd pethau'n mynd yn dda. Roedd y Saeson yn ymladd ymysg ei gilydd ac yn erbyn y Llychlynwyr. Ond nid oedd yn ddigon doeth i weld na fyddai'r sefyllfa honno'n parhau am byth. Mae'n gweld ei gamgymeriad nawr.'

Roedd sylw Idwal wedi ei hoelio ar Edwin.

'Ni all Dyfed na Gwynedd oroesi ar eu pennau eu hunain. Dim nawr bod Wessex a Mersia yn unedig o dan reolaeth Edward. Ni fydd hi'n hir cyn i frenin y Saeson edrych i'r gorllewin. A phan mae'n gwneud, mae'n rhaid i ni fod yn barod.'

'A beth mae dy dad yn ei gynnig, felly? Mwy na rhyw air bregus o gyfeillgarwch, dwi'n cymryd?'

Dyma ni, meddyliodd Angharad.

'Mae'n cynnig priodi ei ferch, Angharad, i dy fab, Elise.'

Ni newidiodd yr olwg ar wyneb Idwal, ond symudodd y gŵr a eisteddai ar ei ochr arall yn anghyfforddus yn ei sedd. Teimlodd Angharad lygaid pawb yn syrthio arni. Am eiliad roedd hi 'nôl yng Nghaerloyw, yn ferch tair ar ddeg mlwydd oed yn gwylio Hywel ac Æthelflaed yn bargeinio drosti.

'Unig ferch Hywel,' dywedodd Idwal yn araf.

Yn wahanol i Æthelflaed, doedd ddim ots gan Idwal ei bod hi'n ferch anghyfreithlon. Yn ôl Edwin – oedd wedi siarad yn faith ar y pwnc wedi i Angharad fynegi pryder am ei statws – roedd y Cymry wedi bod â meddwl llawer yn fwy agored na'r Saeson am hyn erioed. Doedd Idwal ei hun ddim yn briod, ac roedd ganddo sawl mab gan fenywod gwahanol.

'Wedi ei chodi ym Mersia gan y Frenhines Æthelflaed,' ychwanegodd Edwin.

Trodd Idwal a sibrwd rhywbeth i'r gŵr wrth ei ymyl.

Sleifiodd Angharad olwg cyflym arno. Roedd yn amlwg yn ddyn athletaidd. Gallai weld amlinelliad y cyhyrau trwchus yn ei ysgwyddau a'i freichiau. Roedd ei wallt du cyrliog yn llanast llwyr, ond mewn ffordd a ymddangosai'n fwriadol. Roedd yr aflonyddwch yn llygaid ei dad i'w weld yn amlwg yn ei lygaid ef hefyd. Doedd Elise ddim yn rhywun oedd wedi arfer aros yn llonydd, penderfynodd Angharad. A byddai sawl un yng Ngwynedd yn siomedig o'i weld yn priodi, tybiai.

Pwysodd Elise heibio i'w dad a chyfeirio'i eiriau at Edwin. 'Mae'r hyn rwyt ti'n gynnig yn synhwyrol. Os ydan ni am orchfygu'r Saeson rhaid i ni fod yn unedig.'

Roedd Idwal yn nodio'n araf. 'Dwi'n cytuno. Bydd yn gynghrair dda.'

Gallai Angharad synhwyro Edwin yn ceisio peidio â chynhyrfu. 'Gwych. Bydd y beirdd yn clodfori'r gynghrair am ganrifoedd i ddod, rwy'n siŵr.'

'Yn wir. Bydd yn arwydd o ddechrau chwalu rheolaeth y Saeson dros ein hynys ni.'

Roedd casineb Idwal tuag at y Saeson wedi helpu eu hachos, sylweddolodd Angharad. Dyma frenin oedd mor wahanol i'w thad. Ni fyddai Idwal byth yn cytuno i gydweithio gydag Edward o'i wirfodd.

'Byddai'n fuddiol i'r briodas fynd yn ei blaen cyn gynted â phosib,' cynigiodd Edwin yn ofalus.

Dyma oedd y sialens olaf.

'Ni fydd dy dad yn dod yma?' Edrychai Idwal ychydig yn amheus.

'Na, mae'n rhy beryglus. Allwn ni ddim fforddio i Edward ddarganfod ein cynlluniau. Mae wedi fy nghyfarwyddo i i weithredu yn ei enw.' Oedodd Edwin, fel petai newydd gofio rhywbeth. 'Wrth gwrs, wnes i anghofio – mae gen i lythyr ganddo yn egluro hyn i gyd.'

Gwenodd Angharad wrth i Idwal alw am un o'i swyddogion i ddod i bori dros y llythyr ffug, gyda sêl ei thad yn daclus – ac yn amlwg – ar y gwaelod. Roedd yr holl amser a dreuliodd Edwin ymysg eglwyswyr ac ysgolheigion yn Tamworth wedi bod yn werthfawr iawn.

Seliodd y llythyr benderfyniad Idwal. 'Mae'n ŵyl Fihangel wythnos nesaf. All y wledd briodas ddigwydd ar yr un diwrnod – mae gyda ni drefniadau ar gyfer gwledd yn barod.'

Ymestynnodd Idwal a siglo llaw Edwin cyn galw am fwy o gwrw.

Teimlodd Angharad ei chalon yn ysgafnhau. Ni allai Edward ei chyffwrdd yma. Ac erbyn i'w thad ddarganfod yr hyn roedden nhw wedi ei wneud, byddai'n rhy hwyr. Byddai Hywel yn gorfod esgus mai ei gynllun ef oedd hyn; ni fyddai eisiau colli wyneb o flaen ei gefnder. Gallai ei weld yn glir, yn diystyru protestiadau ei ferch wrth iddo gynllwynio i fradychu Ælfwynn. Efallai nawr byddai'n difaru ei hanwybyddu.

* * *

'Wna i aros tan y briodas ac wedyn mynd 'nôl i Ddyfed. Bydd rhaid i fi feddwl am ffordd i egluro hyn i gyd wrth Dad. Bosib allai berswadio Owain i ddweud mai ei syniad ef am brosiect diplomyddol newydd oedd y gynghrair.'

Nodiodd Angharad heb droi i edrych arno. Roedd y ddau ohonynt yn sefyll yn y tywyllwch wrth ddrws y neuadd, wedi llwyddo i ddwyn ychydig o funudau o breifatrwydd ar ddiwedd y wledd. Ymestynnai teyrnas Idwal o'u blaen – ei theyrnas hi hefyd nawr, atgoffodd Angharad ei hun. Tybiai y gallai weld amlinelliad y mynyddoedd yn y pellter, ond efallai mai gweld yr hyn a ddisgwyliai ei weld oedd hi.

'Wyt ti'n mynd i fod yn iawn yma ar dy ben dy hun?' gofynnodd Edwin.

'Roedden i'n iawn yn Tamworth.'

'Doeddet ti ddim ar dy ben dy hun yno.'

'Bydda i'n iawn. Byddai'n fwy diogel yma na fyddwn i wedi bod ym Mersia neu Ddyfed yn sicr.'

'Os cedwi di dy ben i lawr a ddim tynnu gormod o sylw atat ti dy hun, fyddi di'n iawn. Fydd Edward ddim am fentro rhyfel gyda Gwynedd.'

Gwenodd Angharad. 'Dydw i ddim yn bwriadu cadw 'mhen i i lawr.'

'Mae'n mynd i fod yn anoddach i ti yma nag yn Tamworth. Teyrnas brenhinoedd yw Gwynedd, nid breninesau.'

'Nid teyrnas breninesau oedd Tamworth yn y pen draw chwaith,' brathodd Angharad. 'Diolch i Edward a'i gefnogwyr.' Syllodd yn galed ar ei brawd i ategu'r geiriau olaf.

Ymestynnodd y tawelwch yn boenus rhyngddynt.

'Mae'n flin gen i,' ymddiheurodd Edwin, ddim am y tro cyntaf. 'Doedden i ddim wedi bwriadu dy frifo di.'

Chwarddodd Angharad. 'Roedd datgelu fy nghyfrinachau

i wrth Hywel a'i annog i'm galw i fradychu Ælfwynn yn ddamwain oedd e?'

'Na ... wrth gwrs ddim.' Edrychodd Edwin yn anghyffordddus ar ei draed. 'Ond wnaeth e fy ngheryddu i, wnaeth e fy nghyhuddo i o fod yn ddiwerth, o beidio darganfod unrhyw wybodaeth ddefnyddiol ym Mersia. Roedd rhaid i mi ddweud rhywbeth. Dy agosrwydd di at Ælfwynn oedd yr unig beth oedd gen i i'w gynnig.'

'Dyna sut mae Dad wastad wedi fy nhrin i. Ond doeddet ti ddim yn gallu goddef pum munud o hynny. Ac felly wnest ti fy mradychu i.' Gallai Angharad weld bod pob gair yn ergyd i Edwin, ond doedd hi ddim am stopio. Roedd hi eisiau iddo ddeall gymaint yr oedd e wedi ei brifo. Mwy na hynny, roedd hi eisiau iddo fe ddioddef. Dioddef fel roedd hi'n dioddef.

'Mae'n wirioneddol flin gen i,' sibrydodd Edwin. 'Rydw i eisiau dangos hynny i ti.'

Siglodd Angharad ei phen. 'Does dim ots nawr. Rwyt ti wedi dod â mi yma ac rwy'n ddiolchgar am hynny. Byddwn i wedi cael trafferth dianc fel arall. Ond dydw i ddim angen nac eisiau dy help di mwyach.'

'Fel wedes i, wna i dy adael di ar ôl y briodas.' Oedodd Edwin ar drothwy'r neuadd. 'Mae pawb yn gwneud camgymeriadau,' sibrydodd. Gadawodd hi'n sefyll yn y tywyllwch ar ei phen ei hun.

Parhaodd Angharad i syllu allan ar beth ddychmygai oedd amlinelliad y mynyddoedd. Roedd Edwin yn iawn am un peth, nid teyrnas breninesau oedd Gwynedd. Roedd ganddi dasg fawr o'i blaen os oedd hi am adennill y statws oedd ganddi ym Mersia. Ac adennill y statws hynny oedd rhaid os oedd hi'n mynd i gyrraedd ei nod. Os oedd hi'n mynd i weld Ælfwynn eto.

2

Gorweddai Angharad yn syllu ar bren y nenfwd, yn gwbl effro er gwaethaf yr awr. Roedd y diwrnodau diwethaf wedi bod yn gorwynt o ddigwyddiadau. Gwraig. Dyna oedd hi nawr. Yn bersonol doedd fawr o ots ganddi am y statws, ond yn ymarferol golygai'r gynghrair ei bod hi'n ddiogel am y tro. Roedd Edwin ar ei ffordd yn ôl i'r de i wynebu eu tad. Byddai Hywel yn gandryll, tybiai Angharad. Ond efallai ddim mor gandryll ag Edward. Daeth hynny ag ychydig o foddhad iddi.

Dyma oedd ei noson olaf yn Aberffraw. Fory byddai llys Idwal yn symud ymlaen i ran arall o Wynedd. Roedd e wedi gofyn i'w fab aros yn Llan-faes, ar ochr ddwyreiniol yr ynys. Eisiau pâr dibynadwy o lygaid oedd e: Môn oedd trysor y deyrnas, wedi'r cyfan. Ond gwyddai Angharad fod disgwyliadau eraill hefyd. Roedd Elise yn ysu i feithrin cartref a theulu ei hun. Dim bod hynny'n apelio at Angharad o gwbl. Pwrpas y briodas oedd ei galluogi i helpu Ælfwynn. Doedd ganddi ddim diddordeb mewn rhedeg ystâd. Ond er mwyn bod yn llwyddiannus, er mwyn gallu gweld Ælfwynn eto, roedd yn rhaid iddi gael pŵer yng Ngwynedd. A byddai ei gŵr yn gallu rhoi'r pŵer hynny iddi.

Doedd hi ddim wedi gweld rhyw lawer ohono eto. Wedi'r wledd roedd paratoadau ar gyfer y briodas wedi llyncu amser Angharad. Ac ar y diwrnod ei hun roedd cymaint o ddefodau seremonïol a phobl i'w cyfarch. Roedd hi wedi cwrdd ag un o feibion eraill Idwal – Iago, plentyn tair blwydd oed a redai o gwmpas y neuadd gan achosi cymaint o helynt â phosib. Gwenodd Angharad a chynnig y geiriau disgwyliedig o ganmoliaeth. Mewn gwirionedd teimlai ryddhad – ni fyddai'n rhaid iddi boeni am frawd Elise am sawl blwyddyn.

Gwelodd ei gŵr y noson honno wrth gwrs. Siglodd Angharad ei phen yn ffyrnig i annog ei meddyliau i gyfeiriad arall. Roedd byw'r profiad unwaith yn ddigon. Dim fod Elise wedi ei brifo. Na, roedd mab brenin Gwynedd wedi bod yn fodel o dynerwch a charedigrwydd. Tybiai Angharad y byddai sawl un yn barod i ladd i gymryd ei lle. Ond hunllef oedd y noson iddi hi. Roedd pob cyffyrddiad yn llygru ei hatgofion o'r nosweithiau yng nghwmni Ælfwynn.

Cynghrair oedd y briodas, dyna i gyd. Ffordd i helpu Ælfwynn.

Helpu Ælfwynn? Trwy ffoi a'i gadael yng ngafael Edward? Siglodd Angharad ei phen eto. Doedd dim pwynt dilyn y llwybr hynny. Ni fyddai wedi gallu helpu Ælfwynn o'r carchar y byddai Edward wedi ei greu ar ei chyfer.

Na, ymlaen. Dyna oedd yr unig ffordd.

Roedd gwely Angharad ddim ond ychydig o fetrau i ffwrdd o'r brif neuadd. Er bod y twrw wedi tawelu erbyn hyn, gallai glywed ychydig o leisiau o hyd. Cododd yn araf a chripian tuag at y drws, yn dal y blanced yn dynn o'i chwmpas. Wrth sbïo drwy'r toriad yn y drws gallai weld bod y neuadd yn wag heblaw am ddau ffigwr yn eistedd ar y prif fwrdd, eu cefnau tuag ati.

'Mae hyn yn rhoi cyfle da i ni,' roedd Elise yn dweud. 'Os yw Hywel yn barod i sefyll gyda ni, fydd ddim rhaid i ni dyngu llw arall o ffyddlondeb i'r Saeson.'

'Ella ...' llais Idwal. 'Ond dwi'n amau bydd Hywel yn barod i symud yn erbyn y Saeson. Dyn geiriau ydi o. Dim asgwrn cefn. Mae o isho ein cefnogaeth ni – dyna ydi pwrpas y briodas hon. Mae o isho sicrhau ei fod o mewn sefyllfa gref. Amddiffyn ei hun mae o'n ei wneud.'

'Ond os awn ni i ryfel yn erbyn y Saeson, bydd rhaid iddo ymuno! Hynny neu wylio Edward yn dinistrio teulu ei ferch!'

'Fyddwn i ddim yn synnu petai'n ddigon parod i wylio hynny'n digwydd os mai dyna fyddai fwyaf buddiol i'w sefyllfa o ei hun.'

Gwenodd Angharad yn y tywyllwch. Roedd Idwal yn deall ei thad yn dda. Efallai ei bod hi wedi meddwl yn rhy isel ohono.

Ochneidiodd Elise. 'Mae'n rhaid i ni wneud rhwbath. Roedd darostwng i Æthelflaed yn un peth – roedd gan Fersia a Gwynedd ddealltwriaeth dda. Darostwng i frenin Wessex? Mae hynny'n weithred hollol wahanol.'

'Dyna wnaeth fy nhad.'

'Roedd darostyngiad y Brenin Anarawd i'r Brenin Alfred wedi ei yrru gan amgylchiadau gwleidyddol arbennig. Nid oedd i fod i bara am oes.'

'Nag oedd, does dim rhaid 'y mherswadio i o hynny,' atebodd Idwal yn amddiffynnol. 'Dwi'n gwybod mai camgymeriad fyddai parhau i ddarostwng i'r Saeson yn ddigwestiwn. Bydd y trethi'n cynyddu, byddan nhw'n dechrau trin Gwynedd fel rhan o'u hymerodraeth nhw, a fydd hi'n mynd yn anoddach ac anoddach i frwydro 'nôl. Ond allai ddim gweld beth allwn ni ei wneud ar hyn o bryd sydd yn gall.'

'Paid â phoeni, wna i ddim byd yn fyrbwyll,' atebodd Elise. 'Dyma oedd y cyfle cyntaf, yr arwydd cyntaf ers blynyddoedd bod cyfeiriad y gwynt yn newid. Ac fe wnaethon ni achub y cyfle. Mae'n rhaid i ni aros am y cyfle nesaf nawr. Dwi'm yn credu bydd hi'n hir yn dod. Mae Prydain yn aflonyddu. Dydi Edward ddim yn frenin poblogaidd.'

'Wrth reswm,' poerodd Idwal. 'Pa hawl sydd gan unrhyw frenin o linach Edward i reoli dros bobloedd eraill Prydain? Mae'n gwreiddiau ni ar yr ynys hon yn ddyfnach na'i wreiddiau o, mae hynny'n sicr. Does ganddo ddim hawl i'r teitl "arglwydd ynys Prydain gyfan".'

Wedi clywed digon, sleifiodd Angharad yn ôl i'r gwely. Synnai wrth y casineb yn lleisiau Idwal ac Elise. Roedd hi wedi disgwyl i Wynedd fod yn wahanol i Fersia. Ond doedd hi ddim wedi disgwyl i'r deyrnas fod mor wahanol i Ddyfed. Yn Nyfed roedd hi'n aml wedi clywed ei thad a'i gynghorwyr yn trafod eu perthynas gyda Wessex a Mersia, ond roedden nhw wedi cytuno mai cydweithredu oedd y strategaeth gall – closio at frenhinoedd cryfaf Prydain er mwyn amddiffyn eu sefyllfa nhw eu hunain. Gwneud digon i gadw Wessex ar eu hochr a gobeithio am weddillion o fwrdd y brenin mawr. Roedd Angharad wedi gweld y strategaeth yn ei llawn ogoniant pan drodd Hywel yn erbyn Ælfwynn.

Roedd pethau'n amlwg yn wahanol yma. Yng Ngwynedd roedd yna gasineb diffuant tuag at y Saeson. Doedd dim awydd i gydweithredu, hyd yn oed petai'n fanteisiol i Wynedd. Atgoffwyd Angharad o'r casineb a welsai gan Non ... Y casineb a laddodd Æthelflaed yn y pendraw ... Am eiliad gwelodd orffennol gwahanol. Edward yn yfed gwenwyn ac yn dirywio yn ei wely.

Gwenodd. Gallai'r casineb hwn fod o fantais iddi. Roedd ganddi fynydd i'w ddringo i berswadio Elise i roi lle iddi wrth y bwrdd, yn hytrach na gorfod clustfeinio wrth y drws. Ond roedd ei thraed yn dechrau dod o hyd i'r llwybr.

3

Wedi wythnos o geisio rhoi trefn ar ystâd Llan-faes, roedd Angharad yn llawn edmygedd o wragedd yr ieirll a welsai ar ei theithiau ym Mersia. Roedd pob neuadd wedi bod yn dwt, y bwyd a diod wedi llifo'n ddiddiwedd, a threfn ar yr holl weithwyr. Ar hyn o bryd ni theimlai ei bod hi wedi meistroli unrhyw un o'r pethau hynny. Ac roedd hi i fod i gynnal gwledd fawr fory

Wrth iddi sefyll yng nghanol y neuadd yn goruchwylio'r paratoadau – er, mewn gwirionedd doedd hi ddim yn siŵr faint o gyfraniad oedd y 'goruchwylio' – cwestiynodd pam ei bod hi'n poeni gymaint. Roedd ganddi hunanfalchder yn ei gwaith, wrth gwrs, ond doedd hi ddim yn teimlo unrhyw angerdd yn ei gylch. Doedd ganddi ddim awydd i fod yn wraig tŷ.

Ond roedd angen iddi ennill parch ei gŵr newydd. Ac yn anffodus i Angharad dyma oedd y ffordd fwyaf effeithiol o wneud hynny.

'Popeth yn mynd yn iawn?' Tybiai Angharad fod Elise wedi synhwyro ei straen.

'Ydy ydy,' atebodd yn ysgafn. 'Dal digon i'w wneud ond fyddwn ni'n iawn.'

Gwenodd a chyffwrdd ei hysgwydd. 'Gwych, rwyt ti'n gwneud gwaith da.'

'Arglwydd!' rhuthrodd negesydd i mewn i'r neuadd.

Doedd pethau byth yn llonydd yng Ngwynedd, roedd Angharad wedi sylwi. Yn Tamworth byddai'r negesydd wedi rhoi ei neges i'r porthor cyn i Æthelflaed ei derbyn ym mhreifatrwydd ei hystafell. Yma, roedd y drefn yn fwy ... bywiog.

'Beth?' cerddodd Elise i gwrdd â'r negesydd.

Yn awyddus i beidio â cholli'r newyddion, dilynodd Angharad. Edrychodd Elise arni'n rhyfedd wrth iddi ddod i sefyll wrth ei ymyl.

'Mae aflonyddwch ar ystâd Owain, arglwydd.'

'Aflonyddwch? Fedri di fod yn fwy penodol?'

'Lladron. Mae o'n gofyn am gymorth i'w dal nhw.'

Roedd Angharad ar fin gofyn pwy oedd Owain a pha mor bell i ffwrdd oedd ei ystâd, pan dorrodd morwyn ar ei thraws. 'Arglwyddes, mae'r cogydd eisiau eich cyngor.'

Edrychodd Angharad ar y ferch yn syn. Nag oedd hi'n gallu gweld ei bod hi ar ganol trafod materion pwysicach? 'Mewn munud.'

'Dylet ti fynd i siarad gyda'r cogydd, mae'n bwysig cael pob dim yn barod ar gyfer y wledd,' atgoffodd Elise, gan droi ei lygaid o'r negesydd am eiliad.

Roedd Angharad ar fin anghytuno ond cnodd ei gwefus. Ni fyddai'n weddus i wraig anghytuno â'i gŵr newydd yng ngolwg y neuadd gyfan. Gwraig tŷ oedd hi, ac roedd disgwyl iddi ymddwyn fel un. Melltithiodd yn dawel a dilyn y forwyn.

Eisiau gwybod faint o fara oedd angen ei bobi oedd y cogydd. Plyciodd Angharad ffigwr o'i dychymyg. Sut oedd hi i fod i wybod faint o fara a fwyteid mewn gwledd fel arfer? Roedden nhw i gyd yn cymryd ei bod hi wedi dysgu'r fath yma o beth ym Mersia. Ond amheuai Angharad i Æthelflaed wybod y peth cyntaf am fara.

Gadawodd Angharad y gegin cyn gynted ag oedd yn

barchus. Ond ar drothwy'r drws clywodd y morynion yn sgwrsio wrth dorri llysiau. Safodd yn stond.

'Mae'r trethi wedi codi ers i frenin Wessex gymryd drosodd,' roedd un ohonynt yn cwyno. 'Ac mae popeth yn costio mwy.'

'Doedd Æthelflaed ddim yn hael.'

'Ond roedd hi'n frenhines!' atebodd y cyntaf mewn llais breuddwydiol. 'Brenhines – meddylia! Ac roedd hi am i'w merch hi fod yn frenhines hefyd.'

'Wel dydan ni ddim bob amsar yn cael yr hyn dan ni isho. Mae'n dda bod y bobl bwysig yn dysgu'r wers honno weithiau. 'Dan ni'n ei dysgu bob dydd,' atebodd y llall yn chwerw.

'Mae'n ddrwg gen i dros ei merch, wedi colli pob dim.'

'Dangosodd Edward dipyn go lew o drugaredd os wyt ti'n gofyn i fi. Byddai brenin arall wedi ei lladd.'

'Paid â siarad rwtsh! Byddai rhaid i frenin fod yn galongaled tu hwnt i ladd merch ddiniwed. Ac mae wedi colli ei rhyddid. Mae'n garcharor rŵan, mewn lleiandy, dyna glywes i.'

'Dydi hynny ddim yn swnio'n rhy wael i mi,' wfftiodd y llall. 'Bwyd, diod a llety yn rhad ac am ddim.'

Gadawodd Angharad â'i chalon yn curo ychydig yn gyflymach. Roedd Ælfwynn mewn lleiandy. Tueddai i gytuno â'r forwyn hŷn, ond am resymau gwahanol. O adnabod Edward, gallai sefyllfa Ælfwynn fod yn llawer gwaeth.

* * *

'Rwyt ti'n gwneud yn dda,' cysurodd Elise hi y noson honno. 'Mae'n rhaid i ti gymryd yr awenau yn fwy cadarn yn dy afael, dyna i gyd. Paid â phoeni gymaint am yr hyn dwi'n wneud – canolbwyntia ar y tasgau o dy flaen.'

Roedd e wedi synnu wrth ei hymddygiad yn y neuadd, sylweddolodd Angharad. Am funud roedd hi wedi anghofio mai yng Ngwynedd oedd hi, ddim Tamworth. Ni fyddai disgwyl iddi hi ymyrryd ym materion ei gŵr yma. Dim eto o leiaf.

'Diolch,' atebodd yn ysgafn. 'Rwy'n gwneud fy ngorau i addasu i'm bywyd yma. Doeddwn i ddim yn gwneud y math yma o waith ym Mersia. Cynghori'r frenhines oedden i'n ei wneud fel arfer.'

Ni thynnodd Angharad ei llygaid o'r tân, ond gallai synhwyro Elise yn edrych arni'n syn.

Chwarddodd. 'Rhyfedd iawn.'

Doedd e ddim yn ei chredu. Byddai'n dod i'w chredu, addawodd Angharad i'w hun.

Estynnodd Elise a gafael yn ei llaw. Brwydrodd Angharad i gadw ei llaw yn llac a pheidio â'i thynnu i ffwrdd. Gallai weld wyneb Ælfwynn yn edrych yn ôl arni o'r tân, ei gwallt yn bownsio wrth iddi chwerthin. Roedd hi wedi llwyddo i drin y briodas fel cynghrair wleidyddol hyd yn hyn. Dyna oedd yr unig ffordd i ymdopi â'r sefyllfa. Fel arall byddai'r hunllef a'r euogrwydd yn ei llyncu.

Roedd hi wedi meddwl mai cynghrair oedd y briodas i Elise hefyd. Gwyddai fod ganddo o leiaf un cariad ar yr ystâd, morwyn ifanc yn y gegin. Debyg iawn bod sawl un arall. Roedd e'n ddyn golygus, ac yn ddyn o statws. Roedd hi wedi sylwi ar y menywod yn ei wylio. Doedd dim ots ganddi o gwbl. Y mwyaf o nosweithiau fyddai ei gŵr yn treulio gyda menywod eraill, y lleiaf o gyfle fyddai ganddo i ddod i rannu ei gwely hi.

'Rydw i'n hapus iawn dy fod di yma gyda fi. Dwi'n mwynhau dy gwmni.'

Roedd hyn yn rhy lletchwith. Cynghrair oedd y briodas. Dyna i gyd. 'Rwyt ti wedi gwneud i mi deimlo'n gartrefol yma,' atebodd yn ofalus.

'Dwi'n falch. Dwi am i ni adeiladu cartref yma. Ac efallai yn fuan bydd ganddon ni deulu mwy i'w rannu.'

Ceisiodd Angharad edrych i ffwrdd ond roedd ei lygaid yn rhy selog. Roedd ei llaw yn chwysu yn ei afael. Roedd y llwybr i gopa'r mynydd yn ymestyn ymhell o'i blaen. Roedd rhaid iddi ddringo'n gyflymach.

4

Gwnaeth Angharad ei gorau. Ond gyda'i diffyg profiad yn rhwystr sylweddol, doedd ei gorau ddim yn ddigon. I rywun oedd yn anghyfarwydd â gwleddoedd Cymreig, efallai na fyddai wedi ymddangos yn noson rhy ffôl. Roedd bwyd, diod, ac awyrgylch digon bywiog. Ond byddai rhywun mwy profiadol – gan gynnwys, yn anffodus i Angharad, y rhan fwyaf o westeion Elise – wedi sylwi ar yr holl gamgymeriadau. Oherwydd rhyw gamddealltwriaeth rhyngddi hi a'r helwyr doedd dim digon o gig. Ond roedd llawer gormod o fara. Doedd y ffigwr roedd hi wedi ei godi o'i dychymyg i ateb ymholiad y cogydd ddim yn realistig. O bell ffordd. Golygai'r camgymeriad bod rhywbeth i'w fwyta o leiaf ... ond doedd torth ar ôl torth o fara ddim yn gwneud yn iawn am y diffyg cig. Ac roedd gweithwyr y gegin yn anhapus.

Tra bo'r cogydd wedi ceryddu Angharad tu ôl i ddrysau caeëdig y gegin, wynebodd embaras fwy cyhoeddus wedi iddi wneud camgymeriadau wrth drefnu'r byrddau. Yn ddiarwybod iddi roedd yna drefn arbennig i'w dilyn wrth gyfeirio pobl i'w seddi ar y prif fwrdd. Gosododd nifer o unigolion mewn seddi nad oedd yn addas ar gyfer eu statws, a derbyniodd sawl gair siarp oherwydd hynny. Wedi meddwl, roedd ganddi ryw atgof o Æthelflaed yn trafod trefn y prif fwrdd gydag Eadric. Dylai fod wedi talu mwy o sylw.

Roedd Angharad wedi dal ei phen yn uchel ac wedi ceisio anwybyddu'r sibrydion a ledai ar draws y neuadd. Efallai iddi wneud un neu ddau gamgymeriad. Ond beth oedd yr ots mewn gwirionedd? Gwledd oedd hi, dim byd mwy. Byddai pawb yn clebran am ryw sgandal arall erbyn wythnos nesaf.

Ond roedd trafodaeth gweithwyr y gegin yn hwyrach yn y noson wedi bod yn anoddach i'w hanwybyddu. Y rhai hynaf oedd fwyaf beirniadol. Roedd y mwyafrif ohonynt wedi gweithio yn Llan-faes ers iddyn nhw fod yn ddigon hen i weithio, a chanddynt farn bendant ar sut dylid rhedeg pethau. A doedd yr arglwyddes newydd ddim yn gwneud yn dda wrth ei gwaith. Lwcus, yn wir, nad oedd Idwal wedi mynychu'r wledd – ni fyddai Elise wedi medru goddef y fath gywilydd. Chwerthin a wnâi'r rhai ieuengach.

Sleifiodd Angharad i ffwrdd, ei chlustiau'n llosgi. Roedd hi wedi hen arfer â sibrydion oedolion a chwerthin plant yn ei dilyn o gwmpas yn Nyfed. *Dyw eu barn nhw ddim yn bwysig*, dywedai Edwin yn aml. Ac roedd hi wedi dysgu i gredu hynny ei hun.

Ond yna symudodd i Fersia ac roedd pob dim wedi newid. Hyd y gwyddai, doedd neb wedi sibrwd tu ôl i'w chefn yno. Roedd pobl wedi siarad gyda hi. Ac wedi deall ei gwerth.

Yma, gwraig yr arglwydd oedd hi. Dim byd mwy. A châi ei beirniadu am fethu wrth ei swydd. Roedd hi'n dyheu am y cyfle i alw'r holl weithwyr a thenantiaid ynghyd ac egluro wrthynt fod ganddi gymaint yn fwy i'w gynnig.

Doedd Elise ddim wedi ei cheryddu. Ond os rhywbeth, roedd ei amynedd wedi gwneud i Angharad deimlo'n waeth. Eisteddodd trwy'r wledd gyfan yn cadw'r sgwrs i lifo fel petai heb sylwi ar y camgymeriadau. Roedd y wên arferol ar ei wyneb yn herio rhywun i feirniadu ei wraig.

Ond roedd e wedi ei siomi, gwyddai Angharad hynny, gan

deimlo euogrwydd ynghlwm â'r embaras ym mherfeddion ei stumog. Ac felly pan awgrymodd Elise iddi gwrdd ag un o swyddogion yr ystâd i drafod sut i drin gwesteion o amrywiol statws, cytunodd yn syth.

Rhyfeddai'r swyddog wrth anwybodaeth Angharad. Roedd wedi disgwyl i Æthelflaed ddysgu rhywbeth – unrhyw beth – iddi am y fath bethau. Ond roedd Angharad wedi gweld digon i wybod na fyddai'r rhan fwyaf o swyddogion a gwesteion Llan-faes yn credu'r straeon y gallai eu hadrodd am frenhines Mersia. Anwybyddodd ei ddirmyg a serio pob manylyn ar ei chof. Teimlai rhan ohoni'n euog ei bod hi'n bradychu Æthelflaed a'i gwersi. Ond anwybyddodd hynny hefyd. Dyma oedd yr unig ffordd.

'Byddwn ni'n mynd i Aberffraw ddiwedd yr wthnos,' torrodd Elise ar draws ei meddyliau. 'Mae 'nhad wedi dychwelyd. Mae wedi cael mab ac mae gwledd i ddathlu.'

'Llongyfarchiadau! Mae'r bachgen yn iach?'

'Ydy, mae 'nhad i'n hapus iawn.'

'Pwy yw'r fam?'

'Wn i ddim beth yw ei henw. Ti'n cofio Iago, fy mrawd arall i, bachgen rhyw dair blwydd oed. Ro'dd o yn ein gwledd briodas. Ei fam o.'

'Dyw dy dad ddim yn bwriadu ei phriodi?'

'Na, dydi Dad erioed wedi gweld pwynt priodi.'

Am y tro cyntaf ers iddyn nhw briodi, synhwyrodd Angharad Elise yn siarad heb bwyso a mesur ei eiriau. 'Sut wnaeth dy fam di farw?' mentrodd ofyn.

'Mae hi dal yn fyw! Yn byw ym Mhowys rhywle – dydw i ddim wedi ei gweld hi ers blynyddoedd.'

Cnodd Angharad ei gwefus mewn tawelwch. Roedd hi wedi clywed y si bod gan Idwal blant ym mhob cwr o Wynedd. Cofiodd am gariad Elise yn y gegin. Beth petai'n penderfynu, fel ei dad, bod dim pwynt i briodas wedi'r cyfan?

Roedd ei hagwedd wedi bod yn rhy ddidaro hyd yn hyn – rhaid iddi weithio'n galetach i amddiffyn ei statws.

'Gewn ni fynd ychydig yn gynharach cyn y wledd?' gofynnodd yn sydyn.

Edrychodd Elise arni mewn penbleth. 'Wrth gwrs, pam?'

'Hoffwn i gael golwg agosach ar sut mae gwleddoedd yn cael eu trefnu yn Aberffraw – bydd yn ddefnyddiol i mi er mwyn dysgu sut i redeg pethau'n well yma.'

Gwenodd Elise arni'n dyner a chymryd ei llaw. 'Syniad da. Alla i dy gyflwyno i'r distain. Bydd o'n hapus i helpu.'

Doedd y distain ddim yn 'hapus' i helpu – fe oedd prif stiward Aberffraw wedi'r cyfan, yn ddyn o statws uchel a'i swydd yn un hollbwysig. Roedd ganddo hen ddigon i'w wneud heb orfod dangos i ryw fenyw ddi-glem sut i redeg llys. Ond ni allai'r distain hyd yn oed anwybyddu gofynion mab hynaf y brenin. Ac felly roedd Angharad wedi ei ddilyn o gwmpas wrth iddo wneud y trefniadau, ac wedi dysgu mwy nag y byddai hi erioed wedi dymuno ei wybod am baratoi bwyd a diod a chadw gwesteion yn hapus. Bob tro i'r lleisiau yn ei phen aflonyddu – mae hyn yn wastraff amser, nid dyma'r defnydd gorau o dy sgiliau – roedd hi wedi eu tawelu gyda'i hatgofion o wyneb Ælfwynn. O'i llygaid meddal, mor aml yn llawn pryder. Dyma oedd yr unig ffordd.

Ond roedd goddef y diflastod yn her. Eistedd wrth ymyl Elise ar y prif fwrdd oedd hi, ond treuliodd ei gŵr y rhan fwyaf o'r noson yn siarad gyda'i dad. Doedd Angharad ddim yn gallu dilyn y sgwrs dros y twrw ac felly bu'n gwylio'r neuadd yn dawel.

Hi oedd yr unig un i sylwi ar y negesydd a ddaeth i sibrwd yng nghlust y distain. Gwyliodd Angharad wrth i'r distain godi a gadael y neuadd. Pan ddychwelodd roedd dyn dieithr ar ei sodlau. Edrychai'r dieithryn o gwmpas yn nerfus. Roedd e wedi teithio'n bell, dyfalodd Angharad wrth sylwi ar y tyllau a'r mwd ar waelod ei glogyn. Roedd golwg wedi cysgu mewn clawdd ar ei wallt.

'Arglwydd,' dywedodd y distain gan stopio o flaen Idwal. 'Mae'r alltud hwn eisiau derbyn eich arglwyddiaeth.'

Eisteddodd Idwal ychydig yn sythach. 'O ble mae'n dod?'

'Mersia. Ddim yn bell o Gaer.'

'Wedi ffoi oddi yno? Pam?'

'Methu talu trethi i'w arglwydd.'

Cododd Idwal ei aeliau. 'Dydi hynny ddim yn argoeli'n dda.'

Roedd y dieithryn yn dilyn y sgwrs gyda'i lygaid. Efallai nad oedd e'n deall yr union eiriau, ond roedd ganddo syniad da o'r hyn roedd Idwal wedi ei ddweud. 'Mae'r brenin wedi bod yn gofyn mwy a mwy gan ei ieirll, ac mae'r ieirll wedi bod yn gofyn mwy a mwy gennym ni,' ebychodd. 'Mae pobl Mersia yn dioddef.'

Pwysodd Angharad ymlaen yn ei chadair, ei chyffro'n cynyddu. Doedd braidd neb arall wedi deall y geiriau Saesneg, ac wrth ei hymyl edrychodd Elise mewn penbleth ar ei dad. Sibrydodd Angharad gyfieithiad sydyn, er mawr syndod ei gŵr. Cnodd ei gwefus. Roedd hi eisiau holi'r dyn ymhellach, ond gwyddai na fyddai'r neuadd yn ymateb yn ffafriol i'r fath ymyrraeth.

Wedi derbyn eglurhad pellach gan y distain, troellodd Idwal ei gwpan yn ei law yn feddylgar. 'Dwi'n hapus iddo dderbyn fy arglwyddiaeth – mae digon o waith i'w gael. Ond bydd rhaid iddo ufuddhau i gyfraith ein teyrnas.'

Llifodd rhyddhad i lygaid y dyn o Fersia a llwyddodd i ddiolch i Idwal yn Gymraeg cyn cymryd ei sedd ar un o'r byrddau eraill.

Parhaodd Angharad i'w wylio ymhell ar ôl i bawb arall golli diddordeb. Canolbwyntiai ar y bwyd o'i flaen, yn bwyta gyda symudiadau araf a phwrpasol, fel petai'n ceisio osgoi tynnu unrhyw sylw. Daeth y wledd i ben ac wedi peth petruso dilynodd y dieithryn grŵp arall allan o'r neuadd. Trodd Angharad i edrych ar Elise. Roedd e yng nghanol sgwrs ddwys gyda'i dad o hyd. Cododd a cherdded yn gyflym ar ôl y dieithryn.

'Croeso i Wynedd,' galwodd wedi iddi ddod o hyd iddo tu allan.

Neidiodd ac edrych o gwmpas yn frysiog, yr iaith gyfarwydd yn amlwg yn codi ofn arno. Ymlaciodd ei wyneb wrth weld y fenyw yn sefyll o'i flaen. 'Rwyt ti'n dod o Fersia hefyd?'

'Nac ydw, o Ddyfed. Ond wnes i dreulio peth amser yn llys Æthelflaed.'

Ochneidiodd y dieithryn. 'Dyddiau da. Dyw pethau ddim yr un peth ers iddi farw.'

'Wnest ti sôn bod y brenin yn mynnu mwy o arian gan yr ieirll, pam?' Roedd Angharad yn dyheu am newyddion, unrhyw newyddion.

'I adeiladu trefi. Dymuniad Edward yw adeiladu trefi sy'n fwy o faint, yn fwy cadarn, ac yn fwy crand na threfi Æthelflaed, a mwy ohonyn nhw. Ond dyw e ddim yn fodlon talu ei hun,' atebodd yn chwerw.

'Oes unrhyw siawns bydd yr ieirll yn ceisio ei wrthsefyll?'

'Na ... mae Edward yn rhy gryf. Mae brenin Ystrad Clud wedi darostwng iddo nawr, a brenin Llychlynwyr Northumbria.'

Llosgodd calon Angharad â'r anghyfiawnder. Doedd dim hawl gan Edward i'r fath lwyddiant. Roedd Æthelflaed wedi cadw llygad ar y Llychlynwyr, ac weithiau wedi brwydro yn eu herbyn. Ond hyd yn oed ar ôl eu trechu doedd brenhines Mersia ddim wedi meiddio mynnu eu bod nhw'n darostwng iddi hi. Roedd hi wedi gwybod yr helynt byddai'r fath orchymyn yn ei achosi. Rhaid bod Edward mewn sefyllfa bwerus. Neu'n teimlo ei fod mewn sefyllfa bwerus. Gweddïai Angharad mai'r olaf oedd yn wir.

'Wel, gobeithio wnei di ymgartrefu yma,' dywedodd yn ysgafn cyn troi 'nôl am y neuadd. Doedd dim byd mwy y gallai wneud â'r wybodaeth. Ddim eto.

'Popeth yn iawn?' cyfarchodd Elise.

Nodiodd Angharad gan baentio gwên dros ei meddyliau cythryblus.

'Wnest ti ddysgu llawer gan y distain?'

'Do ... roedd e'n ddefnyddiol iawn,' gorfododd y geiriau o'i cheg sych.

'Gwych, byddwn ni'n barod i groesawu 'nhad i i Lan-faes ymhen dim felly.'

Nodiodd Angharad yn fecanyddol. Amynedd. Roedd rhaid bod yn amyneddgar.

5

Erbyn diwedd y mis roedd Angharad wedi cael hen ddigon ar fod yn gaeth ar yr ystâd. Roedd hi wedi gobeithio byddai'r gwaith yn tawelu ychydig pan doedd dim gwledd i'w threfnu. Ond roedd o hyd rywbeth arall i'w wneud; angen cyfarwyddiadau yn y gegin, angen adnewyddu rhyw ran o'r neuadd, angen trefnu'r gweision. Bob tro i Angharad orffen tasg byddai tair arall yn ymddangos i lenwi'r bwlch.

Yn fwy na dim byd, roedd hi'n gweld eisiau'r awyr agored. Ym Mersia, arferai dreulio rhannau sylweddol o bob dydd tu allan – yn ymweld ag ystadau neu yn cerdded o gwmpas trefi. Yma, y mwyaf y gwelai o'r haul oedd wrth gerdded o un adeilad i'r llall. Gallai deimlo ei hun yn syrthio ymhellach i mewn i dwll du diddiwedd, ac unrhyw obaith o weld Ælfwynn eto yn llithro o'i gafael.

Arafodd Angharad ei chamau brysiog a mwynhau'r gwres ar ei bochau. Ochneidiodd a chau ei llygaid. Doedd neb yn gwylio. Roedd Elise a'r rhan fwyaf o'r dynion wedi mynd gydag Idwal ar un o'i deithiau. Dyma oedd ei hunig gyfle i ddwyn ychydig o heddwch. Petai'n llwyddo i osgoi galwadau gan y gweision byddai ganddi wythnos gyfan iddi hi ei hun.

Gyda phob cam i ffwrdd o'r neuadd teimlai'r baich yn codi o'i hysgwyddau. Roedd rhyw lonyddwch wedi disgyn dros yr ystâd, yr anifeiliaid yn torheulo a'r adeiladau yn grwgnach yn fodlon yn yr awel.

Roedd drws y storfa arfau ar agor, sylwodd Angharad â'i meddwl ymhell. Byddai'n well ei gau, rhag i ryw aderyn fynd i mewn ac achosi llanast. Oedodd, ei llaw ar y drws. Roedd y dynion wedi creu digon o lanast eu hunain yn eu hawydd i adael yr ystâd. Roedd sawl un yn amlwg wedi gafael mewn arf cyn ei ddiystyru a'i adael ar y llawr. Syrthiodd llygaid Angharad ar fwa.

Ælfwynn. Eadric. Teimlai'r atgofion yn felys ar ei gwefusau.

Cymerodd gam petrus i mewn i'r storfa a gafael yn y bwa. Roedd yn ysgafn. Un ar gyfer plentyn, efallai. Fyddai neb yn gweld ei eisiau. Cyn iddi allu newid ei meddwl gadawodd a chau'r drws ar ei hôl.

* * *

Tybiai Angharad y byddai Eadric wedi chwerthin wrth ei gwylio. Llwyddodd i fwrw boncyff y goeden roedd hi'n anelu amdani, a bod yn deg. Ond roedd ei hysgwyddau a'i breichiau ar dân, ddim yn cofio sut i ymdopi â phwysau bwa. Ac roedd yr arf yn dwyllodrus o drwm.

Er gwaetha'r straen yn ei chyhyrau a'r chwys ar ei thalcen a'i gwddf, teimlai Angharad yn fodlon. Am y tro cyntaf ers iddi symud i Wynedd, roedd hi mewn rheolaeth. Hi, a dim ond hi, allai ddatrys y gwendid yn ei chyhyrau.

Gadawodd ei bwa ym mreichiau dibynadwy coeden ac addo dychwelyd eto. Doedd hi ddim yn meiddio dod yn aml – ni allai fforddio i Elise sylwi ar ei habsenoldeb. Efallai fod ei hasesiad o'i gŵr yn annheg, efallai byddai wedi bod yn hollol fodlon i ddysgu bod ei wraig yn ymarfer saethu. Ond efallai ddim.

Bob tro yr âi Elise i ffwrdd, i gynorthwyo ei dad neu i hela, byddai hi'n dod. Yma roedd hi mewn rheolaeth. Yma roedd hi'n teimlo'n agos at Ælfwynn.

'Helô?'

Neidiodd Angharad. Â'i sylw'n llwyr ar y targed, doedd hi ddim wedi sylweddoli bod rhywun yn ei gwylio. Trodd yn araf a gweld yr alltud o Fersia yn cerdded tuag ati trwy'r coed. Cododd law yn gyfeillgar ond teimlodd Angharad fymryn o bryder. Roedd hi ar ei phen ei hun yn y goedwig. Doedd neb arall o fewn cyrraedd. Doedd neb yn gwybod ei bod hi yma.

Gallai ddiflannu ac ni fyddai neb yn gwybod ble i edrych amdani.

'Paid â dod yn agosach,' galwodd, gan godi'r bwa ac anelu ato.

Stopiodd y dyn a chodi ei ddwylo, ei lygaid yn llawn diddordeb.

Anadlodd Angharad yn araf ac anwybyddu'r poen yn lledu trwy ei hysgwyddau. Roedd hi wedi dod yn well gydag ymarfer, ond roedd dal terfynau i'w gallu. Ni fyddai'n medru anelu'r saeth ato am byth.

Ei hanadlu oedd yr unig sŵn. Collodd Angharad afael ar amser. Bosib mai am eiliadau yn unig bu'n dal y bwa, bosib bod awr gyfan wedi llithro heibio.

Yn y pen draw doedd ddim dewis ganddi ond gostwng yr arf.

'Roedd hynny'n gamp aruthrol,' dywedodd y dyn. Doedd e ddim wedi dangos unrhyw awydd i gamu'n agosach ati. 'Gallet ti fod yn filwr gyda'r cryfder yna.'

Cochodd Angharad, ond cynigiodd wên betrus yn ôl.

'Dydw i ddim yn mynd i dy frifo di. Mynd am dro oedden i. Dyw'r dynion ddim yn gadael i fi fynd i hela gyda nhw, dydyn nhw ddim yn ymddiried ynof fi eto.' Eisteddodd i lawr ar foncyff.

Roedd e'n unig, sylweddolodd Angharad. Alltud oedd e. Heb ddim teulu na ffrindiau i'w gefnogi. Fel hi mewn ffordd. Cyn y funud honno doedd hi ddim wedi cyfaddef i'w hun faint mor unig oedd hi. Eisteddodd gyferbyn ag ef.

'Dydyn ni ddim wedi cyflwyno ein hunain. Burgric yw fy enw i.'

'Angharad, gwraig Elise.'

'Yn fwy na gwraig Elise, weden i!' atebodd Burgric. 'Ychydig iawn o fenywod rwy'n eu hadnabod fyddai'n gallu trin bwa fel yna.'

Gwenodd Angharad yn chwareus. 'Wyt ti'n adnabod *unrhyw* fenyw fyddai'n gallu trin bwa fel yna?'

Syllodd Burgric ar ei ddwylo. 'R'on i yn adnabod un. Ym Mersia.'

Arhosodd Angharad yn dawel. Roedd hi'n gallu synhwyro mai eisiau rhywun i wrando oedd e.

'Roedd gen i gariad ym Mersia oedd yn gallu saethu fel yna. R'on i'n bwriadu priodi. Ond doedd gen i ddim byd i'm hargymell i'w theulu. Dim arian. Dim cysylltiadau. Cafodd fy nhad a'm brodyr i gyd eu lladd yn brwydro yn erbyn y Llychlynwyr. Dim dyfodol.'

'Mae'n ddrwg gen i,' dywedodd Angharad o'r diwedd. Roedd hi'n gallu clywed pa mor annigonol oedd y geiriau.

'Debyg na fydda i'n ei gweld hi fyth eto.'

'Efallai gelli di ddychwelyd i Fersia rhyw ddydd.'

'Ddim tra bod Edward yn frenin,' poerodd Burgric.

Syllodd Angharad i'r pellter yn dawel. Fyddai Edward ddim yn frenin am byth. Roedd rhaid iddi gredu hynny.

'Rydw i wedi tarfu ar dy amser ddigon, Arglwyddes,' dywedodd Burgric gan godi.

'Ddim o gwbl. Wnes i fwynhau sgwrsio gyda ti.'

'Efallai wnest ti, ond mae'n rhaid i ti fynd 'nôl i ymarfer,' atebodd gyda chwinc.

Gwenodd Angharad. 'Burgric ... paid dweud wrth neb dy fod di wedi fy ngweld i yma, wnei di? Fydde'n well gen i ... well gen i bod hyn yn aros yn gyfrinach.'

Nodiodd Burgric gyda gwên drist.

6

Daeth Burgric i'w gwylio'n saethu'n aml wedi hynny. Doedd Angharad ddim yn gallu egluro eu perthynas. Roedd y ddau ohonynt yn crafangu am ryw gysylltiad gyda byd roedden nhw wedi ei golli. Er, Mersia gwahanol iawn oedd Mersia Burgric. Doedd e ddim yn gwybod dim am wledda mewn neuaddau crand, am wleidyddiaeth y llys, am dymer y frenhines. Ond roedd Angharad yn mwynhau ei gwmni. Roedd e'n ei hatgoffa bod rhywbeth i frwydro drosto.

Ac felly roedd hi wedi ei siomi rywfaint pan ofynnodd Elise am ei chwmni ar daith hela. Ac wedi ei synnu hefyd – doedd menywod ddim fel arfer yn cymryd rhan yn y fath weithgareddau. Ond tybiai Angharad fod Elise wedi synhwyro'r newid ynddi. Efallai ei fod yn amau ei bodlondeb newydd.

Gwenodd a chytuno, wrth gwrs. Ac wedi meddwl, byddai'n dda cael gadael yr ystâd go iawn. Tra oedd disgwyl iddi aros gyda'r gweision wrth i'r dynion hela, gallai farchogaeth yn ôl wrth ochr Elise, a theimlai'n dda i gael rasio. Cipiodd olwg gyflym arno. Roedd yn cael trafferth ei dal, a thybiai iddi weld edmygedd ar ei wyneb.

'Hoffet ti alw heibio i'r farchnad ger Abermenai?'

Ceisiodd Angharad reoli ei chyffro. 'Fyddwn i wrth fy modd.'

Trefi fel Tamworth a Chaerloyw oedd yr unig farchnadoedd roedd Angharad yn gyfarwydd â nhw; doedd ei thad erioed wedi caniatáu iddi ymweld â marchnad yn Nyfed. Ac felly cafodd gryn dipyn o sioc wrth i Elise ei harwain i draeth ar lan y Fenai. Syllodd ar y pridd melyn yn ymestyn am filltiroedd ac yn cwrdd â'r dŵr yn y pellter. Roedd yna rywbeth hudolus am y ffordd y disgleiriai'r tonnau, ac am eiliad safodd wedi ei pharlysu. Ond yna tynnodd sŵn siarad mân ei sylw yn ôl i'r lan, lle roedd nifer sylweddol o bobl yn crwydro o gwmpas yn cyfnewid nwyddau. Roedd un neu ddau wedi gosod stondinau dros dro i arddangos eu cynnyrch. Roedd Angharad ar fin rhuthro ymlaen i archwilio'r stondinau ond ar y funud olaf cofiodd y rheolau ac aros gydag amynedd ffug i Elise ymuno â hi.

Wrth iddynt groesi'r traeth, sylwodd Angharad fod yr awyrgylch ychydig yn oeraidd. Peidiodd y sgwrsio yn syth. Edrychai'r rhan fwyaf o'r stondinwyr i ffwrdd – ar y llawr, ar eu nwyddau, allan ar y môr, i unrhyw le ond ar Angharad ac Elise wrth iddynt gerdded yn eu mysg. Parhaodd un o'r stondinwyr i astudio'r tywod wrth i Elise ei holi'n gyfeillgar am ei nwyddau, a chadwodd ei atebion mor fyr ag oedd yn bosib.

Ond roedd lleiafrif o'r stondinwyr yn syllu ar Elise gydag atgasedd agored. Nhw oedd yn peri pryder i Angharad. Rhaid bod Elise wedi synhwyro'r peryg hefyd, oherwydd gorffwysai ei law yn hamddenol ar ei gleddyf. Daeth ei ddynion i sefyll ychydig yn agosach o'u cwmpas, yn syllu'n fygythiol ar y dorf.

'Amser mynd, dwi'n credu,' sibrydodd Elise heb symud ei geg.

Gwelodd Angharad ryddhad yn llygaid nifer wrth iddyn nhw droi 'nôl am eu ceffylau. Ond ddim pawb.

'Chi'n gadael mor fuan?'

Trodd Angharad yn araf i weld dyn yn camu ymlaen o'r dorf.

'Dydach chi ddim am wrando ar ein gofidion ni, Arglwydd?' Ni roddodd amser i Elise i ymateb. 'Rydan ni'n gweithio bob awr mae'r dydd yn ei rhoi heb unrhyw les i ni a'n teuluoedd. Mae ein holl gynnyrch a'n harian yn mynd i chi a'ch tad. Sut ydan ni i fod i oroesi?'

Syllodd Elise arno'n fud. Yn amlwg doedd neb wedi ei herio yn y fath ffordd o'r blaen.

'Dylach chi fod â chywilydd!' poerodd y dyn ar y tywod a throi i ffwrdd.

Aeth meddyliau Angharad ar garlam. Beth oedd y strategaeth orau yma? Beth fyddai Æthelflaed wedi ei wneud?

Roedd Elise wedi cochi, ei embaras yn amlwg. A gallai Angharad weld yr embaras hynny'n cyflym droi'n ddicter. Trodd at ei filwyr, gorchymyn ar ei wefus.

Ond edrychodd Angharad eto ar y dorf. Roedd nifer sylweddol yn aflonyddu nawr, eu dwylo'n ddyrnau. Fyddai'r rhain ddim yn rhedeg i ffwrdd. 'Aros funud,' sibrydodd.

A chyn iddo gael cyfle i'w stopio camodd ymlaen. 'Beth yw dy enw?'

Syllodd y dyn arni'n syn. 'Rhys ap Rhodri.'

'Rhys, rydym ni'n deall dy ofidion,' dywedodd Angharad yn gynnes. 'Yn wir,' cododd ei llais er mwyn i bawb ei chlywed. 'Rydym ni'n deall eich gofidion chi i gyd. Rwyt ti'n iawn, Rhys, mae'r trethi'n uchel. Ac fel arwydd o'n cydymdeimlad fyddwn ni'n rhoi rhodd o gynnyrch o'n hystâd ni i bob teulu, i'w helpu i baratoi ar gyfer y gaeaf.'

Oedodd Angharad. Roedd Rhys yn ei gwylio yn gegagored. Ni feiddiai edrych ar Elise. Doedd ganddi ddim yr hawl i gynnig hynny. Ond roedd yn rhy hwyr nawr. Ni allai Elise brotestio o flaen y gynulleidfa.

A doedd Angharad ddim wedi gorffen.

'Mae'n ddrwg gen i ddweud wrthych bod dyddiau du wedi disgyn ar Wynedd.'

Roedd ganddi gynulleidfa nawr. Nesaodd rhai ohonynt er mwyn clywed ei geiriau'n well. Tybiai Angharad nad oedd unrhyw arglwydd wedi siarad â nhw yn y fath ffordd o'r blaen.

'Roedd gyda ni berthynas dda gyda brenhines Mersia, a'i gŵr ynghynt. Roedden ni'n talu trethi, ond trethi teg oedden nhw. Roedd gan bawb ddigon. Ond nawr, gyda brenin Wessex wrth y llyw, mae ein perthynas gyda'n cymdogion i'r dwyrain wedi suro.'

Gallai Angharad weld rhai aelodau o'i chynulleidfa yn sibrwd ymysg ei gilydd, eraill yn nodio.

'Nid yw brenin Wessex yn deall bywyd yma yng Ngwynedd. Yn wir,' chwarddodd, 'rwy'n amau a fyddai'n gwybod ym mha ran o Brydain mae ein teyrnas ni.'

Doedd hynny ddim yn wir, wrth gwrs. Roedd Edward yn gwybod lleoliad Gwynedd yn iawn. Yn enwedig nawr fod Angharad ei hun yno.

'Mae'n gwasgu ein teyrnas tu hwnt i'n gallu i dalu.'

Roedd y dorf yn cynhyrfu nawr, yn byrlymu gyda'r anghyfiawnder.

'Mae Arglwyddi Gwynedd hefyd yn teimlo baich gofynion brenin Wessex.' Oedodd Angharad ar y datganiad, er ei bod hi'n amau ei wirionedd. Doedd hi ddim wedi cael yr argraff eu bod nhw o dan unrhyw bwysau ariannol wrth wylio'r gwledda yn Aberffraw. 'Ond rydym ni'n deall aberth ein pobl, ac rydym ni'n benderfynol na fydd y sefyllfa yn parhau.'

Cododd y floedd gyntaf o gefnogaeth a gwyddai Angharad ei bod hi wedi ennill ei chynulleidfa.

'Mae Wessex wedi camu drosom ni am hen ddigon o amser. Mae Edward yn gwledda yn ei lys yng Nghaerwynt, tra ein bod ni yma yn trafferthu i fwydo ein teuluoedd.'

Cynyddodd y bloeddio.

'Pan ddaw'r amser i godi yn erbyn y Saeson, all brenhinoedd Gwynedd ddibynnu ar eich cefnogaeth?'

Ffrwydrodd ton o frwdfrydedd o'r bobl ar y traeth a theimlodd Angharad wres y gefnogaeth ar ei hwyneb. Trodd a gwenu'n ysgafn ar Elise. Roedd e'n syllu arni gyda rhyfeddod agored. Camodd ymlaen i dderbyn cyfarchiad gan rai o'r unigolion. Dilynodd Elise yn fud.

'Fe wna i sefyll wrth dy ymyl, Arglwydd,' dywedodd Rhys wrtho.

Estynnodd merch arall a chymryd llaw Angharad. 'Diolch am frwydro drosom ni.'

Buon nhw cryn dipyn o amser yn gadael y traeth, gymaint o bobl oedd eisiau mynegi eu cefnogaeth wrth Elise.

'Rhodd o'n hystâd?' torrodd Elise y tawelwch rhyngddynt o'r diwedd wrth iddyn nhw arwain eu ceffylau am adref.

Gwingodd Angharad. 'Roedd rhaid cynnig rhywbeth. Ac mae gyda ni ddigon yn sbâr.'

'Dwi'n cytuno. Roedd hynny'n berfformiad anhygoel.'

Ceisiodd Angharad guddio ei balchder. 'Roeddwn i'n meddwl byddai'n well ceisio datrys y broblem trwy ddefnyddio geiriau yn hytrach na thrwy arllwys gwaed ein cydwladwyr.'

Nodiodd Elise. 'Ac mae gynnon ni elyn go iawn y gallen ni fod yn arllwys ei waed ... Doeddwn i ddim yn sylweddoli dy fod di'n casáu'r Saeson gymaint.'

Canolbwyntiodd Angharad ar wyneb Edward. 'Mae haerllugrwydd Wessex yn ein crogi'n araf. Mae'n rhaid i ni eu stopio.'

'Dwi'n cytuno'n llwyr. Rydw i a 'nhad wedi credu hynny ers blynyddoedd. Ond beth allwn ni ei wneud am y peth?'

'Aros. Fe ddaw cyfle.'

Gwenodd Angharad wrth iddyn nhw ysgogi'r ceffylau i garlam. Roedd Elise yn edrych arni fel petai'n ei gweld yn iawn am y tro cyntaf. O'r diwedd roedd e'n dechrau sylweddoli ei gwerth.

Teimlai Angharad fel person gwahanol wrth iddyn nhw gyrraedd yr ystâd. Roedd hi'n amlwg fod newyddion o'i haraith ar y traeth wedi cyrraedd o'u blaenau. Roedd pob un o'u gweithwyr yn dod o hyd i esgus i gyfarch Angharad, gyda pharch newydd yn eu llygaid.

'Arglwydd, Arglwyddes,' rhedodd un o'r gweision atynt. 'Mae negesydd wedi dod o Aberffraw, mae'n aros amdanoch yn y neuadd.'

Gwenodd Angharad yn fodlon wrth iddi gerdded i mewn i'r neuadd wrth ochr Elise.

7

Ymhen byr o dro, ni ddigwyddai dim byd yng Ngwynedd nad oedd Angharad yn ymwybodol ohono. Ymdaflodd ei hun i'w rôl newydd, yn hapus i adennill rhywfaint o'r statws a phŵer oedd ganddi yn nheyrnas Ælfwynn. Ar ei chyngor dosbarthwyd rhoddion i leddfu dicter y tenantiaid tuag at eu harglwydd, ac aeth ati i sianelu ei hymdrechion ar ddatrys problemau eraill Elise.

Ond bob tro iddi adael Llan-faes, boed i farchnad, i ystâd un o'u cymdogion, neu i lys Idwal, sicrhaodd Angharad ei bod yn parhau i fwydo atgasedd trigolion Gwynedd tuag at Edward. Ar un o'i hymweliadau ag Aberffraw, gyda gwên a geiriau melys o ganmoliaeth roedd wedi perswadio'r bardd meddw i ganu am y brenin creulon a'i reolaeth anghyfiawn dros bobl Prydain gyfan. Lledodd y storïau i bob cwr o'r deyrnas, yn ychwanegu mwy a mwy o danwydd at y tân. Doedd dim angen llawer o anogaeth ar ei fflamau.

Roedd y tân hwnnw ar ei fwyaf ffyrnig yn y cyfnod yn arwain i fyny at dalu trethi i'r Saeson. Treiddiai anfodlonrwydd i bob cornel o'r ystâd. Prin y byddai'r gweithwyr yn gwenu, ac roedd y cogydd yn taflu offer o gwmpas y gegin yn fwy ffyrnig nag arfer. Ond doedd dim un ohonynt yn gallu cystadlu gyda thymer ddrwg Elise.

Dim fod y Saeson yn dod yn agos i Wynedd o gwbl mewn gwirionedd.

'Hoffwn i weld nhw'n trio!' datganai Elise yn aml yn ystod yr wythnos honno. 'Hoffwn i weld nhw'n ceisio ffeindio eu ffordd trwy Eryri.'

Na, roedd disgwyl i ddynion Gwynedd fynd â'r trethi i Fersia. I ddechrau, roedd Edward wedi mynnu eu bod nhw'n teithio i Gaergeri. Canolfan casglu trethi teyrnas y Saeson. Byddai Angharad wedi hoffi gweld Caergeri. 'Uffern ar y ddaear,' oedd unig sylw Elise.

Roedd Idwal wedi gwrthod. Byddai'n talu pob ceiniog a fynnai ei uwch-arglwydd ganddo, ond doedd e ddim ar fin gorymdeithio ar draws hanner y wlad er mwyn cwrdd â stiwardiaid diog Caergeri.

Ac er mawr syndod i Angharad, roedd Edward wedi cyfaddawdu - debyg bod gwir angen yr arian arno. Byddai dynion Gwynedd yn cwrdd â'r stiwardiaid yng Nghaer. Doedd Idwal ddim yn ymddiried yn y stiwardiaid ac felly wedi penderfynu mynd ei hun, er mwyn eu gwylio yn cyfri dyledion Gwynedd. Elise oedd brenin y deyrnas yn absenoldeb ei dad. Dim bod y statws yn dod ag unrhyw bleser iddo.

'Beth fyddai'n digwydd os na fydden ni'n dangos ein gwynebau?' dywedodd wrth Angharad, ddim wir yn disgwyl ateb. 'Beth allen nhw ei wneud?'

'Arwain byddin i mewn i Wynedd?' cynigiodd Angharad heb edrych i fyny o'i gwaith yn cywiro un o'i siolau.

Siglodd Elise ei ben a disgyn i'w gadair wrth ei hymyl o flaen y tân yn y neuadd. 'Hoffen i weld nhw'n trio.'

'Rwy'n gwybod. Ond mae'n rhaid i ni fod ym amyneddgar. Daw cyfle. Sdim pwynt procio'r ddraig wen pan ma' hi ar ei chryfa, dim ond er mwyn cael ymateb. Rhaid i ni fod mewn sefyllfa lle gallwn ni ennill rhywbeth o wneud hynny.' Gorfododd Angharad y geiriau allan trwy ei heuogrwydd.

Roedd pob dydd iddi aros yn segur yng Ngwynedd yn ddydd arall i Ælfwynn ei ddioddef yng ngafael Edward. Efallai mai bod yn synhwyrol oedd hi, ond teimlai ei bod hi'n bradychu ei chariad.

'A phryd bydd hynny? Mynd yn gryfach mae Edward bob dydd. Mae ganddo fo'r Mersiaid yng nghledr ei law erbyn hyn. Wnaeth eu hasgwrn cefn nhw ddiflannu'n ddigon cyflym wedi marwolaeth Æthelflaed.'

'Ti ddim yn gwybod hynny. Bosib eu bod nhw 'run mor anhapus â ti.' O gofio'r ffordd roedden nhw wedi bradychu Ælfwynn, gobeithiai Angharad eu bod nhw yn anhapus. Yn anhapus iawn.

'Wel un o ieirll Mersia sy'n croesawu'r stiwardiaid i Gaer ac yn sicrhau eu bod nhw'n cael eu harian. Fel dwedais i, dim asgwrn cefn. Fydden i'n cau'r porth yn eu hwynebau.'

Gorffwysodd y nodwyddau'n llonydd yn nwylo Angharad am funud. 'O? Pwy?'

'Rhyw iarll o'r enw Wulfric.'

Diflannodd yr aer o'i hysgyfaint. Wulfric. Roedd e wedi llwyddo i ddal gafael yn ei statws felly. Ond gallai weld yn glir yr anesmwythder a'r ansicrwydd yn ei lygaid y noson honno. Ei law yn cynnig ffordd i Ælfwynn ddianc.

'Ydy pob dim yn barod ar gyfer taith dy dad?' gofynnodd, gan wneud ei gorau i gadw ei llais yn ysgafn.

'Mwy neu lai. Mae'n mynd â thipyn o ddynion efo fo. Fyddai'n well ganddo deithio yn gyflym, ond mae'r trethi'n uchel,' sleifiodd y dicter yn ôl i lais Elise. 'Dydi o ddim yn gallu fforddio ymosodiad gan ladron.'

'Efallai dylai Burgric fynd hefyd,' cynigiodd Angharad yn ofalus.

Edrychodd Elise arni, golwg annarllenadwy ar ei wyneb. 'Pam?'

Oedodd Angharad am eiliad, wedi ei synnu. Doedd hi

ddim wedi disgwyl iddo wybod enw'r alltud. 'Odd e'n dod o rywle'n agos i Gaer os cofiaf yn iawn. Bydd e'n deall yr iaith, ac yn gwybod ei ffordd o gwmpas yr ardal.'

'Syniad da, wna i ddweud wrth 'nhad.'

Daeth Angharad o hyd i Burgric yn hwyrach yn y prynhawn. Roedd e'n cerdded yn ôl o'r caeau, ar ei ben ei hun fel arfer. Dechreuodd chwifio ond syrthiodd ei law wrth weld yr olwg betrus ar ei hwyneb. 'Dydw i ddim wedi dweud wrth neb cyn i ti ofyn.'

Brwsiodd Angharad hynny i ffwrdd yn ddifater. 'Gen i rywbeth i ddweud wrthot ti.'

Croesodd Burgric ei freichiau a'i gwylio'n bwyllog.

'Wnes i awgrymu wrth Elise y dylet ti fynd gyda Idwal i Gaer i ddosbarthu'r trethi i stiwardiaid y brenin.'

Melltithiodd Burgric. Doedd Angharad erioed wedi clywed y geiriau o'r blaen, hyd yn oed yn llys Æthelflaed.

'Pam fyddet ti'n gwneud hynny?! Wnes i ffoi o Fersia!'

'Ond fyddi di'n dychwelyd o dan arglwyddiaeth Idwal, fydd neb yn meiddio dy frifo di.'

Siglodd Burgric ei ben mewn anghrediniaeth. 'Pam?'

'O'n i'n meddwl byddet ti eisiau ei gweld hi eto.'

Meddalodd ei lygaid. 'Diolch,' dywedodd o'r diwedd. 'Efallai ... efallai bydd hynny'n bosib. Sut wnest ti egluro hyn wrth Elise?'

'Doedd dim angen llawer o egluro. Mae'n gwneud synnwyr. Fyddi di'n gwybod dy ffordd o gwmpas, ac yn deall yr iaith.' Oedodd Angharad ac edrych ar ei hesgidiau. 'Hoffen i i ti wneud rhywbeth i fi pan rwyt ti yno.'

Tywyllodd ei lygaid.

'Hoffen i wybod faint yw'r gefnogaeth i Ælfwynn. Beth mae'r ieirll yn ei gynllunio ... Does dim rhaid i ti wneud dim byd,' parhaodd Angharad yn frysiog. 'Jyst sgwrsio, gwrando ar sïon. Eisiau syniad o beth sy'n mynd ymlaen ydw i, dyna i gyd.'

Parhaodd Burgric i syllu'n dawel arni am oes. Doedd gan Angharad ddim syniad beth oedd yn mynd trwy ei feddwl. 'Bydd yn ofalus Angharad,' dywedodd o'r diwedd. 'Mae ymarfer saethu yn un peth, ond mae terfynau i beth alli di ei wneud cyn i bobl ddechrau gofyn cwestiynau.'

Terfynau. Byddai Æthelflaed wedi chwerthin. Anwybyddodd Angharad y caledwch yn ei lais. Roedd hi wedi sibrwd ei enw wrth Elise – doedd dim dewis ganddo ond mynd nawr. Ac roedd hi wedi plannu'r hedyn. Gyda bach o lwc byddai rhyw wybodaeth yn dychwelyd ati.

8

Llusgodd sawl wythnos heibio heb unrhyw air gan Idwal. Doedd Elise ddim yn poeni. Roedd hi'n daith hir i Gaer, a byddai'n cymryd amser i gyfri'r trethi. Mewn gwirionedd, tybiai Angharad ei fod wedi dechrau mwynhau rheoli Gwynedd. Ond roedd y cyfnod hir o aros wedi dechrau effeithio ar ei nerfau hi. Bob bore byddai'n perswadio ei hun bod y dydd wedi cyrraedd, cyn i'r gobaith hynny araf ddiflannu wrth i'r haul ddisgyn yn yr awyr.

Doedd heddiw ddim yn wahanol. Ni allai ganolbwyntio. Doedd hi ddim yn gallu llithro i'w llonyddwch arferol wrth ddal y bwa. Roedd sgyrsiau'r adar yn rhy uchel yn ei chlustiau.

'Angharad!'

Gollyngodd Angharad y bwa yn syth.

'Burgric! O'r diwedd! O'n i'n dechrau poeni.'

Pwysodd Burgric yn erbyn un o'r coed a chwerthin. Os oedd e'n ddig gyda hi o hyd, doedd dim arwydd o hynny.

'Ceisia ti deithio i Gaer a 'nôl mewn llai o amser. Mae'n bellach nag wyt ti'n meddwl.'

'Wel? Welest di hi?'

'Do.'

Roedd Angharad yn adnabod yr olwg bell yn ei lygaid. Roedd wedi cilio yn ôl i'w atgofion. Ni fyddai eisiau rannu'r atgofion gyda hi, gwyddai. Ni fyddai hi wedi eisiau rhannu ei hatgofion o Ælfwynn gyda neb arall. Byddai trafod yr atgofion yn eu gwneud yn llai pur.

'Unrhyw newyddion?'

Doedd dim angen iddi fod yn fwy penodol. Roedd hi'n amlwg o'r olwg bwyllog yn ei lygaid bod Burgric yn gwybod yn iawn am bwy oedd hi'n gofyn.

'Mae'r ieirll wedi llwyddo i gysylltu ag Ælfwynn. Mae'n garcharor o hyd, ond yn ddigon iach – dyw Edward ddim yn talu fawr o sylw iddi erbyn hyn. Mae yna gynllun i'w hachub.'

Roedd calon Angharad yn rasio. 'Pryd?'

'Dyw'r cynllun ddim yn sicr eto ... Dydyn nhw ddim yn siŵr eu bod nhw'n ddigon cryf i drechu Edward. Dydyn nhw ddim eisiau mentro codi yn ei erbyn ac yna colli. Dim ond un cyfle sydd.'

Syllodd Angharad i'r pellter yn feddylgar. 'Pwy sy'n arwain y cynllwynio?'

'Iarll Wulfric ei hun. Mae'r ieirll i gyd yn anhapus gyda rheolaeth Edward erbyn hyn.'

'Mae angen i ni gael neges ato. Mae angen i ni ddweud wrtho bydd dynion Gwynedd yn barod i'w gefnogi.'

'Ond dwyt ti methu gwneud y fath addewid!' ebychodd Burgric. 'Penderfyniad y brenin yw hynny. Ac efallai fydd Idwal ddim eisiau helpu'r ieirll. Efallai fydd e ddim eisiau arllwys gwaed dynion Gwynedd er mwyn cymryd rhan mewn gwrthryfel ym Mersia!'

'Gwrthryfel yn erbyn Edward ... Bydd Idwal yn cytuno,' dywedodd Angharad gyda sicrwydd llwyr. 'Mae'n casáu Edward. Mae Elise yn casáu Edward. Mae Gwynedd oll yn casáu Edward. Bydd rhoi Ælfwynn ar yr orsedd yn gyfle i ddechrau eto. Trethi is, perthynas fwy cynhyrchiol gyda'n cymdogion.'

Siglodd Burgric ei ben mewn anghrediniaeth. 'Hyd yn oed

os yw hynny'n wir, sut wyt ti'n bwriadu cael neges i Wulfric?'

'Gelli di fynd â'r neges.'

Bloeddiodd chwerthin. 'Dim siawns. Dim siawns o gwbl.'

'Ond ti wedi bod yno unwaith yn barod!'

'Fel rhan o grŵp i ddosbarthu trethi, gyda milwyr yn ein hamddiffyn. Mae sleifio yno ar fy mhen fy hun i roi neges am wrthryfel yn hollol wahanol. Mae cant a mil o ffyrdd gallwn i gael fy lladd.'

'O'n i'n meddwl byddet ti eisiau'r cyfle i'w gweld hi eto.' Roedd y geiriau'n llosgi ei gwddf.

'Na, dwyt ti ddim yn cael ei defnyddio hi,' poerodd Burgric. 'A dwyt ti ddim yn cael fy nefnyddio i.'

Pam ddim, meddyliodd Angharad yn sur. Pam doedd hi ddim yn cael ei ddefnyddio? Roedd pawb wedi ei defnyddio hi. Non, Hywel, Edwin ... Æthelflaed hyd yn oed. Pam na châi hi'r cyfle i ddefnyddio rhywun arall? Beth bynnag, dylai fod yn ddiolchgar! Diolch iddi hi, roedd e wedi cael y cyfle i weld ei gariad eto. Byddai hi'n barod i wneud unrhyw beth am y cyfle hynny.

Cododd y bwa'n grac wrth iddo gerdded i ffwrdd. 'Af i fy hun 'te!' gwaeddodd ar ei ôl.

Oedodd Burgric ac edrych yn ôl arni, fel petai am ddweud rhywbeth. Ond yna siglodd ei ben a pharhau i gerdded. Ceisiodd ddychwelyd at y saethu ond doedd dim pwynt. *Dwyt ti ddim yn cael fy nefnyddio i.* Ni allai Angharad drechu ei heuogrwydd. Byddai Æthelflaed yn meddwl ei bod hi'n wan.

Wrth iddi gerdded 'nôl i'r neuadd ystyriodd sut y gallai hi ei hun fynd â'r neges. Roedd yn amhosib, sylweddolodd yn syth. Byddai'n cymryd amser i deithio i Fersia, a byddai Elise yn sylwi ar ei habsenoldeb. A byddai'n sicr yn ei gosod i un ochr wedyn. Doedd hi ddim yn gallu fforddio colli'r ychydig o bŵer oedd ganddi yma. Roedd angen y pŵer hynny arni os oedd hi'n mynd i helpu Ælfwynn. Helpu Ælfwynn? gofynnodd y llais bach yn ei phen. Neu helpu ti dy hun? Gwasgodd Angharad ei dwylo'n ddyrnau ac anwybyddu'r llais.

Roedd Elise yn aros amdani yn nrws y neuadd. 'Angharad,' cyfarchodd mewn llais niwtral. 'Dwi'n gwybod pob dim.'

9

Roedd Elise yn cerdded 'nôl ac ymlaen ar hyd y neuadd, a sŵn ei draed yn torri'n rhy siarp trwy'r tawelwch. 'Plis stopia,' dywedodd Angharad, ei chlustiau'n curo.

'Dywedodd Burgric wrtha i am dy gynlluniau.'

Caeodd Angharad ei llygaid. Ddylai hi ddim fod wedi ymddiried yn Burgric. Beth fyddai Elise yn ei wneud nawr? Ei charcharu? Ei hanfon yn ôl at ei thad?

Ochneidiodd Elise ac eistedd wrth ei hymyl. 'Dylet ti fod wedi dod i siarad gyda fi. Fydden i'n gwrando ar unrhyw gynllun sydd gen ti. Fydden i ddim o reidrwydd yn cytuno, ond fydden i'n gwrando.'

Syllodd Angharad arno'n syn. Doedd dim dicter yn ei lygaid, dim ond tynerwch. Ac efallai mymryn o rwystredigaeth.

'Dydy o'n sicr ddim yn syniad da i ti ruthro bant i Fersia ar dy ben dy hun, ond dwi'n credu dy fod di'n gwybod hynny.'

Gwingodd Angharad ac edrych i ffwrdd. 'Na, fydden i ddim wedi gwneud hynny ...' Oedodd, yn ansicr beth i ddweud. Roedd rhaid troedio'n ofalus. 'Wedes i ddim byd achos doedden i ddim yn meddwl byddet ti'n gwrando.'

Doedd hynny ddim yn hollol wir chwaith. Doedd e ddim wedi gwrando arni i ddechrau, ond roedd y diwrnod ar y traeth wedi ei newid. Nawr fyddai'n troi ati am gyngor yn gyson. Ond doedd hi erioed wedi troi ato fe am gyngor. Sut allai? Sut allai gyfaddef ei bod hi mewn cariad gyda gwir frenhines Mersia? Yn ei chalon roedd y gobaith o weld Ælfwynn unwaith eto yn ffynnu. Allan yn yr awyr agored byddai'r gobaith hynny mewn peryg.

'Wnes i ofyn i Burgric gadw llygad arnat ti.'

Torrodd y geiriau annisgwyl ar draws ornest fewnol Angharad. Siglodd ei phen yn fud. Doedd hynny ddim yn bosib. Cofiodd y tro cyntaf iddi weld Burgric yn y goedwig. Y cysylltiad rhyngddynt. Y stori am ei gariad ym Mersia. Ai celwydd oedd hynny i gyd?

'Ro'n i'n pryderu amdanat ti. Ro'n i eisiau i rywun sicrhau dy fod di'n ddiogel.'

Roedd ei lais mor daer wrth geisio ei pherswadio bod y twyll er ei lles hi. Roedd hynny'n corddi ei thymer yn fwy na'r twyll ei hun. Gwthiodd Burgric o'i meddwl. Byddai'n delio gyda fe wedyn.

'Ond roedd e'n ormod o ymdrech i ti wneud hynny dy hun?' poerodd. 'Roedd rhaid i ti ofyn i rywun arall fy ngwylio i.'

Edrychai Elise yn lletchwith. 'Doedden i ddim yn credu byddet ti'n croesawu fy nghwmni i. Roeddet ti'n cadw gadael yr ystâd ... doedden i ddim eisiau dy ddilyn di os mai eisiau heddwch oeddet ti.'

'Ond roeddet ti eisiau gwybod beth o'n i'n ei wneud. Doeddet ti ddim yn ymddiried digon ynof i i roi llonydd i fi.'

'O'n i eisiau dy adnabod di'n well,' sibrydodd.

'Ha!' ebychodd Angharad. 'Ti'n siŵr nad cenfigennus oeddet ti? 'Mod i'n gallu delio gyda phroblemau Gwynedd yn well na ti? 'Mod i'n gallu lleddfu drwgdeimlad y trigolion ar y traeth? Bod nhw'n gwrando arna i? Doeddet ti'n methu goddef y syniad bod menyw yn gwneud gwell brenin na ti.'

Tynnodd Elise yn ôl, wedi ei anafu. Ond ni cheisiodd

wadu ei geiriau chwaith. 'Ro'n i eisiau gwybod pwy oeddet ti go iawn.'

'A beth ddywedodd Burgric wrthot ti?'

'Beth oedden i'n ei wybod yn barod.' Oedodd Elise a gafael yn ei llaw.

Tynnodd Angharad ei llaw yn rhydd. Roedd e wedi clustfeinio ar ei sgyrsiau personol gydag Burgric. Roedd e wedi cipio ei chyfrinachau.

'Wel, rwyt ti'n gwybod pob dim nawr,' dywedodd yn ddidaro. 'Mae ieirll Mersia yn anhapus gydag Edward, maen nhw eisiau codi yn ei erbyn. Ond mae angen cefnogaeth arnyn nhw.' Doedd hi ddim yn mynd i wastraffu ei hanadl yn dadlau ymhellach. Roedd ganddi hi ryfel i'w ennill.

Am eiliad edrychai Elise fel petai am barhau i drafod ei deimladau. Ond efallai roedd e'n adnabod Angharad yn well nag oedd e wedi honni. ''Dan ni wedi bod yn aros am y cyfle i daro 'nôl yn erbyn Wessex ers blynyddoedd.'

'Dyw Gwynedd ddim yn ddigon cryf i sefyll ar ei phen ei hun ... Ond mewn cynghrair gyda Mersia ... byddai hynny'n sialens fawr i Edward.'

'Yn union. Rwyt ti'n iawn bod hwn yn gyfle da.'

'Anfona neges at Iarll Wulfric 'te. Dwed wrtho fod Gwynedd yn barod i sefyll gyda nhw.'

Croesodd Elise ei freichiau a syllu i'r pellter. 'Ond mae 'nhad wedi tyngu llw o ffyddlondeb i Edward. Gymaint â 'dan ni'n casáu brenin Wessex, mae torri'r fath lw yn fater difrifol. Os methwn ni, fydd dial Edward yn ddidrugaredd.'

Ystyriodd Angharad y sefyllfa yn ofalus a gwenu. 'Ond dwyt ti ddim wedi tyngu llw o ffyddlondeb i Edward.'

Edrychodd Elise arni'n syn. 'Alla i ddim cynghreirio gyda Wulfric heb ganiatâd fy nhad.'

'Rwy'n gwybod,' atebodd Angharad yn amyneddgar; byddai Ælfwynn wedi deall yn syth. 'Ond does dim rhaid i

Edward wybod hynny. Anfon di y neges at Wulfric, ac os daw hi i hynny gall Idwal wadu unrhyw wybodaeth o'r cynllwyn.'

Roedd Elise yn dawel. Gallai Angharad weld ei fod yn edmygu'r syniad, ond roedd ychydig o bryder yn ei lygaid hefyd. 'Af i i roi'r achos o flaen fy nhad,' dywedodd o'r diwedd. 'Fydd o'n cytuno, dwi'n siŵr.'

Cymerodd Angharad anadl ddofn. Roedd hi gam yn agosach at weld Ælfwynn eto.

* * *

Y tro hwn clywodd Angharad sŵn traed yn agosáu. Roedd hi wedi bod yn aros amdano. Trodd yn gyflym i'w wynebu, saeth wedi ei thynnu'n barod. 'Wnest ti fy nhwyllo i.'

Stopiodd Burgric a chodi ei ddwylo. 'Roedd rhaid i mi ddweud wrth Elise. Doedden i ddim yn gallu gadael i ti ruthro bant i Fersia ar dy ben dy hun.'

'Dyw hynny ddim yn wir,' poerodd Angharad. 'Ysbïwr oeddet ti o'r dechrau, yn adrodd pob dim 'nôl i Elise.'

'A beth ddwedais i wrtho fe?' gofynnodd Burgric yn ysgafn.

'Pob dim, rwy'n cymryd. Pob cyfrinach rydw i erioed wedi ei rhannu gyda ti.'

Siglodd Burgric ei ben. 'Na. Wedes i ddim byd o bwys. Dim byd am y saethu, dim byd am ein sgyrsiau. Wedes i dy fod di'n glyfar, bod gen ti syniadau da, bod angen iddo fe wrando arnat ti mwy. Doedd e ddim wedi ei synnu. Roedd e'n gwybod hynny i gyd yn barod.'

'A dylen i fod yn ddiolchgar wrthot ti am hynny, ddylen i? Dyna ti'n ei ddweud?'

'Na wrth gwrs ddim ...'

Gyda gwaedd o rwystredigaeth gadawodd Angharad y saeth i fynd. Rhywsut llwyddodd Burgric i aros yn hollol stond wrth i'r saeth gladdu ei hun ym moncyff y goeden, fodfedd uwch ei ben.

Ochneidiodd Angharad ac eistedd i lawr. 'Oedd unrhyw beth o'r hyn ddwedaist di wrtha i'n wir?'

Meddalodd llygaid Burgric. 'Wnes i ddim dweud celwydd, Angharad. Roedd gen i gariad ym Mersia. Mae gen i gariad ym Mersia. A hoffwn i ei gweld hi eto'n fwy na dim byd.'

Nid atebodd Angharad. Roedd hi wedi cael hen ddigon o drafod teimladau. Ni fyddai'n agor ei chalon i neb arall byth eto.

'Mae e'n poeni amdanat ti, ti'n gwybod. Dylet ti roi cyfle iddo fe.'

'Sut alla i? Sut alla i ymddiried yn y dyn wnaeth orchymyn rhywun i ysbïo arna i?'

Doedd dim ateb gan Burgric, ac wrth i'r tawelwch droi'n lletchwith trodd i adael. 'Jyst cofia, does dim rhaid i ti wneud pob dim ar dy ben dy hun.'

Chwarddodd Angharad. Tan iddi fod yng nghwmni Ælfwynn eto, doedd dim dewis ganddi. Roedd rhaid iddi wneud pob dim ar ei phen ei hun. Doedd neb arall.

10

'Arglwyddes, mae'r Arglwydd eisiau eich gweld. Mae newyddion wedi dod o Fersia.'

Trodd Angharad oddi wrth ei cheffyl a syllu ar y gwas, y cyffro'n deffro yn ei stumog. 'O Fersia?'

'Ie, dyna i gyd ddywedodd o.'

Pasiodd Angharad awenau'r ceffyl i'r gwas a rhuthro i'r neuadd.

'Angharad,' cyfarchodd Elise.

'Newyddion o Fersia?'

Un o ddynion Elise oedd y negesydd. 'Mae'r ieirll yn gwrthryfela yn erbyn Edward.'

'Wyt ti'n siŵr?' gofynnodd Angharad, ei hanadl yn gyflym.

Nodiodd y negesydd. 'Mae Ælfwynn wedi dianc o'r carchar ac wedi datgan ei hun yn frenhines Mersia. Mae'r ieirll yn ei chefnogi.'

'Ydan nhw wedi symud yn erbyn Edward eto?' gofynnodd Elise.

'Maen nhw wedi ymgasglu eu byddinoedd yng Nghaer ac yn aros am Edward yno. Maen nhw'n gofyn am ein cymorth ni, fel yr addawyd.'

Trodd Angharad at Elise a cheisio cadw ei llais yn wastad. 'Dyma ni.'

Nodiodd Elise yn araf. 'Diolch,' dywedodd wrth y

negesydd. 'Fe wnawn ni sicrhau fod y neges yn cyrraedd fy nhad.'

'Cer ti i ddweud wrth dy dad. Fe wna i wneud yr holl baratoadau. Byddwn ni'n barod i fynd pan ddoi di 'nôl,' dywedodd Angharad wedi i'r negesydd adael.

Cymerodd eiliad i'r geiniog syrthio. 'Wn i ddim os yw'n syniad da i ti ddod i Gaer. Bydd Edward yn gosod y dref dan warchae, mae'n debyg. Bydd hi'n beryglus, ddim yn lle addas ar gyfer menyw.'

Cododd Angharad ei haeliau. 'Brenhines fydd yn eich arwain.'

Cnodd Elise ei wefus.

'Fydd Edward ddim yn brifo'r menywod, beth bynnag. Bydda i'n cael fy ngwystlo 'nôl i'm tad yn Nyfed mae'n debyg, os bydd e'n fodlon talu.' Ni lwyddodd i gadw'r chwerwder o'i llais.

'Buaswn i'n talu i dy gael di 'nôl,' atebodd Elise yn ffyrnig.

Edrychodd Angharad i ffwrdd. Doedd hi ddim eisiau gweld y tynerwch yn ei lygaid. 'Beth bynnag, wnes i dreulio blynyddoedd ym Mersia, cofia. Rwy'n nabod y bobl hyn. Rwy'n nabod yr ieirll, rwy'n nabod Ælfwynn. Bydd yn dda i ti fy nghael i wrth dy ochr.'

'Mae bob tro yn dda i mi dy gael di wrth fy ochr.' Ochneidiodd wrth i Angharad barhau i syllu'n benderfynol i'r cyfeiriad arall. 'Iawn. Ond mae rhaid i ti addo i mi byddi di'n ofalus.'

Rhyw hanner gwrando wnaeth Angharad, a hithau â materion mwy cyffrous ar ei meddwl. Roedd hi'n mynd i weld Ælfwynn eto.

* * *

Doedd Burgric heb ddweud celwydd – roedd y daith i Gaer

yn hir. Canolbwyntiai Angharad yn llwyr ar y ffordd o'u blaenau. Gwnaeth Elise ymdrech i dynnu ei sylw at amrywiol ryfeddodau naturiol ond ni chlywodd yr un gair. Roedden nhw'n teithio'n boenus o araf, ac er bod Angharad yn deall yr angen i arbed eu hegni, roedd hi'n ysu i fynd yn gyflymach.

Wedi sawl diwrnod hir, daeth y dref i'r golwg o'r diwedd. Teimlai Angharad ei bod yn gweld hen ffrind nad oedd wedi siarad ag e ers blynyddoedd. Doedd hi ddim wedi bod i'r rhan yma o deyrnas Mersia o'r blaen, ond roedd hi wedi clywed am Gaer. Tref o bwysigrwydd strategol enfawr wedi ei hadeiladu ar olion Rhufeinig. Tref a fu o dan reolaeth y Cymry am gyfnod. Tref a ailadeiladwyd yn ddiweddar iawn. Ac wrth i Angharad sylwi ar y waliau tal a'r porth mawreddog, doedd dim amheuaeth ganddi mai tref Æthelflaed oedd hon.

'Ella rhyw ddydd bydd Caer o dan reolaeth y Cymry unwaith eto,' ystyriodd Elise wrth ddod â'i geffyl i sefyll wrth ei hymyl.

Chwarddodd Angharad yn ysgafn. 'Efallai.' Cofiodd strydoedd Tamworth, yn byrlymu â chlod i enw Æthelflaed. 'Ond mae mwy i dref nag adeiladau a mur.'

'Wn i ddim a fyddai pobl ein teyrnas ni yn hoffi cael eu cloi tu ôl i furiau yn y fath ffordd.'

'Dyw muriau ddim bob tro'n garchar,' sibrydodd Angharad. 'A gall carchar fodoli heb furiau.'

Roedd ei chalon ar ras wrth i'r milwyr eu croesawu drwy'r porth. Mewn mater o funudau byddai'n gweld Ælfwynn eto. Ond roedd nerfusrwydd wrthi'n ffurfio clymau yn ei stumog hefyd. Roedd cymaint o amser wedi pasio ers iddi ddal Ælfwynn yn ei breichiau. Beth os oedd Ælfwynn wedi newid? Beth os oedd hi'n ei beio am yr hyn a ddigwyddodd? Cafodd Angharad flas o'i holl gamgymeriadau wrth iddyn nhw fflachio o flaen ei llygaid. Y llythyr gan Edward, 'damwain'

Ælfwynn, gorchymyn ei thad i glosio at Athelstan, gwenwyn Non, ffoi gan adael ei chariad yng nghrafangau'r brenin newydd ... Ni fyddai'n synnu petai Ælfwynn yn gwrthod ei gweld.

Wrth iddi ddisgyn o gefn ei cheffyl sylwodd ar faw ar waelod ei chlogyn a cheisio ei grafu i ffwrdd. Cofiodd am y gwynt oedd wedi eu dilyn pob cam o'r ffordd o Wynedd, a brysiodd i dacluso'i gwallt. Yna roedd grŵp o ddynion yn cerdded tuag atynt a doedd dim amser ar ôl i Angharad boeni mwy.

'Arglwydd Elise. Rydym yn falch iawn eich bod wedi gallu dod.'

Daeth y cyfarchiad Cymraeg trwy gyfieithydd, ond tynnwyd llygaid Angharad at berchennog y geiriau Saesneg gwreiddiol a safai ar flaen y grŵp. Nid oedd amser wedi bod yn garedig i Iarll Wulfric. Roedd ei wallt wedi troi'n wyn urddasol, ond awgrymai'r llinellau ar ei wyneb, ac o gwmpas ei lygaid yn enwedig, ei fod o dan dipyn o straen. Dyn cymharol ifanc oedd e pan gytunodd Ælfwynn i briodi ei fab, ond roedd wedi heneiddio ers y tro diwethaf i Angharad ei weld.

Yr holl amser y bu Angharad yn syllu arno, nid edrychodd Wulfric arni unwaith. Gwraig Elise oedd hi. Addurn yn unig. Yn hollol anweladwy.

'Rydw i'n hapus i fod yma,' atebodd Elise, gan aros i'r cyfieithydd gyfleu ei neges. 'Ga i gyflwyno fy ngwraig, Angharad ferch Hywel?'

Yna roedd ganddi sylw Wulfric. Craffodd arni yn gegagored.

'Mae'n bleser eich gweld chi unwaith eto, Iarll Wulfric,' cyfarchodd Angharad yn sidanaidd. Efallai mai twyll oedd cyfeillgarwch Burgric, ond golygai'r oriau o sgwrsio yn y goedwig fod gafael dda ganddi ar ei Saesneg o hyd, o leiaf.

Agorodd y cyfieithydd ei geg ac yna'i gau eto yn syn.

'Ac mae'n bleser dy weld di hefyd,' ymatebodd Wulfric o'r diwedd. 'Ond yn syndod.'

'Doeddech chi ddim yn ymwybodol 'mod i wedi priodi mab brenin Gwynedd, felly?' Roedd hynny'n synnu Angharad ychydig. Byddai wedi disgwyl i'r newyddion gyrraedd Ælfwynn yn syth. Doedd neb wedi cwestiynu i ble roedd hi wedi diflannu y noson honno yn Tamworth? Cynyddodd ei phryder. Oedd Ælfwynn yn ei beirniadu am ffoi?

'Na, ond dylwn gynnig llongyfarchiadau, mae'n debyg.'

'Felly dyw Ælfwynn ddim yn fy nisgwyl i?'

Siglodd Wulfric ei ben. 'Ond mae'n aros amdanon ni nawr.' Trodd yn ôl at Elise. 'Arglwydd, fe wna i'ch arwain i'r neuadd.'

Canolbwyntiodd Angharad ar anadlu'n gyson wrth ddilyn Wulfric ac Elise. Doedd Caer ddim mor fawr ag yr oedd hi wedi meddwl wrth edrych ar y dref o bell, ond roedd y strydoedd yn droellog, gyda sawl troad annisgwyl cyn iddyn nhw gyrraedd y neuadd. Roedd yn dref boblog hefyd, efallai'n fwy prysur na Tamworth, hyd yn oed. Ond gyda Wulfric yn eu harwain doedd dim angen brwydro trwy'r dorf. Wrth i grwpiau o bobl frysio i un ochr i roi lle iddynt basio sylwodd Angharad ar emosiwn anghyfarwydd mewn sawl pâr o lygaid. Cyffro efallai?

'Gobaith,' sibrydodd Elise.

Dechreuodd yr emosiwn anghyfarwydd hynny fyrlymu yn stumog Angharad. Cerddodd Wulfric yn syth i mewn i'r neuadd, ond oedodd Angharad am eiliad i ddod i arfer â'r tywyllwch wrth iddi syllu'n awyddus ar y ffigyrau yn y pen pellaf.

'Frenhines,' datganodd Wulfric, a theimlodd Angharad ias oer yn llithro i lawr ei chefn wrth glywed y teitl unwaith eto. 'Gaf i gyflwyno'r Arglwydd Elise, mab brenin Gwynedd, a'i wraig Angharad.'

Safai Ælfwynn wrth ochr un o'r byrddau yn astudio rhyw ddogfennau, wedi ei hamgylchynu gan ei chynghorwyr. Edrychodd i fyny yn syth a gwelodd Angharad yr un cyffro roedd hi'n ei deimlo wedi ei adlewyrchu yn llygaid ei chariad. Ddylai hi ddim fod wedi ei hamau.

Gwenodd Ælfwynn a chamu ymlaen i gyfarch Elise, y cyfieithydd yn ei dilyn yn ffyddlon. 'Rwy'n ddiolchgar iawn i chi am ddod. Rydw i'n edrych ymlaen at gynghrair agos rhwng Mersia a Gwynedd unwaith eto.'

Nodiodd Elise. 'A ni hefyd. Fe all ein dwy deyrnas ffynnu ar ôl cael gwared ar reolaeth Edward.'

Gwyliodd Angharad y sgwrs, ei hanadl yn drwm yn ei chlustiau.

'Fy nheimladau i yn union,' atebodd Ælfwynn yn gynnes. 'Mae dy dad yn cadw'n iawn?'

'Ydy, diolch. Mae'n anfon ei ddymuniadau gorau.'

Gwenodd Ælfwynn ac yna bu bron i galon Angharad stopio curo wrth iddi droi ac edrych yn syth i'w llygaid.

'Angharad, mae'n cynhesu fy nghalon i dy weld di eto, fy annwyl ffrind.' Roedd gwên ddireidus yn dawnsio ar ei hwyneb, ac roedd ei llygaid yn dweud gymaint yn fwy nag y gallai'r geiriau ffurfiol fynegi.

'Rwy'n falch o'r cyfle i'th wasanaethu unwaith eto,' atebodd Angharad, yn glynu wrth y Gymraeg y tro hwn, ac yn fflachio'r un wên ddireidus.

'Mae Edward ar ei ffordd. Rydym ni wedi bod yn trafod sut orau i amddiffyn y dref yn erbyn ei filwyr. Bydd dynion Gwynedd yn ychwanegiad i'w groesawu. Arglwydd Elise, efallai gelli di drafod y lle gorau i leoli dy filwyr gydag Iarll Wulfric? Mae'n rhaid i ni sicrhau nad oes unrhyw ffordd i mewn i fyddin Edward.'

Nodiodd Elise. 'Byddai'n helpu petawn i'n gallu gweld yr amddiffynfeydd fy hun.'

Camodd Wulfric ymlaen. 'Arglwydd, os doi di gyda fi, bydd yn bleser i'th ddangos o gwmpas Caer.'

'Bydd yn ofalus, fe wna i ddychwelyd cyn gynted â phosib' sibrydodd Elise wrth Angharad gan gyffwrdd yn ei llaw wrth adael.

Gwenodd Ælfwynn yn wybodus. Doedd gan Elise ddim syniad ei bod hi'n deall Cymraeg.

'Mae hynny'n ddigon am nawr,' dywedodd y frenhines wrth ei chynghorwyr. 'Dewch i roi diweddariad i mi ymhen yr awr.' Gwasgodd Ælfwynn ei dwylo ynghyd a sefyll yn stond, gan barhau i edrych ar Angharad gyda gwên yn goleuo ei llygaid wrth i'r cynghorwyr frysio o'u cwmpas. Teimlai fel oes cyn i'r cynghorwr olaf adael.

Estynnodd Ælfwynn law a chyffwrdd yn wyneb Angharad. 'Rwyt ti yma. Rwyt ti yma go iawn.'

Chwarddodd Angharad a'i chymryd yn ei breichiau. 'Ydw. Rydw i yma. Ac fe wna i byth dy adael di eto.'

Wrth i'w gwefusau gwrdd teimlai Angharad eu bod nhw 'nôl yn Tamworth eto, yn y dyddiau olaf hynny cyn i Edward ddod, pan oedd hi'n teimlo gobaith bod rhyw fath o ddyfodol yn disgwyl amdanynt. Roedd hi wedi treulio cymaint o amser yn pryderu am yr aduniad hwn. Yn ofni byddai'n lletchwith, yn ofni byddai amser wedi chwalu'r hyn oedd ganddyn nhw. Ond roedd yr aduniad yn berffaith. Roedd Ælfwynn yn berffaith.

Rhedodd law trwy wallt ei chariad. 'Clywes i fod Edward wedi dy garcharu di mewn lleiandy yn Wessex?'

'Do ... lle diflas dros ben.'

'Alla i ddim dy ddychmygu di fel lleian,' profociodd Angharad.

Gwingodd Ælfwynn. 'O'dd e'n ofnadwy. Gymaint o reolau – paid gwneud hyn, paid gwneud hynny ... Ond roedd y cyfnodau hir o dawelwch yn rhoi digon o amser i mi feddwl, o leiaf, meddwl a chynllwynio.'

'Sut wnest ti ddianc?'

'O'dd e'n ddigon hawdd yn y pen draw. Dim ond aros i Edward wneud gelynion o ieirll Mersia oedd angen i mi wneud. Llwyddodd e i wneud hynny'n gyflym iawn ... ac mae gan ieirll Mersia sawl ffrind yn Wessex. Does dim pawb yno'n cefnogi Edward.'

'O'n i'n clywed y sïon ... bob tro roedd sibrwd o anfodlonrwydd, si o wrthryfel, o'n i'n gwybod bod y diwrnod pan fydden i'n dy weld di eto yn agosáu.' Teimlodd Angharad bwysau'r aros a gwrando yn codi'n araf o'u hysgwyddau.

Goleuodd llygaid Ælfwynn. 'Ond wrth gwrs! Mae gen ti stori dy hun i'w rhannu. Sut wnest ti ddod yn dywysoges Gwynedd?'

Doedd dim beirniadaeth o gwbl yn llais Ælfwynn, dim byd ond edmygedd. Edrychodd Angharad i ffwrdd, yn swil. Doedd hi ddim wedi rhannu'r stori gyda neb ers ei phriodas. 'Wnaeth Edwin fy helpu. Wnaethon ni adael Tamworth yn y nos, a pherswadio Idwal bod ein tad wedi ein hanfon i sefydlu cynghrair rhwng Dyfed a Gwynedd.' Disgleiriodd ei llygaid yn ddireidus. 'Roedd gyda ni lythyr gan Hywel hyd yn oed, yn mynegi ei awydd i'w ferch briodi mab brenin Gwynedd!'

Chwarddodd Ælfwynn. 'Gwych, wironeddol wych. Dylet ti fod wedi gweld pa mor ddig oedd Edward pan sylweddolodd dy fod di wedi dianc. Fe wnaeth e geryddu dy dad am dy anfon di i ffwrdd heb ganiatâd ei uwch-arglwydd.'

Cilwenodd Angharad. Roedd rhywbeth yn hynod o foddhaol am glywed bod Edward wedi cosbi ei thad.

'O'n i mor falch dy fod di wedi llwyddo i ddianc. O'dd e'n gymaint haws wynebu Edward gan wybod dy fod di'n rhydd.'

Bu rhaid i Angharad edrych i ffwrdd. Doedd hi ddim yn haeddu'r fath gariad. 'Welest ti lawer ohono fe? Wnaeth e dy anfon di i'r lleiandy yn syth?'

Roedd Angharad yn dal i adnabod Ælfwynn yn ddigon da i sylwi ar yr anesmwythder yn ei llygaid. 'Ces i fy nghadw yn y llys am ychydig. Roedd Edward eisiau sicrhau bod pawb yn ymwybodol o'i fuddugoliaeth – tlws i'w arddangos o'n i. Ond fe wnaeth e flino ar chwarae'r gêm hynny ar ôl ychydig. A doedd ei wraig ddim yn hoffi fy nghael i o gwmpas – gwraig arall, newydd, gyda llaw. Wnaeth hi ei berswadio i'm hanfon i'r lleiandy, a weles i ddim mwy ohono fe wedi hynny.'

Synhwyrodd Angharad nad oedd Ælfwynn eisiau siarad am ei chyfnod yn llys Edward. Tybiai nad oedd hi'n bod yn hollol onest ynghylch ei phrofiadau yno. Roedd ei chroen ychydig yn welw, ac os edrychai'n ofalus gallai Angharad weld creithiau coch yn llithro i lawr ei gwddf ac o dan ei ffrog. Roedd straen yn ei llygaid wrth iddi siarad am Edward. Yr un Edward, cofiodd Angharad, oedd wedi ei bygwth hi'r noson honno yn Tamworth. Gwyddai y byddai ei ymdrechion i frifo Ælfwynn heb derfyn.

Gwasgodd law Ælfwynn yn dynn. 'Y tro nesaf i ti ei weld, fe fydd yn garcharor.'

Gwenodd Ælfwynn yn ddiolchgar. 'Ond dyna ddigon amdana i – mae'n rhaid i ti orffen dy stori di. Sut fywyd yw bywyd tywysoges Gwynedd?'

'Ha ... anodd i ddechrau. Roedden nhw'n disgwyl i fi redeg yr ystâd. Roedd rhaid i mi benderfynu faint o fara oedd angen ei bobi.'

Chwarddodd Ælfwynn.

'Wnes i orchymyn i'r cogydd bobi gormod, lot gormod, y tro cyntaf ... Ond o leiaf roeddwn i'n gallu dosbarthu'r hyn oedd yn weddill i'n tenantiaid ac esgus fod yr elusengarwch yn fwriadol.'

'Ond mae pethau wedi newid nawr?'

Teimlodd Angharad y swildod yn dychwelyd. 'Mae Elise yn fy mharchu i nawr – mae'n 'y ngweld i'n fwy na gwraig tŷ erbyn hyn. Fi'n gynghorydd iddo fe. A thrwy Elise, mae'n bosib cynghori Idwal.' Oedodd Angharad. Roedd rhan ohoni eisiau egluro wrth Ælfwynn mai cynghrair wleidyddol oedd y briodas. Eisiau egluro ei bod hi'n annog Elise i ganlyn menywod eraill, ei bod hi'n dymuno rhedeg i'r cyfeiriad arall bob tro iddo ei chyffwrdd. Ond doedd dim angen – gallai Angharad synhwyro bod Ælfwynn yn deall yn iawn. Roedd hi'n gwybod beth oedd rhaid i fenyw ei wneud i oroesi yn y byd hwn. Roedd hi wedi bwriadu priodi Cenred, wedi'r cyfan.

'Ti berswadiodd Elise i ddod yma?'

'Ie, roedd hynny'n ddigon hawdd. Mae ei gasineb tuag at Wessex heb ei debyg.'

'Mae'r ffordd rwyt ti wedi meistroli'r sefyllfa'n anhygoel.' Roedd llais Ælfwynn yn llawn edmygedd diffuant. 'Byddai Mam yn falch iawn ohonot ti.'

Cochodd Angharad. Ers gadael Mersia roedd hi wedi rhoi amser caled iddi hi ei hun. Roedd hi wedi dyfarnu ei hun yn euog. Yn euog am adael Ælfwynn, yn euog am beidio gwneud mwy i'w hachub. Ond am y tro cyntaf caniataodd ei hun i deimlo rhywfaint o falchder yn yr hyn roedd hi wedi ei gyflawni.

Cymerodd Ælfwynn ei llaw. 'Fi mor falch o dy weld di.'

'Mae wedi bod yn gymaint o amser,' sibrydodd Angharad. 'Fe wnes i gyfri pob dydd.'

'Ond rydym ni yma nawr,' tynnodd Angharad hi'n dynn. 'Ac fe wnawn ni ennill y frwydr hon. A byddi di'n frenhines ar Fersia unwaith eto.'

11

Am funud gadawodd Angharad i'w hun esgus nad oedd dim wedi newid. Roedd hi 'nôl yn Tamworth yn gorwedd wrth ymyl Ælfwynn, yn lleddfu gofidion ei chariad gyda geiriau o gyngor a chynhesrwydd cusanau. Ni fyddai neb yn tarfu arnynt tan y wawr, a hyd yn oed wedyn byddai gan Angharad ddiwrnod cyfan o gwmni Ælfwynn i'w fwynhau.

Ond roedd pethau wedi newid. Roedd Angharad yn gorwedd wrth ymyl Ælfwynn, yn lleddfu gofidion ei chariad gyda geiriau o gyngor a chynhesrwydd cusanau. Ond yng Nghaer oedden nhw. A châi Angharad ond fod yma oherwydd i Wulfric farnu ei bod hi'n fwy diogel iddi hi ac Ælfwynn aros gyda'i gilydd tra bod Elise yn cadw golwg o furiau'r dref.

Roedd llawer wedi newid. Ond roedd gan Ælfwynn y gallu i ddarllen ei meddwl o hyd.

'Gallen ni fod 'nôl yn Tamworth,' sibrydodd.

Gwenodd Angharad yn y tywyllwch. 'Allai ddim credu pa mor lwcus ydw i, i fod yma gyda ti eto.'

Chwarddodd Ælfwynn wrth fwytho ei gwallt. 'Lwcus? Na, wnest ti weithio'n galed i gyrraedd fan hyn.'

'A ti hefyd.'

Syllodd Ælfwynn ar y nenfwd, yn cnoi ei gwefus. 'Os enillwn ni fory—'

'*Pan* enillwn ni fory ...'

'Pan enillwn ni fory, bydda i'n frenhines eto. Yn frenhines go iawn. Gyda phwerau go iawn. A rhyddid. Bydd gen i gymaint o ryddid.'

Teimlai Angharad ei stumog yn corddi wrth wylio'r breuddwydion yn goleuo llygaid Ælfwynn. O'r holl gosbau a ddyfeisiwyd gan Edward, ei chloi tu ôl i ddrws caeëdig oedd wedi effeithio arni fwyaf.

'A beth fyddi di'n ei wneud gyda'r rhyddid hynny?' anogodd Angharad iddi barhau â'r breuddwydio. Roedd hapusrwydd unigryw i'w gael mewn breuddwydion.

'Dienyddio Edward?' Er i Ælfwynn chwerthin gallai Angharad weld bod y syniad yn apelio ati, ei bod yn gorfodi ei hun i'w roi i un ochr. 'Na ... sai eisiau mwy o ymladd. Ond i Edward fy ngadael i i fod, byddai'n hapus i beidio â'i weld e byth eto.'

'Fyddi di'n byw yn Tamworth yn bennaf?'

Disgleiriodd llygaid Ælfwynn. 'Wrth gwrs! Gyda bach o lwc ni fydd Edward wedi gwneud unrhyw newidiadau i'r dref. Roedd hi'n berffaith fel oedd hi.'

'Fyddi di'n priodi mab Wulfric?'

'Cenred? Ie, bydd hynny'n sicrhau cefnogaeth yr ieirll. Ond dyw hynny ddim yn bwysig ...' atebodd Ælfwynn, a'i meddwl ymhell. 'Byddi di'n gallu treulio'r rhan fwyaf o dy amser yn Tamworth hefyd.'

Edrychodd Angharad arni'n syn. Roedd hi eisiau cytuno'n frwdfrydig ond doedd hi ddim yn deall sut fyddai hynny'n bosib.

'Fi wedi gweithio pob dim allan,' parhaodd Ælfwynn, yn synhwyro ei phenbleth. 'Bydda i'n gwahodd llysgenhadon o deyrnasoedd eraill Prydain i ddod i aros yn Tamworth, er mwyn sicrhau perthynas dda rhwng Mersia a'i chymdogion. Ti fydd llysgennad Gwynedd i Fersia! Fydd neb yn cwestiynu pam rwyt ti'n treulio gymaint o amser gyda fi wedyn. Mae'n drefniant perffaith.'

Gwenodd Angharad yn ddistaw. Roedd yn swnio fel trefniant perffaith. Diwrnodau hir i wneud dim ond cynghori Ælfwynn. Ac yna'r nosweithiau ... Ond doedd hi ddim yn gallu ymroi i freuddwyd Ælfwynn. Roedd yn amhosib. Gallai ddychmygu'r olwg o anghrediniaeth ar wyneb Elise wrth glywed am y cynllun. I'w gŵr, ei lle hi oedd wrth ei ymyl. A hyd yn oed petai hi'n llwyddo, trwy ryw wyrth, i berswadio Elise, byddai ymateb Idwal yn werth ei weld. Yn sicr, ni fyddai brenin Gwynedd yn deall apwyntio menyw yn llysgennad.

'Bydd gen i ystafell arbennig i ti yn y llys. Ac efallai gallwn ni drefnu rhyw fath o gynghrair briodas rhwng un o feibion eraill Idwal a theulu un o'm ieirll – byddai hynny'n rhoi hyd yn oed yn fwy o esgus i ti dreulio amser ym Mersia.'

Parhaodd Ælfwynn i fyrlymu gyda syniadau gwahanol, pob un yn fwy gwallgof na'r diwethaf. Roedd brenhines Mersia yn dyheu am ei chwmni, sylweddolodd Angharad. Rhywbryd yn y gorffennol byddai gwybod bod rhywun ei heisiau gymaint ag oedd Ælfwynn ei heisiau wedi gwneud iddi deimlo'n fodlon. Ond nawr ni allai deimlo dim byd ond tristwch. Roedd Edward wedi defnyddio unigrwydd i ddinistrio Ælfwynn.

Cymerodd ei chariad yn ei breichiau a'i dal yn dynn. 'Syniad gwych,' sibrydodd yn ei chlust. 'Mae gyda ni gymaint i edrych mlaen ato.'

Syrthiodd Ælfwynn i gysgu yn fuan wedi hynny ond arhosodd Angharad yn effro am oes yn gwylio ei mynwes yn codi ac yn disgyn yn araf. Byddai'n cael ei chosbi gyda blinder fory, ond doedd hi ddim eisiau colli eiliad o'i hamser gydag Ælfwynn.

Doedd cynlluniau Ælfwynn ddim yn bosib, gwyddai

Angharad hynny. Ond roedd hi'n hyderus y bydden nhw'n gallu cyrraedd rhyw fath o drefniant, un llai uchelgeisiol. Y cam cyntaf fyddai meithrin perthynas agos rhwng Gwynedd a Mersia. Roedd hi wedi dechrau rhoi'r strategaeth hon ar waith yn barod. Ond unwaith bod Edward allan o'r ffordd, byddai angen sicrhau cynghrair barhaol rhwng y ddwy deyrnas. Ni allai fforddio i Idwal ac Elise ddechrau gweld Mersia fel y gelyn.

Sialens, yn sicr. Ond roedd Angharad yn benderfynol o lwyddo. Roedd y wobr yn rhy werthfawr iddi fethu.

Wedi sefydlu perthynas agos, gynhyrchiol rhwng y ddwy deyrnas byddai disgwyl i Ælfwynn wahodd Idwal ac Elise i'w llys ar gyfer amrywiol ddathliadau a gwyliau. Byddai'n anghwrtais iddyn nhw wrthod. Ni fyddai Idwal ei hun yn awyddus i deithio mor bell, tybiai Angharad. Byddai'n anfon Elise i'w gynrychioli. A hi wrth ei ochr. Gyda lwc byddai'n cael y cyfle i weld Ælfwynn o leiaf unwaith y flwyddyn.

Doedd hi ddim eisiau cau ei llygaid, ddim eisiau colli Ælfwynn am gymaint ag eiliad. Ond roedd ei dychymyg yn brysur ar waith. Byddai hi ac Elise yn cyrraedd Tamworth. Ni fyddai rhaid iddyn nhw ddod â gosgordd fawr – byddai'r heddwch rhwng Gwynedd a Mersia yn ddigon sefydlog i allu teithio ar draws y ffin heb unrhyw beryg sylweddol. Wrth gyrraedd y pyrth byddai'n rhaid iddynt ddisgyn o'u ceffylau – roedd Tamworth yn brysur, a'r strydoedd yn gul. Efallai byddai Elise yn dymuno stopio i flasu rhai o ddanteithion y stondinwyr, ond byddai Angharad yn awyddus i barhau, i gyrraedd y neuadd.

Ni fyddai Ælfwynn yn dod allan i'w cyfarfod – roedd hi'n frenhines, wedi'r cyfan. Byddai hi ac Elise yn cerdded i mewn i'r neuadd ac yn moesymgrymu o'i blaen. Byddai Ælfwynn yn smalio dihidrwydd wrth eu cyfarch gyda chynhesrwydd cwrtais. Ond byddai ei llygaid yn disgleirio'n chwareus wrth iddi edrych ar Angharad. Byddai gwledd y noson honno, wrth gwrs. A byddai Ælfwynn yn eistedd wrth ymyl ei gŵr ar y bwrdd uchaf. Doedd Angharad ddim yn siŵr lle byddai'r seddi iddi hi ac Elise. Roedd hi'n gobeithio y byddai ganddi olwg dda o'r frenhines, ac efallai yn eistedd yn ddigon agos i glywed ambell air o'i sgwrs.

Byddai'r gwledda yn mynd yn ei flaen yn hwyr, ac Ælfwynn yn troi i'w gwely ymhell cyn ei ieirll. Byddai Angharad yn esgus blinder hefyd, ond yn annog Elise i barhau i fwynhau cwmni'r ieirll. Yna byddai'n rhydd, yn rhydd i dreulio'r nos gydag Ælfwynn heb neb arall yn eu gwylio.

Ni allai Angharad stopio ei cheg rhag ffurfio gwên wrth iddi weu manylion y dyfodol melys yn ei phen.

Sgrechiodd Ælfwynn. Neidiodd Angharad i'w thraed ac edrych o gwmpas yr ystafell i weld beth oedd wedi codi braw arni. Ond doedd neb yno.

'Ma' popeth yn iawn,' sibrydodd gan eistedd yn ôl ar y gwely a rhoi ei breichiau o gwmpas Ælfwynn. 'Fi yma.'

Ond ciciodd Ælfwynn ei choesau a gwthio Angharad i ffwrdd. 'Na ...' gwaeddodd. 'Na ...'

Syllodd Angharad arni mewn pryder. Doedd Ælfwynn erioed wedi bod yn un i ddioddef hunllefau. Ceisiodd osod llaw ar ei hysgwydd eto, a thro hyn teimlodd anadlu Ælfwynn yn arafu wrth iddi gladdu ei phen yn ei mynwes.

'Mae'n mynd i fod yn iawn.'

Sibrydodd Angharad addewid arall iddi hi ei hun. Roedd Edward yn mynd i dalu.

12

Oes wedi i Angharad deithio gydag Æthelflaed i Derby, roedd hi unwaith eto'n eistedd yn gwrando ar sŵn brwydro yn atseinio yn y pellter. Ond y tro hwn doedd hi ddim yn aros ar gyrion y dref, yn gorfod clustfeinio'n ofalus i glywed unrhyw arwydd o'r hyn oedd yn digwydd. Roedd hi yng nghanol y storm, yn gwrando ar ddynion Edward yn ymosod arnynt o bob cyfeiriad.

Roedd cynghorwyr Ælfwynn wedi penderfynu mai eglwys Sant Pedr – eglwys fawreddog arall a adeiladwyd gan Æthelflaed – oedd y lle mwyaf diogel i'r frenhines aros ynddo. Yn annhebyg i'r Llychlynwyr, ni fyddai gan filwyr Edward y stumog i ymosod ar gartref Duw. Efallai fod hynny'n wir, ond nid eglwys Sant Pedr oedd y lle mwyaf cyfforddus i aros. Eisteddai'r ddwy ohonynt ar fainc yn pwyso yn erbyn y wal, ychydig o bellter i ffwrdd o wragedd a phlant y dref oedd wedi heidio i'r lloches, i gyd yn gobeithio am ddiogelwch Duw a'r waliau cadarn. Ym mhen pellaf yr eglwys roedd y mynachod yn gweddïo o dan lygad barcut yr esgob. I glustiau Angharad, roedd sŵn y brwydro'n dod yn agosach. Ond efallai mai ei nerfau oedd yn ei thwyllo.

'Bydd popeth yn iawn,' sibrydodd Angharad, yn ansicr ai ymgais i berswadio Ælfwynn neu hi ei hun oedd y geiriau.

Nid atebodd Ælfwynn, ond llithrodd un o'i dwylo i'w

gwefus. Ymestynnodd Angharad a gafael yn ei llaw. 'Beth bynnag a ddigwydd, fyddwn ni yma gyda'n gilydd. Wna i ddim dy adael di eto.'

Gwasgodd Ælfwynn yn ei llaw. 'Rwy'n gwybod. Does gen ti ddim syniad faint o wahaniaeth mae'n gwneud i mi, bod ti yma.'

Atseiniodd clep enfawr o gwmpas yr eglwys, a dechreuodd plentyn grio. Gafaelodd y menywod yn dynnach yn ei gilydd, ac edrychodd y mynachod i fyny o'u gweddïau'n nerfus. Iarll Wulfric oedd yno, wedi agor y drws mawr pren, a chwys a gwaed yn addurno ei wallt gwyn. Cododd Ælfwynn yn araf i gwrdd ag ef, ei choesau'n crynu.

'Newyddion?'

Plygodd Iarll Wulfric i'w liniau o'i blaen. 'Mae gormod ohonyn nhw. Mae Edward wedi arwain byddin gyfan Wessex yma. Does dim gobaith gyda ni i'w cadw nhw rhag y muriau am hir. Byddan nhw wedi torri trwyddo erbyn y nos.'

'Na,' sibrydodd Angharad. Sut allai Edward fod wedi ennill? Doedd e ddim yn haeddu ennill. Buddugoliaeth Ælfwynn oedd hon i fod.

'Beth am y milwyr ychwanegol yr addawodd Iarll Eawig eu hanfon? Ydyn nhw wedi cyrraedd eto? A byddin Iarll Ælfric?' gofynnodd Ælfwynn.

Siglodd Wulfric ei ben mewn anobaith. 'Rwy'n amau a ddôn nhw nawr. Byddan nhw wedi clywed nad yw pethau'n mynd ein ffordd ni.'

Caeodd Ælfwynn ei llygaid, brad arall yn ei thrywanu. 'Beth wyt ti'n ei awgrymu, felly?'

'Ildio.'

Gallai Angharad weld ei fod yn boenus i Wulfric yngan y gair hwnnw. Roedd e wedi rhoi ei gefnogaeth yn llwyr i Ælfwynn; ni fyddai ganddo ddyfodol llewyrchus wedi'r methiant hwn. Efallai dim dyfodol o gwbl.

'Os wnawn ni ildio, fydd Edward yn dangos tosturi i bobl y dref?'

Nodiodd Wulfric. 'Dyna mae ei negesydd yn cynnig.'

'Dyna yw'r unig opsiwn, felly.'

Teimlodd Angharad fflach o falchder ac fe'i hatgoffwyd o'r rheswm pam ei bod hi'n parchu Ælfwynn, yn ogystal â'i charu. Ceisio ennill pŵer oedd hi, ond ddim am unrhyw bris. Dyna oedd yn ei gwneud hi'n wahanol i Edward. Ac i Hywel hefyd. Ni fyddai ei thad wedi poeni o gwbl am ffawd ei bobl.

'Rwy'n awgrymu i ti ffoi, Arglwyddes. Siarada gyda'r esgob, mae'n gwybod ffordd allan o'r dref. Os wyt ti'n lwcus gelli di fod ymhell oddi yma cyn i Edward sylweddoli.'

Cododd Ælfwynn ei haeliau. 'Rwyt ti'n credu bydd modd i ni ailgynnau'r gwrthryfel?'

Gallai Angharad weld Wulfric yn petruso, yn ceisio penderfynu a oedd pwynt dweud celwydd.

'Na ... mae Edward yn rhy bwerus, a'i fuddugoliaeth yma wedi costio'n rhy ddrud i ni. Does dim gobaith i Fersia ddal gafael ar ei hannibyniaeth nawr. Ond ...' Oedodd a chymryd ei llaw. 'Rwy'n poeni na fydd Edward yn dy drin di'n dda. Byddai'n fwy diogel i ti ffoi.'

Cymerodd Ælfwynn anadl ddofn, ac yng ngolwg Angharad doedd hi erioed wedi edrych mor debyg i'w mam. 'Diolch Wulfric, rwy'n gwerthfawrogi dy onestrwydd. Ond na, wna i ddim ffoi. Rydw i wedi bod yn garcharor i Edward o'r blaen. Mae wedi gwneud ei waethaf yn barod.'

Edrychai Wulfric yn llawn amheuaeth, ond roedd yna edmygedd yn ei lygaid hefyd. Siglodd Angharad ei phen mewn anghrediniaeth. Roedd rhaid i Ælfwynn ffoi. Ni allai oddef gweld ei chariad mewn cadwynau eto.

A doedd hi ddim yn mynd i'w gadael tro hwn chwaith.

'Mae wedi bod yn anrhydedd i dy wasanaethu. Oes gen i ganiatâd i ildio?'

'Oes.'

Safodd Ælfwynn yn dal tan i Wulfric adael yr eglwys. Ond wrth i'r drws gau ar ei ôl, trodd at Angharad. Plygodd ei hysgwyddau a chaeodd ei llygaid. Camodd Angharad tuag ati a'i chymryd yn ei breichiau.

'Mae ar ben,' sibrydodd Ælfwynn.

Doedd dim gwadu ei geiriau. Roedd Ælfwynn wedi colli. Gallai Angharad deimlo'r dyfodol bregus roedd hi wedi ei lunio yn chwalu yn ei dwylo. Ond gosododd y boen i un ochr. Byddai digon o amser i alaru. Roedd angen iddi fod yn gryf nawr, er lles Ælfwynn. Gallai deimlo ei ffrog yn wlyb yn erbyn ei chroen o lif dagrau ei chariad. Am unwaith doedd Ælfwynn ddim yn ceisio cuddio ei theimladau rhag y bobl o'u cwmpas.

'Roeddwn i eisiau gwneud Mam yn falch.'

'A wnest ti. Gymaint o fygythiad oeddet ti, wnaeth Edward anfon ei fyddin gyfan yma i frwydro yn dy erbyn. Faint o fenywod all ddweud bod nhw di cyflawni gymaint?' Oedodd Angharad a chodi ei gên i edrych arni, gan sychu'r dagrau o'i bochau. 'Ac rydw i'n falch ohonot ti. Mor falch.'

Gwenodd Ælfwynn drwy ei dagrau. Cusanodd Angharad hi'n ysgafn ar ei gwefus. O'u cwmpas tawodd sŵn y brwydro yn sydyn, a disgynnodd tawelwch oeraidd dros yr eglwys. Roedd y dref gyfan yn dal ei hanadl.

'Maen nhw wedi ildio. Bydd Edward yma'n fuan,' sibrydodd Ælfwynn, gan dynnu 'nôl a sythu ei dillad. Sychodd ei dagrau a thacluso ei gwallt. 'Dydw i ddim yn mynd i ffoi, rwyt ti'n deall hynny, yn dwyt?'

Agorodd Angharad ei cheg i ddadlau ond yn sydyn roedd cynnwrf y frwydr atseinio o'u cwmpas unwaith eto, yn agosach tro hwn.

'Beth sy'n digwydd?' gofynnodd Ælfwynn yn wyllt.
'Rydym ni wedi ildio!'

'Aros fan hyn. Wna i ffeindio Elise i ofyn iddo beth sy'n digwydd.'

Edrychodd Ælfwynn arni mewn braw. 'Fyddi di'n iawn tu allan?'

'Mae'r brwydro dal ymhell i ffwrdd,' gorfododd Angharad hyder i'w llais. 'Fydda i 'nôl mewn ychydig.'

Byddai hi'n dod o hyd i Elise. Ac yna byddai'n ffeindio ffordd i'r tri ohonynt ddianc 'nôl i Wynedd. Dim ots pa gynllun ffôl oedd gan Ælfwynn i aros yma, doedd Angharad ddim yn mynd i adael iddi syrthio i grafangau Edward eto. Rhoddodd un gusan olaf ar ei gwefus a rhedeg am y drws, yn gwrthsefyll y demtasiwn i edrych yn ôl dros ei hysgwydd.

13

Roedd tawelwch chwithig yn y strydoedd o gwmpas yr eglwys. Teimlai Angharad ei bod hi'n cerdded ar iâ. Roedd pobl o gwmpas, ond yn llechu yn y corneli ac y tu ôl i ddrysau caeëdig, yn gobeithio y caent eu hanwybyddu wrth i'r brwydro agosáu. Tu allan i furiau'r eglwys roedd sŵn metel yn taro metel yn gliriach. Rhywsut doedd hyn ddim drosodd eto.

Rhedodd Angharad, gan felltithio ei hun am beidio â thalu mwy o sylw i gynllun y dref pan oedd cyfle. Pan ddaeth i droad, dewisodd gyfeiriad ar hap, gan geisio cadw at gysgodion yr adeiladau. Bob hyn a hyn rhwystrwyd ei llwybr gan bobl yn cuddio yn y drysau, weithiau teuluoedd cyfan gyda phlant. Wrth i sŵn y brwydro gynyddu nes ei byddaru, dechreuodd weld ambell filwr yn chwilio am loches hefyd, eu hanafiadau yn troi cerrig y stryd yn goch. Llithrodd ei thraed ar yr arwyneb gwlyb, ei nerfau'n deilchion a chyfog yn codi yn ei gwddf. Roedd rhywbeth mawr o'i le yma. Roedd yn rhaid iddi ffeindio Elise.

Wedi dod i arfer â'r sŵn, doedd Angharad ddim yn sylweddoli pa mor agos at y brwydro oedd hi erbyn hyn. Gydag un troad arall daeth wyneb yn wyneb â milwyr Edward yn ymladd â milwyr Mersia ar waelod y stryd. Roedd y waliau wedi syrthio. Dim ond ychydig o filwyr Mersia oedd yn dal i sefyll, rhai ohonynt yn rhuthro 'nôl i fyny'r stryd tuag ati. Teimlai Angharad yn benysgafn. Roedd hi wedi pasio cymaint o bobl yn gwneud eu gorau i guddio rhag y frwydr. Ni fyddai milwyr gwyllt Edward yn dangos trugaredd tuag at yr un ohonynt. Sut oedd hyn wedi digwydd? Oedd Wulfric wedi newid ei feddwl a pharhau i ymladd?

Roedd hi ei hun mewn perygl difrifol yma, sylweddolodd. Ceisiodd wthio i mewn i un o'r adeiladau, allan o'r golwg, ond roedd y drws wedi ei gloi. Rhedodd yn ôl i lawr y stryd, ond erbyn hyn roedd mwy o filwyr yn dod o'r cyfeiriad arall. Roedd y dref gyfan wedi syrthio. Neidiodd ei chalon i'w gwddf wrth i un o'r milwyr afael mewn dyn oedd yn llochesu yn nrws adeilad cyfagos a'i daflu ar draws y stryd. Trodd ac edrych yn syth ati.

Yn sydyn gafaelodd rhywun yn ei llaw a'i thynnu i lawr stryd arall.

'Beth wyt ti'n ei wneud allan fan hyn?' sibrydodd Athelstan yn ei chlust.

Syllodd Angharad arno mewn dryswch. Gallai glywed sŵn plant yn sgrechian yn y pellter. Roedd arogl llosgi yn dod o rywle. 'Rydym ni wedi ildio.'

Edrychodd Athelstan i ffwrdd, golwg euog ar ei wyneb. 'Nid yw Edward wedi derbyn yr ildiad. Mae'n mynd i losgi'r dref.'

Teimlai Angharad y llawr yn symud o dan ei thraed. Roedd Edward yn berson creulon, roedd hi wastad wedi gwybod hynny. Ond llosgi'r dref? Dref oedd yn llawn dinasyddion dieuog? Ar ôl iddyn nhw ildio? Ddychmygodd hi erioed y gallai hyd yn oed Edward wneud hynny.

'Cer 'nôl at Ælfwynn,' gwaeddodd Athelstan, a'i gwthio i lawr y stryd. 'Dyw hi ddim yn ddiogel allan fan hyn.'

Rhuthrodd Angharad i gyfeiriad yr eglwys, ond wrth iddi droi'r cornel stopiodd yn stond a cheisio cilio yn ôl i'r cysgodion. Roedd milwyr wedi amgylchynu eglwys Sant Pedr. Sefyll o gwmpas oedden nhw ar hyn o bryd – doedd neb wedi mynd i mewn i'r eglwys eto. Pwysodd Angharad yn erbyn adeilad ar ochr arall y sgwâr, yn ceisio dal ei hanadl. Melltithiodd ei hun am beidio â pherswadio Ælfwynn i adael yr eglwys pan oedd cyfle. Byddai'n galetach ei helpu i ffoi nawr. Ond byddai'n ffeindio ffordd. Roedd rhaid iddi ffeindio ffordd. O'i chwmpas dechreuodd sŵn y brwydro ddistewi, a gweddïodd fod Edward o'r diwedd wedi rhoi'r gorau i'w herlid nhw.

Ar ei gweddi ymddangosodd y brenin ei hun. Roedd e'n cerdded yn gloff, sylwodd Angharad. Ond fel arall doedd amser ddim wedi ei gyffwrdd. Er ei fod yr holl ffordd draw ar ochr arall y sgwâr, gallai Angharad weld y wên slei a'r haerllugrwydd cyfarwydd ar ei wyneb. Teimlai mewn mwy o beryg nawr na phan oedd hi yng nghanol y brwydro.

Daeth Edward i sefyll o flaen yr eglwys, yn amlwg yn cymryd ei amser i fwynhau ei fuddugoliaeth dros Ælfwynn. Ymddangosodd Athelstan wrth ei ymyl, ac yng ngolwg Angharad edrychai fel petai'n ceisio cynghori'r brenin. Ond trodd Edward oddi wrth ei fab yn ddiamynedd a gorchymyn i'w filwyr agor drysau'r eglwys. Dilynodd Athelstan, ei ben yn isel.

Brwydrodd Angharad yn erbyn yr awydd i redeg ar eu hôl. Gwyddai na fyddai dianc rhag crafangau Edward petai hi'n gwneud hynny. Ac felly arhosodd yn y cysgodion, ei nerfusrwydd yn cynyddu gyda phob munud a basiai. Am faint o amser allai Edward barhau i fychanu Ælfwynn cyn iddo flino?

Yn sydyn agorodd y drysau eto ac ymddangosodd Edward. Cerddai yn gloff o hyd, ond nid oedd Angharad erioed wedi ei weld yn edrych mor fodlon. Nid oedd ychwaith wedi gweld Athelstan – a ddilynai'n agos ar sodlau ei dad – yn edrych mor anfodlon. Gafaelodd yn ysgwydd y brenin a'i orfodi i droi i'w wynebu.

Sleifiodd Angharad ychydig yn agosach atynt. Roedd rhaid iddi wybod beth oedd wedi digwydd tu fewn i'r eglwys.

Dadlau oedden nhw. Trwy gydol ei hamser yn llys Æthelflaed, prin roedd Angharad wedi gweld Athelstan yn dangos unrhyw emosiwn. Difynegiant fyddai ei wyneb a'i lais fel arfer. Ddim heno. Ni allai Angharad glywed yr union eiriau, ond roedd y gwynt yn cario sŵn ei lais yn ddigon da. Roedd Athelstan yn ddig. Trodd a cherdded i ffwrdd. Gwyliodd Angharad Athelstan yn gadael, yn pendroni beth oedd wedi achosi'r fath ddadl gyda'i dad.

Yn sydyn, teimlodd bwysau ar ei hysgwydd a bwriwyd ei chorff yn erbyn y wal. Gyda'i holl sylw ar Athelstan doedd hi ddim wedi sylwi ar Edward yn cerdded tuag ati. Gwingodd wrth i'r llygaid du deithio drosti, yn llawn gorfoledd. Gwthiodd y brenin ei hysgwyddau ymhellach i mewn i'r wal, nes i'r pren grafu ei chefn.

'Am bwy oeddet ti'n aros?'

Swniai ei lais yn bell i ffwrdd, er ei fod yn poeri'r geiriau i mewn i'w chlust.

'Dy ŵr? Na, dwyt ti ddim yn poeni amdano fe.' Roedd gwên fach yn chwarae ar draws ei wefus main. 'Ælfwynn? Does dim pwynt i ti aros. Dyw hi ddim yn dod.'

Cynyddodd y pwysau ar ei hysgwyddau a symudodd un o'i ddwylo i'w gwasg, cyn llithro i lawr ei choes. Canolbwyntiodd Angharad ar barhau i anadlu. Roedd yn rhaid iddi aros yn dawel, peidio ag ymateb i'w wawdio. Doedd Edward ddim yn ddyn amyneddgar; byddai'n cael digon o'r gêm ymhen ychydig, ac yna byddai hi'n rhydd i ddod o hyd i Ælfwynn a meddwl am ffordd i ddianc.

'Mae Ælfwynn wedi marw. Wnes i orchymyn fy milwyr i'w lladd.'

Teimlodd Angharad y gwynt yn diflannu o'i hysgyfaint. Roedd wyneb Edward yn arnofio o'i blaen. Yn y pellter roedd rhyw sŵn chwerthin.

Teimlodd anadl Edward yn boeth yn erbyn ei chlust.

'Gwrthododd hi benlinio o 'mlaen, felly wnaeth dau o'm dynion i'n siŵr nad oedd hi'n medru sefyll mwy. Gofynnais iddi ildio sawl gwaith.'

Teimlodd Angharad boer yn llithro i lawr ochr ei gwddf. Roedd y sŵn chwerthin yn parhau.

'Ni fyddwn i wedi derbyn ei hildiad, wrth gwrs, ond roedd yn rhoi esgus i'm dynion ei churo ymhellach.'

Oedodd, a phwysau ei gorff yn drwm yn ei herbyn.

'Ac yna wnes i orchymyn iddyn nhw dorri ei phen.'

Mwy o boer.

'Dylet ti fod wedi gweld ei hwyneb hi pan wnes i roi'r gorchymyn. Doedd hi ddim yn credu. Tan y funud olaf roedd hi'n edrych arna i mewn penbleth.'

Teimlodd Angharad ei ddwylo ar ddwy ochr ei phen, yn ei orfodi i fyny nes iddi fod lygad yn llygad gydag ef eto.

'Merched twp, dyna i gyd oeddech chi,' sibrydodd. 'Yn chwarae gêm roeddech chi'n rhy ffôl i'w deall. Wnaeth fy chwaer gamgymeriad mawr yn eich cyflwyno i'r gêm. Roedd ganddi ormod o ffydd yn eich gallu chi i'w chwarae. Ond doedd dim gobaith gennych. Ddim yn fy erbyn i.'

Os oedd Edward yn disgwyl i'w eiriau lethu Angharad, cafodd ei siomi. Efallai roedd hi'n crynu ynghynt, ond nawr roedd ei gwaed yn berwi. Teimlodd gynhesrwydd yn erbyn ei choes a chofiodd iddi weld Edward yn cerdded yn gloff. Ie, o gornel ei llygaid sylwodd ar waed yn diferu'n araf i lawr ei glun.

'Fyddi di'n talu am hyn,' poerodd yn ei wyneb. Wrth i Edward dynnu 'nôl yn syn, trawodd ei phen-glin yn erbyn ei anaf gyda'i holl nerth. Parhaodd i wthio ar ei glwyf wrth iddo weiddi a baglu am yn ôl.

Roedd hi'n meddwl ei bod hi wedi gweld Edward ar ei waethaf. Ond roedd hi'n anghywir. Doedd hi erioed wedi gweld y fath ddicter o'r blaen. Trawodd hi yn ôl yn erbyn y wal a symudodd ei ddwylo i'w gwddf.

'Allwn i dy ladd di fan hyn, nawr,' gwaeddodd.

Er gwaethaf y pwysau ar ei gwddf, er mor anodd oedd anadlu, syllodd Angharad arno. Heriodd Edward i wireddu ei fygythiad, i'w ladd hi yn y fan a'r lle. Doedd dim ots ganddi. Beth oedd pwynt parhau i fyw nawr?

Teimlodd y pwysau ar ei gwddf yn cynyddu a dechreuodd wyneb Edward nofio o flaen ei llygaid. Yn sydyn trawyd ei phen yn erbyn y wal a diflannodd y pwysau oddi ar ei gwddf.

Llithrodd i'r llawr gan geisio dal ei chorff ar ei dwylo estynedig. Cododd ei hwyneb i'r nen a chymryd llwnc hir o aer. Doedd hi ddim yn siŵr am faint o amser bu'n penlinio yno yn y mwd.

'Angharad!'

Llais arall yn dod o bellter. Breichiau yn gafael ynddi ac yn ei dal yn agos.

'Mae'n iawn. Dwi yma. Ti'n mynd i fod yn iawn.'

Ceisiodd Angharad siglo ei phen, ond roedd y weithred yn ormod iddi. 'Ælfwynn?' gofynnodd, mewn llais gwan a swniai'n estron i'w chlustiau ei hun.

14

Roedd y pry cop wrthi'n perffeithio'r we oedd yn addurno'r nenfwd. Roedd yn waith cymhleth a'r pry cop wedi bod yn llafurio'n ddi-baid, ac yn ofalus. Nid oedd Angharad wedi sylwi ar y creadur yn gwneud unrhyw gamgymeriad. Am faint o ddyddiau bu'r pry cop wrthi'n gweithio? Am faint o ddyddiau bu hi yma yn ei wylio? Doedd hi ddim yn siŵr.

Estynnodd law a rhwygo'r campwaith. Neidiodd y pry cop yn athletaidd trwy'r gwellt yn y to.

Ni wyddai Angharad sut iddi ddianc o Gaer. Roedd hi'n cofio Elise yn cyrraedd, ei wyneb yn arnofio uwch ei phen, a'i freichiau'n gafael yn dynn ynddi. Roedd ganddi ryw atgof o garlam gwyllt ar hyd yr arfordir drwy'r nos. Sawl nos efallai. Y peth nesaf iddi gofio oedd Elise yn ei gosod yn ei gwely, a sibrydion pryderus yn atseinio o'i chwmpas.

Ac yna dechreuodd yr hunllefau. Bob tro iddi gau ei llygaid roedd Edward yno. Rhaid ei bod hi wedi gweiddi yn ei chwsg oherwydd rhuthrodd Elise i'w hochr a sibrwd ei bod hi'n ddiogel nawr. Ond roedd Edward yn parhau i'w gwylio a chiliodd i ochr arall yr ystafell mewn ofn. Yn y pen draw treuliodd Elise y noson yn eistedd ychydig o fetrau i ffwrdd, yn ailadrodd yr un geiriau gwag o gysur.

Cafodd ei rhwygo o'i hunllefau gan belydrau'r haul yn boeth ar ei hwyneb y bore wedyn. Wrth iddi eistedd i fyny yn y gwely, ei phen yn drwm a'i llygaid yn cosi o ddiffyg cwsg, roedd hi wedi gobeithio mai breuddwyd oedd y cyfan. Ond daeth Elise â brecwast iddi a chadarnhau bod yr hunllef waethaf yn un go iawn – roedd Ælfwynn wedi ei lladd. Roedd Angharad wedi syllu ar ei bwyd yn fud, ei llygaid yn brifo gormod i allu creu dagrau. Roedd rhan ohoni wedi credu, wedi gobeithio, mai celwydd Edward oedd y cyfan. Roedd rhan ohoni wedi amau a fyddai hyd yn oed Edward yn gallu gwneud rhywbeth mor ofnadwy â lladd menyw mewn eglwys. Ond roedd y rhan honno'n anghywir. Yn gwbl anghywir.

Doedd hi ddim wedi gwneud ymdrech i siarad wedi hynny. Doedd hi ddim wedi gofyn i Elise sut wnaethon nhw ddianc rhag crafangau Edward. Mewn gwirionedd doedd ganddi ddim diddordeb. Doedd dim byd a allai danio diddordeb ynddi nawr. Roedd llais Elise yn dal i gyrraedd ei chlustiau, yn siarad am y frwydr, yn sôn am ddynion Gwynedd yn gosod eu harfau i lawr, am Edward yn parhau i'w herlid. Rhestrodd enw Burgric ymysg y rhai oedd wedi colli eu bywydau. Ond ni wnaeth hynny, hyd yn oed, ennyn ymateb gan Angharad.

Wrth i'r dyddiau droi'n wythnosau parhaodd Elise i ddod â bwyd iddi, a pharhaodd hi i anfon y platiau yn ôl i'r gegin heb eu cyffwrdd. Bob tro y dôi Elise i mewn i'r ystafell defnyddiai'r un llais ysgafn cysurol, yn dweud wrthi fod popeth yn mynd i fod yn iawn. Ni chlywodd Angharad unrhyw bryder yn ei lais, ond rhaid ei fod e wedi dechrau poeni amdani oherwydd daeth meddyg i'w gweld. Gwnaeth ei hun yn belen yng nghornel y gwely a phledio gydag ef i beidio ag agosáu ati. Clywodd ef ac Elise yn sibrwd am amser maith y tu allan i'w drws.

Yn y tywyllwch roedd hi'n cael mwy o amser i feddwl. Meddyliai am beth y gallai hi fod wedi ei wneud yn wahanol.

Pa lwybr fyddai wedi arwain at ganlyniad gwahanol, lle byddai Ælfwynn yno gyda hi o hyd. Roedd yr euogrwydd yn tynnu ei meddwl oddi ar Edward, o leiaf. Ond ni allai ddianc rhag y brenin yn ei chwsg. Roedd e yno yn aros amdani bob tro iddi gau ei llygaid. Un noson gallai deimlo ei bwysau arni a dihunodd yn synhwyro ôl ei fysedd ar ei chroen. Noson arall roedd hi'n gwylio wrth iddo fe dorri Ælfwynn yn ddarnau.

Yn araf, wrth i'r wythnosau lithro heibio, caledodd sioc a thor calon Angharad yn ddicter.

Roedd y pry cop yn sleifio yn ôl allan o'i guddfan a gwyliodd Angharad mewn rhyfeddod tawel wrth iddo ddechrau ailadeiladu ei we. Roedd Edward yn dal i gerdded yn rhydd, yn frenin ar Wessex a Mersia bellach. Doedd hynny ddim yn gyfiawn, ddim yn dderbyniol, a ddim yn sefyllfa fyddai hi'n ei ganiatáu i barhau. Roedd yn rhaid iddo dalu'n ddrud am yr hyn a wnaeth. Ni allai gasglu'r ddyled honno o'i gwely. Ac felly, gydag ymdrech fawr, dywedodd hwyl fawr wrth y pry cop.

Roedd Elise yng nghanol ei frecwast, a fflachiodd syndod a phryder ar draws ei wyneb wrth iddi eistedd wrth ei ymyl.

'Angharad,' dywedodd yn ofalus. 'Ydi pob dim yn iawn? Oes angen rhwbath arnat ti?'

'Brecwast,' atebodd yn ysgafn.

Roedd gwas wedi gosod y bwyd o'i blaen bron cyn iddi orffen y datganiad.

'Rwyt ti'n teimlo'n well?'

Nodiodd Angharad gan ganolbwyntio ar gnoi'r bara er nad oedd hi'n gallu ei flasu rhyw lawer.

'Oes unrhyw newyddion o Gaer?' gofynnodd o'r diwedd, gan geisio cadw ei llais yn niwtral.

Edrychodd Elise yn ofalus arni, cyn siglo ei ben. 'Na, dim gair o gwbl gan Edward.'

'Ydy e dal yno?'

Cododd Elise ei ysgwyddau. 'Dwi'n cymryd. Mae fy nhad yn disgwyl cael ei alw i'r llys unrhyw bryd rŵan, i egluro rôl Gwynedd yn y gwrthryfel.'

'Fydd Idwal yn honni nad oedd yn gwybod dim am dy gynlluniau, fel y gwnaethon ni gytuno?'

Nodiodd Elise yn araf. 'Bydd.' Am eiliad edrychai fel petai am ddweud mwy, ond trodd ei lygaid yn ôl at ei fwyd yn lle.

'Ond?'

'Dim byd, does dim rhaid i ti boeni.'

'Ond rwyt ti'n poeni, mae hynny'n amlwg. Hoffwn i wybod am beth.'

'Bydd Edward eisiau gwaed. Mae 'nhad yn tybio bydd o'n gofyn amdana i ... yn fyw neu'n farw.'

Syllodd Angharad arno'n fud. Doedd hi ddim wedi cwestiynu beth fyddai'r gost i Wynedd ac i Elise petai ei chynllun yn methu. Cofiodd yn sydyn y mymryn o ansicrwydd iddi weld yn llygaid Elise wrth iddo gytuno i arwain y fyddin i Gaer. Roedd e wedi sylweddoli. Cynyddodd ei heuogrwydd.

'Ni fydd dy dad yn cytuno i hynny,' dywedodd o'r diwedd. Geiriau gwag.

'Bosib na fydd dewis ganddo. Un peth sydd yn amlwg o'r digwyddiadau yng Nghaer – mae Edward yn gryf.'

'Ond mae ennill Caer yn un peth. Mae arwain byddin trwy Wynedd yn beth arall.'

Ochneidiodd Elise. 'Efallai. Bydd rhaid i ni drafod yn ofalus pan ddaw'r alwad. Beth bynnag, fel dwi'n dweud, does dim angen i ti boeni am hynny rŵan.'

Gallai Angharad weld nad oedd eisiau trafod y peth ymhellach. Roedd ofn arno. Gyda phob diwrnod âi heibio heb gymaint â siw o gyfeiriad Wessex, roedd yn ofni yn fwyfwy beth fyddai Edward yn ei wneud.

"Dan ni ddim wedi siarad am beth ddigwyddodd i ti yng Nghaer.'

Edrychodd Angharad i fyny i weld Elise yn ei hastudio. 'Mae e drosodd nawr,' atebodd yn ofalus.

'Wnaeth Edward dy frifo?'

'Bwrw 'mhen, dim byd mwy.'

'Mae'n anghenfil. Dydi brenhinoedd ddim i fod i losgi trefi sydd wedi ildio a lladd menywod diniwed ... Roeddet ti'n agos at Ælfwynn?'

Oedodd Angharad cyn ymateb. Roedd yn rhaid iddi droedio'n ofalus. Ni allai Elise wybod y gwir, ni allai wybod pam y gwnaeth hi annog i Wynedd ymyrryd yng Nghaer. Roedd yn rhaid iddo barhau i gredu ei bod hi ar ei ochr ef. Ac mewn ffordd roedd hi. Roedd Edward yn elyn i'r ddau ohonynt.

'Fe wnes i ddod i'w nabod yn dda pan oedden i'n byw ym Mersia. Ond fel ti'n dweud, roedd yn gymaint o sioc ei cholli fel yna ... Ei dienyddio mewn eglwys, heb brawf, heb gyfle iddi amddiffyn ei hun ... Doeddwn i ddim yn credu y gallai unrhyw frenin ymddwyn fel y gwnaeth Edward.'

Meddalodd llygaid Elise. 'Wrth gwrs. Ond rwyt ti'n ddiogel rŵan. Beth bynnag a ddigwydd, fydd o ddim yn cael gafael arnat ti eto.'

Sibrydodd Angharad 'ddiolch' trist. Roedd Elise yn ddyn caredig ac roedd hi wir eisiau ymddiried ynddo. Dweud y gwir wrtho. Ond ni allai wneud hynny. Ni fyddai byth yn gallu gwneud hynny.

* * *

'Arglwydd,' torrodd negesydd ar draws eu brecwast y diwrnod canlynol. 'Mae'r Brenin Idwal eisiau eich gweld.'

'Wnaeth o sôn pam?'

'Na, ond dywedodd ei fod yn bwysig i chi ddod yn syth.'

Gosododd Elise ei gwpan i lawr yn araf. 'Dyma ni felly,' dywedodd yn ysgafn.

'Fe wna i ddod gyda ti.' Gwelodd Angharad yr ansicrwydd yn llygaid Elise. 'Dim ond i lys dy dad ni'n mynd, fydd ddim peryg.'

'Iawn,' ochneidiodd Elise. 'Ond fi sy'n gwneud y siarad. Mae Dad yn ddig ... Dydi o ddim wedi torri gair â mi ers y frwydr. Mae'n rhaid i ni droedio'n ofalus.'

Edrychodd Angharad arno gan deimlo rhywfaint o fraw. Roedd brodyr Elise yn dal yn ifanc, gwyddai. Ac roedd Elise a'i dad mor agos. Doedd hi erioed wedi meddwl y byddai ei statws mewn peryg. Tan nawr.

* * *

Ni fyddai ymwelydd i lys Idwal wedi dyfalu bod Gwynedd newydd ddioddef crasfa filwrol drychinebus. Rhyfeddai Angharad at y cynnwrf. Doedd y gweision ddim yn trafferthu i gadw eu lleisiau'n ddistaw, a daeth sawl person i'w cyfarch wrth iddyn nhw ddisgyn o gefn eu ceffylau. Os oedd Idwal yn ddig, roedd wedi llwyddo i guddio hynny'n dda rhag ei bobl.

'Elise!' gwaeddodd Idwal o'i sedd yn y neuadd wag. 'Mae'n dda cael dy weld di'n ddiogel.'

Penliniodd Elise o flaen ei dad. 'Mae'n ddrwg gen i fod ein cynllun wedi methu. Wnaethon ni golli dynion da yng Nghaer.'

Nodiodd Idwal. 'Do. Gorffwysent mewn hedd.'

'Gorffwysent mewn hedd,' ategodd Elise. Roedd llygaid euog Angharad wedi eu hoelio i'r llawr. Ers y frwydr doedd hi ddim wedi meddwl am Burgric unwaith. Roedd Ælfwynn ac Edward wedi hawlio ei sylw yn llwyr. Doedd hi ddim wedi talu unrhyw sylw i'r dyn – ffrind – diniwed oedd wedi marw oherwydd ei chynllwynio hi. Llosgodd ei bochau gyda chywilydd.

Cododd Idwal a thynnu ei fab i'w draed. 'Byddwn ni'n dathlu bywydau'r rhai a gollwyd mewn gwledd arbennig ddiwedd yr wythnos.'

Erbyn hyn roedd Angharad yn sicr nad oedd Idwal yn ddig. Er gwaethaf ei dristwch, roedd rhyw wên ddireidus yn dawnsio o gwmpas ei lygaid.

'Unrhyw newyddion gan frenin Wessex?' gofynnodd Elise yn ofalus.

'Oes,' lledodd y wên o'i lygaid i'w geg. 'Newyddion da iawn.'

Syllodd Angharad arno yn dal ei hanadl.

'Bu farw Edward wythnos diwethaf.'

'Beth?!' ebychodd Elise.

'O'i anafiadau, mae'n debyg. Roedd y brenin yn dal yng Nghaer, ac mae ei gorff o dal yno.'

Porodd Angharad yn betrus drwy ei hatgofion o Gaer. Gwaed yn llifo o goes Edward. Ei waedd o boen. Doedd hi erioed wedi dychmygu'r brenin yn marw mewn ffordd mor dawel a digyffro. Byddai Edward ei hun wedi eisiau i'w fywyd orffen mewn ffordd ddramatig, yn sicr.

'Ta waeth,' parhaodd Idwal. 'Mae disgwyl i ni fynd i Gaer i weddïo dros ei enaid.'

Ni allai Angharad stopio ei hun rhag chwerthin yn sur. Petai pob unigolyn yn Ynys Prydain yn cynnig gweddi, ni fyddai'n ddigon i achub enaid Edward.

'Ydi hynny'n gall?' gofynnodd Elise. 'Ydan ni'n siŵr nad cynllwyn yw hyn, wedi ei drefnu gan ba bynnag un o feibion Edward sydd yn mynd i'w olynu?'

Cynyddodd wên Idwal. 'Dwi'n falch i ti godi hynny. Mae datblygiadau diddorol iawn ynghylch yr olyniaeth. Yn

Wessex mae Ælfweard wedi ei goroni'n frenin, ond mae'r Mersiaid wedi datgan mai Athelstan yw eu brenin nhw.'

'Felly mae teyrnas Lloegr yn ddarnau unwaith eto? Does dim undod?'

'Yn union. Ac mae gan y ddau frenin ormod i'w wneud i sicrhau eu dyfodol nhw eu hunain i droi eu golygon aton ni. Mae Gwynedd yn ddiogel am y tro. Yn wir, am amser hir, tybiwn i.'

O'r diwedd caniataodd Angharad i'r tonnau o ryddhad dywallt drosti. Roedden nhw'n ddiogel. Ychydig iawn a wyddai am Ælfweard, ond byddai Athelstan yn teyrnasu'n deg, roedd hi'n sicr o hynny.

'Awn ni i Gaer felly!' datganodd Elise.

Roedd marwolaethau Ælfwynn ac Edward yn cymysgu i adael blas rhyfedd ar wefus Angharad. Tristwch ac euogrwydd. Bodlonrwydd a rhyddhad. Doedd hi ddim yn gwybod sut i deimlo mwy. Roedd ei chalon wedi hollti ond rywsut roedd yn parhau i guro. Nodiodd yn araf.

15

Teimlai Angharad yn sigledig wrth i Gaer ddod i'r golwg unwaith eto. Gorfododd ei hun i edrych ar y dref, neu beth oedd yn weddill ohoni. Roedd y dinistr yn amlwg, gyda rhannau cyfan o'r muriau'n deilchion. Ond doedd Edward ddim wedi gwireddu ei fygythiad i losgi'r lle i'r llawr. Efallai ei fod wedi sylweddoli pa mor dwp oedd y cynllun hwnnw yn y pen draw. Efallai fod muriau Æthelflaed yn rhy gadarn i'w dymchwel yn llwyr. Efallai ei fod wedi ei yrru i'w wely gan boen ei anafiadau cyn medru gorffen y gwaith. Gobeithiai Angharad mai'r olaf oedd yn wir.

Roedd strydoedd y dref yn syfrdanol o brysur, ond âi pawb at eu gwaith yn dawel. Safai'r eglwys yn gyfan o hyd, yn dyst mawreddog i droseddau Edward. Roedd nifer o'r ieirll wedi ymgasglu o'i chwmpas, ond ni allai Angharad weld Wulfric yn eu mysg. Gweddïodd fod Edward wedi marw'n ddigon sydyn i'r iarll allu dianc rhag ei 'gyfiawnder'.

Roedd croesi'r trothwy yn galed. Dyma lle gwelodd hi Ælfwynn am y tro olaf. Lle bu Ælfwynn farw. Roedd y fainc yn dal yno, lle wnaethon nhw eistedd wrth rannu eu sgwrs olaf. Petai hi wedi gwybod mai dyna oedd eu sgwrs olaf ... ni fyddai wedi gadael. Roedd cymaint ar ôl i'w ddweud. Geiriau na fyddai byth yn gadael ei cheg nawr, teimladau na fyddai byth yn cael eu lleisio. Heb feddwl, estynnodd Angharad law i gyffwrdd â'i cheg, lle gallai deimlo olion gwefus Ælfwynn o hyd. Gwasgodd ei llygaid ynghau er mwyn atal y dagrau.

'Mae'r brenin yn gorffwys y ffordd yma,' dywedodd yr esgob yn dawel. Ni ddangosodd unrhyw arwydd ei fod yn eu cofio. Tybiai Angharad fod y rhan fwyaf o ddigwyddiadau'r wythnosau diwethaf wedi eu "anghofio" nawr fod Edward wedi marw.

Aeth Idwal ymlaen a chynnig gweddi uwchben corff y brenin. Safodd Angharad ar flaenau ei thraed i edrych dros ei ysgwydd. Roedd hi wedi gweld digon o gyrff meirw yn ei hamser. Dim corff Ælfwynn. Roedd hi'n falch nad oedd cyfle wedi bod i weld corff ei chariad. Dymunai i Ælfwynn ei hatgofion aros yn fyw ac yn gyfan.

Doedd Edward ddim yn edrych mor ddychrynllyd mewn marwolaeth. Roedd corff Æthelflaed wedi edrych yn heddychlon, fel petai'r frenhines yn gwybod ei bod wedi brwydro'n galed ac yn haeddu cyfle i gysgu. Edrychai Edward yn lletchwith, fel petai'r brenin eisiau bod yn rhywle arall. Roedd hynny'n addas, penderfynodd Angharad. Roedd ei gorff yn gorffwys yn yr union le y cyflawnodd ei drosedd fwyaf ofnadwy. Efallai ei fod yn dioddef. Gobeithiai ei fod yn dioddef.

Daeth ei thro hi ac Elise, a chamodd y ddau ohonynt ymlaen yn ufudd. Plygodd Elise ei ben mewn gweddi. Nid oedd gan Angharad weddi i'w chynnig. Mewn gwirionedd, roedd hi wedi dechrau amau bod Duw wedi troi cefn arnynt. Ac ar ôl digwyddiadau'r wythnosau diwethaf doedd ganddi ddim amynedd ar ei gyfer.

Ond efallai bod Edward yn gwrando. Byddai hynny'n hunllef iddo. Gallu ei gweld a'i chlywed, ond methu ymateb, methu ei chyffwrdd, methu ei brifo.

'Roeddet ti'n iawn, ti'n gwybod,' sibrydodd Angharad. 'Fe wnaeth Æthelflaed golli. Fe wnaeth Ælfwynn golli. Ond wnest ti golli hefyd.'

GAEAF

10 mlynedd yn ddiweddarach

1

Anesmwyth oedd yr awyrgylch yn Aberffraw.

Yn hanner gwag, edrychai'r byrddau'n rhy fawr i'r neuadd fach. Ond roedd y neuadd hefyd yn rhy fawr i gynnal y tawelwch yn gyfforddus. Roedd y rhan fwyaf o'r dynion wedi mynd i'r gogledd gydag Idwal. Ychydig oedd ar ôl, a'r rhai hynny yn talu sylw i'w bwyd a dim arall.

Wrth ymyl Angharad, roedd Elise yn cymryd tamaid nawr ac yn y man, pan gofiai fod pryd o'i flaen. Roedd wedi dadlau gyda'i dad, wedi ymbil arno am ganiatâd i fynd hefyd. Ond roedd Idwal wedi gwrthod. Roedd angen llaw gref i dywys y deyrnas yn absenoldeb ei brenin. A phe digwyddai rhywbeth i Idwal, Elise oedd yr un i deyrnasu yn ei le.

Ond roedd gan Elise gystadleuaeth erbyn hyn. Gallai Angharad weld dau o'i frodyr – roedd ganddo sawl brawd arall, doedd hi ddim yn cofio faint yn union – yn eistedd ar yr ochr arall iddo ar hyn o bryd. Iago oedd yr hynaf, dyn ifanc yn ei arddegau tybiai Angharad. Roedd Ieuaf ychydig o flynyddoedd yn ieuengach. Er doedd Idwal ddim wedi ei phriodi, a neb wedi ei gweld yn ei lys, roedd yn amlwg bod gan Iago a Ieuaf yr un fam. Tra bo Idwal ac Elise yn gymharol fyr, roedd y ddau frawd yn dal, a'u llygaid gwyrdd yn estron i deulu brenhinol Gwynedd.

'Ddylia Dad fod wedi gwrthod mynd,' roedd Iago yn mynnu wrth Elise. 'Dyna fyddwn i wedi gwneud.'

'Doedd o ddim yn gallu,' atebodd Elise yn amyneddgar. 'Athelstan ydi ei uwch-arglwydd – byddai gwrthod ei alwad yn gyfystyr â thorri ei lw o ffyddlondeb. Byddai gan Athelstan yr hawl i'w gosbi.'

Athelstan. Cawsai Angharad drafferth o hyd i feddwl am y bachgen tawel yn llys Æthelflaed fel dyn mwyaf pwerus Ynys Prydain. Ond dyna oedd statws Athelstan ers bron i ddegawd erbyn hyn. Lwc, mewn gwirionedd, oedd wedi ei roi ar yr orsedd. Ei hanner brawd, Ælfweard, oedd i fod i olynu Edward yn frenin Wessex, ond bu farw o fewn ychydig o wythnosau. Roedd sïon bod Athelstan wedi trefnu llofruddiaeth ei frawd, ond roedd Angharad yn amau hynny. Doedd Athelstan ddim yn un i dorri'r rheolau. Mwy tebygol iddo ddigwydd bod yn y man cywir ar yr amser cywir.

Wedi i Athelstan esgyn i'r orsedd, roedd e wedi galw ar frenhinoedd eraill Prydain i ddod i lan afon Eamont i dyngu llw o ffyddlondeb iddo. Roedd Angharad wedi mynnu mynd er mwyn bod yn gwmni i Elise. Eisiau cael cipolwg ar y brenin newydd oedd hi mewn gwirionedd.

Roedd rhes hir ohonynt wedi ymgasglu tu allan i babell y brenin, bob un yn aros ei dro. Safai Idwal ac Elise yn anghyfforddus, yn dymuno bod yn rhywle arall. Edward, Ælfweard, Athelstan ... roedd eu henwau yn amherthnasol: brenhinoedd y Saeson oedden nhw i gyd a doedd gan Wynedd ddim cariad tuag at yr un ohonynt. Roedden nhw wedi dod ymlaen yn dda gydag Ywain, brenin Ystrad Clud, yn rhannu cwrw o gwmpas y tân hyd yr oriau mân. Tybiai Angharad fod Athelstan yn amheus o'r brenin byrbwyll. Pam mentro mor bell i'r gogledd, i stepen drws Ywain, i gynnal y cyfarfod fel arall? Roedd brenin yr Alban, Constantín, hefyd wedi teithio i Eamont i gwrdd â'i uwch-arglwydd newydd. A Hywel wrth gwrs. Brysiodd ei thad heibio iddynt i gyfarch Constantín, heb daflu cymaint â golwg i'w cyfeiriad. Roedd rhan o Angharad wedi berwi wrth y sarhad, a'r rhan arall wedi bod yn ddiolchgar nad oedd rhaid iddi ei wynebu.

'Sut yn union?' wfftiodd Iago. 'Bechod na fyddai Athelstan yn arwain byddin i Fôn. Hoffen i weld o'n mentro.'

Chwerthin oedd unig gyfraniad Ieuaf.

Bob tro i Angharad weld y ddau frawd cyn hyn roedd hi wedi eu diystyru. Plant oedden nhw. Ond doedd hynny ddim mor wir bellach.

'Y peth gorau i'ch tad chi wneud yw cadw at y rheolau a chadw ei ben i lawr,' dywedodd Angharad. 'Dyna'r ffordd orau i osgoi trwbl a sicrhau bod Gwynedd yn ddiogel.'

'Pam dylen ni gadw at reolau a luniwyd gan y Saeson?' Gwgodd Iago arni ar draws y bwrdd.

'Y bobl sy'n torri'r rheolau sy'n ennill fel arfer,' cynigiodd Ieuaf.

Brwydrodd Angharad i beidio â rholio ei llygaid. Debyg bod y geiriau wedi swnio'n ddoeth yn ei ben.

'Dyna ddigon,' dywedodd Elise, ei flinder yn amlwg. 'Mae brenin Gwynedd wedi gwneud ei benderfyniad. Fi sydd yn rheoli yma yn ei absenoldeb, a thra 'mod i'n arglwydd ar y neuadd hon ni fydd neb yn cwestiynu polisïau'r brenin. Ydy hynny'n glir?'

Syllodd yn galed ar ei frodyr tan i'r ddau ohonynt nodio'n lletchwith. Gwenodd Angharad wrth ei hun. Roedden nhw'n blant o hyd.

Ond roedd hi'n ofni Iago ychydig. Roedd e'n anwadal ond hefyd yn garismataidd. Doedd hynny ddim yn gyfuniad da. Ni fyddai'n anodd iddo berswadio eraill i'w ddilyn, fel roedd ei ddylanwad dros Ieuaf yn tystio. Ac er ei fod yn ufuddhau i Elise ar hyn o bryd, ychydig iawn o barch oedd ganddo at ei frawd. Roedd hanes Gwynedd yn llawn esiamplau o frawd yn troi ar frawd. Debyg fod Iago yn ymwybodol o hynny hefyd. Ddeng mlynedd yn ôl byddai hi wedi neidio ar y cyfle i ddefnyddio'r tân yn eu stumogau yn erbyn y Saeson. Hi fyddai'r cyntaf i gynghori Elise i wrthwynebu brenin Wessex a Mersia.

'Rwyt ti wedi newid.'

Dyna a ddywedodd Edwin wrthi yn Eamont. Fe oedd yr unig berson yno roedd hi wedi bod yn wironeddol falch o'i weld. Synnwyd Angharad gan ba mor falch oedd hi o'i weld. Roedden nhw wedi sefyll gyda'i gilydd yn ystod y seremoni, a golwg wag ar wyneb Edwin wrth wylio Athelstan yn ei ddillad moethus. Roedd y ddau ohonyn nhw wedi colli rhywun, sylweddolodd Angharad o'r diwedd.

'Ydych chi'n mynd i symud yn ei erbyn?' Gofynnodd Edwin am gynlluniau Gwynedd am wrthryfel fel pe baen nhw'n trafod y tywydd.

Roedd Angharad wedi ceisio cadw ei sylw ar Athelstan, ond roedd ei glogyn coch yn edrych gormod fel lliw strydoedd Caer. *'Dwi ddim ishe. Ma' Edward... ma' Edward wedi mynd.'* Ac Ælfwynn hefyd. *'Byddai gwrthryfel arall yn peryglu diogelwch fy nheulu.'*

'Ti'n swnio fel Dad.'

Ni wyddai Angharad beth i feddwl am hynny. *'Dyw Dad ddim yn poeni am ei deulu!'*

'Ydy. Trwy'r amser. Ond dyw e erioed wedi dy drin di fel rhan ohono.'

Doedd dim malais yng ngeiriau Edwin – roedd e wedi adrodd ffaith. Ac roedd yn llygad ei le. Roedd rhan o Angharad yn dal i alaru am sylw a chariad ei thad. Ond roedd y rhan honno'n gwastraffu amser. Doedd gan ei thad ddim pŵer drosti bellach, a beth oedd pwrpas galaru am rywbeth doedd hi erioed wedi ei brofi?

Roedd Edwin wedi troi i adael pan afaelodd Angharad yn ei fraich. *'Edwin, rydw i wedi maddau i ti, ti'n gwybod hynny, yn dwyt?'*

Ni allai anghofio syndod yn gymysg â'r dagrau yn llygaid ei brawd.

Roedd hi wedi newid, yn sicr. Ni fyddai wedi cynnig maddeuant iddo cyn Caer. Bosib nad oedd hi wedi maddau iddo cyn Caer. Ond yng Nghaer cafodd ei chariad ei chipio i ffwrdd o flaen ei llygaid, heb gymaint â chyfle i ddweud hwyl fawr. Roedd hynny wedi newid popeth.

Gosododd Angharad law ysgafn ar ben y ferch fach yn hanner cysgu yn ei sedd wrth ei hymyl. Doedd Esyllt ddim wedi bod yn rhan o'r cynllun. Arferai Elise sôn yn aml am ei ddymuniad i'w teulu dyfu, gan obeithio, efallai, byddai'r geiriau'n ddigon i'w droi'n wirionedd. Arferai Angharad wenu a chytuno, gan wneud ei gorau i'w atal rhag ymweld â hi yn y nos. Wrth i amser lithro heibio stopiodd Elise obeithio. Doedd dim un ohonyn nhw wedi disgwyl beth ddigwyddodd nesaf.

Daeth dieithryn i'r drws yng nghanol y nos, yn honni mai plentyn Elise oedd yn cysgu yn ei breichiau. Doedd dim amau'r honiad: er gwaethaf ei gwallt golau roedd gan y ferch fach lygaid ei thad. Roedd y fam wedi marw wrth roi genedigaeth. Dyletswydd Elise oedd gofalu amdani nawr. Ni fyddai rhaid i Angharad wneud dim, roedd e wedi addo. Câi'r ferch ei chodi gyda phlant eraill yr ystâd.

Ond roedd marwolaeth Ælfwynn wedi gadael mwy na bwlch yng nghalon Angharad: doedd ganddi ddim pwrpas bellach. Doedd neb yn aros am ei chymorth, neb yn dibynnu arni. Gallai'r ferch fach newid hynny. Ac felly neidiodd Angharad ar y cyfle i'w chymryd o dan ei hadain. Yn llygaid diniwed Esyllt gwelodd siawns hefyd i leddfu ei heuogrwydd, i wneud yn iawn am y gorffennol. Roedd hi wedi siomi Ælfwynn, wedi methu ei chadw'n ddiogel. Ni fyddai'n siomi Esyllt. Ni fyddai'r ferch fach yn dioddef unrhyw niwed, dim tra bod Angharad yn gwylio drosti. Roedd moesymgrymu o flaen Athelstan a thalu ei drethi yn bris bach am ei diogelwch.

Nid rhyfel gydag Athelstan oedd yr unig berygl i ddyfodol Esyllt chwaith, sylweddolodd Angharad wrth wylio Iago yn troedio'n drwm o'r neuadd, ei frawd wrth ei gefn.

'Mi fydd o'n dysgu rhyw ddydd,' ochneidiodd Elise. 'Gobeithio.'

'Rwy'n siŵr,' atebodd Angharad, er nad oedd hi mor siŵr â hynny. 'Fe wnaeth dy dad, wedi'r cyfan. A ti.'

Llwyddodd i dynnu gwên o wefus Elise.

Roedd hi wedi hen faddau iddo fe hefyd. Ar ôl Caer, doedd dim dewis ganddi ond dringo i'r cwch agosaf i atal ei hun rhag boddi. Ond wrth iddi ddysgu i fyw gyda'i chlwyfau, pan doedd dim angen y cwch mwyach, roedd hi wedi sylweddoli bod ei gwmni yn ei helpu. Doedd hi ddim yn ei garu fel roedd disgwyl i wraig garu ei gŵr. Doedd hi ddim yn credu ei fod e'n ei charu fel hynny chwaith – doedd hi ddim yn cofio'r tro diwethaf iddo geisio ei chyffwrdd. Ond roedd hi'n ei ystyried yn ffrind. Roedd e'n gwmni da ac yn rhywun y gallai ddibynnu arno. Ac roedd hi wedi dod i werthfawrogi pa mor glyfar oedd e. Ac felly pan welodd Angharad y pryder yn ei lygaid, roedd hi'n barod i wrando.

'Mae darostwng i frenin y Saeson yn un peth. Trethi yn ddisgwyliedig. Ond gorchymyn byddin Gwynedd i gymryd rhan mewn ymosodiad ar frenin yr Alban? Rydyn ni mewn dyfroedd gwahanol iawn rŵan.'

'Mae'n rhan o'r llw wnaethoch chi ei dyngu,' atgoffodd Angharad yn ofalus. 'Fe wnaeth Idwal addo darparu cefnogaeth filwrol ar dir a dŵr pan fo achos. Yr un llw dach chi wedi ei dyngu sawl gwaith o'r blaen ... i Alfred, Æthelflaed, Edward ...'.

'Ond gofyn i ni helpu i amddiffyn eu tiroedd a wnaeth pob un o'r rheiny. Nid oes neb wedi mynnu ein bod ni'n darparu cymorth milwrol mewn ymosodiad mor bell i ffwrdd o'n ffiniau ein hunain. Ddim tan Athelstan.' Siglodd Elise ei ben mewn anghrediniaeth. 'Ac yn erbyn Constantín o bawb. Brenin cyfreithlon arall. Brenin roedden ni'n ei barchu, brenin roedden ni'n credu i Athelstan ei barchu hefyd.'

'Rwy'n siŵr fod Athelstan yn ei barchu. Yn ei barchu ddigon i sylweddoli'r bygythiad mae'n ei gynrychioli.'

'Bygythiad!' brathodd Elise. 'A beth wnaeth Constantín i haeddu ymosodiad ar ei diroedd gan frenin Lloegr? Rhoi ei ferch yn wraig i frenin Dulyn. Ydy hynny'n drosedd erbyn hyn? Oes rhaid i ni gael caniatâd Athelstan er mwyn anadlu?!' Caeodd ei lygaid a chymryd anadl ddofn. 'Wnaethon ni ddarostwng i Athelstan. Wnaethon ni benderfynu mai dyna oedd y strategaeth fwyaf synhwyrol. Ond doedd y rheolaeth haearnaidd yma ddim yn rhan o'r fargen.'

Doedd gan Angharad ddim byd i'w ddweud. Os oedd hi'n onest gyda hi ei hun, roedd hi'n cytuno gydag Elise. Byddai wedi hoffi cael munud gydag Athelstan, i wasgu rhywfaint o synnwyr i'w ben.

'Hoffwn i ddweud pa mor flin ydw i am yr hyn a ddigwyddodd yng Nghaer.'

Geiriau Athelstan wrthi yn Eamont. Ac roedd Angharad wedi synhwyro edifeirwch go iawn.

'Roedd yn anfaddeuol ... lladd Ælfwynn. Ni ddylai'r fath beth fod wedi digwydd, a galla i addo na fydd y fath beth yn digwydd eto o dan fy nheyrnasiad i.'

Roedd Angharad wedi ymestyn am ei law, er doedd hi ddim yn siŵr oes oedd ganddi'r hawl i gyffwrdd yn y brenin.

'Diolch, mae hynny'n gysur mawr.'

'Rydw i'n bwriadu teyrnasu yn dilyn esiampl fy modryb, nid esiampl fy nhad.'

Miwsig i'w chlustiau. Roedd Æthelflaed wedi bod yn deg; ni fyddai wedi lladd menyw ddiniwed mewn eglwys.

Ond roedd Æthelflaed hefyd wedi bod yn frenhines gadarn. Gwyddai sut i gosbi'r rhai hynny nad oeddent yn ffyddlon iddi. Atgoffwyd Angharad o dynged brenhines Brycheiniog.

'Bydd fy nheyrnasiad yn un cyfiawn. Ond ni fyddai'n goddef gwrthryfel.' Roedd Athelstan wedi oedi wedyn, ac edrych draw i le eisteddai Idwal ac Elise o flaen y tân gydag Ywain. *'Ceisia sicrhau nad yw'n gwneud dim byd ffôl.'*

Ond Athelstan oedd wedi gwneud rhywbeth ffôl yn y pen draw.

Roedd hi'n deall ei fod yn ofni'r gynghrair rhwng brenin yr Alban a brenin Dulyn. Petai hi'n frenin ar y Saeson byddai hi'n ei hofni hefyd. Ond doedd tynnu'r Cymry i mewn i'r frwydr ddim yn gwneud synnwyr. Roedd byddinoedd Athelstan yn hen ddigon cryf i fedru delio gyda Constantín heb gymorth Idwal. Eisiau cynulleidfa oedd Athelstan, tybiai. Roedd e eisiau Idwal i dystio'r ymgyrch, i werthfawrogi nerth y Saeson. Debyg iddo gredu byddai'r fath sioe yn sicrhau ei ffyddlondeb llwyr. Ond os mai dyna oedd ei strategaeth, roedd wedi camddarllen y sefyllfa yn wael iawn. Doedd dim ffyddlondeb yng Ngwynedd bellach, dim ond atgasedd. Roedden nhw eisiau rhyfel.

2

Roedd Esyllt wedi syrthio i gysgu ym mreichiau Angharad, ei hamser gwely oriau yn gynharach. Roedd Ieuaf yn hanner cysgu hefyd, er ei fod yn gwneud ei orau i ymddangos yn effro, yn siglo ei ben a rhwbio ei lygaid yn achlysurol. Eisteddai Iago yn llonydd, yn syllu ar y tân fel petai wedi ei sarhau yn bersonol. Doedd e ddim wedi siarad gydag Elise ers y swper ychydig o nosweithiau yn ôl. Dim bod ei frawd yn cwyno. Roedd Elise yn pwyso yn ôl yn ei sedd, ei lygaid ar y nenfwd. Edrychai'n fwy hamddenol nag yr oedd Angharad yn teimlo.

Os oeddent i gredu'r neges a ddaeth yn gynharach yn ystod y dydd, dylai Idwal fod wedi cyrraedd 'nôl yn Aberffraw cyn iddi nosi. Roedd gwledd wedi ei pharatoi ar ei gyfer, ond yn y pen draw bu rhaid i Elise unwaith eto gymryd sedd ei dad ar y prif fwrdd. Bwytawyd y bwyd a gwacaodd y neuadd heb unrhyw arwydd o'r brenin. Roedd gweddill y llys wedi troi i'w gwelyau, gan adael y pump ohonyn nhw'n eistedd o flaen y tân. Doedd neb wedi torri gair ers hynny.

Gwingodd Esyllt yn ei breichiau a mwythodd Angharad ei gwallt yn ysgafn. Beth oedd wedi achosi'r oedi? Roedd y brwydro i fod ar ben, a'r fyddin ar ei ffordd adref o'r Alban. Yn ôl y negesydd, roedd rhai o ddynion Gwynedd wedi syrthio yn ymgyrch Athelstan, ond roedd Idwal wedi goroesi heb unrhyw anaf difrifol.

Beth os oedd rhywbeth wedi digwydd iddo ar y ffordd 'nôl? Edrychodd Angharad ar y tri brawd yn eistedd o gwmpas y tân. Elise oedd i etifeddu coron teyrnas Gwynedd – dyna a fu bwriad Idwal erioed. Ond wrth i'w llygaid oedi ar wyneb anfodlon Iago, tybiai y byddai'r llwybr ymlaen yn heriol.

Agorodd y drws yn sydyn gan lenwi'r neuadd gyda gwynt oer. Neidiodd Iago ac Ieuaf i'w traed yn syth ond cododd Elise ei law i'w hatal rhag rhuthro tuag at eu tad.

'Popeth yn iawn?'

Roedd Idwal yn tynnu ei glogyn ac yn gwthio ei fysedd trwy ei wallt gwlyb. 'Iawn iawn. Ddrwg gen i am yr oedi. Wnes i aros yn Ystrad Clud am ychydig yn fwy nag oeddwn i wedi bwriadu.'

Camodd tuag at y tân i gynhesu ei ddwylo, a chafodd Angharad gipolwg ar ei wyneb. Roedd ei lygaid yn llawn blinder a chraith newydd yn addurno un o'i fochau. Syrthiodd i gadair a syllu i'r fflamau.

'Dywedodd y negesydd bod pob dim wedi mynd yn iawn?' anogodd Elise drwy'r tawelwch trwm.

Edrychodd Idwal i fyny yn sydyn fel petai wedi anghofio eu bod nhw yno. 'Do ... do ...' eisteddodd ychydig yn dalach, yn amlwg yn gorfodi ei hun i ganolbwyntio. 'Mae Constantín wedi adnewyddu ei lw i Athelstan. Mae o ar y ffordd i dde Lloegr efo'r brenin rŵan. Roedd yn ymgyrch hir ond doedd ein colledion ddim yn rhy ddrwg.'

Gyda phedwar pâr o lygaid wedi hoelio arno, roedd Idwal efallai yn synhwyro nad oedd ei atebion byr yn ddigonol.

'Wnaethon ni gwrdd â byddin Athelstan ar y ffordd i fyny i'r gogledd. Roedd ganddo fyddin fawr yn barod, a rhai Cymry ...'

'Dynion Dyfed?' gofynnodd Iago yn ddirmygus.

'Ie roedd Hywel yno, wrth gwrs ... a Morgan, brenin

Gwent.' Siglodd Idwal ei ben gyda rhwystredigaeth. 'Rydw i wedi hen ddod i arfer â chael fy nhrin yn ail i frenin Dyfed. Ond yn drydydd, ar ôl brenin Gwent hefyd?'

'Mae hynny'n ormod o sarhad!' ebychodd Iago. 'Mae ein teyrnas ni—'

'Unrhyw un arall?' torrodd Elise ar draws ei frawd.

'Prif ieirll Lloegr. A nifer o esgobion hefyd. Wn i ddim beth oedd Athelstan yn meddwl oedd o'n mynd i wneud yn yr Alban, ond roedd ganddo eglwys gyfan Lloegr wrth ei gefn. Archesgobion Caergaint ac Efrog, a rhifais i ryw ddeunaw o esgobion eraill. A doedd dim diwedd ar y seremonïau crefyddol. Treulion ni oes yn rhyw dref ger Caerweir er mwyn rhoi rhoddion i fynachod Sant Cuthbert. Ro'n i'n dechrau colli 'mynadd, deud y gwir.'

Roedd Athelstan yn glyfar, roedd Angharad wastad wedi gwybod hynny. Arf oedd yr eglwys iddo. Byddin o esgobion wrth ei gefn i ddatgan i'r byd bod ei ymosodiad ar yr Alban yn gyfiawn. Rhoddion i fynachdy Sant Cuthbert i sicrhau ffyddlondeb Northumbria. Debyg bod archesgob Efrog wedi derbyn swm hael iawn am ei gefnogaeth hefyd.

'Ac felly aethoch chi yn eich blaen i'r Alban?'

'Do. Wnaeth llongau Athelstan ein cludo y rhan fwyaf o'r ffordd, ac yna wnaethon ni ymosod ar Gastell Dunnottar.' Siglodd Idwal ei ben yn chwerw. 'Brenin sy'n taflu rhoddion at eglwysi ac yn gorfodi byddin o esgobion i orymdeithio wrth ei gefn ... a'r peth cyntaf mae'n ei wneud wedi cyrraedd yr Alban yw ymosod ar gastell cysegredig a adeiladodd Sant Ninian.'

'Wnaethoch chi ei ennill?'

'Do, yn hawdd. A dyna oedd diwedd cyfraniad Athelstan ei hun i'r frwydr. Eisteddodd o yno, heb godi cymaint â bys i helpu efo gweddill yr ymgyrch. Anfonodd o'r llynges i Caithness i ymosod ar yr arfordir.'

'Aethoch chi efo nhw? Dyna lle colloch chi filwyr?'

'Na,' poerodd Idwal. 'Roedd y brenin yn teimlo mai ymosod ar bentrefi cyfagos er mwyn cipio bwyd a menywod i'w ddynion yn y castell oedd y swydd fwyaf addas ar gyfer y Cymry. Efo Hywel yn ein harwain ni wrth gwrs ... wnaeth o sicrhau mai milwyr Gwynedd oedd ar y blaen bob tro roedd yna unrhyw beryg.'

Caeodd Angharad ei llygaid. Nod Athelstan oedd dysgu gwers i'r Cymry, roedd hynny'n amlwg. Fel roedd wedi llosgi a lladd wrth fynd drwy'r Alban er mwyn dysgu gwers i Constantín. Ac efallai byddai'r fath dacteg yn ysgogi ffyddlondeb Hywel. Ond roedd Athelstan wedi camddeall dynion Gwynedd. Wedi eu camddeall yn fawr.

'A dyna ni?' gofynnodd Elise yn ofalus. 'Wedi hynny roeddech chi'n rhydd i adael?'

'Na,' roedd llais Idwal yn beryglus o dawel erbyn hyn. 'Doedd sicrhau bod Constantín wedi ei drechu ddim yn ddigon i Athelstan. Roedd rhaid i ni ymosod ar Ystrad Clud hefyd.'

Syllodd Elise arno'n gegagored. 'Ond doedd hynny ddim yn rhan o'r cynllun!'

'Na ... yn ôl Athelstan roedd rhyw wybodaeth newydd wedi ei gyrraedd bod Ywain yn cynllwynio i droi yn ei erbyn. Wn i ddim pa wybodaeth oedd hynny, wnaeth o ddim rhannu'r manylion gyda ni. Ac felly gorchmynnodd i ni ymosod ar rai o bentrefi Ystrad Clud, a llosgi eu cnydau. Daeth Ywain i ddarostwng ac ymbil am faddeuant yn syth. Roedd o wedi clywed am drechu Constantín ac yn gwybod nad oedd gobaith ganddo i wrthsefyll Athelstan.'

Roedd Angharad wedi disgwyl i Idwal weiddi a melltithio Athelstan. Ond roedd ei adroddiad oer a thawel o'r digwyddiadau yn codi mwy o ofn arni.

'Sut wnaeth Ywain ymateb pan welodd fod milwyr

Gwynedd yn rhan o fyddin Athelstan?' gofynnodd Elise, ei ddigalondid yn amlwg.

'Roedd o'n deall, dwi'n credu ... Beth bynnag, wnes i aros i egluro iddo fo.'

'Wnaeth Athelstan ganiatáu hynny?'

'Doedd dim dewis ganddo.' Am y tro cyntaf y noson honno gallai Angharad glywed nodyn o falchder yn llais Idwal. 'Eglurais i nad oedd ganddo'r hawl i benderfynu ym mha ffordd roedd ei is-frenhinoedd yn teithio 'nôl i'w teyrnasoedd, a fy mod i a'm milwyr eisiau cymryd llongau o Ystrad Clud. Dyna yw'r ffordd gyflyma yn ôl i Wynedd, wedi'r cyfan. Roedd ein milwyr ni wedi blino ac yn ddig. Doedd Athelstan ddim yn meiddio anghytuno.'

Syrthiodd tawelwch anesmwyth dros y neuadd, wedi ei dorri yn unig gan Idwal yn cymryd llynciau awyddus o'i ddiod.

'Mae hyn yn sefyllfa galed,' dywedodd Elise o'r diwedd.

'Mae'n sefyllfa annioddefol!' brathodd Iago. 'Mae'n rhaid i ni wneud rhywbeth.'

'Fel beth? Dwi'n cymeradwyo dy ysbryd, ond beth yn union wyt ti'n cynnig y dylen ni ei wneud? Mae Athelstan newydd guro dau o frenhinoedd mwyaf pwerus Prydain. Mae wedi teithio cannoedd o filltiroedd i ganol yr Alban a chipio Constantín oddi ar ei orsedd. Beth allwn ni ei wneud yn erbyn y fath bŵer?'

Gwgodd Iago arno. 'Rhywbeth! Byddai unrhyw beth yn well nag eistedd yn llonydd, fel rwyt ti'n cynghori i ni wneud o hyd.'

'Weithiau mae'n well aros,' dywedodd Elise yn dawel. Gallai Angharad weld yr anghydfod yn ei lygaid. Doedd Iago ac Ieuaf heb weld y gwaed ar strydoedd Caer. Ni fyddai Elise byth yn cilio rhag brwydr, ond ni fyddai ychwaith am ruthro i ymladd brwydr doedd dim gobaith ei hennill.

'Fyddwn ni gyd wedi hen farw cyn i ti benderfynu ein bod ni wedi aros ddigon.'

'Stopiwch!' torrodd Idwal ar eu traws yn ddig. 'Beth bynnag wnawn ni, allwn ni ddim dadlau ymysg ein gilydd. Dyna yn union mae Athelstan ei eisiau.'

Edrychodd Angharad arno gyda diddordeb. Roedd Idwal wedi dychwelyd o'r Alban yn ddyn gwahanol. Yn ddoethach, ac yn deall Athelstan yn well.

'Mae Elise yn iawn, Iago, mae'n rhaid i ni aros. Symud yn erbyn Athelstan rŵan, a fyddwn ni'n dioddef yr un dynged ag Ystrad Clud a'r Alban. Ond–'

Oedodd a thawelu cwyn Iago gyda golwg ddig cyn i'r geiriau adael ceg agored ei fab.

'Dydi hynny ddim yn meddwl ein bod ni'n gwneud dim, chwaith. Mewn ychydig o wythnosau bydd Ywain a'i deulu yn dod atom ni i aros. Mae'n bryd i ni ddechrau meddwl am gynghreiriau posib. All ddim un ohonon ni sefyll ar ei ben ei hun yn erbyn Athelstan, mae hynny'n amlwg.'

Suddodd calon Angharad. Doedd hi ddim yn hoffi sut roedd hynny'n swnio.

3

Am y tro cyntaf ers eu priodas, doedd Angharad ddim yn eistedd wrth ymyl ei gŵr ar brif fwrdd Idwal. Gallai weld Elise yn eistedd ar ochr chwith ei dad fel arfer. Ond heno roedd hi wedi ei halltudio i ben y bwrdd. Doedd hi ddim wedi gwneud dim byd i haeddu'r alltudiaeth hon, ond roedd disgwyl iddi ddiddanu Morfudd, gwraig Ywain. Brenhines Ystrad Clud oedd hi yn dechnegol. Ond hyd y gallai Angharad weld, doedd gan Morfudd ddim unrhyw bwerau arbennig fel brenhines. Roedd ei gŵr wedi ei chyflwyno i Idwal a'i deulu, ac yna wedi ei hanwybyddu. Roedd hi wedi glynu wrth ochr Angharad ers hynny, yn tybio, mae'n debyg, mai wrth ymyl y fenyw â'r statws uchaf yn llys Idwal oedd y lle i fod.

Roedd Angharad wedi ei holi am ei thaith i Wynedd, wedi gofyn sut le oedd llys Ywain, ac wedi esgus bod ganddi awydd i wybod mwy am ei chefndir. Roedd y daith yn dda, atebodd, er doedd hi ddim yn hoffi teithio ar longau'n aml. Roedd llys Ywain yn debyg iawn i'r llys yma. Roedd hi'n gyfnither i Ywain.

Ochneidiodd Angharad a throi ei llygaid yn ôl i ganol y bwrdd. Roedd Ywain yn eistedd ar ochr arall Idwal, ac roedd y ddau ohonyn nhw'n gwrando'n astud ar Elise yn dweud ei ddweud. Drws nesaf i Ywain eisteddai ei fab ifanc, Dyfnwal, oedd yn prysur sgwrsio gydag Iago ac Ieuaf. Daliodd Iago Angharad yn eu gwylio a chodi llaw yn wawdlyd.

Gan rolio ei llygaid, trodd yn ôl i wylio'r oedolion. Roedd y tri ohonyn nhw'n ddwfn yn eu sgwrs erbyn hyn.

'Debyg eu bod nhw'n trafod y gynghrair,' dywedodd Morfudd yn ddoeth.

Roedd ganddi sylw llawn Angharad yn syth. 'Rwyt ti'n gwybod am y gynghrair?'

Cododd Morfudd ei hysgwyddau, heb fawr o ddiddordeb. 'Ydw. Byddai'n dda i mi gwrdd â dy ferch rhywbryd yn ystod y diwrnodau nesaf ... beth oedd ei henw hi eto?'

'Esyllt,' dywedodd Angharad mewn penbleth. 'Ond—'

'Ie rwy'n cofio nawr. Allaf i ddweud wrthi ychydig am beth i'w ddisgwyl yn Ystrad Clud.'

'Dyw Esyllt ddim yn mynd i Ystrad Clud,' dywedodd Angharad yn araf.

'Ydy siŵr. Dyna beth maen nhw'n ei drafod nawr. Cynghrair briodas. Dyfnwal ac Esyllt.' Roedd penbleth Angharad yn fêl ar fysedd Morfudd. 'Mae'n rhaid dy fod ti'n disgwyl hyn! Rydyn ni yma i drafod cynghrair, wedi'r cyfan.'

Trodd Angharad i syllu'n dawel ar Elise. Doedd hi ddim wedi disgwyl hyn.

'Mae'n debyg fod dy ŵr yn siomedig nad yw wedi cael mab gennyt ti eto,' roedd Morfudd yn parablu yn y pellter. 'Ond mae tywysogesau yn brin yng Ngwynedd ar hyn o bryd, on'd ydyn nhw? Felly mae dy ferch di'n werthfawr iawn.'

Nid ymdrechodd Angharad i'w chywiro. Roedd ei cheg yn sych. Dylai hi fod wedi disgwyl hyn.

Roedd hi wedi ymlacio gormod yma, wedi dod yn rhy gyfforddus gyda'i statws newydd. Roedd ganddi bŵer yng Ngwynedd, heb os. Gan fod Idwal byth wedi priodi, hi oedd brenhines y deyrnas mewn gwirionedd. A golygai'r berthynas agos rhyngddi hi ac Elise ei fod yn trafod penderfyniadau gyda hi. Fel arfer. Ond roedd hi wedi anghofio nad dyna oedd y drefn arferol.

'Wir! Does dim angen edrych mor anhapus,' roedd Morfudd wedi ei digio nawr. 'Fydd hi ddim yn mynd yn bell. Rydyn ni'n gymdogion o fath wedi'r cyfan. Ac mae Ywain ac Elise yn ffrindiau da. Gydag amser bydd dy ferch yn fy ngweld i fel ail fam iddi, rwy'n siŵr.'

Gorfododd Angharad ei hun i wenu'n gwrtais.

* * *

'Dylet ti fod wedi dweud wrtha i.'

Roedd Elise mewn tymer dda – ac ychydig yn feddw, tybiai Angharad – wrth iddo ddringo i fyny'r ysgol i'r llofft i ddweud nos da. Wedi llwyddo i ddianc o'r bwrdd yn fuan wedi'r sgwrs gyda Morfudd, roedd Angharad wedi cael digon o amser i feddwl. Roedd hi wedi eistedd yn gwylio Esyllt yn cysgu, ei thymer yn tywyllu a thywyllu wrth i'r oriau lithro heibio a sŵn y chwerthin ei chyrraedd ar gefn y gwynt.

Ni roddodd Angharad fawr o gyfle i Elise fwynhau ei dymer dda wedi iddo gyrraedd pen yr ysgol.

'Dylet ti fod wedi dweud wrtha i,' dywedodd eto. Er iddi sibrwd y cyhuddiad i osgoi dihuno Esyllt, taflodd y geiriau ato fel saeth o'i bwa.

Ochneidiodd Elise ac eistedd i lawr. 'Dim ond neithiwr eglurodd Dad y cynllun cyfan i fi.'

'Hoffet ti egluro'r cynllun cyfan i fi felly? Fi'n ddibynnol ar glecs Morfudd ar hyn o bryd. O leiaf ma' Ywain yn rhannu ei gynlluniau gyda'i wraig.'

Edrychodd Elise ychydig yn euog. 'Rydan ni wedi bod yn ffrindiau efo Ystrad Clud erioed, ond nawr mae Idwal ac Ywain yn gobeithio selio'r cyfeillgarwch hwn gyda chynghrair swyddogol. Priodas rhwng Dyfnwal ac Esyllt.'

'Ac rwyt ti'n hapus gyda'r cynllun?'

Edrychodd Elise arni'n syn. 'Ti'n iawn, dylen i fod wedi dweud wrthot ti. Ond does dim rheswm i ni fod yn erbyn y cynllun.'

'Ti'n hapus i anfon dy ferch – sydd ddim ond yn wyth mlwydd oed, cofia – i Ystrad Clud?'

Dyna roedd dyn arall wedi gwneud. Wedi anfon ei ferch i ffwrdd heb feddwl ddwywaith, i gyd er lles ei ddibenion gwleidyddol ei hun. Ond byddai Elise yn dad gwell na Hywel. Byddai Angharad yn ei orfodi i fod.

'Alla i feddwl am sefyllfaoedd gwaeth. Mae Ystrad Clud yn agos, maen nhw'n siarad yr un iaith â ni, a bydd Esyllt yn frenhines ar y deyrnas rhyw ddydd. Beth fydda'n well gen ti, Angharad? Ei bod hi'n cael ei hanfon yn wystl i Loegr fel mab Constantín?'

'Wrth gwrs ddim,' gwgodd Angharad arno.

'Beth 'ta? Ei bod hi'n aros yma am byth? Ti'n gwybod na all hynny ddigwydd. Bydd rhaid iddi briodi rhyw ddydd.'

'Amser mae'n hŷn. Dipyn hŷn,' brathodd Angharad. 'Wrth gwrs bydd rhaid iddi briodi, ond ymhen amser. Does dim rheswm da i frysio i mewn i hyn.'

'Ni fyddai rhaid iddi fynd i Ystrad Clud yn syth. Cytundeb fyddai'r briodas i ddechrau, dyna i gyd.'

'Wyt ti'n siŵr dy fod di a dy dad yn gweld lygad yn llygad am hyn? Roedd Morfudd dan yr argraff byddai Esyllt yn symud i Ystrad Clud yn fuan iawn,' dywedodd Angharad yn dywyll.

'Does dim rhaid i ti wrando ar ddim byd ma' Morfudd yn deud.'

Gallai Angharad synhwyro ei fod wedi cael digon ar y ddadl. Amser i newid cyfeiriad. 'Dyw hyn ddim yn gall. Ond ychydig o wythnosau yn ôl ymosododd Athelstan ar yr Alban oherwydd i Constantín roi ei ferch yn wraig i fab brenin

Dulyn. Chi wir yn meddwl taw nawr yw'r amser i drefnu cynghrair briodasol rhwng Gwynedd ac Ystrad Clud?'

'Mae hynny'n hollol wahanol,' atebodd Elise yn bendant. 'Trwy gynghreirio efo'r Llychlynwyr wnaeth Constantín dorri telerau ei gytundeb gydag Athelstan. Does dim byd yn y telerau i'n stopio ni rhag trefnu cynghrair briodas gydag Ystrad Clud. Mae Gwynedd ac Ystrad Clud o hyd wedi bod yn agos. Dydi hyn ddim yn newydd.'

'Ti wir yn meddwl bydd Athelstan yn dehongli'r sefyllfa yn yr un ffordd?'

'Does dim rhaid i ni drefnu ein bywydau o gwmpas yr hyn y bydd Athelstan yn meddwl. Beth bynnag, mae yna gynghrair fwy pwysig i ni fod yn rhan ohoni. Mae dyddiau Athelstan fel brenin Ynys Prydain gyfan yn brin. Fydd ddim rhaid i ni boeni amdano yn y dyfodol.'

Syllodd Angharad arno mewn anghrediniaeth. Athelstan, y brenin oedd wedi gorymdeithio ar draws rhan helaeth o'r Alban heb unrhyw wrthwynebiad. Roedd hi'n amau'n fawr y byddai sefyllfa yn y dyfodol agos lle na fyddai angen iddyn nhw boeni amdano.

'Rwy'n gwybod bod hyn yn anodd,' dywedodd Elise yn dyner. 'Ond roedd y diwrnod hwn yn gorfod dod.'

Trodd Angharad ei phen i'r llawr. Gallai weld nad oedd modd ei berswadio bod y strategaeth yn un gwael, felly roedd angen persbectif arall. Ond doedd dim rhaid iddi ffugio'r dagrau oedd yn ymgasglu yn ei llygaid.

'Maes y gad oedd y gogledd yn ddiweddar iawn, yn llawn milwyr Athelstan. A'n milwyr ni – glywest ti beth ddywedodd Idwal oedd rhaid iddyn nhw ei wneud. Wyt ti wir eisiau anfon dy ferch di yno?'

Cnodd Elise ei wefus, ac edrychodd draw ar Esyllt am y tro cyntaf.

Wrth ei weld yn petruso gwyddai Angharad fod yr amser

wedi dod i gynnig cyfaddawd. 'Rwy'n cytuno dylai Esyllt briodi Dyfnwal ... rhyw ddydd. Ond ni ddaw unrhyw dda o frysio. Cytunwch i'r gynghrair, cytunwch i'r briodas. Ond ar yr amod bydd Esyllt yn priodi a symud i Ystrad Clud pan mae'n hŷn.'

'Cawn ni drafferth wrth berswadio Ywain i gytuno i hynny, bydd o eisiau rhywbeth cadarn ...'

'Ond bydd y cytundeb yn un cadarn – ni fydd Esyllt yn cael ei haddo i neb arall yn y cyfamser. Mae Ywain dal yn ifanc, nid oes disgwyl i Dyfnwal ei olynu am amser maith. Does dim rheswm i frysio.'

Gallai Angharad weld Elise yn pwyso a mesur yr opsiynau. Doedd e ddim fel Hywel, doedd e ddim eisiau anfon ei unig ferch i ffwrdd. Ond roedd y gynghrair yn hollbwysig iddo fe hefyd. Cymysgedd o deyrngarwch tuag at Ywain a sicrwydd mai wrth ochr Ystrad Clud y gallai Gwynedd wrthsefyll Athelstan, tybiai Angharad.

'Iawn,' dywedodd Elise o'r diwedd. 'Wna i drafod efo nhw fory.'

Gwyliodd Angharad e'n gadael, ei chalon yn curo'n annaturiol o gyflym. Roedd hi wedi llwyddo i ddal gafael ar ei merch. Am y tro o leiaf. Atseiniai geiriau Elise yn ei chlustiau. *Beth fyddai'n well gen ti?* Y gorau i Esyllt, dyna oedd hi ei heisiau. Y gorau i Esyllt, neu'r gorau i ti dy hun? A gyda hynny, llwyddodd y llais bach yn ei phen i sicrhau na fyddai'n cael cwsg y noson honno.

4

Roedd Angharad wedi meddwl bod y gofrestr o frenhinoedd y llwyddodd Athelstan i'w galw i Eamont yn drawiadol. Ond doedd hynny'n ddim i'w gymharu â'r dorf yng Nghaergeri. Roedd sawl un wedi croesi'r môr o'r Cyfandir i fod yng nghwmni Athelstan. Canai clustiau Angharad gyda sŵn yr amrywiol ieithoedd.

Debyg ei fod yn amlwg i bob un o'r ymwelwyr hyn mai sarhau Constantín oedd bwriad y wledd. Honnai Athelstan mai cynulliad arferol oedd y cyfarfod yng Nghaergeri. Ac yn wir, yn ystod y dydd cynhaliwyd y defodau arferol – cafodd trethi eu talu a chyfreithiau newydd eu tystio. Ond doedd Athelstan ddim fel arfer yn gwahodd cymaint o bobl i'w gynulliadau. A doedd e ddim chwaith fel arfer yn trefnu gwledd fawr i ddilyn y cynulliad. Gwledd oedd rhaid i bob brenin a'i deulu ei mynychu. Arwydd o haelioni oedd hyn i bob pwrpas. Roedd Athelstan yn gwobrwyo ei ddilynwyr am eu gwaith caled.

Ond roedd Angharad yn sinigaidd ac yn gwybod yn well.

Yn yr hen ddyddiau byddai Constantín wedi eistedd wrth ymyl Athelstan, yr ail frenin mwyaf pwerus ym Mhrydain. Heno roedd ei sedd ar fwrdd arall, ymhell o'r prif fwrdd ac ar lefel is, gyda brenhinoedd Gwynedd ac Ystrad Clud yn gwmni iddo. Ac roedd brenin yr Alban yn deall y sarhad yn iawn. Ceisiai gadw ei sylw ar y bwyd o'i flaen, ond nawr ac yn y man byddai'n edrych i fyny'n gyflym ar y prif fwrdd.

Edrychodd Angharad ar y bobl eraill oedd yno. Yn ei sidanau lliwgar a gyda rhyw fath o goron yn addurno ei ben, roedd Athelstan yn ffigwr amlwg yng nghanol y bwrdd. Doedd Angharad erioed wedi gweld unrhyw frenin Seisnig yn gwisgo coron o'r blaen. Ymddangosai'n faich trwm – gwnâi Athelstan ymdrech i symud ei ben cyn lleied â phosib. Roedd e'n prysur ddiddanu ei gymdogion ar y prif fwrdd, ac yn anwybyddu'r byrddau eraill yn llwyr. Berwai gwaed Angharad wrth weld mai Hywel oedd un o'r cymdogion. Roedd ei thad rhywsut wedi sicrhau un o'r seddi pwysicaf yn y neuadd. Ychydig ymhellach i lawr y bwrdd eisteddai Edwin. O leiaf câi gyfle i sgwrsio gyda'i brawd wedi'r wledd. Roedd absenoldeb Owain, eu brawd hŷn, yn rhyfedd. Roedd Athelstan wedi mynnu bod pob brenin yn dod â'u meibion hynaf gyda nhw i'r cynulliad. Doedd Angharad ddim yn cofio i Hywel anwybyddu gorchymyn gan ei uwch-arglwydd o'r blaen.

Drws nesaf i'w thad, roedd dyn arall yn gwneud ei orau glas i gynnal ei ddiddordeb. Fel arfer, roedd yn amhosib dweud a oedd Hywel wedi ei ddiddanu ai peidio.

'Morgan, brenin Gwent,' sibrydodd Elise, gan sylwi ar ddiddordeb Angharad. 'Beth wnaeth o i haeddu lle ar y prif fwrdd pwy a ŵyr!'

Doedd Angharad ddim yn adnabod neb arall, ond daliodd dyn ifanc a eisteddai ar ben y bwrdd ei sylw. Tra roedd pawb arall yn sgwrsio, cawsai'r dyn hwn ei anwybyddu'n llwyr gan ei gymdogion. Dychwelai golwg Constantín i ben yma'r bwrdd yn aml, ac wrth graffu arno'n ofalus gallai Angharad weld rhai o'r un nodweddion ar wyneb y dyn ifanc. Rhaid mai dyma oedd mab Constantín a roddwyd yn wystl i Athelstan ar ôl yr ymosodiad ar yr Alban y llynedd. Teimlai gydymdeimlad sydyn. Roedd e'n bell iawn o gartref.

'Sut mae Esyllt?'

Trodd Angharad ei phen rhyw fymryn. Roedd hi wedi bod yn anhapus iawn i ddarganfod bod disgwyl iddi dreulio'r wledd yn sgwrsio gyda Morfudd. Cyfle i feithrin cysylltiadau agosach rhwng eu teuluoedd, roedd Elise wedi mynnu.

'Iawn.'

'Trueni nad oedd hi'n gallu dod gyda chi.'

Anwybyddodd Angharad hynny. Trodd i gyfeiriad Elise. Roedd y dynion yng nghanol sgwrs oedd yn fwy diddorol o lawer.

'Unrhyw newyddion o Ddulyn?' gofynnodd Idwal i Constantín.

'Mae Olaf wedi sicrhau ei statws fel brenin Dulyn,' adroddodd Ywain. Roedd brenin Ystrad Clud yn deall Cymraeg a Phicteg, ac felly'n gweithredu fel cyfieithydd y grŵp.

'Olaf sy'n briod â'ch merch?' gofynnodd Idwal.

Nodiodd Constantín.

'Beth nesaf?'

Edrychodd Constantín o gwmpas yn gyflym, ei lygaid yn syrthio am eiliad ar y prif fwrdd. Ond doedd dim siawns gan neb i'w clywed dros fwrlwm y sgwrsio.

'Mae'n bwriadu ymosod ar Northumbria. Adennill Efrog.'

Edrychodd Idwal ac Elise ar ei gilydd mewn cyffro.

'Does dim amserlen bendant eto,' parhaodd Ywain. 'Ond byddwch yn wyliadwrus. Byddwn ni'n galw arnoch.'

Edrychodd Angharad yn ôl ar y prif fwrdd, lle eisteddai Athelstan wedi ei amgylchynu gan gefnogwyr. Doedd hi erioed wedi cwrdd â'r Olaf hyn, ond doedd dim gobaith ganddo i herio'r fath gryfder. Roedd Athelstan wedi arfer edrych yn anghyfforddus yng nghanol y fath seremoni ond heno edrychai'n gartrefol dros ben. Roedd ei fuddugoliaeth ddiweddar yn gorffwys yn gyfforddus ar ei ysgwyddau.

O'r diwedd cliriwyd y bwyd a dechreuodd rhai gymysgu rhwng y byrddau. Câi Angharad yr argraff mai dyma oedd y cyfarfod mwyaf o ieirll Lloegr ers peth amser. Roedd ei tad yn cerdded yn araf o gwmpas y neuadd, ei lygaid yn symud o grŵp i grŵp, yn ceisio penderfynu, tybiai Angharad, gyda phwy y byddai'n fwyaf buddiol iddo siarad. Ond yn wahanol i Eamont, ni wnaeth Hywel ymdrech i glosio at Constantín heno. Llithrodd ei lygaid dros frenin yr Alban a symud ymlaen. Synhwyrodd Angharad fod ei thad yn gwneud ei orau i'w hanwybyddu hi hefyd, ond wedi iddi droi i ffwrdd gallai deimlo ei lygaid ar ei chefn.

'Angharad!'

Cododd Angharad o'r bwrdd i dderbyn cofleidiad Edwin. Edrychodd y ddau ohonynt ar ei gilydd am funud. Roedd hi wastad yn anodd gwybod ble i ddechrau ar ôl cymaint o amser.

'Sut mae pethau yng Ngwynedd?'

'Iawn ... mae Esyllt yn tyfu.'

'Trueni ei bod hi ddim wedi gallu dod gyda chi – fydden i wrth fy modd yn cwrdd â hi! Ond rwy'n deall pam doeddet ti ddim eisiau iddi ddod,' parhaodd, ei lygaid yn symud o Athelstan ar y bwrdd i'w tad yn parhau i gerdded o gwmpas y neuadd. 'Mae yna bobl fyddai'n ceisio ei defnyddio hi.'

'Mae Dad yn gwybod?'

'Ydy,' roedd crych wedi ymddangos ar dalcen Edwin. 'Roedd e'n synnu dy fod di wedi derbyn hi i dy gartref fel dy ferch dy hun.'

Gwenodd Angharad yn dywyll. Wrth gwrs roedd ei thad wedi ei synnu. Roedd Elen wedi bod yn amharod iawn i gynnwys ei ferch anghyfreithlon ef yn ei theulu, wedi'r cyfan. Ond nid Elen oedd hi. Nid ei thad oedd hi. Doedd dim rhaid iddi egluro hynny wrth Edwin.

'Rwy'n synnu bod Dad yn cymryd unrhyw ddiddordeb ynddi.'

'Wyt ti erioed wedi chwarae gwyddbwyll gyda fe?' gwenodd Edwin yn ymddiheurol wrth i Angharad floeddio chwerthin. 'Na, wrth gwrs ddim ... wel, dwi wedi. Ac amser mae'n chwarae gwyddbwyll mae Dad yn talu sylw i bob un darn ar y bwrdd, hyd yn oed y rhai sy'n ymddangos yn lleiaf pwysig.'

Teimlodd Angharad ias oer yn llithro i lawr ei chefn. Ni fyddai'n gadael i Esyllt fynd unman yn agos at fwrdd ei thad. 'Nid Dad yw'r unig un sydd â diddordeb ynddi chwaith. Rwy'n gwneud fy ngorau i'w chadw hi yng Ngwynedd ar hyn o bryd,' gostyngodd ei llais a'i dynnu ymhellach o'r bwrdd. 'Maen nhw'n awyddus iddi briodi mab Ywain, brenin Ystrad Clud.'

Chwibanodd Edwin o dan ei anadl ac edrych draw ar Athelstan eto. 'Strategaeth beryglus.'

'Rwy'n trio oedi'r cynllun, gewn ni weld ... Ond sut wyt ti?' gofynnodd Angharad, gan edrych yn bwrpasol ar y graith newydd yn rhedeg i lawr boch ei brawd. 'Sut mae pethau yn Nyfed? A ble mae Owain?'

'Dyw pethau ddim yn ... wych ... yn Nyfed. Dyna pam dyw Owain ddim yma – ma' fe'n gorfod delio gyda gwrthryfel ...'

'Yn Nyfed?' ebychodd Angharad.

'Na, yng Ngheredigion.'

Syllodd Angharad arno'n syn. 'Ond dyna oedd man cychwyn pŵer Dad. Beth sydd wedi ysgogi gwrthryfel yno?'

'Man cychwyn pŵer Dad – dyna'r broblem ... mae un o'i frodyr wedi ailymddangos. Mae eitha' lot o bobl o'i blaid. Dydyn nhw ddim yn gweld pam ddylai Hywel reoli Dyfed a Cheredigion ar ei ben ei hun.'

'O'n i'n meddwl bod brodyr Dad i gyd wedi marw!'

'Dyna oedd Dad yn ei feddwl hefyd ... Ond na, mae Meurig

wedi bod yn peri cryn dipyn o helynt iddo. Yn mynnu rhan o'r etifeddiaeth.'

'Yn wir ...' syrthiodd Angharad i dawelwch meddylgar. Trwbl ar stepen drws Hywel. Tipyn o ergyd i ddyn a ystyriai ei hun yn frenin mwyaf blaenllaw Cymru.

Roedd Edwin unwaith eto wedi darllen ei meddwl. 'Mae Dad yn awyddus i ladd y gwrthryfel mor gyflym ag y mae'n gallu, ond ar hyn o bryd mae Meurig yn rhy gryf.'

Glaniodd llygaid Angharad ar y graith ar ei foch. 'Dyna sut gest ti hynny?'

'Ie ... cyn i mi ddod yma o'n i'n helpu Owain gyda'r frwydr yn erbyn y gwrthryfelwyr.'

'Bydd yn ofalus.' Teimlodd Angharad fymryn o euogrwydd. Oedd hi'n foesol i ymfalchïo ym mhroblemau ei thad ac eto pryderu bod Edwin yn ei chanol hi ar yr un pryd? I osgoi'r dilema, trodd yn ôl i edrych ar Athelstan, oedd yn parhau i sgwrsio'n ddwys gyda'i gymydog. 'Pwy oedd yn eistedd gyda chi ar y prif fwrdd? Dydw i ddim yn adnabod yr un ohonynt.'

'Louis yw enw'r dyn sydd yn eistedd wrth ymyl Athelstan. Mab ei chwaer, Eadgifu – hi sy'n eistedd ar ben y bwrdd. Roedd ei dad, Charles, yn frenin y Ffrancod, ac mae Athelstan wedi addo helpu ei nai i adennill y deyrnas.'

Tro Angharad i chwibanu. 'Os llwyddan nhw, bydd ei nai yn frenin ar y Ffrancod. Ma' gyda fe uchelgais i ymestyn ei bŵer tu hwnt i Brydain.'

'Yn wir ... ac nid dyna'r unig esiampl o'r strategaeth hynny,' parhaodd Edwin, ei lygaid yn llawn bywiogrwydd. Roedd e'n dal i edmygu Athelstan, sylwodd Angharad. 'Ti'n gweld y dyn ar ochr arall Louis? Alain yw ei enw e. Mab iarll Llydaw. Mae'r Llychlynwyr wedi ei yrru o Lydaw, ond mae Athelstan wedi addo ei helpu i adennill ei deyrnas.'

Siglodd Angharad ei phen mewn anghrediniaeth. Yng

Ngwynedd, hi oedd yr unig un nad oedd yn bychanu pŵer Athelstan. Ond doedd hyd yn oed hi ddim wedi sylweddoli yn union pa mor bwerus oedd e.

'Ydy Hywel yn gobeithio y bydd Athelstan yn ei helpu e?'

'Dyw hi ddim wedi dod i hynny eto ... Ond efallai os wneith y sefyllfa waethygu.'

Stopiodd Edwin yn sydyn a throdd Angharad i weld eu tad yn cerdded yn bwrpasol tuag atynt. Roedd Hywel wedi penderfynu ei bod hi'n bodoli.

'Dydy merch Elise ddim yma?'

Er gwaethaf ei disgwyliadau isel, roedd y sarhad amlwg yn y ffordd y cyfeiriai ei thad at Esyllt yn ergyd i Angharad. Teimlodd fflach o ddicter. 'Na, mae'n fwy diogel yng Ngwynedd.'

'Bydd rhaid i mi gwrdd â hi rywbryd.'

'Sai'n gweld pam. Dyw hi ddim yn perthyn i ti wedi'r cyfan.' Roedd ei thad yn syllu arni'n ddwys ond ni edrychodd Angharad i ffwrdd. Doedd hi ddim yn bwriadu rhoi'r cyfle iddo gymaint â gosod llygaid ar ei merch. Byth.

'Beth yw symudiadau Olaf?'

'Pwy?' gofynnodd Angharad yn felys. Gallai hi chwarae'r un gêm yn hawdd.

Siglodd Hywel ei ben mewn rhwystredigaeth a cherdded i ffwrdd.

'Pleser fel arfer,' galwodd Angharad ar ei ôl.

Dechreuodd Edwin chwerthin ond rhewodd Angharad wrth weld ei thad yn stopio i gyfarch rhyw ddyn ifanc gydag wyneb cyfarwydd. Teimlodd waed yn rhuthro i'w phen ac yn curo yn ei chlustiau. Na, doedd hynny ddim yn bosib.

'Edmund,' dywedodd Edwin gan gymryd ei braich. 'Mab arall i Edward, gan ei drydedd wraig.'

Teimlodd Angharad ei chalon yn tawelu. 'Mae'n edrych yn gwmws fel ei dad.'

'Ydy. Y si yw mai fe fydd etifedd Athelstan – dyw'r brenin ddim wedi priodi a does ganddo ddim plant.' Roedd chwerwder wedi heintio llais Edwin.

'Dyna pam mae Dad yn gwneud cymaint o ymdrech i siarad ag e te.'

'Edrych draw fan 'na,' sibrydodd Edwin, gan gyfeirio at y bwrdd roedd Angharad wedi ei adael.

Roedd y dyn a enwodd Edwin fel Alain o Lydaw wedi crwydro draw i siarad gyda'r criw o Wynedd ac Ystrad Clud. Heb ddweud gair symudodd Angharad ac Edwin yn agosach at y bwrdd.

'Mae o hyd yn bleser cwrdd â ffrindiau o Lydaw,' roedd Idwal yn ei gyfarch yn frwdfrydig. 'Dwi'n credu ei fod yn druenі nad oes cysylltiadau agosach rhwng ein teyrnasoedd, o ystyried yr holl hanes rydym ni'n ei rannu.'

'Rydym ni wedi cael croeso da yma,' atebodd Alain. Er gwaethaf ei acen gref ac ynganiad gwahanol o eiriau cyfarwydd, roedd sgwrs yr iarll yn ddigon hawdd i'w deall. 'Croeso mor dda mae nifer ohonom yn amharod i ddychwelyd i Lydaw!'

'Rydych chi wedi bod yma ers amser hir?' gofynnodd Ywain.

'Ydyn! Mae llys Athelstan fel ail gartref erbyn hyn.'

Edrychodd Ywain ac Elise ar ei gilydd, eu siom yn amlwg.

'Os ydych chi'n bwriadu aros am beth amser eto, yna dylech chi ddod i ymweld â ni yng Ngwynedd,' cynigiodd Elise. 'Byddai'n gyfle i weld rhan arall o'r ynys.'

'Rwy'n ddiolchgar iawn am eich cynnig,' atebodd Alain yn gynnes. 'Ond mae'n well i ni aros yma rwy'n credu – mae gyda ni gytundeb gydag Athelstan, chi'n gweld.'

'O?'

Gallai Angharad deimlo'r awyrgylch o gwmpas y bwrdd yn oeri.

'Mae fy nheyrnas i o dan reolaeth y Llychlynwyr ar hyn o bryd, ond mae Athelstan wedi addo fy helpu i'w hadennill. Byddwn ni 'nôl yn Llydaw cyn hir, rwy'n gobeithio.'

Cododd Ywain ei aeliau. 'A beth mae Athelstan yn ei ddisgwyl gennych chi am ei gymorth?'

Edrychodd Alain arno mewn penbleth. 'Cyfeillgarwch wrth gwrs! Ond rydych chi'n adnabod Athelstan? Mae o hyd yn awyddus i helpu ei gymdogion.'

'Wrth gwrs. Mae'n frenin hael iawn,' atebodd Ywain trwy ei ddannedd.

Nid am y tro cyntaf edmygodd Angharad sgil Athelstan – roedd wrthi'n adeiladu ymerodraeth, roedd hynny'n amlwg erbyn hyn. Ac o ystyried ymroddiad agored Alain tuag ato, roedd yn gwneud hynny gyda thipyn o lwyddiant. Ond roedd Athelstan wedi gwneud camgymeriadau hefyd. Efallai ei fod wedi deall y Llydawyr, wedi deall y Ffrancod, wedi deall ei thad hyd yn oed. Doedd e heb ddeall brenhinoedd y gogledd.

Syrthiodd distawrwydd sydyn dros y neuadd. Roedd Athelstan ar ei draed, o'r diwedd yn anrhydeddu gweddill y neuadd gyda'i sylw. Arhosodd yn gwylio ei is-frenhinoedd a'i ieirll wrth iddyn nhw rasio yn ôl i'w seddi.

'Croeso i Gaergeri. Rwy'n credu y gallwn ni i gyd gytuno bod y cynulliad hwn wedi bod yn un llwyddiannus ac ein bod ni wedi cael cyfle da i ddod i adnabod ein gilydd yn well. Rwy'n estyn croeso arbennig i'r is-frenhinoedd sydd wedi teithio o rannau pellennig o Brydain i arddangos eu diolchgarwch tuag at eu harglwydd. Rydw i wedi bod yn ddigon ffodus yn ddiweddar i fanteisio ar y cyfle i weld rhannau newydd o'n hynys ni, ac rydw i'n falch iawn ein bod ni nawr wedi gallu dod ynghyd o dan yr un to, ac o dan yr un arglwydd.'

Gwingodd Angharad, gan edrych ar Constantín ac Ywain. Roedd Constantín yn derbyn geiriau Athelstan drwy gyfieithydd ac yn syllu'n wrthryfelgar ar y bwrdd. Chwifiodd Ywain y cyfieithydd i ffwrdd. Roedd ganddo syniad da iawn o'r hyn a ddywedai brenin y Saeson.

Yna cododd Edmund. 'Dewch i ni yfed,' datganodd gan godi ei gwpan. 'Athelstan, brenin Ynys Prydain gyfan.'

Ymledodd sŵn pren yn crafu yn erbyn llawr y neuadd wrth i bawb sefyll a chodi eu cwpanau ac ailadrodd enw Athelstan. Na, dim pawb, nododd Angharad, ei chalon yn cyflymu. Roedd cwpanau Constantín, Ywain, ac Idwal wedi aros yn llonydd ar y bwrdd.

5

Roedd Angharad yn dechrau amau ei hun wrth iddyn nhw gyrraedd cyrion y goedwig. Oedd hyn yn syniad gwallgof fyddai'n gorffen mewn anaf ... neu waeth ...? Na, roedd rhaid iddi weithredu. Roedd Caergeri wedi bod yn agoriad llygad. Cyn Caergeri roedd hi wedi parchu pŵer Athelstan, wedi ei edmygu. Nawr roedd hi'n ei ofni. Roedd rhaid iddi wneud rhywbeth i ddiogelu Esyllt. Doedd hi ddim wedi gallu amddiffyn Ælfwynn. Roedd hi wedi oedi wrth i Edward anfon negeseuon bygythiol, wedi oedi wrth i'w thad gynllwynio yn ei herbyn, wedi oedi wrth i Non wenwyno Æthelflaed. Ac roedd Ælfwynn wedi colli ei theyrnas a'i phen oherwydd hynny. Ni fyddai unrhyw oedi tro hwn.

Cerddai Esyllt wrth ei hymyl yn ufudd, ei llygaid glas niwlog yn disgleirio gyda chyffro. Doedd ei mam ddim fel arfer yn ei thynnu o'i gwersi i fynd ar antur. Lleddfwyd pryder Angharad rywfaint gan y wên lydan ar wyneb ei merch. Roedd Esyllt yn mwynhau treulio amser gyda hi. Amser oedd un o'r pethau doedd Angharad erioed wedi ei gael gan ei rhieni ei hun. Gafaelodd yn dynnach yn ei llaw.

Ceisiodd Angharad osgoi edrych yn syth at y goeden. Dim ond unwaith roedd hi wedi dychwelyd yma ers Caer. Ælfwynn wnaeth lenwi ei meddyliau yn yr wythnosau wedi'r frwydr, yn effro ac yn cysgu. Ond roedd euogrwydd arall yn cnoi wrth ei chalon. Yr euogrwydd hwn oedd wedi ei hatal rhag dychwelyd am wythnosau, ond yr euogrwydd hwn oedd wedi ei gyrru hi yma yn y pen draw hefyd. Doedd y groes fach wedi ei chrafu ar foncyff y goeden ddim i'w gweld yn fwy digonol nawr nag oedd wedi ymddangos ar y pryd, a theimlodd Angharad ei llygaid yn llosgi.

Ond camgymeriad oedd cadw draw o'r lle am gymaint o amser. Roedd rhaid iddi allu amddiffyn ei hun. Ac roedd rhaid i Esyllt allu amddiffyn ei hun hefyd. Byddai Burgric wedi deall hynny.

'Saf 'nôl ychydig a gwylia,' dywedodd Angharad gan dynnu ei bwa a gosod saeth. Teimlai'r bwa yn gyfforddus yn ei dwylo, yn ei chroesawu yn ôl ond ar yr un pryd yn ei cheryddu am osgoi'r lle am gymaint o amser. Roedd Esyllt yn ei gwylio'n gegagored ac am funud teimlodd Angharad yn nerfus – oedd hi'n cofio sut i wneud hyn? Doedd hi ddim eisiau gwneud ffŵl o'i hun. Ond doedd dim angen iddi boeni. Trawodd y saeth gyntaf y goeden yn hawdd. Yn bellach o'r canol nag y byddai wedi hoffi, ond doedd Esyllt ddim callach wrth iddi wichio gyda chyffro. Ni allai Angharad wrthsefyll y demtasiwn i gynnig sioe. Mor gyflym ag y gallai anfonodd saeth ar ôl saeth i mewn i'r goeden. Trodd a chodi ei breichiau mewn buddugoliaeth.

'Waw, Mam! Roedd hynny'n anhygoel!'

Chwarddodd Angharad. 'Hoffet ti drio?'

'Fi?' Neidiodd Esyllt i fyny ac i lawr ac estyn ei llaw am y bwa.

Gwenodd Angharad a thynnu bwa arall o'r sach. 'Wnes i ddod o hyd i hwn i ti. Mae'n llai ac yn ysgafnach.'

Rhedodd Esyllt ei dwylo dros y bwa, ei llygaid yn llawn golau doedd Angharad erioed wedi ei weld yno o'r blaen. Am funud roedd hi 'nôl yn Tamworth, gydag Ælfwynn wrth ei hochr a'r ddwy ohonynt yn gafael mewn bwa am y tro cyntaf.

Roedd hi wedi gweld golau tebyg yn llygaid Ælfwynn bryd hynny hefyd.

Roedd rhaid i Angharad ymestyn i berfeddion ei hamynedd er mwyn dysgu Esyllt sut i ddal y bwa. Glaniodd ei saeth gyntaf ar y llawr ychydig o fetrau i ffwrdd.

'Wnest ti ostwng dy benelin,' eglurodd Angharad. Penliniodd wrth ochr Esyllt a dal ei braich i fyny. Trawodd y saeth y goeden. Neidiodd Esyllt i fyny ac i lawr. Ond gwrthododd roi'r gorau iddi tan ei bod hi wedi llwyddo i fwrw'r goeden heb gymorth. Gwenodd Angharad. Cyn heddiw doedd hi ddim wedi deall yr olwg flinedig ar wyneb Eadric wrth iddo ddysgu hi ac Ælfwynn i saethu.

'Dydi merched ddim fel arfer yn cael dysgu sut i saethu,' dywedodd Esyllt wrth iddyn nhw gerdded 'nôl i'r neuadd.

'Na, ddim fel arfer. Rwyt ti'n lwcus iawn.' Oedodd Angharad a phwyso lawr i edrych yn llygaid ei merch. 'Ond ein cyfrinach ni yw hyn, ti'n deall hynny, yn dwyt? Paid dweud wrth unrhyw un arall, ddim Dad hyd yn oed.'

Nodiodd Esyllt. 'Fydd o'n flin os bydd o'n dod i wybod?'

Gwingodd Angharad. 'Na ... ond fydd e ddim yn deall.'

Meddyliodd Esyllt am hynny am hir. 'Pam wyt ti eisiau i fi ddysgu saethu, Mam?'

'Fel bod ti'n gallu amddiffyn dy hun.'

Er mawr ryddhad i Angharad, nid ofynnodd Esyllt am fwy o eglurhad na hynny.

6

'Dydw i wir ddim yn siŵr am hyn,' ategodd Angharad am y degfed tro wrth iddyn nhw ddisgyn o gefn eu ceffylau.

'Ti'n poeni gormod,' meddai Elise. 'Sgwrs 'dan ni'n ei chael, dyna i gyd.'

'Ond sgwrs beryglus,' atebodd Angharad, gan gnoi ei gwefus. 'Byddai Athelstan yn gandryll petai'n gwybod.'

'Rheswm da i gael y sgwrs yn y lle cyntaf,' atebodd Elise gan wgu. 'Ond does dim rheswm iddo fo wybod.'

'Sai'n credu ei bod hi'n syniad da i ymddiried yn y Llychlynwyr,' parhaodd Angharad. 'Cofia'r holl ymosodiadau ar ein harfordir. Y Llychlynwyr yw'r rheswm mae dy dad wedi gorfod gwario cymaint o arian ar yr amddiffynfeydd yn Llanbedr-goch.'

Ochneidiodd Elise. 'Dwi'n gwybod, ond môr-ladron oeddan nhw. Rydan ni'n ymdrin â brenin Dulyn heno. Ac mae gynnon ni elyn yn gyffredin. Dyna ydi'r sylfaen orau ar gyfer cynghrair.'

'Gallu ymddiried yn llwyr yn eich cynghreiriaid yw'r sylfaen orau ar gyfer cynghrair ... Rwy'n deall eich bod chi'n casáu'r Saeson, ond dwi wir ddim yn credu bod y gynghrair hon yn werth y risg.'

'Jest rho gyfle iddo fo,' ymbilodd Elise. 'Dim ond siarad byddwn ni'n ei wneud heno. Gwranda ar yr hyn sydd ganddo i'w ddeud, ac efallai fyddi di'n teimlo'n wahanol.'

Roedd Angharad yn amau hynny'n fawr, ond doedd Elise

yn amlwg ddim am glywed mwy. Gosododd ei dadleuon i un ochr yn anfodlon a'i ddilyn i mewn i'r neuadd. Roedden nhw wedi llwyddo i gynnal heddwch rhwng Gwynedd a'i chymdogion am ddeng mlynedd. Roedd y trethi'n fwrn, wrth gwrs, ac roedd rhai o filwyr Gwynedd wedi syrthio yn yr Alban. Yn sicr, ar adegau teimlai Angharad fod Athelstan yn gofyn am fwy nag y dylai. Ond os mai dyna oedd pris heddwch ... pris peidio â gorfod poeni am ddyfodol Esyllt ... yna roedd hi'n ddigon bodlon ei dalu. Roedd y gwaed ar strydoedd Caer yn dal i lifo yn ei breuddwydion.

Roedd Olaf, brenin Dulyn, wedi cyrraedd eisoes, ac yn eistedd wrth ymyl Idwal ar brif fwrdd y neuadd, gydag Ywain, brenin Ystrad Clud, ar ei ochr arall. Ni wyddai Angharad beth yn union oedd hi wedi ei ddisgwyl, ond doedd Olaf ddim yn sefyll allan mewn unrhyw ffordd amlwg. Roedd ei wallt a'i farf glymog yn drawiadol, yn syrthio tu hwnt i'w ysgwyddau, a'i wyneb wedi ei addurno â chreithiau. Ond ni fyddai hi o reidrwydd wedi gallu ei adnabod fel brenin y Llychlynwyr.

Er mawr anfodlonrwydd i Angharad, roedd Iago yn barod yn eistedd ar ochr arall Ywain, ac Ieuaf wrth ei ymyl. Daliodd lygaid Angharad a gwenu'n hunanfodlon. Roedd Iago'n gwybod yn iawn ei fod wedi bachu'r sedd orau.

'Elise, Angharad!' cyfarchodd Idwal nhw. 'Gaf i gyflwyno Olaf, brenin Dulyn. Ac rydych chi'n adnabod Ywain, brenin Ystrad Clud, yn barod, wrth gwrs.'

Cyfarchion o bob cyfeiriad ac yna dechrau'r wledd. Ychydig iawn o siarad o bwys a ddigwyddodd yn ystod y bwyta. Roedd Angharad unwaith eto'n eistedd wrth ochr Elise – wrth lwc, doedd Morfudd ddim wedi dod gydag Ywain tro hwn – ac o'r hyn y gallai ei glywed, roedd y dynion yn cyfnewid storïau am frwydrau. Ar ben arall y bwrdd gallai weld Iago ac Ieuaf yn llyncu pob un gair a ddeuai o gegau Olaf ac Ywain. Ceisiodd ei gorau i gadw wyneb syth. Roedd hi wedi gweld digon o faes y gad i wybod bod y rhan fwyaf o'r storïau o ddewrder arallfydol yn ffals.

Doedd neb yn talu fawr o sylw iddi a chymerodd fantais o hynny i graffu'n agosach ar Olaf. Roedd Æthelflaed wedi ei dysgu i fod yn wyliadwrus o'r Llychlynwyr. Doedd brenhines Mersia erioed wedi ymddiried ynddyn nhw, hyd yn oed ar yr adegau hynny pan gynigiodd ei llaw mewn cyfeillgarwch iddynt. Yn enwedig ar yr adegau hynny. Roedd rheswm iddi adeiladu cymaint o drefi ar draws Mersia. Ond roedd Æthelflaed hefyd wedi edmygu'r Llychlynwyr. O bawb, nhw oedd wedi ei thrin gyda'r parch mwyaf. Doedden nhw erioed wedi cwestiynu ei statws fel brenhines Mersia, erioed wedi gofyn i gael siarad â'r brenin. Efallai byddai Olaf yn barod i wrando ar farn Angharad.

'Chwarae teg, mae gen ti neuadd dda, a'r ddiod yn llifo'n hael,' roedd Olaf yn canmol Idwal trwy ei gyfieithydd.

Ystyriodd Angharad o ble roedd Olaf wedi llwyddo i gael gafael ar Gymro i'w wasanaethu. Caethwas wedi ei gipio yn ystod un o'i gyrchoedd ar arfordir Cymru, mae'n debyg.

'Diolch,' ymatebodd Idwal. 'Mae'n bleser cael eich cwmni.'

Chwarddodd Olaf. 'Ychydig iawn o bobl fyddai'n cytuno gyda ti yn anffodus. Petai Athelstan yn cael ei ffordd byddai cynnal sgwrs gyda brenin Dulyn yn drosedd. Er 'mod i'n frenin, cofiwch, yn frenin o'r un statws ag ef!'

Roedd Angharad yn amau'r datganiad hynny o statws yn fawr.

'Ond roeddet ti'n gwybod byddai croeso i ti yma,' awgrymodd Ywain.

'Oeddwn! Rydw i wedi clywed amdanat ti Idwal. Dwyt ti ddim yn rhuthro i wneud beth bynnag y mae Athelstan yn ei ddymuno. Mae gen ti dy feddwl dy hun.'

Cochodd Idwal. 'Byddwn i'n disgwyl yr un peth o unrhyw frenin werth ei halen.'

'Dim felly dy gefnder yn y de! Dyna yw sychwr tin os gweles i un erioed. Petawn i'n troi lan yn Nyfed, peth nesaf byddwn i mewn cadwynau ar y ffordd i Wessex.'

Bloeddiodd y chwerthin o gwmpas y bwrdd. Roedd brenin Dulyn yn glyfar, penderfynodd Angharad. Gwyddai'n union pa diwn i'w chwarae i gael ymateb. Byddai ei thad yn synhwyrol o'i roi mewn cadwynau.

O'r diwedd doedd dim mwy o fwyd i'w weini, ac er i'r cwrw barhau i lifo, gadawodd gosgordd Olaf ac Ywain y neuadd i barhau â'u sgwrsio tu allan.

Dyma ni, meddyliodd Angharad, nawr cawn wybod yr hyn mae brenin Dulyn ei eisiau.

'Dyw rheolaeth Athelstan dros y gogledd ddim yn gyfiawn,' dywedodd Olaf o'r diwedd.

Brwydrodd Angharad i beidio ag ochneidio. Doedd rheolaeth unrhyw frenin dros unrhyw lecyn o dir ddim yn gyfiawn tra bo rhywun arall i'w herio.

'Rhan o deyrnas brenin Dulyn yw teyrnas Efrog. Mae Athelstan yn hawlio teyrnas Efrog oherwydd i'w chwaer briodi'r diweddar frenin Sihtric, ond mae hynny'n nonsens llwyr. Brenin Dulyn yw brenin Efrog. Fi yw brenin Dulyn, felly fi yw brenin Efrog.'

I fod yn deg iddo, doedd e ddim yn gwastraffu ei eiriau. Roedd Angharad yn edmygu ei siarad plaen.

'Rwy'n cytuno,' atebodd Idwal. 'Nid oes gan Athelstan unrhyw hawl i'r teitl arglwydd Ynys Prydain gyfan.'

'Yn union. Yr haerllugrwydd.' Siglodd Ywain ei ben mewn anghrediniaeth. 'Ac mae'n rhaid i ni fod yn wyliadwrus. Northumbria sydd gyntaf, felly pwy sydd i ddweud nad Gwynedd neu Ystrad Clud fydd nesaf?'

'Beth ydach chi'n awgrymu gwneud?' gofynnodd Idwal.

'Ymosod ar deyrnas Lloegr.'

'Oes gynnon ni'r nerth i wneud hynny'n llwyddiannus?'

'Ddim yn unigol,' atebodd Ywain. 'Ar ein pennau ein hunain rydyn ni'n wan, ond gyda'n gilydd mae gyda ni siawns.'

'Bydd Constantín ar ein hochr ni hefyd,' ychwanegodd Olaf. 'Gwnaeth e ei deyrngarwch yn glir trwy roi ei ferch yn wraig i mi. Ac ni wnaeth ymosodiad Athelstan ar ei dir dorri ei ysbryd.'

Gallai Angharad weld brwdfrydedd Idwal ac Elise yn byrlymu. Roedd rhaid eu perswadio i bwyllo, cyn i'w brwdfrydedd dasgu i bob man.

'Mae ennill Efrog yn un peth,' dywedodd hi. 'Mae dal gafael arno yn beth hollol wahanol. Ni fydd Athelstan yn gadael i hynny ddigwydd. A gall ein byddinoedd ni ddim amddiffyn dy deyrnas di am byth.'

Cododd Elise ei haeliau arni, ac ar ben draw'r bwrdd sibrydodd Iago rywbeth wrth Ieuaf gan achosi i'w frawd chwerthin yn ddirmygus. Ond anwybyddodd hi'r tri ohonyn nhw. Roedd hawl ganddi i'w llais.

Chwarddodd Olaf. 'Mae dy wraig di'n wleidydd craff,' clodforodd wrth Elise. 'Ond rwyt ti'n anghofio am y bobl. Dydy pobl teyrnas Efrog ddim yn hoff o Athelstan a'i reolaeth lem drostynt. Fyddan nhw'n sefyll gyda ni. A gyda'u cefnogaeth nhw bydd hi'n ddinistr gwleidyddol ar Athelstan i'n gwrthwynebu. Fydd e ddim eisiau peryglu ei reolaeth dros Wessex a Mersia.'

Cododd Angharad ei haeliau. Roedd Olaf yn wleidydd craff ei hun, roedd hynny'n amlwg – roedd ganddo Idwal, Elise ac Ywain yn bwyta o'i law erbyn hyn. Ond doedd e ddim yn deall pŵer na chymeriad Athelstan. Athelstan, oedd wedi addo efelychu dull teyrnasu ei fodryb. Ni fyddai Æthelflaed wedi caniatáu i'r Llychlynwyr gipio rhan o'i theyrnas heb frwydr. Caeodd Angharad ei llygaid wrth i'r bloeddio meddw atseinio o'i chwmpas. Roedd rhaid iddi stopio hyn. Rhywsut.

7

Doedd Angharad erioed wedi gweld Elise mor fodlon. O'r neuadd gallai ei glywed yn chwibanu wrth ei waith rywle tu allan. Ei sicrwydd oedd y peth gwaethaf. Roedd Elise yn llwyr argyhoeddedig byddai eu cynllun yn gweithio. Yn wir, tybiai Angharad ei fod yn barod yn dathlu eu buddugoliaeth.

Roedd y cynllun yn un da, roedd yn rhaid i Angharad gyfaddef hynny. Byddai dynion Gwynedd yn mynd â'u llongau o borth Abermenai i Brunanburh, tref ar yr arfordir heb fod ymhell o Gaer. Yno bydden nhw'n cwrdd â lluoedd Olaf, Ywain, a Constantín. Ni fyddai gan Athelstan ddewis ond arwain ei fyddin i'w cyfarfod. Ac felly bydden nhw'n wynebu brenin y Saeson yn Brunanburh, ar eu telerau nhw, ar faes wedi ei ddewis gan Olaf.

Ni allai Angharad beidio â'i edmygu. Roedd brenin y Llychlynwyr wedi llwyddo i wneud yr hyn byddai nifer wedi ei ddiystyru fel camp amhosib. Byddai tri o frenhinoedd Prydain yn gorymdeithio o dan ei faner yn Brunanburh.

Ond doedd hi ddim yn credu y bydden nhw'n ennill. Ddim ar ôl gweld pŵer Athelstan yng Nghaergeri.

Cerddodd allan i'r iard i geisio dod o hyd i ffynhonnell y chwibanu. Doedd Elise ddim i'w weld yn unman, ond roedd Esyllt yn rhedeg o gwmpas gyda rhai o blant eraill yr ystâd. Stopiodd Angharad am eiliad i edrych arni. Efallai cyrraedd yng nghanol y nos wedi ei lapio mewn siôl a wnaeth Esyllt, ond doedd dim amheuaeth mai ei merch hi oedd hi. Doedd ganddi ddim diddordeb mewn ffrogiau pert, na'r amynedd i ddysgu sut i goginio. Roedd yn well ganddi redeg o gwmpas. Teimlai Angharad ei bod yn edrych drwy ffenest i'r gorffennol, yn gwylio plentyndod merch fach arall.

Rhedeg yn wyllt a wnâi Esyllt nawr. Yn ymladd yn erbyn rhyw ddraig anweladwy, os deallai Angharad y gêm yn iawn. Gwenodd wrth weld bod Esyllt yn esgus dal bwa a saeth i ymladd yn erbyn y ddraig. Roedden nhw'n parhau i ymarfer yn wythnosol ac roedd Esyllt wedi gwella. Tybiai Angharad ei bod hi'n mynd i'r goedwig i ymarfer ar ei phen ei hun weithiau. Yn hollol groes i'r rheolau a osodwyd gan ei mam, wrth gwrs.

'Fi yw'r Brenin Arthur!' gwaeddodd un o'r bechgyn. 'Wedi deffro o'm trwmgwsg i achub y wlad!'

'A fi yw Urien Rheged!' atebodd y llall. 'Wedi dod â byddin o filwyr dewr o'r gogledd. Fydd y ddraig ddim yn gallu dianc rhagon ni!'

Chwarddodd Angharad. Urien Rheged oedd ei hoff gymeriad hi pan chwaraeai gemau tebyg gydag Edwin. Taliesin oedd dewis Edwin bob tro. Roedd e wedi hoffi'r syniad o bwerau arallfydol.

'Fi yw'r Frenhines Æthelflaed!' bloeddiodd Esyllt, gan redeg ar ôl y ddau ohonynt. 'Ni all unrhyw ddyn fy rheoli i! Nac unrhyw ddraig!'

Syllodd Angharad arni'n syn. Roedd hi wedi dweud stori Æthelflaed wrthi sawl gwaith – fersiwn o'r stori, beth bynnag. Ond doedd hi ddim wedi sylweddoli i Esyllt dalu cymaint o sylw.

Petai Æthelflaed yn ei sefyllfa hi, byddai wedi ffeindio ffordd i stopio'r gynghrair.

'Pob dim yn iawn?' Roedd Elise wedi dod i sefyll wrth ei hymyl. 'Oes gan Esyllt ddim gwersi i fynd iddyn nhw?'

'Gad hi fod am ychydig,' atebodd Angharad, gan wenu ar ei merch. Trodd Elise i ffwrdd. Roedd wedi bod yn osgoi edrych yn rhy hir ar Esyllt yn ddiweddar. Roedd Idwal wedi datgan dylai'r briodas rhyngddi hi a Dyfnwal fynd yn ei blaen ar ôl eu buddugoliaeth yn Brunanburh. Gydag Athelstan wedi ei drechu, ni fyddai rheswm dros oedi ymhellach. Byddai'r briodas yn ffordd dda o ddathlu'r drefn newydd ym Mhrydain. Doedd Angharad heb wastraffu anadl yn dadlau yn ei erbyn. Roedd rhaid iddi ganolbwyntio ar ddiffodd y tân yn hytrach na cheisio ei atal rhag ymledu.

'Sut mae'r trefniadau'n mynd?' gofynnodd Angharad yn ysgafn.

'Iawn, does dim llawer gen i i wneud fan yma. Bydda i'n mynd draw i Aberffraw mewn ychydig o ddiwrnodau i weld a oes angen help ar 'nhad. Byddwn ni'n gadael i fynd i Brunanburh ddiwedd yr wythnos.'

'Os oes dim mwy i wneud yma, pam ddim mynd draw i Aberffraw yn gynharach ... fory efallai? Bydd dy dad yn hapus o'r help, rwy'n siŵr.'

Disgleiriodd llygaid Elise. Roedd e'n awyddus i fod ar ei ffordd i Brunanburh, gwyddai Angharad. 'Syniad da.'

'Fe wna i ddod gyda ti. Hoffwn i fod yno pan rydych chi'n gadael.'

Gwenodd Elise. 'Rwy'n gallu synhwyro bod ein lwc ni ar fin newid.'

* * *

Edrychai'r llongau'n rhyfeddol o heddychlon yn gorffwys ym mhorthladd Abermenai. Roedd Angharad yn llawn edmygedd o waith Idwal. Roedd ganddo lynges ddigon parchus ynghynt, ond doedd hynny ddim yn cymharu â'r hyn a welai ar ddŵr y Fenai nawr. Wrth graffu'n ofalus gallai bigo allan ambell hen long, ond mwy niferus oedd y rhai newydd, eu pren yn sgleinio yn yr haul.

Ond roedd un llong anghyfarwydd yn tynnu ei sylw. Llong hir, denau, gyda degau o'i rhwyfau yn gorwedd yn esmwyth ar wyneb y dŵr. Roedd y pren tywyll wedi ei gerfio i siâp rhyw greadur – draig efallai. I lygaid Angharad ymddangosai yn fwy fel campwaith addurniadol na llong i gludo dynion i ryfel. Edrychai'r llongau eraill ychydig yn hyll ac yn drwstan yn arnofio'n lletchwith wrth ei hymyl.

'Dim ein llong ni yw honno,' dywedodd Angharad.

'Nage, un o longau Olaf. Gwnaeth o ei adael ar ôl. Byddwn ni'n mynd â'r llong efo ni.'

Suddodd calon Angharad. 'Wnaeth e adael dynion hefyd?'

'Dau, i gyfarwyddo'r llong, dim mwy. Maen nhw'n westeion yn Aberffraw – digon cyfeillgar, am wn i, er bod ein pobl ni yn tueddu i gadw eu pellter.'

'Dyw e ddim yn ymddiried ynon ni, felly?'

Edrychodd Elise yn anghyfforddus. 'Ydi, siŵr ... eisiau sicrhau bod cyd-drefniant da rhwng pob llu mae o, dyna gyd.'

Syllodd Angharad allan ar y llongau, ei hymennydd yn gweithio'n galed. 'Maen nhw'n edrych yn dda.'

'Ydyn. Anhygoel o dda. Dwi'n deud wrthyt ti, Angharad, bydd hyn yn ddechrau newydd i Wynedd. Bydd pobl yn cymryd sylw ohonon ni nawr.'

'Weithiau mae'n dda cael eich anwybyddu,' sibrydodd Angharad, yn rhy dawel i Elise ei chlywed.

Trodd Angharad ei sylw i'r porthladd ei hun. Roedd nifer fawr o ddynion yn rhedeg o gwmpas yn edrych yn brysur, er, doedd pwrpas eu gwaith ddim yn amlwg i'w llygaid hi.

'Mae'n orlawn yma,' nododd yn ysgafn.

'Wedi dod o Aberffraw mae'r rhan fwyaf. Maen nhw'n gwneud yr archwiliad olaf heddiw. Mae'n wag yma fel arfer, heblaw am y gwarchodwyr.'

Nodiodd Angharad yn araf. 'Mae'n rhaid bod hynny'n waith unig. Yn enwedig yn ystod y nos.'

Cododd Elise ei ysgwyddau. 'Dyna pam mae dau ohonyn nhw fel arfer. I gadw cwmni i'w gilydd. Ges i gyfnod o weithio fel gwarchodwr pan oeddwn i'n iau. Roedd e'n waith digon hamddenol.'

Gallai Angharad weld lloches fach ar ymyl y dŵr – ffrâm bren gyda tho i gadw'r glaw i ffwrdd. Rhaid mai dyna oedd llety'r gwarchodwyr.

'Ymlaen i Aberffraw?' Doedd Elise ddim yn gallu aros yn llonydd ar ei geffyl, cymaint oedd ei gyffro. 'Fe allwn ni longyfarch fy nhad wyneb yn wyneb.'

'Wrth gwrs.'

Ond wrth iddynt barhau ar hyd y llwybr i Aberffraw arhosodd meddwl Angharad gyda'r llongau ym mhorthladd Abermenai.

8

Gwyddai Angharad fod yn rhaid iddi fod yn amyneddgar. Doedd dim pwynt rhoi ei chynllun ar waith yn rhy gynnar. Byddai hynny'n rhoi gormod o amser i Idwal ac Elise ymateb, i newid eu trefniadau. Na, roedd yn rhaid iddi eu dal ar y funud olaf.

Ac felly arhosodd. Llithrodd y diwrnodau heibio yn boenus o araf. I ddechrau ceisiodd Angharad gadw ei hun yn brysur ond daeth yn amlwg yn weddol gyflym nad oedd rhyw lawer iddi hi ei wneud yn Aberffraw. Er iddi wneud ymdrech i helpu Elise gyda'r paratoadau teimlai ei bod o dan draed.

Bob nos, wrth i'r haul fachlud, byddai Angharad yn mynd am dro o gwmpas yr ystâd. Doedd hi ddim eisiau crwydro'n rhy bell, rhag ofn iddi dynnu sylw ati ei hun. Ond bob nos wnaeth ei thraed ei harwain i'r stablau, lle treuliodd peth amser yn dod yn gyfaill i geffyl bach du, yn mwytho ei wallt, ac yn ei fwydo â gweddillion llysiau o fyrddau'r neuadd.

Wrth i'r trydydd dydd wawrio penderfynodd ddechrau casglu'r holl bethau oedd eu hangen arni ar gyfer y cynllun. Ond iddi fod yn ofalus fyddai dim o'i le ar hynny. Roedd hi'n weddol amlwg nad oedd neb yn talu fawr o sylw iddi yn y llys prysur. Dechreuodd trwy ffugio diddordeb mawr yng ngwaith y gegin. Roedd y cogyddion wrthi'n ddiwyd, yn paratoi bwyd i'r fyddin ar gyfer eu taith, ac ar ben hynny wledd fawr i'w chynnal ar y noson olaf. Doedd Angharad erioed wedi mwynhau gweithio yn y gegin yn Llan-faes, ond yma ymroes i'r gwaith gyda brwdfrydedd, gan wneud ei hun mor ddefnyddiol â phosib.

Parhaodd i ymweld â'r ceffyl du. Wrth lwc roedd y stabl wrth ymyl y storfa arfau. Roedd cael mynediad i'r storfa yn fwy anodd – roedd nifer o ddynion yn mynd a dod, yn arbrofi gydag gwahanol arfau ar gyfer y frwydr. Ond enillodd amynedd Angharad yn y pen draw. Rhyfeddodd at y rhesi a rhesi o arfau yn y storfa, gan gynnwys sawl math gwahanol o fwâu. Roedd angen cryn dipyn o hunanddisgyblaeth arni i beidio â chyffwrdd ynddynt. Roedd ganddi fwa digon da yn barod, perswadiodd ei hun.

Erbyn diwedd y pedwerydd dydd roedd hi wedi casglu pob dim oedd angen ac wedi eu cuddio ymysg ei dillad yn y llofft. Treuliodd weddill ei hamser yn eistedd yn yfed yn neuadd Aberffraw, gyda rhyw waith gwau wrth ei dwylo er mwyn ymddangos yn brysur. Mewn gwirionedd doedd ganddi ddim o'r amynedd i orffen unrhyw ddilledyn.

Roedd bardd Idwal yn bresenoldeb eithaf cyson yn y neuadd hefyd, ac felly daeth Angharad yn gyfarwydd iawn â nifer o gerddi yn clodfori'r brenin a'i ymdrechion i helpu brenin Dulyn i guro'r Saeson. Un o ffefrynnau'r bardd oedd cerdd hir iawn yn proffwydo gwthio'r Saeson yn ôl i'r môr, ac yn galw ar Ddyfed i sefyll gyda nhw yn y frwydr yn erbyn y gelyn. Ni allai Angharad stopio ei hun rhag rholio ei llygaid wrth glywed y gerdd honno. Ni fyddai gan ei thad unrhyw ddiddordeb yn y cynllun. Ac yn yr achos hwn, am y tro cyntaf erioed, roedd hi ar ei ochr ef. Anfon pob Sais dros y môr? Roedd y cysyniad yn abswrd. Ond roedd cynulleidfa'r bardd yn mwynhau, a'i ganu'n mynd yn fwy a mwy aneglur wrth iddyn nhw ei wobrwyo gyda mwy a mwy o fedd.

Ond doedd y bardd ddim yn gallu cystadlu gyda faint o fedd roedd y Llychlynwyr yn ei yfed. Tra oedd pawb arall yn rhuthro o gwmpas wrth eu gwaith, eisteddai dynion Olaf a'u traed ar y bwrdd yn gwneud gwaith cyflym o wagio storfeydd Idwal. I ddechrau roedd Angharad wedi osgoi edrych arnyn nhw – doedd hi ddim am roi esgus iddyn nhw gymryd sylw ohoni. Ond daeth yn amlwg yn gyflym nad oedd ganddyn nhw unrhyw ddiddordeb yn y bobl o'u cwmpas. Efallai nad ysbïo dros Olaf oedden nhw wedi'r cyfan.

Cadwai trigolion y llys eu pellter. Er bod y neuadd fel arfer yn llawn, roedd cylch gwag o gwmpas y bwrdd lle eisteddai'r Llychlynwyr. Ond doedden nhw byth yn bell o destun y sgwrs. Amheuon oedd y sibrydion fel arfer. Doedd neb yn ymddiried yn y Llychlynwyr. Roedd trigolion Gwynedd wedi hen arfer ag ymosodiadau o Iwerddon. Pa reswm oedd ganddyn nhw i gredu geiriau Olaf o gyfeillgarwch? Er gwaethaf ymdrechion y bardd i glodfori'r gynghrair i'r cymylau, doedd ei gynulleidfa ddim wedi ei pherswadio. Gwenodd Angharad. Doedd Idwal ddim yn dwp – debyg nad dewis y bardd oedd treulio cymaint o'i amser yn moli'r gynghrair gydag Olaf.

O'r diwedd cyrhaeddodd noson y wledd fawr. Yn y bore byddai Idwal ac Elise yn arwain y llynges i Brunanburh. Dechreuodd Angharad bryderu ei bod wedi aros yn rhy hir. Ond doedd ganddi ddim dewis nawr ond parhau â'r fenter a gobeithio am y gorau.

Aeth y gwledda ymlaen am oriau. Doedd y fath ddathlu ddim yn synhwyrol, ym marn Angharad. Os mynd i frwydr oedd y dynion hyn, oni fyddai noson dda o gwsg yn syniad gwell? Ond roedd y cynnwrf yn siwtio ei chynllun beth bynnag.

'Rwy'n mynd i'r gwely,' sibrydodd yng nghlust Elise. 'Mwynha weddill y noson. Wna i godi i dy weld cyn bo' chi'n gadael fory.'

Nodiodd Elise, heb dynnu ei sylw o'r wledd. Gadawodd

Angharad y neuadd a cherdded yn hamddenol i'w llofft. Roedd nifer sylweddol o ddynion Idwal yn sefyll o gwmpas tu allan, yn yfed ac yn sgwrsio. Eisiau awyr iach o'r neuadd, mae'n debyg. Dringodd i fyny'r ysgol, ond doedd ganddi ddim bwriad mynd i gysgu. Chwiliodd drwy ei phentwr o ddillad a gafael yn y ffrog morwyn roedd hi wedi ei chipio o'r ffrâm sychu o flaen tân y gegin. Rhwbiodd ychydig o ludw ar ei hwyneb a thynnu ei gwallt yn rhydd o'i blethyn taclus. Wedi gwisgo, lapiodd ei hun mewn clogyn du a adawyd heb berchennog yn y neuadd, a gafael mewn bag yn cynnwys popeth arall roedd hi wedi ei gasglu dros y diwrnodau diwethaf. Gwthiodd y pren oedd yn gorchuddio'r ffenest ar agor. Roedd hi wedi ymarfer ddigon i wybod pryd i ddal y pren i'w atal rhag gwichian. Llithrodd trwy'r blwch a glanio'n ysgafn ar y llawr tu ôl i'r neuadd.

Roedd cyrraedd y stablau heb dynnu sylw yn ddigon hawdd. Wrth lwc roedd y lleuad ar ei lleiaf, braidd i'w gweld trwy'r cymylau trwchus. Doedd neb o gwmpas i sylwi arni'n cyfarch y ceffyl du a'i arwain o'r stabl. Yn gyfarwydd ag ymweliadau nosol Angharad, ni phrotestiodd y ceffyl.

Ac yna roedd hi wedi gadael. Ni allai Angharad gredu pa mor hawdd oedd dianc o Aberffraw. Wedi iddyn nhw ddod drwy'r hunllef hyn byddai'n rhaid iddi gael gair gydag Elise ynghylch amddiffynfeydd y llys. Efallai ei bod hi'n noson o ddathlu, ond os gallai hi gerdded allan heb neb yn ei stopio, yna byddai'n ddigon hawdd i elyn go iawn gerdded i mewn.

Ni welodd Angharad yr un enaid byw ar y daith i borthladd Abermenai. Anogodd y ceffyl du i garlam. Doedd y porthladd ddim yn bell o Aberffraw, ond gyda phob munud a âi heibio roedd y peryg yn cynyddu. Petai Elise yn gadael y neuadd a sylwi ar ei habsenoldeb byddai popeth ar ben arni.

Gallai weld y golau ymhell cyn iddi gyrraedd y porthladd. Neidiodd o gefn y ceffyl a'i glymu i goeden gyfagos.

Edrychodd y llygaid du arni'n syn.

'Bydda i 'nôl mewn ychydig o funudau,' sibrydodd, gan obeithio bod ei geiriau'n wir.

Gan wasgu'r pecyn roedd hi wedi ei roi yn ofalus at ei gilydd yn ei breichiau cerddodd weddill y pellter i'r porthladd. Doedd dim byd wedi symud ers iddi hi ac Elise stopio yno ar eu ffordd i Aberffraw. Ond roedd hi'n dawelach heno. Yr unig arwydd o fywyd oedd golau yn fflachio o'r lloches wrth y porthladd. Gwarchodwyr, fel y disgwyl. Dim mwy na dau, os oeddent yn dilyn y drefn arferol. Croesodd Angharad ei bysedd.

Wrth agosáu gallai Angharad weld dau ddyn yn eistedd yn agos at y tân. Roedd y gwynt yn ffyrnig heno, ac roedden nhw'n ceisio eu gorau i gadw'n gynnes. Cymerodd Angharad anadl ddofn a thaflu ei chlogyn yn ôl dros ei hysgwyddau er mwyn i'r milwyr allu gweld ei ffrog lom. Yn y tywyllwch, gyda'r clogyn yn dal i orchuddio ei phen, a'r lludw wedi ei daenu dros ei hwyneb, gweddïai na fydden nhw'n ei hadnabod.

'Help!' gwaeddodd, gan faglu'r ychydig o gamau olaf tuag atynt.

'Beth sy'n bod?' neidiodd un o'r milwyr tuag ati a'i thywys i'r tân.

'Mae'r Llychlynwyr wedi ymosod ar Aberffraw.'

Edrychodd y milwyr ar ei gilydd, a gallai Angharad weld eu parodrwydd i'w chredu. Roedd pawb yn amau'r Llychlynwyr. 'Maen nhw wedi ein bradychu?' gofynnodd un yn araf.

'Maen nhw'n lladd pawb! Roedd cymaint o ofn arna i.' Gafaelodd Angharad ym mraich y milwr, yn ymddangos yn sigledig ar ei thraed.

Trodd y milwyr i edrych i gyfeiriad Aberffraw. Doedd dim byd i'w weld yn y tywyllwch, ond roedd y cymylau'n drwchus, ac ni fyddai unrhyw sŵn i'w glywed dros y gwynt.

'Mae'r dihirod wedi dewis noson berffaith,' nododd un ohonynt, ei lais yn chwerw. 'Ni fydd neb arall ar yr ynys yn sylweddoli beth sydd wedi digwydd tan ei fod yn rhy hwyr. Doeddwn i erioed yn ymddiried yn y Llychlynwyr,' poerodd y geiriau olaf.

'Roedd pobl yn gweiddi am help,' dywedodd Angharad. 'Dyma oedd y lle cyntaf i mi feddwl dod.'

'Beth wnawn ni?'

'Rhaid i ni fynd draw i helpu.'

Gallai Angharad synhwyro bod y llall ychydig yn amheus. Edrychodd rhwng Angharad a'i gydymaith yn cnoi ei wefus. Ond roedd digon o ddrwgdybiaeth o'r Llychlynwyr yng Ngwynedd i'w stopio rhag herio ei stori. Roedd y Llychlynwyr yn elynion cyn i Idwal ac Olaf benderfynu eu bod yn ffrindiau, wedi'r cyfan.

'Plis peidiwch fy ngorfodi i i fynd 'nôl,' dywedodd Angharad mewn llais bach. 'Alla i ddim goddef sŵn y sgrechian.'

'Paid â phoeni,' cysurodd un ohonyn nhw. 'Gelli di aros fan hyn. Fe wnawn ni anfon rhywun i dy nôl pan mae'n ddiogel.'

Gorfododd Angharad ei hun i aros yn llonydd am funud gyfan wedi iddyn nhw adael, gan gyfri pob eiliad yn ei phen. Roedd yn rhaid iddi amseru hyn yn berffaith.

Tynnodd ei bwa a'i saethau o'i phecyn a'u gadael yn gorffwys ar y llawr wrth ymyl y tân. Gan ddal ei phecyn yn dynn, rhedodd i'r dŵr a chamu ar y llong gyntaf, bron yn syrthio wrth i'r llawr symud o dan ei thraed. Gorfododd ei hun i anadlu'n araf a phwyllo. Roedd ganddi ddigon o amser. Anadl ddofn arall. O'i phecyn tynnodd lestr bach a'i osod yn ofalus i un ochr. Trodd y pecyn yn ben i waered gan wasgaru gwellt ar draws bwrdd y llong. Gyda'i bysedd yn crynu agorodd y llestr. Disgleiriai'r braster roedd hi wedi ei ddwyn o'r gegin yn y tywyllwch. Yn araf arllwysodd y cynnwys dros y gwellt.

Cymerodd gam yn ôl a gorfodi ei hun i aros eiliad i ddal ei hanadl. Roedd ei phen wedi dechrau curo, a gwasgodd ei llaw i'w thalcen. Edrychodd o gwmpas y llong, yn straenio ei llygaid i weld yn yr ychydig olau a ddarparodd adlewyrchiad y dŵr llonydd. Doedd ganddi fawr ddim profiad o longau, dim ond syniad bras o'r hyn roedd hi'n chwilio amdano.

Glaniodd ei llygaid ar raff drwchus yn gorffwys ar fwrdd y llong, un pen yn diflannu dros yr ochr i mewn i'r dŵr. Rhaid mai dyna oedd yr angor. Cerddodd draw, yn ofalus i osgoi'r gwellt, a thynnu'r gyllell roedd hi wedi ei dwyn o'r stordy arfau. Am eiliad cafodd fraw – roedd y rhaff yn rhy gryf, doedd ganddi ddim y nerth i'w dorri. Ond yn boenus o araf dechreuodd freuo ac o'r diwedd daeth yn rhydd yn ei dwylo. Sychodd Angharad ei thrwyn ar ei llewys a thaflu'r rhaff i mewn i'r dŵr.

Roedd angen brysio nawr. Gweddïodd fod y gwynt yn ddigon cryf i achosi llanast. Ac yn wir, erbyn iddi gyrraedd y lloches roedd y llong wedi symud, wedi ei gwthio i ganol y llongau eraill.

Rhwbiodd Angharad ei dwylo chwyslyd ar ei ffrog. Dylai'r rhan nesaf fod yn hawdd. Roedd hi wedi cael digon o amser i ymarfer gydag Esyllt, wedi'r cyfan. Cododd y bwa o'r llawr wrth ymyl y tân. Gosododd y saeth yn y tân ac yna ei chodi i'r bwa. Aeth y saeth gyntaf yn syth i'r dŵr. Aeth yr ail saeth i'r llong ond ni thaniodd y gwellt.

Gorfododd Angharad ei hun i bwyllo. Gallai glywed Ælfwynn yn sibrwd yn ei chlust. 'Ymlacia. Paid gwasgu'r bwa'n rhy galed.' Gallai weld Burgric yn gwenu arni, yn edmygu ei chryfder. Gallai glywed ei hun yn dysgu Esyllt i ddal ei phenelin yn syth.

Trawodd y drydedd saeth ei tharged. Ceisiodd un fflam ddewr oleuo'r nos. Arhosodd Angharad, ddim yn meiddio anadlu. Yn araf, perswadiodd yr un fflam ddewr i eraill ymuno â'r côr. Dechreuodd y tywyllwch gilio o flaen eu hymosodiad. Ac roedd y gwynt yn gwneud ei waith yn dda. Ymhen dim, yn llawer cyflymach na fyddai Angharad wedi disgwyl, roedd mwy nag un llong ar dân.

A'i gwaith wedi ei gwblhau, rhedodd Angharad nerth ei thraed yn ôl i'r man lle gadawodd y ceffyl. Doedd dim byd mwy y gallai ei wneud nawr. Dim ond gobeithio.

Ni feiddiodd edrych dros ei hysgwydd tan iddi gyrraedd cyrion Aberffraw. Anogodd y ceffyl i aros a llithro o'i gefn. I gyfeiriad Abermenai roedd yr awyr yn enfys o liwiau. Roedd y dinistr yn ddigon i dorri drwy'r cymylau. Wedi mwytho'r ceffyl am un tro olaf trodd a cherdded gweddill y ffordd i'r llys. Roedd hi'n ffyddiog y byddai rhywun yn dod o hyd i'r ceffyl yn y pen draw, os na fyddai'n ddigon synhwyrol i ffeindio ei ffordd yn ôl i'r llys ar ei ben ei hun. Ond gyda bach o lwc ni fyddai neb yn sylweddoli mai'r ceffyl hwnnw oedd wedi cario'r llosgwr.

Llithrodd Angharad rhwng yr adeiladau, gan geisio cadw i'r cysgodion. Roedd y llys yn anhrefn llwyr. Gyda'r golau ar yr arfordir yn glir i bawb ei weld, rhuthrai dynion am y stablau. Ond roedd gwaed yn llifo o'r neuadd. Stopiodd Angharad yn stond. Disgleiriai'r hylif, oedd yn rhy drwchus i fod yn ddŵr, yn y tywyllwch.

Roedd rhan ohoni eisiau edrych yn agosach ond gorfododd ei hun i ddringo'r ysgol a thynnu ei dillad budr. Roliodd y ffrog i fyny a'i osod o dan ei chlustog. Taflodd ddŵr ar ei hwyneb. Wedi gwisgo ei dillad arferol, rhedodd yn ôl i lawr yr ysgol.

'Elise!' gwaeddodd. 'Elise!'

Gafaelodd pâr o ddwylo ynddi. 'Wyt ti'n iawn? Cer 'nôl i'r

llofft. Aros yno nes i mi ddod i ddweud ei bod hi'n ddiogel.'

Ni allai weld wyneb Elise yn y tywyllwch ond crynodd wrth y panig yn ei lais. Roedd yn rhaid iddi atgoffa ei hun nad oedd unrhyw beryg go iawn – ei gwaith hi oedd hyn i gyd. Dringodd yn ôl i fyny'r ysgol a suddo i'r llawr. Roedd ei chorff yn dyheu i gael ymlacio, y tensiwn yn llifo o'i chyhyrau. Ond roedd ei meddwl ar garlam, yn dilyn Elise i borthladd Abermenai.

Doedd gan Angharad ddim syniad am faint o amser bu'n aros i Elise ddychwelyd. Efallai awr, efallai llawer mwy. Gyda phob munud a âi heibio dechreuodd deimlo ychydig yn fwy diogel – roedd hi wedi llwyddo. Os oedd cryfder y golau ar yr arfordir yn unrhyw arwydd, ni fyddai llawer o lynges Idwal wedi goroesi.

O'r diwedd clywodd sŵn traed ar yr ysgol.

'Beth sydd wedi digwydd?' gofynnodd, y braw yn ei llais yn ddigon argyhoeddiadol.

'Ymosodiad ar y llongau.' Eisteddodd Elise wrth ei hymyl a syllu ar ei ddwylo mewn tawelwch.

'Faint o ddifrod sydd?'

'Digon. Braidd unrhyw long heb ei difrodi. Fe wnaethon ni lwyddo i achub un neu ddwy rhag dinistr llwyr, ond bydd hi'n wythnosau cyn i ni fedru eu hwylio nhw eto.'

Yn y tywyllwch gwenodd Angharad. Doedd dim cwestiwn y byddai Idwal ac Elise yn cefnogi Olaf yn Brunanburh.

'Ond sut? Ydych chi'n gwybod pwy wnaeth?'

Ochneidiodd Elise. 'Y gwarchodwyr, mae'n debyg. Wnaethon nhw gyrraedd yma wrth i'r tân ddechrau, gyda rhyw stori ryfeddol bod y Llychlynwyr wedi ein bradychu ni. Rhaid eu bod nhw wedi bwriadu ein troi ni yn erbyn ein cynghreiriaid.'

'Wnaethon nhw gyfaddef?' gofynnodd Angharad yn ofalus.

'Doedd dim cyfle. Fe wnaeth y Llychlynwyr eu lladd yn syth oherwydd y cyhuddiad. Ac yna wnaeth ein dynion ni ymosod ar y Llychlynwyr. Mae'r ddau wedi eu lladd, ond roedd nifer o'n dynion ni ymysg y meirw hefyd.'

'Mae hynny'n ofnadwy.'

Siglodd Elise ei ben mewn rhwystredigaeth. 'Rhaid bod y gwarchodwyr wedi cael cymorth – roedd rhaid i rywun aros yn y porthladd i ddechrau'r tân. Ond doedd neb yno erbyn i ni gyrraedd.'

'Mae'n flin gen i. Mae hyn wedi bod yn noson ofnadwy.'

Gosododd Elise ei ben yn ei ddwylo. 'Rydyn ni wedi colli popeth bron. Does dim modd i ni fynd i Brunanburh. Ac annhebyg byddai Olaf yn ein croesawu nawr beth bynnag, ddim ar ôl i ni ladd dau o'i filwyr.'

Gorweddodd Angharad yn ôl a syllu ar y nenfwd. Roedd hi wedi llwyddo.

9

'Neges o Loegr, Arglwydd.'

Cadwodd Angharad ei llygaid ar ei brecwast, ei chalon yn carlamu. Nawr câi wybod a oedd hi wedi gwneud y peth cywir.

'Roedd Athelstan yn fuddugol.'

Llifodd rhyddhad drosti. Roedd hi wedi dewis yr ochr fuddugol. Neu wedi atal Idwal ac Elise rhag dewis yr ochr arall o leiaf.

'Unrhyw fanylion?'

Edrychodd Angharad i fyny ar Elise. Roedd siom yn addurno ei wyneb.

'Mae'r sïon o Loegr yn sôn am laddfa eithafol. Roedd byddin Athelstan yn fwy o lawer nag oedd unrhyw un ohonom wedi ei ragweld. Roedd ganddo fwy o filwyr na ddylai fod yn bosib i frenin Lloegr fedru eu gorchymyn.'

'A brenin Dulyn?'

'Bu farw nifer fawr o'r Llychlynwyr, ond wnaeth y brenin lwyddo i ffoi 'nôl i Ddulyn. Wnaeth Constantín ddianc i'r Alban hefyd, er bu farw un o'i feibion.'

'Ac Ywain?'

'Does dim sôn o gwbl am frenin Ystrad Clud. Wnaeth e ddiflannu. Mae'n debygol ei fod ... ymysg y meirw. Roedd gormod ohonyn nhw i gyfri.'

Synhwyrai Angharad siomedigaeth Elise yn troi'n alarnad

go iawn. Ceisiodd osgoi edrych ar ei gŵr, rhag ofn iddo weld ei rhyddhad. Roedd hi'n bod yn hunanol, gwyddai hynny. Ond petai dynion Gwynedd wedi gorymdeithio i Brunanburh efallai mai newyddion o farwolaeth Elise ac Idwal fyddai gan y negesydd i'w adrodd heddiw. A phwy a ŵyr beth fyddai dyfodol Esyllt wedyn. Roedd hi'n ddiogel nawr, a byddai'n aros yng Ngwynedd lle gallai Angharad gadw llygad arni. Ni fyddai unrhyw sôn mwy am gynghrair briodas rhyngddi hi a Dyfnwal. Roedd pŵer Ystrad Clud yn deilchion.

'Unrhyw beth arall?'

Oedodd y negesydd a symudodd ei lygaid o Elise i Angharad. Doedd hyn ddim yn newyddion roedd e eisiau ei rannu. 'Fe wnaeth Hywel ymuno â byddin Athelstan.'

Wrth gwrs wnaeth e, meddyliodd Angharad yn chwerw. Roedd ei thad o hyd yn dewis yr ochr fuddugol. Wrth ei hymyl, gwasgodd Elise ei law yn ddwrn.

Wedi i'r negesydd adael, gwnaeth Angharad rywbeth doedd hi erioed wedi ei wneud o'r blaen. Estynnodd a gafael yn llaw ei gŵr. 'Mae'n flin gyda fi am Ywain.'

'Roedd e'n ddyn da. Bydd Ystrad Clud yn gweld ei eisiau.'

Lledodd tawelwch lletchwith rhyngddynt. Roedd Elise yn galaru, gwyddai Angharad hynny. A gwyddai hefyd fod yn rhaid iddi ei gyrraedd cyn i'w alar ei halltudio. Ond doedd hi ddim yn siŵr sut. Doedd hi erioed wedi ei weld fel hyn o'r blaen.

'Roedd Athelstan yn gryfach nag oedd unrhyw un wedi tybio,' cynigiodd yn ofalus.

'Wnest ti amcangyfrif ei gryfder,' atebodd Elise yn dawel, ei lygaid yn gwylio llaw Angharad yn gorffwys ar ei law ef.

Cododd Angharad ei hysgwyddau. 'Rwy'n ei nabod yn well na chi i gyd. O leiaf wnaeth ein dynion ni ddianc rhag y lladdfa. Fe wnaeth rhyw dda ddod o'r dinistr yn Abermenai.'

O'r diwedd edrychodd Elise i fyny. Syllodd yn syth i mewn

i'w llygaid gyda golwg annarllenadwy ar ei wyneb.

'Dyw braich Athelstan ddim yn ddigon hir i gyrraedd Gwynedd heb esgus da,' mentrodd Angharad eto. 'Rydyn ni'n ddiogel yma.'

Roedd y tawelwch yn beryglus.

'Rwyt ti'n mynd yn fwy ac yn fwy fel dy dad bob dydd, Angharad.'

Tynnodd Angharad ei llaw yn ôl, ei bysedd yn llosgi. Roedd hi wedi eu hachub nhw. Petai hi wedi gadael i Idwal ac Elise reoli'r sefyllfa, faint o filwyr Gwynedd fyddai'n gyrff marw nawr ar faes y gad? Neu a fyddai milwyr Gwynedd wedi gwneud gwahaniaeth, sibrydodd llais bach twyllodrus. Efallai mai Athelstan fyddai wedi colli.

'A beth yw hynny i fod i feddwl?' brathodd trwy gwmwl coch.

'Rwyt ti'n chwarae gêm y Saeson. Yn dda. Gofala nad wyt ti'n ei chwarae'n rhy dda.'

Gadawodd y bwrdd heb roi cyfle i Angharad ymateb.

* * *

Roedd Angharad wedi gorfod gadael y neuadd wedi hynny. Roedd ei gwaed yn berwi, a rhan ohoni'n dymuno rhedeg ar ôl Elise i barhau â'r ddadl. Roedd ganddi gymaint o eiriau i amddiffyn ei hun â nhw; ni fyddai ganddo ddewis ond deall. Ac ymddiheuro. Ond o dan y tonnau o ddicter a rhwystredigaeth, llechai emosiwn arall. Ansicrwydd. Baglodd Angharad tu allan. Byddai anadl ddofn o aer yn clirio ei phen.

Amddiffyn ei theulu oedd hi. Pam oedd Elise yn cael cymaint o drafferth i ddeall hynny? Roedd e wedi gweld pa mor agos y daethon nhw at golli pob dim yng Nghaer. Roedd e wedi ofni dialedd Edward bryd hynny. Nag oedd e'n sylweddoli y byddai Athelstan hefyd yn llym? Nag oedd e'n sylweddoli bod peryg y byddai ei ferch yn tyfu i fyny heb ei thad?

Ond roedd hedyn o ansicrwydd wedi ei blannu yn ei stumog.

Roedd hi wedi gwneud ei gorau i efelychu Æthelflaed. Roedd hi wedi meddwl mai Æthelflaed oedd y model perffaith. Y frenhines graff fyddai'n pwyso a mesur pob opsiwn cyn gweithredu, y frenhines fyddai'n barod i wneud beth bynnag oedd angen er mwyn sicrhau eu bod nhw'n ennill. Ond roedd ochr arall i Æthelflaed hefyd, ochr oedd wedi codi ofn ar Angharad, ochr roedd hi wedi gwneud ei gorau i'w hanghofio. Ei thriniaeth o frenhines Brycheiniog, crogi'r sgowtiaid, rhybuddio Angharad i roi pellter rhyngddi hi ac Ælfwynn ... A'i thad? Doedd hi erioed wedi ystyried ei hun yn debyg i'w thad. Doedd ei thad ddim yn poeni am neb ond fe ei hun. Roedd popeth roedd hi wedi ei wneud wedi bod er lles ei theulu. Yn sydyn atseiniodd ei sgwrs gydag Edwin yn ei chlustiau. *'Dyw Dad ddim yn poeni am ei deulu!' 'Ydy. Trwy'r amser. Ond dyw e erioed wedi dy drin di fel rhan ohono.'* Caeodd ei llygaid mewn ymdrech i gau ei brawd allan.

Roedd ei thraed wedi ei thywys i'r eglwys. Doedd yr atgasedd oedd ganddi tuag at eglwysi fel rheol ddim yn cynnwys eglwys Llan-faes. Doedd yr adeilad bach pren ddim yn cymharu o gwbl gydag eglwysi mawreddog Tamworth, Caerloyw a Chaer. Ond roedd rhywbeth hynod o gartrefol am y lle. Teimlai Angharad y gallai eistedd ar fainc ar goll yn ei meddyliau ei hun heb i ryw hen ddyn ei beirniadu.

Un person arall oedd yn yr eglwys heddiw. Gwraig ychydig yn hŷn na hi, tybiai Angharad. Roedd hi'n ddwys wrth ei gweddi hefyd, ei dwylo wedi eu gwasgu'n dynn wrth ei gilydd, a'i gwefus yn symud yn gyflym. Edrychodd Angharad i ffwrdd, yn teimlo'n lletchwith am darfu ar ei phreifatrwydd.

Teimlodd ei chalon yn ysgafnhau wrth iddi eistedd ar y fainc. Doedd dim byd y gallai ei wneud i newid yr hyn oedd wedi digwydd nawr. A doedd hi'n dal ddim yn siŵr ei bod hi wedi gwneud y penderfyniad anghywir – mor gryf oedd byddin Athelstan debyg mai unig gyfraniad milwyr Gwynedd fyddai i roi cwmni i'r Albanwyr a'r Llychlynwyr yn gorwedd ar faes y gad. Roedd hi wedi achub nifer o fywydau, atgoffodd ei hun. Ni ddylai deimlo bod yn rhaid iddi ymddiheuro am hynny.

'Arglwyddes.' Roedd y fenyw wedi codi o'i gweddi ac yn penlinio o'i blaen. 'Mae'n ddrwg gen i dorri ar draws,' parhaodd yn swil.

'Mae'n iawn,' ceisiodd Angharad wenu trwy ei gofidion. 'Sut alla i helpu?'

Roedd y fenyw yn gwneud ei gorau i gadw ei hysgwyddau yn llonydd, ac i atal dagrau rhag llifo o'i llygaid. 'Hoffwn i ofyn am faddeuant. I'm gŵr.'

Syllodd Angharad arni'n syn.

'Rydw i'n gweddïo bob dydd am faddeuant Duw. Ond hoffwn i ofyn am eich maddeuant chi hefyd. Llongau eich gŵr a'ch tad yng nghyfraith oedden nhw ... dydw i dal ddim yn deall pam ...' Tarfodd ei llais wrth i'r dagrau ennill.

Teimlodd Angharad ei cheg yn sych. Y gwarchodwyr. Wedi eu lladd gan y Llychlynwyr ac wedi eu dal yn euog am losgi'r llongau. Doedd hi ddim wedi meddwl ddwywaith amdanynt. Roedd hi wedi teimlo rhyddhad, os rhywbeth. Rhyddhad i wybod nad oedd unrhyw fys yn pwyntio ati hi. Fflachiodd llun o gyrff y sgowtiaid o flaen ei llygaid, Æthelflaed yn eu gwylio'n siglo yn y gwynt, haearn yn ei llygaid.

'Mae pawb yn gwneud camgymeriadau,' atebodd Angharad yn ofalus. 'Ac ni allwn fyth wybod yr amgylchiadau sydd yn arwain i rywun weithredu mewn ffordd arbennig.

Rydw i'n maddau i'ch gŵr.' Roedd ei cheg yn teimlo'n fudr wrth yngan y geiriau. Os oedd Duw yn gwarchod yr eglwys hon, ni fyddai'n edrych i lawr arni hi'n ffafriol.

'Diolch Arglwyddes, mae hynny'n gysur mawr i mi.'

Syllodd Angharad ar y fenyw wrth iddi adael. Doedd yr eglwys ddim yn heddychlon nawr. Roedd lleisiau o amheuaeth yn gôr yn ei phen, yn parhau i ganu er gwaethaf ei hymdrechion i'w gwthio i ffwrdd. Roedd pob darn o bren yn ei beirniadu. Caeodd Angharad ei llygaid. Efallai dyma pam arferai Æthelflaed osgoi gweddïo am amser hir. Roedd gweddïo yn rhoi gormod o amser i rywun feddwl am y pethau ofnadwy roedden nhw wedi eu gwneud.

10

Ni chafodd Angharad funud o heddwch wedi hynny. Ni allai anghofio dagrau'r fenyw, ac wrth iddi wneud ei gwaith ar yr ystâd atseiniai geiriau beirniadol Elise yn ei phen. Wedi iddi gau ei llygaid yn y nos byddai wyneb Hywel yn tarfu ar ei chwsg. Petai'n llwyddo i ddianc rhag ei thad byddai'n troi i weld Æthelflaed yn syllu arni yn lle. Byddai Æthelflaed wedi llosgi'r llongau, gwyddai hynny. Wedi eu llosgi heb feddwl ddwywaith, ac wedi gwthio unrhyw deimlad o euogrwydd i un ochr yn hawdd. Fel arfer byddai gwybod ei bod hi'n dilyn ôl traed Æthelflaed yn dod â chysur iddi. Ond ddim y tro hwn.

Doedd Angharad ddim wedi meiddio dychwelyd i'r eglwys rhag ofn iddi gwrdd â'r fenyw eto, ond trwy ofyn cwestiwn yma ac acw roedd hi wedi llwyddo i greu braslun o'i bywyd. Rhiannon oedd ei henw. Roedd ganddi ddau o feibion ifanc. Ers marwolaeth ei gŵr roedd hi wedi dibynnu ar haelioni ei theulu ei hun, ond roedden nhw'n anfodlon i gynnal meibion troseddwr. Gyda phob manylyn ychwanegol a ddeuai i glyw Angharad, dwysáu wnaeth ei heuogrwydd.

Roedd angen tawelu'r cythreuliaid rhywsut.

'Hoffen i gynnig meithrin meibion Rhiannon yma.'

Cododd Elise ei lygaid o'i frecwast. 'Pwy?'

'Gwraig un o'r gwarchodwyr a laddwyd gan y Llychlynwyr. Mae ganddi ddau fab, un ohonynt tua'r un oedran ag Esyllt, y llall ychydig yn ieuengach.'

'Wn i ddim a ydi derbyn meibion troseddwr i'n gwarchodaeth ni yn syniad da – pa fath o neges mae hynny'n rhoi i bobl? Bod sarhau ein brenin yn iawn?'

'Byddai'n dangos dy fod di'n arglwydd hael sydd ddim yn cosbi meibion am droseddau eu tad. Maen nhw wedi colli pob dim. Trwy roi cyfle arall iddyn nhw fyddi di'n sicrhau ffyddlondeb llwyr yn y dyfodol.'

Tawelwch oedd unig ymateb Elise.

Roedd ei gŵr yn parhau i'w chadw ar hyd braich. Roedd hi'n eithaf sicr nad oedd e'n ei hamau. Galaru oedd e. Galaru colli Ywain, ond hefyd galaru colli cyfle. Roedd ei gwthio hi i ffwrdd yn gwneud iddo deimlo bod ganddo rywfaint o reolaeth dros ei alar. Doedd Angharad ddim wedi gwneud ymdrech i'w gyrraedd, ddim ar ôl eu dadl ddiwethaf.

Cytunodd Elise yn y pen draw. Eisiau anghofio am helynt Brunanburh oedd e'n fwy na dim, ac roedd e'n gwybod mai'r ffordd gyflymaf i roi diwedd ar y sgwrs oedd cytuno i ddymuniad Angharad. Debyg iddo weld synnwyr yr hyn roedd hi'n ei ddweud hefyd – doedd dim angen mwy o elynion arnyn nhw.

Roedd ymateb Rhiannon wedi peri anesmwythder pellach i Angharad. Doedd hi ddim yn haeddu ei diolchgarwch. A doedd presenoldeb y bechgyn heb lwyddo i leddfu ei heuogrwydd. Roedden nhw wedi ymgartrefu'n gyflym, a heb ddangos unrhyw arwydd o ddicter tuag ati hi ac Elise. Bosib doedden nhw ddim yn deall beth oedd wedi digwydd i'w tad. Teimlai Angharad yn anghyfforddus wrth eu gweld yn chwarae gydag Esyllt. Roedd presenoldeb Esyllt yn arwydd o'i llwyddiant – petai Elise wedi gorymdeithio i Brunanburh, yna byddai Esyllt naill ai wedi ei hanfon i Ystrad Clud erbyn hyn, neu yn wystl yn llys Athelstan. Yn lle hynny, gallai nawr fwynhau gweddill ei phlentyndod mewn heddwch. Ond yno, wrth ymyl ei merch, roedd y ddau fachgen yn ei hatgoffa o gost hynny. Ni allai Angharad anwybyddu'r anghyfiawnder.

Ac roedd yr atgofion drwg yn ei chylchu. Yn ystod y nos roedd alltud o Fersia wedi dod i lys Idwal yn gofyn i dderbyn ei arglwyddiaeth yn dâl am loches. Roedd Idwal wedi ei anfon ymlaen i Lan-faes, gan wybod bod Elise o hyd yn edrych am fwy o ddynion i'w helpu. Ychydig iawn o Gymraeg oedd gan y dyn ifanc ac felly gwirfoddolodd Angharad i'w ddangos o gwmpas a'i gyflwyno i'r gweithwyr eraill. Ni allai edrych i lygaid y dyn heb weld Burgric. Enw arall ar y rhestr o bobl roedd hi wedi eu hanfon i'r bedd.

Roedd hi'n nosi erbyn iddi gyrraedd 'nôl i'r neuadd. Roedd Elise yng nghanol rhyw drafodaeth ynghylch atgyweirio'r to. Dyma oedd y mwyaf bywiog iddo ymddangos ers peth amser. Heb eisiau tarfu ar ei dymer dda, aeth Angharad ati i drefnu swper o'r gegin.

'Lle mae Esyllt?' gofynnodd wedi iddo ymuno â hi wrth y bwrdd.

'Roedd hi allan yn chwarae yn gynharach, yr un grŵp o ffrindiau. Fydd hi ddim wedi mynd yn bell.'

'Hm, bues i ar gyrion yr ystâd trwy'r prynhawn ond wnes i ddim ei gweld hi ar y ffordd 'nôl.' Cerddodd Angharad i'r drws ac edrych allan. Roedden nhw'n rhoi cryn dipyn o ryddid i Esyllt – mwy o ryddid nag y cawsai hi erioed fel plentyn – a doedd eu merch heb gamddefnyddio'r rhyddid hynny o'r blaen. Roedd hi'n deall bod rhaid iddi ddychwelyd i'r neuadd cyn iddi nosi. A doedd hi byth eisiau colli pryd bwyd, beth bynnag.

'Esyllt!' galwodd Angharad. Dim ateb. Crwydrodd o gwmpas yr iard ond doedd dim arwydd o'i merch a'i ffrindiau yn unman.

Roedd yr haul yn diflannu'n gyflym ac ymunodd Elise â hi tu allan. 'Aros fan hyn rhag ofn iddi ddod 'nôl. Wna i drefnu'r dynion i chwilio'r ardal. Fydd hi ddim wedi gallu mynd yn bell.'

Parhaodd Angharad i gerdded 'nôl ac ymlaen ar hyd yr iard, heb dalu sylw i'r oerfel. Roedd hi wedi gweithio mor galed i gadw ei merch rhag pob bygythiad. Roedd hi wedi gwneud ei gorau i sicrhau na fyddai Esyllt yn dioddef oherwydd rhyfel rhwng brenhinoedd Prydain. Ond doedd hi erioed wedi ystyried y posibilrwydd o'i cholli yma, ar yr ystâd, ar ddiwrnod digon digyffro.

'Arglwydd! Arglwyddes!'

Rhuthrodd Angharad ar draws yr iard i gwrdd â'r bachgen ifanc.

'Beth sydd wedi digwydd? Ble mae Esyllt?'

'Ro'n ni'n chwarae wrth ymyl yr afon ... ond daeth rhyw ddyn. Wnaeth o geisio ymosod arnon ni,' torrodd geiriau'r bachgen yn ddagrau. 'Wnes i redeg i un cyfeiriad, rhedodd Esyllt i'r cyfeiriad arall.'

Nid arhosodd Angharad i wrando ar air arall. Rhuthrodd yn ôl i'r neuadd i afael yn ei bwa ac yna i'r stablau. Roedd y panig yn corddi yn ei stumog. Pwy oedd y dyn oedd wedi ymosod arnyn nhw? Rhyw droseddwr yn crwydro cefn gwlad Gwynedd? Roedd yr ardal hon mor ddiogel fel arfer. Gyda braidd dim golau i'w harwain dylai hi fod yn fwy gofalus – doedd hi ddim am i'r ceffyl faglu a'i thaflu o'i gefn – ond doedd ei nerfau ddim yn caniatáu iddi arafu. Neidiodd i'r llawr wrth gyrraedd y coed. Os oedd hi'n cofio'n iawn, roedd yr afon yn agos.

'Esyllt!' galwodd. Roedd y llawr yn rhewllyd o dan ei thraed. 'Esyllt!' Tylluan oedd yr unig un i ateb.

Gwthiodd trwy'r coed, gydag ambell foncyff yn gwneud ei orau i'w rhwystro. Roedd hi wedi cofio'n gywir – gallai weld dŵr yn disgleirio yn y pellter.

'Mam!'

Rhuthrodd Angharad i gyfeiriad y llais. Ni allai glywed neb arall, ond gosododd saeth yn ei bwa'n barod. Rhag ofn.

Safai Esyllt ar lan yr afon, ei bwa ei hun yn llac yn ei llaw. Roedd dyn yn gorwedd ar y llawr ychydig o fetrau i ffwrdd, saeth wedi ei gladdu yn ei ochr, a gwaed yn pyllu ar y llawr o'i gwmpas.

'Mam ...' sibrydodd Esyllt. 'Dwi'n sori.'

Gafaelodd Angharad ynddi a'i thynnu'n dynn ati. 'Wyt ti wedi cal dy frifo?'

Siglodd Esyllt ei phen. 'Roedd o isho i fi fynd efo fo. Wnaeth o dynnu ei gleddyf ... a wedyn wnes i ...'

'Shhh,' mwythodd Angharad ei gwallt. Yn fodlon bod ei merch yn ddiogel ac yn iach trodd ei sylw i'r dyn ar y llawr. 'Roedd e'n siarad Cymraeg?'

'Oedd ... ond Cymraeg fel ti'n siarad. Dim Cymraeg Dad.'

Teimlodd Angharad y ddaear yn symud o dan ei thraed. Roedd y dyn wedi dod o dde Cymru. Cerddodd draw ato. Roedd e'n dal i anadlu, ond yn drafferthus. 'Pwy anfonodd ti?' gofynnodd.

Symudodd ei lygaid rhyw fymryn. Roedd e'n gallu ei chlywed. 'Pwy anfonodd ti?'

Dim byd.

Ond doedd dim angen iddo ateb. Roedd Angharad wedi gweld y dyn hwn o'r blaen, wedi ei weld yn Eamont ac yng Nghaergeri. Un o ddynion ei thad oedd e.

'Angharad? Esyllt?'

'Dad!' gwaeddodd Esyllt. 'Fan hyn!'

Taflodd Elise ei hun trwy'r coed a syrthio i'w benliniau wrth ei hymyl. 'Esyllt! Ti'n iawn?'

'Ydw,' sibrydodd Esyllt, gan ddechrau crio eto.

Gwelodd Elise y bwa yn llaw ei ferch a chododd ei aeliau mewn syndod. Yna gwelodd ei wraig yn penlinio wrth ochr y dyn. Siglodd Angharad ei phen. Erbyn i Elise gyrraedd ei hochr roedd y dyn wedi stopio anadlu.

11

Roedd Aberffraw yn dathlu heno. Roedd newyddion wedi eu cyrraedd am farwolaeth Athelstan. Doedd Angharad ddim wir yn siŵr beth oedd pwrpas y dathlu. Efallai fod y brenin wedi marw, ond roedd Wessex yn dal yno, a byddai brenin arall yn codi yn ei le. Doedd y Saeson erioed wedi bod yn brin o frenhinoedd.

Teimlai Angharad ychydig o dristwch. Roedd Athelstan wedi gwthio ei bŵer yn rhy bell yn y blynyddoedd olaf, ond roedd hi'n dal i gofio'r bachgen a fu'n garedig iddi yn Tamworth, y tywysog wnaeth ei orau i herio ei dad. Ac roedd ei farwolaeth sydyn, mor ifanc o hyd, yn golygu ansefydlogrwydd.

Roedd Prydain wedi cael blas ar yr ansefydlogrwydd hynny'n barod. Roedd Olaf wedi adennill Efrog heb orfod gafael mewn arf. Roedd pobl Northumbria wedi codi o'i blaid a mynnu iddo ddychwelyd o Ddulyn yn frenin drostynt. Neu o leiaf dyna oedd y stori. Roedd Angharad yn amau rhyw dwyll.

Teimlai trigolion Gwynedd eu bod nhw wedi elwa ar y sefyllfa. Doedd Edmund – a etifeddodd goron Lloegr fel yr oedd Edwin wedi rhagweld – ddim wedi galw ar Idwal i ddarostwng iddo eto. Roedd Idwal ac Elise wrth eu bodd. Arwydd bod gafael y Saeson ar Wynedd wedi llacio oedd hyn, roedden nhw'n mynnu. Roedd cyfle yma i ailsefydlu eu hannibyniaeth.

Ond doedd Angharad ddim mor siŵr. Roedd rhywbeth yn fygythiol am dawelwch Wessex.

Doedd dim byd yn dawel am y dathliadau yng Ngwynedd. Doedd Idwal ddim wedi arbed unrhyw gost wrth drefnu'r wledd, a gallai Angharad ragweld y dathliadau'n parhau yn hwyr i'r nos. Dyma oedd gwledd gyntaf Esyllt, ac eisteddai wrth ymyl ei mam yn gwylio'r neuadd gyda llygaid mawr. Gwenodd Angharad a mwytho ei gwallt.

'Ti'n mwynhau'r bwyd?' gofynnodd.

Edrychodd Esyllt ar ei phlât yn feirniadol. 'Dydi o ddim mor neis â'r bwyd dan ni'n ei gael adra.'

Chwarddodd Angharad. Doedd ei merch ddim wedi dysgu'r grefft o ddiplomyddiaeth eto.

'Mae Dad yn hapus iawn heddiw.'

Teimlodd Angharad fymryn o falchder. Roedd Esyllt yn graff. 'Ydy.'

Gwyliodd ei merch yn archwilio'r bara. Roedd hi wedi bod yn fwy tawel ers y noson ger yr afon. Yn anaml iawn gwelai Angharad hi'n hela'r ddraig ddychmygol gyda'i ffrindiau nawr. Roedd y tri ohonyn nhw wedi siarad yn hir am ddigwyddiadau'r noson. Eglurodd Elise ac Angharad wrth Esyllt ei bod hi wedi gwneud y peth cywir yn amddiffyn ei hun. Roedd y ferch fach wedi nodio, ac Angharad wedi gweld dealltwriaeth yn ei llygaid crwn. Ond anos fyddai i Esyllt dderbyn ei bod wedi gwneud y peth cywir.

Doedd dim un ohonyn nhw wedi sôn am allu Esyllt i saethu yn ystod y sgwrs honno. Roedd Elise wedi cadw ei dymer ynghudd, yn barod ar gyfer y ddadl gydag Angharad oedd i ddilyn. Ac roedden nhw wedi dadlau. Wedi dadlau yn fwy ffyrnig nag oedden nhw wedi dadlau erioed o'r blaen. Mewn sioc oedd e, tybiai Angharad. Roedd e wedi bygwth torri'r bwa yn ei hanner. Ond doedd dim angen i Angharad egluro wrtho mai ei gallu i amddiffyn ei hun oedd yr unig reswm bod Esyllt dal gyda nhw. Ac yna, roedd e wedi dechrau crio.

Doedd Esyllt ei hun ddim wedi eisiau cyffwrdd yn y bwa eto am amser maith. Roedd hi wedi dilyn Angharad i'r goedwig a'i gwylio'n saethu, ond wedi siglo ei phen yn ffyrnig a gwrthod cymryd tro ei hunan. Gydag amser ac amynedd roedd Angharad wedi ei pherswadio i saethu eto. Ond roedd rhywbeth wedi newid.

'Wyt ti'n hapus, Esyllt?'

Crychodd ei thalcen. 'Ydw. Ond mae'n well gen i fod adra. Mae'n ddiflas fan hyn.'

Wrth edrych allan ar y torfeydd o ddynion yn yfed a siarad ar draws ei gilydd roedd yn rhaid i Angharad gytuno. 'Byddwn ni'n mynd adref cyn hir, paid â phoeni.'

'Arglwyddes, mae rhywun i'th weld. Mae'n aros tu allan.'

Nodiodd Angharad, heb fawr o ddiddordeb. Rhyw drafferth yn Llan-faes angen ei ddatrys, tybiai.

'Ga i ddod hefyd?' gofynnodd Esyllt wrth i'w mam godi.

'Wrth gwrs.'

Dechreuodd Esyllt sgipio wrth iddyn nhw gyrraedd yr awyr agored, a theimlo aer y nos ar ei hwyneb.

'Noswaith dda, Angharad.'

Stopiodd Angharad yn stond. 'Edwin!' Chwarddodd wrth ei gofleidio. 'Mae mor dda dy weld di. Ti 'di dod yn bell!'

Gwenodd Edwin. 'Tipyn o siwrne, ond yn werth ei gwneud i dy weld di. Mae wedi bod yn rhy hir ... eto!'

Siglodd Angharad ei phen mewn anghrediniaeth. 'Alla i ddim credu dy fod di yma!'

'Es i gyda Dad i Gaergeri i dalu trethi i frenin Wessex. Yna wnes i benderfynu parhau i deithio i'r gogledd, tra bod y tywydd yn dda. Fe wna i ddal llong masnachwr yn ôl i'r de.'

'Dwyt ti ddim fel arfer mor fympwyol! Nath Dad adael i ti ddod?'

'Dyw e ddim yn gwybod! Mae'n brysur iawn ar hyn o bryd, yn rhy brysur i dalu fawr o sylw i mi. Felly roedd e'n hawdd sleifio i ffwrdd.'

Chwarddodd Angharad. 'Yr un hen dric! Rwy'n falch bod ti wedi dod.' Gwasgodd yn ei law. 'Dwyt ti ddim wedi cwrdd â'm merch i o'r blaen.'

Syllodd Edwin ar Esyllt mewn syndod. 'Dyma yw Esyllt? Ond mae mor hen!'

Safodd Esyllt ychydig yn sythach. Gwenodd Angharad wrth wylio'r ddau ohonynt yn sgwrsio. Gydag ambell gwestiwn a jôc, llwyddodd ei brawd i dynnu Esyllt o'i chragen. Merch oedd wedi bod yn dawel ac yn ddifrifol ers wythnosau. Ddylai hynny ddim bod yn syndod. Fe oedd wedi tynnu Angharad o'i chragen yn Nyfed wedi'r cyfan.

Ond doedd Edwin ddim yn hollol gyfforddus heno. Gallai Angharad weld y pryder yn ei lygaid. 'Roedd gen i rywbeth o'n i eisiau trafod gyda ti,' dywedodd o'r diwedd.

Gwyliodd Angharad ei brawd yn ofalus. 'Beth sy'n bod?'

'Rych chi wedi clywed bod Edmund wedi olynu Athelstan?'

'Ydyn. Dyna pam mae gymaint o sŵn,' atebodd, gan gyfeirio 'nôl at y neuadd.

Siglodd Edwin ei ben. 'Dyw e ddim yn achos dathlu. Mae Dad wedi cael ei alw i ddarostwng i'r brenin newydd. Mae yno yn ei lys nawr.'

'Dyw Idwal ddim wedi derbyn unrhyw wahoddiad.'

'Na ...'

Gostyngodd cwmwl dros Angharad. 'Mae Edmund yn mynd i droi yn ei erbyn?'

Cododd Edwin ei ysgwyddau. 'O beth rwy'n deall mae'n ystyried gwneud – Gwynedd ac Ystrad Clud. Ma' rhaid i ti ddeall, does gen i ddim unrhyw ffeithiau cadarn, dim ond sïon a damcaniaethau.'

Nodiodd Angharad. 'Bydd rhai i ni fod yn wyliadwrus, felly.'

'Bydd, ond ddim jyst o bŵer Edmund. Bydd yn wyliadwrus o Hywel hefyd.'

'Dad?'

'Ie. Mae'n edrych tua'r gogledd.'

Yn gwneud cryn dipyn yn fwy nag edrych. Gafaelodd Angharad yn dynnach yn llaw Esyllt. Roedd hi wedi rhannu ei amheuon gydag Elise, ond doedd e ddim wedi talu unrhyw sylw. Troseddwr oedd y dyn gipiodd Esyllt, dim mwy. Efallai ei fod wedi dod o'r de, ond ddim wedi ei anfon gan Hywel. Pam fyddai brenin Dyfed wedi ceisio cipio eu merch? Doedd Angharad ddim wedi dadlau ymhellach – doedd hi ddim am i Elise gredu ei bod hi wedi colli ei phwyll. Ond roedd hi wedi parhau i amau, wedi parhau i bryderu. Ac nawr roedd Edwin wedi cadarnhau mai hi oedd yn gywir.

'Mae popeth yn iawn yn Nyfed felly? Mae Dad wedi datrys y broblem yng Ngheredigion?'

'Ydy ... dyma yw'r fwyaf sefydlog mae'r deyrnas wedi bod erioed ... a'r mwyaf pwerus mae Dad wedi bod erioed.'

Ochneidiodd Angharad. Dylen nhw fod wedi disgwyl hyn. Roedd pob cam a gymerai Hywel wedi ei asesu'n ofalus er mwyn cynyddu a chadarnhau ei bŵer. Roedd ganddo'r statws uchaf posib fel brenin Dyfed. Ei enw ef oedd ar frig pob dogfen a ddôi allan o lys Wessex. Wrth gwrs doedd hi ond yn fater o amser cyn iddo droi ei olygon at Wynedd.

Ac roedd e eisiau dial. Roedd hi wedi ei sarhau, wedi'r cyfan, trwy drefnu'r gynghrair briodas gydag Elise tu ôl i'w gefn. Efallai fod blynyddoedd wedi pasio ers hynny, a sawl dyn gwahanol wedi gwisgo coron y Saeson, ond ni fyddai ei thad wedi anghofio.

'O'n i eisiau dy rybuddio di. Bydd yn wyliadwrus, dyna i gyd.'

Er gwaethaf ei gofidion gwenodd Angharad ar Edwin a chymryd ei law. Roedd ei brawd wedi teithio'r holl ffordd i Fôn i'w rhybuddio. Efallai fod gelynion yn eu hamgylchynu, ond roedd ganddi ffrindiau hefyd.

'Does dim rhaid i ti frysio 'nôl i'r de? Arhosi di yma am ychydig?'

Gwenodd Edwin a gwasgu ei llaw. 'Fydden i wrth fy modd.'

12

Trodd wythnosau yn fisoedd heb unrhyw sŵn o gyfeiriad Wessex. Cynyddu wnaeth pryder Angharad. Petai Edmund yn dymuno cadw'r heddwch byddai wedi galw ar Idwal i roi ei lw o ffyddlondeb erbyn hyn. Oedd y brenin yn bwriadu dechrau rhyfel? *O beth rwy'n deall mae'n ystyried gwneud.* Pwysai'r annhegwch yn drwm ar ei hysgwyddau. Roedd hi wedi gwneud ei gorau i sicrhau cydymffurfiaeth Gwynedd, i atal Idwal ac Elise rhag pryfocio Wessex. Roedd hi wedi sefyll rhyngddyn nhw a chynghrair gyda'r Llychlynwyr, wedi sicrhau eu habsenoldeb o Brunanburh. Doedd dim rheswm gan y Saeson i droi yn erbyn Gwynedd.

A'i thad ... *Mae'n edrych tua'r gogledd.* Y datganiad hynny oedd yn cadw Angharad yn effro bob nos.

I wneud iddi deimlo'n waeth, bron yn wythnosol deuai negesydd i adrodd rhyw lwyddiant gan Olaf yn ne Northumbria. Roedd gan frenin Dulyn y gogledd yn gadarn yn ei afael erbyn hyn. Efallai ei bod hi wedi gwneud camgymeriad mawr wrth atal Gwynedd rhag ei gefnogi.

'Mae Olaf wedi ennill Tamworth.'

'Ble mae Tamworth?' gofynnodd Esyllt.

'I'r dwyrain. Un o brif drefi Mersia.' Gallai Angharad weld y dref o flaen ei llygaid nawr. Y muriau'n ymestyn yn uchel, y milwyr yn gwarchod y porth, pob stryd yn llawn stondinwyr. 'Fe wnaeth Æthelflaed, brenhines y Mersiaid, ei hadeiladu.'

Edrychodd Esyllt yn gyffrous. 'Dwi isho gweld Tamworth! Ella wna i adeiladu tref pan fyddai'n hŷn.'

Fel arfer byddai Angharad wrth ei bodd i drafod llwyddiannau Æthelflaed gyda'i merch, ond roedd y newyddion am Tamworth wedi ei haflonyddu. 'Amser am dy wersi nawr, rwy'n credu.'

Gwgodd Esyllt a cherdded yn fwriadol araf o'r bwrdd. Er gwaethaf ei gofid, gwenodd Angharad ar ei hôl. Roedd ei hwyliau wedi gwella rhywfaint ers ymweliad Edwin.

'Mae Olaf yn gwneud yn dda,' dywedodd Angharad wedi i'w merch ddiflannu. 'I fedru cipio trefi ym Mersia ... A Tamworth yn enwedig ...'

'Dwi'n amau y gall Edmund ei gyffwrdd rŵan,' atebodd Elise.

'Wyt ti'n meddwl bydd e'n trio?'

Cododd Elise ei ysgwyddau. 'Wn i ddim. Rydyn ni'n gwybod cyn lleied am frenin newydd Wessex. Ond dwi'm yn dychmygu byddai ei ieirll yn hapus petai'n derbyn hawl Olaf i Northumbria heb frwydr.'

'Wyt ti'n meddwl dylen ni gynnig cymorth i Olaf?'

Cododd Elise ei aeliau. 'Ond roeddet ti'n gwbl wrthwynebus i hynny adeg Brunanburh ...'

Gwingodd Angharad. 'Rwy'n gwybod. Ond mae'n sefyllfa wahanol nawr.'

'Ym mha ffordd?'

'Ry ni'n ynysig fan hyn. Mae angen ffrindiau arnon ni. A byddai'r Llychlynwyr yn gwneud cynghreiriaid cryf.' Gallai Angharad glywed Æthelflaed yn cyfiawnhau brwydr Corbridge yn ei chlustiau.

'Pam rŵan? Dydi'n sefyllfa ni ddim wedi newid fel galla i weld.'

Ond roedd y sefyllfa wedi newid. Wedi newid yn llwyr. Ochneidiodd Angharad. Roedd Elise yn dal i wrthod wynebu'r gwir. Roedd e'n dal i gredu mai rhyw leidr oedd wedi ymosod ar Esyllt a'i ffrind. Doedd e ddim yn fodlon derbyn bod gafael Hywel nawr yn ymestyn i Wynedd, bod yr afael honno eisoes wedi dod yn agos iawn at gipio Esyllt. Roedd y gwir wedi marw gyda'r dyn, a sïon yn unig oedd gan Edwin. Heb dystiolaeth fwy cadarn doedd gan Angharad ddim gobaith o'i berswadio.

'Dyw Edmund ddim wedi cymaint ag edrych i'n cyfeiriad ni,' parhaodd Elise.

'Dyna sy'n fy mhoeni i.'

Synnai Angharad i weld mymryn o wên yn dawnsio ar wefus Elise. 'Rwyt ti'n deall o'r diwedd.'

'Beth?'

'Roeddet ti'n meddwl os bydden ni'n ufuddhau iddyn nhw a dilyn eu rheolau, fydden nhw'n gadael llonydd i ni. Dyna pam doeddet ti ddim isho gwrthwynebu Athelstan. Ond rwyt ti'n gweld y gwirionedd rŵan – gallwn ni fod yn ufudd ac yn ffyddlon tan Ddydd y Farn, ond y Saeson sydd â'r pŵer i gyd. Does dim angen rheswm arnyn nhw i droi yn ein herbyn ni.'

Agorodd Angharad ei cheg i anghytuno. Fyddai Athelstan ddim wedi ymosod arnyn nhw heb reswm da. Oedodd wrth gofio'r nosweithiau hir yn disgwyl i Idwal ddychwelyd o'r Alban. Doedd gan Athelstan ddim rheswm da pan ymosododd ar Constantín ac Ywain, dim mewn gwirionedd. A doedd ganddo ddim rheswm da dros halio brenhinoedd y Cymry i'r gogledd i weithredu ei ddrygioni. Roedd ei cheg yn sych. Efallai nad Elise yn unig oedd yn euog o wrthod wynebu'r gwir.

Gwthiodd Angharad ei meddyliau cythryblus i un ochr. Doedd dim pwynt poeni am weithredoedd y gorffennol, dim tra bo'r presennol a'r dyfodol o dan fygythiad. 'Ond mae sefyllfa Olaf yn wahanol nawr hefyd. Adeg Brunanburh gwrthryfelwr oedd e, a doedd ei fuddugoliaeth ddim yn sicr

... ond nawr mae'n frenin Efrog, mae'r gogledd wrth ei gefn, does neb yn gallu amau ei statws a'i bŵer.'

'Dwi'n cytuno,' dywedodd Elise. 'Dydy eistedd fan hyn a phryderu am Edmund, gobeithio bydd o ddim yn sylwi arnon ni, ddim yn ddigon da. Mae'n rhaid i ni fynd â'r frwydr atyn nhw. Dyna roeddwn i wedi gobeithio ei wneud yn Brunanburh. Rŵan mae gynnon ni gyfle arall.'

Doedd dim angen llawer o anogaeth ar Elise i symud yn erbyn y Saeson, gwyddai Angharad hynny. Ond doedd e'n dal ddim yn deall bod ganddyn nhw elyn arall – gelyn llawer mwy peryglus na'r Saeson – yn bygwth ffiniau eu teyrnas.

13

Roedd calon Angharad yn ei gwddf wrth iddi edrych i fyny ar furiau Tamworth yn ymestyn uwch ei phen. Muriau Æthelflaed. Fel dieithryn yn dod o'r tu allan, gallai lawn werthfawrogi eu bygythiad.

Tu fewn i'r muriau âi bywyd yn ei flaen yn union fel roedd Angharad yn ei gofio. Doedd hi ddim yn adnabod unrhyw wyneb penodol, ond ni châi'r argraff bod rhyw lawer wedi newid chwaith. Doedd hi ddim yn teimlo ei bod hi wedi camu 'nôl mewn amser, ond yn hytrach wedi camu i fyd arall, byd lle'r oedd amser wedi mynd yn ei flaen hebddi. Roedd rhyw ymdeimlad o hiraeth wedi dod i orffwys ar ei hysgwyddau. Ddim am Tamworth yn benodol. Ond am y byd yr oedd yn ei gynrychioli. Byd llawer symlach.

Wrth ei hymyl edrychai Esyllt o'i chwmpas mewn cyffro. 'Mam! Mae cymaint o bobl yma!' gwichiodd. 'A chymaint o adeiladau.'

'O'n i yma pan agorwyd y dref y tro cyntaf ar ôl ei hadeiladu.'

Syllodd Esyllt arni'n syn. 'Do'n i ddim yn meddwl bod ti mor hen â hynny Mam.'

'Ti'n gwybod ble i fynd?' gofynnodd Elise.

Nodiodd Angharad. Ni fyddai wedi medru disgrifio'r ffordd i'r neuadd wrth rywun yn gofyn am gyfeiriadau, ond roedd ei thraed yn cofio.

Roedd rhyw awgrym o bresenoldeb y Llychlynwyr yma ac acw. Sylwodd ar ambell filwr Llychlynnaidd yn patrolio'r strydoedd. Ond fel arall ni fyddai Angharad wedi gwybod bod y dref o dan reolaeth Olaf. Mater gwleidyddol oedd y frwydr dros ogledd Lloegr ac roedd maes y gad yn bell i ffwrdd. Yma, roedd Angharad yn amau a fyddai'r trigolion wedi sylwi – a malio – bod ganddyn nhw frenin newydd. Er, tybiai nad oedd yr eglwysi yn gyfforddus o dan reolaeth eu brenin newydd. Doedd gan y Llychlynwyr fawr o amynedd ar gyfer Duw'r Cristnogion.

Stopiodd ei thraed o flaen y neuadd. Teimlai'n benysgafn wrth weld yr adeilad roedd hi wedi treulio cymaint o'i hieuenctid ynddo. Roedd hi'n cerdded ymysg atgofion. Rhaid gofalu i fod yn dawel, i osgoi tarfu ar y meirw.

'Ti'n iawn, Mam?'

'Ydw.' Gafaelodd yn dynnach yn llaw Esyllt. 'Well i ti fynd gyntaf,' dywedodd wrth Elise. 'Cama'n ofalus.'

Roedd dau o filwyr Olaf yn sefyll wrth drothwy'r neuadd, un yn gafael mewn cleddyf, y llall mewn bwyell. Roedd hi'n dechrau amau pa mor synhwyrol oedd dod ag Esyllt gyda nhw. Roedd Elise wedi codi ei aeliau ac wedi protestio, ond doedd e ddim yn sylweddoli cymaint o fygythiad oedd Hywel. Doedd Angharad ddim am weld ei merch yn syrthio i ddwylo ei thad. Ei phryder mwyaf oedd y byddai Esyllt yn diflannu. O leiaf yma gallai gadw llygad barcut arni.

Mynnodd y milwyr i Elise adael ei arfau tu allan, ynghyd â'u gosgordd. Cymerodd Angharad ychydig o gysur o'r gyllell oedd wedi ei chuddio ym mhlygion ei chlogyn. Roedd hi'n amau faint o werth fyddai cyllell denau yn erbyn Olaf a'i filwyr, ond roedd teimlo'r metel yn gorffwys yn erbyn ei chorff yn tawelu ei nerfau rywfaint.

Roedd y neuadd yn llai ac yn fwy tywyll na'r neuadd yn atgofion Angharad. Eisteddai Olaf yn sedd Æthelflaed. Pwysai brenin Efrog a Dulyn yn ôl yn y sedd, ei esgidiau trwm du yn gorffwys ar y bwrdd a'i law yn chwarae gyda chwpan, a golwg awchus ar ei wyneb. Gorfododd Angharad ei hun i ymlacio. Roedd Æthelflaed wedi ei dysgu sut i ddelio gyda'r Llychlynwyr.

'Gyfeillion!' cyfarchodd Olaf trwy gyfieithydd a safai wrth ei ochr yn edrych yn bryderus. Cyfieithydd gwahanol i'r un oedd ganddo tro diwethaf iddyn nhw gwrdd, sylwodd Angharad.

'Mae'n bleser eich croesawu chi i Tamworth, y dref fach fwyaf diweddar i ymuno â'm teyrnas.'

'Diolch am eich croeso,' dywedodd Elise yn ofalus. 'Mae'n dda cael eich gweld chi eto. Ac rwy'n eich llongyfarch ar eich llwyddiant.'

Bloeddiodd Olaf chwerthin. 'Llwyddiant ysgubol yn wir! Dim diolch i chi wrth gwrs.'

'Mae'n ddrwg gen i nad oedden ni'n gallu ymladd wrth eich hochr yn Brunanburh. Roedd twyll yng Ngwynedd, a llosgwyd ein llongau.'

'Ac un o'm llongau innau hefyd, os rwy'n cofio'n iawn.' Cododd Olaf ei aeliau. 'Wnes i adael dau o'm cymdeithion gyda chi hefyd. Mae'n drueni na ches i gyfle i'w gweld nhw eto.'

'Mae'n ddrwg gen i am hynny hefyd. Fel dwedes i, roedd twyll. Lladdwyd nifer o'n dynion ni hefyd.'

'Stori ddiddorol. Dylech chi fod wedi cymryd gwell gofal o'r llongau. Mae'n rhaid i mi gyfaddef, roeddwn i'n siomedig. Roeddwn i wedi meddwl ein bod ni'n ffrindiau.'

Edrychodd Elise ar y llawr, ei fochau'n cochi.

Camodd Angharad ymlaen. Roedd Olaf yn mwynhau ei gêm, ond roedden nhw wedi ei faldodi hen ddigon. 'Ond dilyn y patrwm a osodwyd gan y Llychlynwyr oedden ni,' mynnodd gyda gwên felys. 'Mae siomi'ch cynghreiriad yn arbenigedd gennych, yn dydy?'

Gallai Angharad synhwyro fod y cyfieithydd yn ofni am ei fywyd wrth iddo adrodd ei geiriau. Wrth ei hymyl anesmwythodd Elise, ei law yn symud i'r man lle byddai ei gleddyf fel arfer. Syllodd Olaf arni'n syn am funud ond yna taflodd ei ben yn ôl ac atseiniodd ei chwerthin ar draws y neuadd.

'Mae'n dda dy weld di eto. A dyweda wrtha fi,' tynnodd ei esgidiau o'r bwrdd a phwyso ymlaen yn ei sedd. 'Beth sydd wedi newid? Pam wyt ti mor barod i gynnig dy gefnogaeth nawr?'

Tyfodd gwên Angharad. Gallai synhwyro syndod ac edmygedd Esyllt wrth ei hochr. Fel yr oedd hi wedi arfer edmygu Æthelflaed ... 'Rwyt ti wedi profi dy hun. Doeddwn i ddim yn credu yn dy gryfder gynt. Ond nawr rydw i wedi fy mherswadio – mae gen ti'r gallu i ddal y gogledd.'

Cilwenodd Olaf a gallai Angharad weld ei fod yn parchu ei honestrwydd. 'Dydw i ddim yn un i droi cynghreiriaid i ffwrdd. Bydd eich byddin yn medru fy nghefnogi yn y frwydr yn erbyn Edmund.'

'Byddwn. Ond beth fyddwn ni'n ei gael yn dâl am ein cefnogaeth?'

Chwarddodd Olaf. 'Fy nghefnogaeth i pan fydd ei angen arnoch. Rwy'n amau a fydd neb yn ddigon dewr i symud yn erbyn brenin Gwynedd os yw brenin Efrog a Dulyn yn sefyll tu ôl i'w orsedd.'

Parhaodd i syllu'n syth arni a chodi ei ddiod.

* * *

Wedi gosod Esyllt yn ei gwely am y nos oedodd Angharad tu allan i'r neuadd i lyncu ychydig o aer. Gallai deimlo'r chwys yn llifo trwy'r drws. Rhywsut roedd Olaf wedi llwyddo i wasgu dwywaith gymaint o ddynion i mewn i'r neuadd ag arferai wledda yno yng nghyfnod Æthelflaed.

Roedd ei chalon yn dal i guro'n annaturiol o gyflym, ac roedd yn rhaid iddi weithio'n galed i beidio â chnoi ei ewinedd. Doedd hi erioed wedi cael y broblem honno o'r blaen – Ælfwynn oedd yr un i ddangos ei phryder yn y fath ffordd. Ælfwynn. Roedd yr atgofion yn gryf heno. Bron iddi deimlo ei phresenoldeb yno wrth ei hymyl.

'Ai dyma fyddet ti wedi neud?' gofynnodd Angharad i Ælfwynn ei hatgofion. Oedd Olaf yn ddigon cryf i oresgyn Edmund? A fyddai ei gefnogaeth yn ddigon i atal Hywel rhag ymosod? Cymerodd Angharad anadl ddofn arall. 'Stopia boeni!' Ei chyngor cyson wrth Ælfwynn. Roedd y penderfyniad wedi ei wneud. Doedd dim pwrpas poeni ymhellach.

'Angharad.'

Roedd y cyfarchiad yn anghyfarwydd, yr ynganiad yn gynnig diddorol ar ei henw.

Safai Olaf wedi ei fframio yn y drws. Roedd yn ddyn awdurdodol, yn sicr. Gallai Angharad weld siâp ei gyhyrau trwy ei ddillad lledr trwchus. Roedd ei wallt hir yn anniben, ond rywsut edrychai'n fwy brenhinol nag a wnaethai Edward erioed. Ni theimlai Angharad unrhyw ofn yn ei bresenoldeb, chwaith. Gwenodd – efallai ei bod hi wedi gwneud y penderfyniad iawn wedi'r cyfan.

'Olaf. Mae wedi bod yn noswaith dda.' Siaradodd Angharad yn araf, gan obeithio bod Saesneg yn ddigon agos i iaith Lychlynaidd Olaf iddo ddeall rhywbeth o'i geiriau.

'Ydi, yn enwedig o dda nawr fod gen i gefnogaeth fy ffrindiau o Wynedd.'

'Rydyn ni'n falch iawn ein bod ni wedi dod i ddealltwriaeth.'

Syllodd Olaf arni yn graff. 'Rwyt ti'n ofni Hywel.'

'Hywel?' ebychodd Angharad yn syn, yn amau ei bod wedi camddeall.

'Dy dad. Brenin y de.'

Ni allai Angharad guddio ei syndod. Doedd hi ddim wedi disgwyl i unrhyw frenin Llychlynaidd wybod cymaint am Gymru.

'Alla i'ch amddiffyn rhagddo. Ni fydd ganddo'r cryfder i'ch trechu gyda byddin Olaf wrth eich cefn.'

Nodiodd Angharad yn araf. 'Bydd y gynghrair hon yn fuddiol i ni'n dau.'

'Gallwn ni fynd ymhellach.'

Roedd ei lygaid wedi eu hoelio arni. Doedden nhw ddim yr un lliw, sylwodd. Rhyw lwyd cyffredin oedd un ohonynt, ond roedd smotiau o las disglair yn addurno'r llall.

'Beth oedd gen ti mewn golwg?'

'Priodas. Mae gen ti ferch. Bydd angen gŵr arni felly. Pwy gwell nag etifedd teyrnas Efrog?'

Arafodd calon Angharad. Ni allai ddychmygu anfon Esyllt mor bell i ffwrdd. Ac i deyrnas o ddieithriaid yn siarad iaith wahanol. O dan y gofid roedd atgof yn aflonyddu.

'Byddai hynny'n ddatganiad eithaf hyderus i'r byd bod Gwynedd wedi penderfynu ochri gyda'r Llychlynwyr,' dywedodd o'r diwedd.

Chwarddodd Olaf. 'Yn sicr. Fyddai ddim modd i chi guddio wedyn. Ond ni fyddai rhaid i Wynedd guddio chwaith. Dim gyda'n nerth ni y tu cefn i chi.'

Cnodd Angharad ei gwefus. Gobeithiai nad oedd Olaf yn gallu gweld ei phryder yn y tywyllwch. Dylai ddiystyru ei gynnig. Roedd hi wedi brwydro mor galed i stopio'r gynghrair briodas gydag Ystrad Clud. Ond doedd Gwynedd ddim yn ddiogel mwy. Roedd ei thad wedi dangos ei fwriad pan anfonodd un o'i ddynion i gipio Esyllt. A doedd e ddim yn mynd i stopio. Efallai mai dyma oedd y ffordd i'w hamddiffyn.

'Ac rydw i'n heneiddio, cred neu beidio.' Ystwythodd Olaf

ei gyhyrau gyda gwên ddireidus. 'Mae'r corff cryf hwn wedi gweld sawl brwydr. Ac fe wêl sawl brwydr arall. Ond ymhen amser bydd rhaid i Sihtric gymryd yr awenau. Byddai hynny'n etifeddiaeth eithriadol ar gyfer tywysoges o Wynedd.'

Nid atebodd Angharad. Nid oedd yn ymddiried ynddi ei hun i ymateb.

'Rydych chi wedi ymgartrefu ar y ffens, Angharad. Ond allai ddim dychmygu bod hynny'n gyfforddus iawn. Mae'r amser wedi dod i ddewis ochr.'

Gadawodd Olaf hi'n sefyll yn y tywyllwch, ei meddyliau yn chwyrlïo'n wyllt o'i chwmpas.

14

Roedd Angharad wedi dechrau diflasu ar gerdded strydoedd trefi'r gogledd. Roedd hi wedi treulio gormod o amser yng Ngwynedd, sylweddolodd. Erbyn hyn roedd hi'n dyheu am yr awyr agored, i deimlo aer y môr ar ei hwyneb a blas yr halen ar ei gwefusau.

Roedd Elise wedi cytuno i'r gynghrair gydag Olaf yn syth. Doedd dim amheuaeth y byddai Idwal o'i blaid. Y Llychlynwyr oedd yn berchnogion ar y gogledd nawr.

Ac roedd Olaf yn symud yn gyflym.

Ychydig iawn o amser a fu wedi cytuno'r gynghrair yn Tamworth cyn iddo alw am gefnogaeth Gwynedd. Roedd byddinoedd Olaf wedi rhuthro ar draws gogledd Mersia, gyda thref ar ôl tref yn syrthio'n hawdd i'w breichiau. Ond roedd y Llychlynwyr wedi cyrraedd terfyn amynedd brenin y Saeson. Ni allai Edmund barhau i oddef y sarhad heb golli wyneb o flaen ei ieirll. Ac felly roedd y ddwy ochr wedi ymgasglu yng Nghaerlŷr.

Roedd Angharad wedi blino. Yn y gorffennol bu teithio i Loegr yn antur, yn gyfle, ond nawr ni ddymunai fwy na gallu aros mewn heddwch yn Llan-faes. Ond doedd yr heddwch hynny ddim yn gallu bodoli'n naturiol. Roedd rhaid ei greu. Ceisiasai Elise ei pherswadio i aros yng Ngwynedd. Ond doedd Angharad erioed wedi bod yn un i eistedd adref yn gwasgu ei dwylo mewn pryder. Roedd yn rhaid iddi fod yno i wylio, hyd yn oed os nad oedd hi'n cyfrannu dim. Ac yng nghefn ei phen roedd gronyn bach o amheuaeth yn parhau i ffynnu. Roedd brenin y Llychlynwyr yn fympwyol. Da fyddai iddi hi fod yno i'w hatgoffa o'r gynghrair.

Y gost i Angharad oedd gorfod eistedd mewn eglwys arall. Roedd hi'n dechrau dod i gasáu unffurfiaeth eglwysi Æthelflaed. Debyg nad oedd brenhines y Mersiaid wedi rhagweld i neb deithio i bob un ohonynt. Ond dyma Angharad, yng Nghaerlŷr y tro hwn, wedi troi unwaith eto at yr eglwys am loches rhag y frwydr.

Yn sydyn, heb rybudd, cafodd ei tharo gan atgofion. Gwenodd wrth deimlo olion gwefus Ælfwynn ar ei hwyneb.

Ond doedd hi ddim ar ei phen ei hun y tro hwn chwaith.

'Ydan ni'n ddiogel yma, Mam?'

'Dyma yw'r lle mwyaf diogel yn y dref,' atebodd Angharad, gan ddal ei merch yn dynn. 'Fydd y brwydro ddim yn dod i mewn i'r eglwys.'

Doedd dim unrhyw frenin wedi meiddio gwneud hynny ers Edward. Doedd gan Olaf ddim amynedd am Gristnogaeth, wrth gwrs. Ond er i'w fyddin losgi eglwysi fel unrhyw adeilad arall yn eu llwybr ar ddechrau eu hymgyrch i gipio Northumbria, roedd y brenin wedi dod i sylweddoli'n gyflym ei bod hi'n well ceisio denu'r esgobion a'r offeiriaid i'w ochr.

'Ydan ni'n mynd i ennill?'

'Ydyn.' Synnodd Angharad wrth y sicrwydd yn ei llais. Roedd ganddi deimlad da am y frwydr hon. Roedd byddin Olaf wedi ennill buddugoliaeth ar ôl buddugoliaeth, ac wedi dewis wynebu Edmund yng Nghaerlŷr ar eu telerau eu hunain. Doedd hi ddim yn gallu gweld sefyllfa lle byddai'r Llychlynwyr yn colli.

'A beth fydd yn digwydd wedyn?'

'Bydd Edmund, brenin y Saeson, yn gorfod derbyn bod

Olaf yn frenin ar deyrnas Efrog, yn rheoli y rhan fwyaf o ogledd Lloegr, ac fe fyddwn ni'n ddiogel. Gan fod gyda ni gynghrair gydag Olaf ni fydd Edmund yn gallu ymosod ar Wynedd.'

Cnodd Esyllt ei gwefus, arwydd ei bod yn meddwl yn galed, gwyddai Angharad. 'Sut mae cynghrair yn gweithio?'

'Rydyn ni'n cytuno i helpu nhw ac maen nhw'n addo ein helpu ni yn y dyfodol.'

'Ond sut ydan ni'n gallu bod yn siŵr eu bod nhw'n mynd i gadw at eu haddewid?'

Syllodd Angharad ar ei merch yn syn. A oedd hi wedi bod mor sinigaidd mor ifanc? Dechreuodd amau mai esgus cysgu oedd Esyllt pan fyddai hi ac Elise yn siarad yn hwyr y nos.

Daliodd hi'n dynnach. Teimlai'n euog. Roedd hi wedi ystyried torri'r newyddion i Esyllt sawl gwaith, ond roedd rhywbeth wedi ei hatal bob tro. Roedd hi wedi perswadio ei hun ei bod yn gwneud cymwynas â'i merch, yn ei harbed rhag gofidio. Ond mewn gwirionedd roedd hi'n ofni ymateb Esyllt.

Roedd hi'n ofni byddai ei merch yn edrych arni hi yn yr un ffordd yr edrychai hi ar ei thad. Ond aros yn ddistaw, peidio â thrafod ei dyfodol gydag Esyllt ... dyna fyddai Hywel wedi ei wneud.

'Mae gen i stori i'w dweud wrthot ti, Esyllt.' Oedodd Angharad, yn ceisio rhoi trefn ar ei hatgofion. Ble i ddechrau? 'Pan o'n i'n dair ar ddeg mlwydd oed ges i fy anfon i Fersia i lys Æthelflaed, brenhines y Mersiaid. Rwyt ti wedi clywed am Æthelflaed, wrth gwrs.'

'Ydw!' ebychodd Esyllt yn frwdfrydig.

Roedd Angharad wedi arfer credu mai rhywbeth dros dro oedd y defosiwn a ddangosai Esyllt tuag at Æthelflaed. Ond roedd hi wedi bod yn anghywir hyd yn hyn. Ond wythnos yn ôl clywodd fod ei merch wedi enwi un o'r cŵn ar yr ystâd ar ôl y frenhines. Roedd ffrindiau Esyllt wedi mynnu na fyddai unrhyw frenhines eisiau ci wedi ei enwi ar ei hôl, ond tybiai Angharad y byddai Æthelflaed wedi chwerthin.

'Yr unig fenyw erioed i fod yn frenhines ar Fersia ar ei phen ei hun, heb ŵr!'

Gwenodd Angharad. 'Ie. Ac roedd ganddi ferch o'r enw Ælfwynn, oedd tua'r un oed â fi. Roedd Æthelflaed yn ceisio sicrhau y byddai Ælfwynn yn ei holynu yn frenhines Mersia. Ond roedd llawer yn gwrthwynebu hynny – doedd brenhines erioed wedi olynu brenhines o'r blaen yn hanes Mersia, ac yn wir yn hanes Prydain gyfan.'

Roedd Esyllt wedi ymgolli yn y stori, wedi anghofio'n llwyr am y gynghrair gyda'r Llychlynwyr. Camodd Angharad ymlaen yn betrus trwy ei hatgofion. Roedd Esyllt wedi clywed rhyw bytiau o'r stori o'r blaen, ond byth yr hanes yn ei gyfanrwydd. Doedd Angharad erioed wedi adrodd yr hanes yn ei gyfanrwydd wrth neb. Soniodd am ymgyrch Æthelflaed ac Ælfwynn mewn manylder – adeiladu Tamworth, y brwydro yn Derby a Corbridge, eu hymdrechion i ennill cefnogaeth yr ieirll ... dyfodiad Edward a charcharu Ælfwynn.

Teimlai'n rhyfedd yn rhoi llais i'r digwyddiadau a fu'n rhan mor ganolog o'i hieuenctid. Teimlai fel petai'n adrodd hanes bywyd rhywun arall. Nid hi oedd Angharad y stori. Dim ond storïwr oedd hi, yn gwylio'r Angharad honno o bell. Cynyddodd ei hyder a'i brwdfrydedd wrth iddi barhau i grwydro drwy'r atgofion a sylweddolodd ei bod yn gallu adrodd y stori gyda llawenydd. Gallai deimlo'r boen o golli Ælfwynn o hyd, ond doedd hynny ddim yn ei stopio rhag gwerthfawrogi'r atgofion da. Gwenodd. Roedd amser wedi dechrau gwella'r clwyf.

'Nid dynion yn unig sydd yn gallu rheoli teyrnasoedd,' gorffennodd Angharad. Oedodd a syllu i lygaid ei merch. 'Ac weithiau mae'n rhaid gwneud penderfyniadau anodd ... Fel y penderfyniadau wnaeth Æthelflaed ac Ælfwynn ... Mae gen i rywbeth i'w ddweud wrthot ti, Esyllt.'

Edrychodd Esyllt i fyny arni, ei llygaid dal yn llawn o'r tân a gyneuwyd gan y stori.

'Fel rhan o'r gynghrair rwyt ti'n mynd i briodi Sihtric, mab Olaf.'

Gallai Angharad weld yr olwynion yn troi ym meddwl Esyllt wrth i'w merch geisio penderfynu beth oedd ei barn am y datblygiad hwn.

'Bydd rhaid i mi adael Gwynedd,' dywedodd o'r diwedd. 'Dod i fyw yma?'

'Efrog, mae'n debyg. Ond ddim yn syth,' dywedodd Angharad yn gyflym. 'Mewn rhyw ddwy flynedd efallai.'

Cnodd Esyllt ei gwefus. Roedd hi'n gwneud ei gorau i ddod o hyd i rywbeth synhwyrol i'w ddweud, i ymddwyn fel y byddai ei harwyr Æthelflaed ac Ælfwynn wedi gwneud.

'Ond dwi ddim eisiau dy adael di.'

'Fe wna i ddod gyda ti.' Fe wnaeth y geiriau ddianc o wefus Angharad heb feddwl. Oedd hynny'n bosib, hyd yn oed? Roedd hi'n tybio na fyddai Olaf yn hapus i'w gweld hi'n oedi yn ei lys, ac yn sicr ni fyddai Elise eisiau colli ei wraig yn ogystal â'i ferch. Ond efallai byddai'n gallu eu perswadio i adael iddi fynd i Efrog am ychydig, dim ond tan i Esyllt ymgartrefu yn ei rôl newydd.

'A bydd ffrindiau eraill yn gallu mynd gyda ti,' parhaodd Angharad. Roedd hi'n ansicr nawr ai perswadio ei merch neu berswadio ei hun roedd hi'n ceisio ei wneud. 'Fe elli di ddewis grŵp o ferched i fod yn gwmni i ti. A bydd dy dad yn gallu ymweld weithiau. A byddi di'n gallu ymweld â Gwynedd hefyd.'

Nodiodd Esyllt, ond roedd ei gwefusau wedi eu gwasgu'n dynn at ei gilydd a gallai Angharad weld ei bod yn brwydro i atal y dagrau rhag llifo. 'Fyddi di dal yn gallu rhoi gwersi saethu i fi?'

Torrodd calon Angharad.

Yn sydyn roedd Elise wedi ymddangos uwch eu pennau gan gymryd Esyllt yn ei freichiau. Roedd Angharad wedi bod yn canolbwyntio mor ddwys ar eu sgwrs doedd hi ddim wedi sylwi ar ddrws yr eglwys yn agor.

'Beth sydd wedi digwydd?'

'Mae popeth drosodd!' gwenodd Elise.

'Wnaethon ni ennill?'

'Doedd dim brwydro! Safodd Edmund i lawr.'

Roedd Angharad yn amheus. 'Ond bydd yn dychwelyd gyda byddin gryfach rywbryd eto felly?'

'Na fydd, mae o wedi cytuno i ildio'r tiroedd mae Olaf wedi eu goresgyn.'

Dechreuodd Angharad deimlo mymryn o obaith. 'Sut allwn ni fod yn siŵr ei fod e'n bwriadu cadw ei air?'

'Mae'r cytundeb wedi ei lunio a'i gadarnhau gan archesgobion Caergaint ac Efrog.'

Atebodd Angharad ei wên o'r diwedd. Roedd hyn yn gytundeb y byddai Edmund yn ei chael hi'n galed ei dorri. Efallai fod heddwch wedi ei sicrhau o'r diwedd.

* * *

Doedd Angharad erioed wedi profi taith mor hamddenol a difrys yn ôl i Wynedd o'r blaen. Roedd hi'n rhyfeddol o gynnes o ystyried bod y gaeaf yn prysur agosáu, ac ni welai Elise unrhyw reswm dros wthio'r ceffylau. Ond roedd cymylau yn dal i lechu dros ei meddwl. Yr ansicrwydd oedd waethaf: a fyddai'r gynghrair hon yn ddigon i stopio Hywel? Beth fyddai ei thad yn ei wneud nesaf? Ac yn cuddio ymysg yr ansicrwydd oedd yr euogrwydd hollbresennol.

Nid edrychodd dros ei hysgwydd unwaith wedi iddynt adael Caerlŷr. Ni fyddai'n rhaid iddi ddychwelyd i un o drefi

Lloegr eto am amser maith, diolch byth. Tan briodas Esyllt, mae'n debyg ... Edrychodd i lawr ar ei merch yn eistedd o'i blaen ar y ceffyl. Roedd Esyllt yn cael trafferth i eistedd yn llonydd, ei llygaid yn neidio o gwmpas, fel petai'n ceisio serio'r tir o'i chwmpas ar ei chof. Tybiai Angharad fod ei dychymyg wedi neidio i'r dyfodol, i'r cyfnod pan fyddai'n symud i Northumbria yn dywysoges y Llychlynwyr.

Daliodd lygaid ei gŵr dros ben Esyllt ac arafodd Elise ei geffyl wrth eu hochr.

'Popeth yn iawn, Esyllt? Wedi mwynhau dy antur yng Nghaerlŷr?'

Atebodd wedi eiliad o ansicrwydd. 'Do.'

'Wel, yr holl amser buon ni yng Nghaerlŷr, roedd y ceffylau'n segur, felly dwi'n credu byddan nhw'n gwerthfawrogi 'chydig o ymarfer corff. Tyrd, cawn ni ras.'

Goleuodd llygaid Esyllt. 'I ble?'

Pwyntiodd Elise i'r gorwel. 'Ti'n gweld y goeden yn y pellter? Y cyntaf i gyrraedd fan'no. Ond hoffwn i i ti fod ar fy nhîm i. Dydw i byth yn curo dy fam mewn rasys felly mae angen help arna i.'

Chwarddodd Esyllt ac estyn ei breichiau. 'Medrwn ni ennill gyda'n gilydd, Dad.'

'Fe wna i roi munud i chi, fel bod gyda chi ryw siawns i ennill,' dywedodd Angharad gyda chwinc.

Gwyliodd y ddau ohonynt yn carlamu i ffwrdd, a chwerthin Esyllt yn atsain ar ei hôl. Roedd ei chalon yn teimlo'n rhyfedd o gynnes. Bodlonrwydd? Roedd hi wedi treulio cymaint o'i bywyd yn ysu am ymdeimlad o berthyn. Roedd hi wedi ffeindio hynny gydag Ælfwynn. Ac nawr gydag Esyllt.

Lledodd yr euogrwydd fel gwenwyn wrth iddi wylio gwallt melyn ei merch yn diflannu yn y pellter. Doedd hi ddim yn trin ei merch yn yr un ffordd yr oedd ei thad wedi ei thrin hi, ceisiodd berswadio ei hun. Doedd Hywel braidd wedi edrych arni cyn i Æthelflaed gynnig ei chymryd oddi ar ei ddwylo. Roedd hi'n caru Esyllt, ac yn gadael iddi wybod hynny bob dydd. Roedd y sefyllfa'n hollol wahanol. Doedd y penderfyniad i roi Esyllt yn wraig i Sihtric ddim yn fympwyol. Roedd hi wedi brwydro i stopio Elise rhag ei hanfon i Ystrad Clud wedi'r cyfan. Na, diogelwch Esyllt ei hun oedd yn y fantol nawr. Y peth gwaethaf fyddai iddi syrthio i grafangau Hywel. Caeodd Angharad ei llygaid a gwthio'r teimlad o anniddigrwydd i un ochr. Roedd ganddi sawl blwyddyn eto cyn i Olaf ddisgwyl i'w merch symud i Efrog. Gallai llawer ddigwydd yn yr amser hynny.

15

'Dwi'n cael gwersi Llychlyneg a Saesneg. Bydd pawb yn gallu deall pan fydda i'n frenhines Efrog ac yn rhoi gorchmynion iddyn nhw wedyn!'

Roedd Angharad yn hanner gwrando ar sgwrs ei merch gyda'i chefnder wrth iddi sicrhau bod y platiau a'r cwpanau wedi eu gosod ar y byrddau yn daclus. Am y tro cyntaf ers amser maith roedd y teulu cyfan yn ymgasglu yn Aberffraw. Roedd Elise wedi dangos brwdfrydedd wrth wirfoddoli i helpu gyda'r paratoadau ar gyfer y wledd, ond heb ddangos yr un brwdfrydedd i ddarparu'r help hwnnw. Roedd wrthi'n cyfnewid mân eiriau gyda'i frodyr o flaen y tân tra bod Esyllt yn diddanu plentyn Ieuaf gyda'i storïau o'u hanturiaethau yn Northumbria. Edrychai Hywel, oedd yn rhy ifanc i ddeall ei pharablu, wedi ei ddrysu'n llwyr.

'Iago, Ieuaf,' cerddodd Angharad draw i'w cyfarch. 'Sut ydych chi?'

'Da, diolch,' atebodd Iago yn swta. Cafodd ei siomi yng Nghaerlŷr. Roedd e wedi ysu am gyfle i arllwys gwaed y Saeson, ond cipiwyd y cyfle oddi wrtho ar y funud olaf. Synhwyrai Angharad ei fod yn ei beio hi am hynny, rhywsut.

Nodiodd Ieuaf a chynnig gwên ddigon cynnes. Roedd amser wedi gadael ei ôl arno. Roedd y bachgen ifanc a fu'n dilyn ei frawd o gwmpas, yn llyncu pob gair a ddywedai Iago yn ddiamheuaeth, wedi diflannu. Os rhywbeth, edrychai'n hŷn na'i frawd nawr.

'Dwi'n egluro telerau'r gynghrair gydag Olaf wrth Iago,' dywedodd Elise yn ysgafn.

Neidiodd llygaid Iago rhwng y ddau ohonyn nhw. 'Cynghrair dda iawn i chi yn bersonol. Un troed yng Ngwynedd, y llall yn Northumbria. Byddai'n rhesymol i ddyn gredu bod gen ti uchelgais i fod yn frenin ar fwy na Gwynedd yn unig, Elise.' Oedodd, ei lygaid yn dywyll. 'Ond anodd gweld sut mae ein teyrnas a'n tad, y brenin, yn elwa ar y gynghrair hon.'

'Ie anodd gweld sut byddai byddin fawr o Lychlynwyr wrth ein cefn o unrhyw fudd i Wynedd,' atebodd Angharad yn wawdlyd.

Chwarddodd Ieuaf, ond gwgodd Iago arni.

'Does dim angen y fath fyddin ar Wynedd. Ti'n colli dy afael ar realiti, Elise, yn gweld bygythiadau dychmygol tu ôl i bob cornel.'

Ni chafodd Angharad gyfle i ymateb wrth i Idwal ruthro i mewn i'r neuadd. Roedd yn amlwg i bawb fod rhywbeth o'i le. Anelodd yn syth atynt gan anwybyddu'r holl baratoadau o'i gwmpas, ei glogyn yn chwyrlïo'n ffyrnig. Heb ddweud gair cyfeiriodd i Elise ac Angharad ei ddilyn. Petai ymddygiad Idwal heb godi cymaint o bryder ynddi, byddai Angharad wedi cael mwynhad sylweddol o weld y siom ar wyneb Iago.

'Beth sy'n bod?' gofynnodd Elise unwaith roedden nhw wedi cyrraedd ystafell breifat.

'Dydi'r newyddion hyn ddim i fynd ymhellach. Ddim nes i ni benderfynu beth i'w wneud, ac yn sicr ddim nes ar ôl y wledd.' Oedodd Idwal, a golwg rhyfedd yn ei lygaid. Pryder. Roedd hynny, mwy na dim byd arall, yn codi ofn ar Angharad. Doedd Idwal ddim yn un i bryderu fel arfer.

'Mae Olaf wedi marw.'

'Sut?!'

'Salwch sydyn.'

Salwch sydyn oedd achos marwolaeth Æthelflaed yn swyddogol hefyd. Gan gofio Non yn arllwys gwenwyn i gwpan y frenhines teimlai Angharad fel chwydu.

'Lle mae hynny'n gadael ein cynghrair?'

Yn ddarnau mân ar y llawr, tybiai Angharad.

'Nid ei fab Sihtric sydd wedi ei olynu – rhyw Olaf arall, cefnder iddo.'

Cymerodd Angharad anadl ddofn. 'Felly does dim pwrpas i barhau â'r gynghrair briodas.' Doedd dim rhaid i Esyllt adael. Suddodd i ganol ei theimladau dryslyd o ryddhad ac euogrwydd. 'Oes gwerth ceisio sicrhau cynghrair gyda'r brenin newydd?'

Siglodd Idwal ei ben. 'Mae Edmund yn bygwth Northumbria yn barod. Wn i ddim a fydd brenin newydd y Llychlynwyr yn medru ei wrthsefyll o.'

Syllodd Angharad arno'n syn, doedd hi ddim yn gallu credu'r hyn roedd hi'n ei glywed. Roedd hi wedi ymddiried yng nghryfder Olaf a'r Llychlynwyr. Dim ond wythnos yn ôl nhw oedd yr ochr gryfaf, doedd dim dwywaith am hynny. Sut allai popeth fod wedi chwalu'n deilchion mor gyflym? Gwelodd Non o flaen ei llygaid eto. Ai Edmund oedd wedi lladd Olaf, gan wybod na fyddai ei olynydd mor gryf? Os felly, roedd brenin y Saeson yn fwy pwerus nag oedd yr un ohonyn nhw wedi tybio.

'Rydyn ni ar ein pennau ein hunain unwaith eto,' dywedodd Elise o'r diwedd.

'Dydi hynny ddim o reidrwydd yn beth gwael,' ceisiodd Idwal dawelu eu meddyliau. 'Felly y bu Gwynedd erioed. Rydan ni wedi ffynnu fel teyrnas annibynnol heb gymorth neb arall yn y gorffennol. Allwn ni wneud rŵan.'

Ysgubodd meddwl Angharad dros ddigwyddiadau'r ganrif

ddiwethaf. Cynghrair ar ôl cynghrair. Mersia, Wessex, Ynys Manaw, Ystrad Clud, y Llychlynwyr. Ac roedd y pryder yn dal i lenwi llygaid Idwal. Roedd e'n sylweddoli ei bod hi'n gyfnod peryglus iawn i Wynedd i geisio ffynnu ar ei phen ei hunain.

* * *

'Beth wyt ti'n meddwl dylen ni ei wneud?' Roedd y cais am gyngor yn teimlo'n estron yng ngheg Angharad.

Dylai hi fod yn cysgu erbyn hyn. Wedi'r sgwrs gydag Idwal roedd y tri ohonynt wedi dychwelyd i'r neuadd i ddechrau'r wledd. Treuliodd Angharad y noson yn eistedd ar y prif fwrdd yn ceisio gorfodi bwyd i'w cheg ac yn osgoi cwestiynau diamynedd Iago. O'r diwedd daeth y cyfle i ddianc.

Ond doedd dim dianc rhag ei phryderon.

Wedi oriau o droi a throsi, gadawodd y llofft i ddarganfod nad hi oedd yr unig un i gael trafferth cysgu. Roedd Elise yn eistedd ar y llawr tu allan.

'Edmund sydd â'r awenau rŵan – mae'n rhaid i ni aros i weld beth fydd o'n ei wneud, ac ymateb yn y ffordd orau y gallwn ni.' Gallai synhwyro nad oedd ei ateb wedi bodloni Angharad a throdd i syllu i'w hwyneb. 'Does dim pwynt poeni am y dyfodol nawr – bydd digon o amser i boeni am y dyfodol wedi iddo ein cyrraedd.'

Ond roedd ymennydd Angharad yn dyheu am fanylion. Gyda manylion, gallai hi esgus bod ganddi reolaeth dros y sefyllfa. 'Y senario fwyaf tebygol yw y bydd Edmund yn goresgyn Northumbria ac yna'n troi ei olygon at Wynedd.'

Ochneidiodd Elise. Doedd e wir ddim eisiau trafod y posibilrwydd o wynebu Edmund ar faes y gad. Arwydd pellach, mae'n debyg, o'r perygl roedden nhw ynddo. 'Os felly, wnawn ni ddarostwng. Ac os na fydd o'n derbyn ein darostyngiad bydd rhaid i ni ymladd.'

Trodd Angharad i ffwrdd. Doedd hi ddim am iddo weld bod ei llygaid yn wlyb. Gallai deimlo'r methiant yn pwyso arni, yn ei gwthio i lawr. Roedd hyn yn bersonol. Ers marwolaeth Ælfwynn roedd hi wedi gwneud ei gorau i gamu'n ofalus. Doedd hi ddim wedi chwilio am bŵer na cheisio dyrchafu ei statws ei hun. Diogelu Esyllt oedd ei hunig nod bellach. Doedd hi ddim wedi gallu amddiffyn Ælfwynn. Roedd hi wedi gwneud pob dim y gallai i geisio amddiffyn Esyllt. Ac roedd hi wedi ffurfio strategaeth yn ofalus, wedi cofio'r gwersi yr oedd Æthelflaed wedi eu rhoi iddi. Hi oedd wedi sicrhau nad oedd milwyr Gwynedd yn bresennol yn Brunanburh. Hi oedd wedi trefnu'r gynghrair gydag Olaf. Ei methiant hi oedd hyn.

16

Doedd dim awydd gan Angharad i aros yn Aberffraw wedi hynny. Roedd pawb arall yn mynd ymlaen gyda'r dathliadau, ond doedd ganddi hi ddim y galon i barhau â'r perfformiad. Aethai Idwal ac Elise o gwmpas yn edrych ar eu hesgidiau, ond ni allai Angharad dynnu ei llygaid oddi ar y cwmwl mawr du uwch eu pennau.

Ni chafodd unrhyw drafferth wrth berswadio Elise i adael iddi hi ac Esyllt deithio 'nôl i Lan-faes. Roedd e wedi blino ac wedi rhedeg allan o eiriau i'w defnyddio i'w chysuro.

Daliodd Angharad Esyllt yn dynnach, yn anwybyddu gwingo ei merch. Beth bynnag a ddigwyddai, ni fyddai'n gymaint ag ystyried ei hanfon i ffwrdd eto.

Cerddai'r ceffylau'n arafach wrth iddyn nhw fynd drwy'r goedwig. O'u cwmpas roedd yr osgordd yn dawel. Byddai'n llawer gwell ganddyn nhw fod yn y dathliadau o hyd, gwyddai Angharad. Yn sydyn dechreuodd ei cheffyl aflonyddu, gan droi ei ben i bob cyfeiriad a bwrw ei draed ar y llawr yn ddiamynedd. Edrychodd Angharad o'i chwmpas yn syn. Roedden nhw'n dod y ffordd yma yn aml, doedd dim rheswm i'r ceffyl fod yn anniddig. Ac nid ei cheffyl hi yn unig oedd yn ymddwyn yn y fath ffordd. Cynyddodd ei braw.

'Arhoswch yn llonydd, Arglwyddes,' sibrydodd un o'r milwyr wrthi. Roedd y lleill yn ymestyn am eu harfau, yn craffu trwy'r coed.

Yn sydyn syrthiodd y milwr i'r llawr, â saeth yn ei gefn. Ym mreichiau Angharad sgrechiodd Esyllt. O'u cwmpas roedd y milwyr yn disgyn fel dail mewn gwynt cryf, eu ceffylau yn gwasgaru ar garlam. Roedd Angharad eisiau annog ei cheffyl i ddianc, ond doedd ganddi ddim syniad i ble. Ni allai weld y gelyn o gwbl trwy'r coed, a gyda saethau yn hedfan o'u cwmpas o bob cyfeiriad, doedd hi ddim yn meiddio symud cam.

Syrthiodd tawelwch llethol dros y goedwig. Doedd y gelyn ddim wedi gwastraffu amser na saethau. Roedd pob un o'i milwyr yn gorwedd yn farw o'i chwmpas. Yn ei breichiau roedd Esyllt yn crynu. Daliodd Angharad ei hanadl.

Ymddangosodd ffigwr tal o'r coed. Yn gwisgo clogyn clytiog gwyrdd, ni allai Angharad ei weld yn iawn tan iddo ddod i sefyll o'i blaen. Tynnodd y clogyn o'i ben.

'Angharad,' cyfarchodd ei thad, gan estyn ei law i'w helpu o'i cheffyl fel petai hyn yn sefyllfa hollol normal, fel petai e heb ymosod arni a lladd ei gosgordd gyfan.

Gwrthododd Angharad ei law a disgyn o'i cheffyl heb gymorth.

'Aros fan hyn,' sibrydodd wrth Esyllt gan osod cusan ysgafn ar ei thalcen. Roedd Hywel yn edrych ar ei merch gyda gormod o ddiddordeb. Doedd gan Angharad ddim bwriad ei adael yn agos ati. Camodd ychydig o bellter i ffwrdd o'r ceffyl, gan orfodi Hywel i'w dilyn.

'Dwyt ti ddim yn gosod bys arni. Neu byddi di'n marw, fel bu farw'r dyn wnest ti anfon i'w chipio.'

Chwarddodd Hywel. 'Doedden i ddim yn disgwyl iddo lwyddo, ond roedd e'n werth gweld sut fyddai amddiffynfeydd Gwynedd yn dal i fyny. Ddim yn dda iawn, mae'n ymddangos.'

Syllodd Angharad arno'n dawel.

'Beth yw cynlluniau Idwal ac Elise?'

Roedd gwaed Angharad eisoes yn berwi, ond wrth glywed y cwestiwn bu bron i'r hylif neidio'n ffyrnig o'i gwythiennau.

'Dwyt ti ddim yn gwybod?'

Chwarddodd Angharad yn chwerw. 'Ydw, rwy'n gwybod. Rwy'n gwybod pob dim. Fi sydd wedi eu helpu i roi'r cynlluniau at ei gilydd. Ond pam fydden i'n dweud dim wrthot ti?'

'Fyddet ti'n bradychu dy deulu go iawn? Fyddet ti'n ochri gyda brenhinoedd Gwynedd drosta i a dy frodyr?'

'Mae mwy i deulu na gwaed,' sibrydodd Angharad yn dawel. 'Does gen i ddim rheswm i fod yn ffyddlon i ti.'

Edrychodd Hywel arni yn rhyfedd am eiliad cyn codi ei ysgwyddau. 'Mae gen ti ddewis, felly.'

Siglodd Angharad ei phen mewn anghrediniaeth. Doedd ganddo ddim diddordeb. Dim diddordeb o gwbl ynddi hi na'r bywyd roedd hi wedi ei greu ar gyfer hi ei hun. Arf gwleidyddol oedd hi iddo fe, a dyna fu hi erioed. Wrth sylweddoli hynny, daeth wyneb yn wyneb â gwirionedd amdani hi ei hun hefyd. Roedd hi wedi credu iddi gloi ei thad i ffwrdd mewn carchar yn ei meddwl, ei alltudio o'i chalon. Ond roedd rhan ohoni nad oedd wedi ymroi'n llwyr i'r carchariad hynny. Roedd rhan ohoni wedi parhau i ddyheu am ei gydnabyddiaeth. Wedi gobeithio ac wedi gweddïo iddo gydnabod ei bod hi wedi gwneud yn dda. I gyfaddef ei fod e'n falch ohoni.

Ond doedd hynny byth yn mynd i ddigwydd.

'Os wnei di rannu pob dim yr wyt ti'n ei wybod am Idwal ac Elise, yna fe wna i dy groesawu di 'nôl i Ddyfed. Mae Elise yn gorfod marw, rwy'n siŵr dy fod di'n deall hynny. Ac ni fyddi di'n cael dychwelyd i'r gogledd byth eto.' Taflodd olwg ar Esyllt yn eistedd ar y ceffyl, yn eu gwylio'n bryderus. 'Ond bydda i'n sicrhau bod merch Elise yn priodi'n dda. Un o dy frodyr.'

Syllodd Angharad arno'n dawel. Dim cymwynas iddi hi oedd hynny. Iddo fe, allwedd i'r gogledd oedd Esyllt. Byddai ei phriodi i un o'i feibion yn selio ei reolaeth dros Wynedd.

'Os wyt ti'n penderfynu peidio fy helpu i, yna fydd dim trugaredd. Byddai'n dinistrio pawb a phopeth yn fy llwybr.'

Edrychodd Angharad i ffwrdd, a'r anobaith yn glogyn trwm ar ei hysgwyddau. Roedd Hywel yn gofyn iddi fradychu Gwynedd er lles dyfodol Esyllt. Roedd e'n feistr ar y gêm. Yn well nag Æthelflaed, hyd yn oed. Dechreuodd ei meddwl bori dros yr opsiynau, ond yna gorfododd ei hun i edrych ar Esyllt a stopio. Dim rhyw dlws i Hywel ei harddangos oedd hi. Roedd hi'n haeddu gymaint yn fwy na hynny.

Trodd yn ôl at ei thad. Bob tro iddi geisio ymuno â'r gêm roedd hi wedi methu. Roedd hi wedi colli Ælfwynn. Doedd hi ddim yn mynd i golli Esyllt hefyd. Efallai roedd yr amser wedi dod i dorri'r rheolau.

'Dydw i ddim yn arf i ti ei ddefnyddio mwy.' Dringodd ar ei cheffyl, gan adael Hywel yn syllu ar ei hôl. Am y tro cyntaf erioed gallai Angharad weld bod ei thad yn ddig.

17

'Aros fan hyn,' sibrydodd Angharad wrth Esyllt wedi iddyn nhw gyrraedd Aberffraw. Rhedodd am y neuadd, yn gwneud ei gorau i beidio â baglu dros ei ffrog. Edrychodd y gweision arni'n syn wrth iddi basio ond ni thalodd unrhyw sylw iddynt. O rywle daeth Iago i'w chyfarch gyda gwên ddirmygus ond brysiodd heibio iddo. Doedd e ddim yn bwysig. A doedd dim amser.

'Elise!' gwaeddodd.

Daeth ei gŵr i ddrws y neuadd. 'Beth sy'n bod? Pam wyt ti 'nôl yma?' Aeth ei lygaid o Angharad i Esyllt ar ei cheffyl. 'Ble mae'r osgordd?'

'Wedi eu lladd,' sibrydodd Angharad.

Caeodd Elise ei lygaid. Roedd wedi anfon ei filwyr gorau i amddiffyn Angharad ac Esyllt, y dynion roedd yn ymddiried ynddynt fwyaf. Ac wedi colli pob un ohonynt. Gafaelodd Angharad yn ei law.

'Edmund? Yma?' dywedodd Elise o'r diwedd. 'Doedden ni ddim wedi disgwyl iddo symud mor gyflym.'

'Na ... dim Edmund. Hywel.'

Edrychodd arni'n syn. 'Dy dad, Hywel?'

'Ie. Mae yma, nawr, ym Môn. Wnaeth e ymosod arnon ni a lladd yr osgordd i gyd. Wnaeth e ofyn am wybodaeth amdanat ti ac Idwal.'

Gallai Angharad weld bod Elise yn cael trafferth deall.

Doedd e erioed wedi gweld Hywel fel gelyn. 'Ond beth mae o eisiau?'

'Gwynedd.'

Syllodd Elise arni mewn anghrediniaeth lwyr. Doedd e dal ddim yn credu'r hyn roedd e'n ei glywed. 'Sut? Oes bosib ei fod o wedi dod â'i fyddin gyfan i'r gogledd?'

'Sai'n gwybod.' Teimlai Angharad ychydig yn euog nad oedd hi wedi ceisio cael mwy o wybodaeth gan ei thad. 'Mae'n bwriadu dy ladd di a dy dad. Rwy'n credu bod ganddo gymorth Edmund.'

Edrychodd Elise arni'n gegagored. 'Does dim y fath frwydro wedi bod rhwng Gwynedd a Dyfed erioed. Pam?'

Cododd Angharad ei hysgwyddau. 'Pŵer. Dyna'r unig beth sydd byth ar feddwl fy nhad, sut mae'n gallu cynyddu ei bŵer. Ond does dim ots am hynny. Does dim amser – rydw i'n mynd i ffoi gydag Esyllt.'

Gallai Angharad weld bod ei geiriau yn ergyd i Elise, ond roedd amser yn gyfyng ac ni allai fforddio gwastraffu geiriau. 'Dwyt ti ddim yn meddwl byddwch chi'n ddiogel yma,' dywedodd Elise yn araf. 'Dwyt ti ddim yn meddwl gallwn ni wrthsefyll Hywel?'

'Dydw i ddim eisiau aros i ffeindio allan.' Gostyngodd ei llais. 'Rwy'n nabod fy nhad yn ddigon da i wybod na fydd e'n dangos trugaredd. Ddim i ti, ddim i fi, ddim i Esyllt. Dyw bywyd Esyllt ddim yn werth y risg. Rwyt ti'n deall hynny?'

Mae Ælfwynn wedi marw. Wnes i orchymyn fy milwyr i'w lladd. Byth eto, roedd Angharad wedi addo i'w hun. Byth eto.

'Ydw, wrth gwrs. Byddai'n well gen i weld y ddwy ohonoch chi'n ddiogel.' Oedodd ac edrych draw ar ei ferch. 'Ewch i Iwerddon. Mae llong fasnach ym mhorthladd Abermenai ar hyn o bryd, os byddwch chi'n gyflym mi wnewch chi ei dal.'

'Allet ti ddod gyda ni,' sibrydodd Angharad.

Gwenodd Elise arni'n drist. 'Na. Mae'n rhaid i mi aros

yma i helpu fy nhad. Allwn ni ddim rhoi Gwynedd yn rhodd i Hywel. Ein tir ni yw hi, mae'n rhaid i ni ymladd drosti. A phwy a ŵyr, rydyn ni'n gwybod fod o'n dod rŵan – efallai fod gynnon ni siawns.'

Atebodd Angharad ei wên. Doedd hi ddim wedi disgwyl iddo adael gyda nhw. Dyma oedd lle Elise, wrth ymyl ei dad.

'Cymer ofal.' Torrodd ei llais. Digon posib na fydden nhw'n gweld ei gilydd eto.

Gwasgodd Elise ei llaw a cherdded draw at Esyllt. 'Mae gen i dasg bwysig i ti, Esyllt. Rydw i eisiau i ti gymryd gofal o dy fam, iawn? Bydd rhaid i ti fod yn ddewr dros ben.'

'Ble ydan ni'n mynd?' Roedd Esyllt yn rhyfeddol o lonydd am ferch oedd wedi gweld deg o filwyr yn cael eu saethu'n farw o'i chwmpas.

'Rydyn ni'n mynd ar antur ar draws y môr,' gwenodd Angharad.

'Dwyt ti ddim yn dod hefyd, Dad?'

'Nach'dw, mae rhaid i mi aros fan yma am ychydig. Ond mi wna i ymuno efo chi wedyn.'

Nodiodd Esyllt. 'Paid poeni, Dad, wna i ofalu am Mam a wedyn wna i ddod 'nôl atat ti,' dywedodd yn benderfynol.

Gwenodd Angharad trwy ei dagrau wrth i Elise dynnu eu merch yn dynn. Gosododd gusan ysgafn ar ei phen a throi 'nôl am y neuadd. Cymerodd Angharad anadl ddofn a chodi ar gefn y ceffyl. Hoeliodd ei llygaid o'i blaen. Doedd dim pwynt edrych 'nôl ar Aberffraw.

* * *

Roedd y llong yn fach a'r môr yn gythryblus. Roedd y siglo o dan ei thraed yn barod yn rhoi pen tost i Angharad, er nad oedden nhw wedi gadael yr harbwr eto. Roedd ei stumog yn gwlwm o emosiynau cymhleth. Yr amheuaeth oedd fwyaf llethol. A oedd hi'n gwneud y peth cywir? A ddylai hi fod wedi aros yng Ngwynedd i ddod o hyd i ffordd o drechu Hywel? Efallai bydden nhw wedi llwyddo. Caeodd ei llygaid i geisio dianc, ond roedd yr amheuon yn ei dilyn.

Teimlodd rywun yn gafael yn ei llaw. 'Bydd popeth yn iawn, Mam, rydw i yma i ti.'

Safodd Angharad ychydig yn dalach. Roedd hi wedi gwneud y penderfyniad cywir.

'Angharad!'

Trodd Angharad yn syn i weld ffigwr yn rasio ar hyd y lan. Daeth i aros wrth ymyl y llong, yn pwyso ar ei benliniau gan anadlu'n gyflym.

Rhuthrodd Angharad i'r ochr, wedi anghofio am y siglo, ac estyn llaw i'w brawd. 'Edwin! Beth wyt ti'n ei wneud yma? Sut wnest ti ddod o hyd i mi?'

'O'n i'n dyfalu mai dyma fyddet ti'n ei wneud.'

Siglodd Angharad ei phen mewn anghrediniaeth. 'Doeddwn i ddim hyd yn oed yn siŵr os fydden i'n gwneud hyn fy hun!'

Gwenodd Edwin yn gyfrwys. 'Rwy'n dy nabod di'n well na ti'n meddwl. Ddylet ti fod wedi gweld Dad, roedd e mor ddig bod ti wedi gwrthod ei helpu. Dydw i erioed wedi ei weld e mor ddig.'

Roedd Angharad yn disgwyl teimlo rhyw foddhad ei bod wedi llwyddo i ddigio Hywel. Ond dim byd. Dim unrhyw deimlad o gwbl. Efallai roedd hi wedi curo ei thad o'r diwedd.

'Os wnest ti weithio allan i ble rwy'n mynd, efallai wneith e hefyd,' dywedodd, gan syllu i'r gorwel yn bryderus.

'Na, dyw e ddim yn dy nabod di gystal â fi.' Cymerodd Edwin ei llaw a chamu ar fwrdd y llong. 'Fi'n dod gyda ti.'

Syllodd Angharad arno'n syn. Roedd hi ar fin gofyn pam, ond yna sylweddolodd doedd dim angen. Roedd Edwin o hyd wedi bod yno iddi. 'Bydden i'n hoffi hynny.'

Safodd y tri ohonynt yn edrych i'r gorwel. Tybiai Angharad y gallai weld Iwerddon yn y pellter. Anadlodd. Ymlaen.

Ôl-nodyn Hanesyddol

Prydain y ddegfed ganrif yw cyd-destun y nofel hon. Er mai cymeriad cwbl ffuglennol yw Angharad, mae nifer o gymeriadau eraill y nofel wedi eu seilio ar ffigyrau hanesyddol. Ac er mai gwaith dychymyg yw ei stori, mae'n pwyso ar ddigwyddiadau hysbys. Yma ceir crynodeb o'r hyn a wyddom am hanes Prydain yn y cyfnod hwn.

Teyrnasoedd y Cymry

Doedd Cymru ddim yn wlad unedig yn yr Oesoedd Canol cynnar. Yn hytrach, roedd yn glytwaith o deyrnasoedd – Gwynedd, Ceredigion, Dyfed a Brycheiniog, er enghraifft. Er bod y teyrnasoedd hyn yn rhannu iaith a hunaniaeth, doedd heddwch byth yn sicrwydd. Weithiau byddai'r amrywiol frenhinoedd yn cydweithio, weithiau yn ymladd. O ddechrau'r nawfed ganrif, roedd hanes Cymru wedi ei ddominyddu gan un teulu brenhinol: y Merfynion (gweler coeden deuluol, tudalen 7). Disgynyddion Merfyn Frych (*m.* 844) oedd y rhain, dyn o Ynys Manaw yn wreiddiol a ddaeth yn frenin ar Wynedd yn 825. Erbyn y ddegfed ganrif, roedd gorwyrion Merfyn Frych wedi ymestyn eu pŵer dros rannau helaeth o Gymru. Un o'r gorwyrion hyn oedd Hywel ap Cadell (Hywel Dda), tad Angharad y nofel hon. Erbyn ei farwolaeth yn 950, roedd Hywel yn frenin dros y rhan fwyaf o Gymru. Y de-orllewin oedd cartref ei bŵer. Mae union amgylchiadau ei esgyniad yn ansicr, ond daeth yn frenin ar Ddyfed rhywbryd yn ystod degawd cyntaf y ddegfed ganrif. Roedd ei wraig Elen yn ferch i gyn-frenin Dyfed, Llywarch ap Hyfaidd (*m.* 903). Mae'n debyg mai brenin Ceredigion oedd tad Hywel, Cadell, a phan fu farw yn 910 efallai roedd cyfle i Hywel ehangu ei bŵer ymhellach. Wedi dweud hynny, roedd gan Hywel frodyr hefyd, ac felly ni allwn fod yn sicr o hyd a lled ei awdurdod yn y de. Roedd ganddo sawl mab, gan gynnwys Owain ac Edwin y nofel hon.

Yn y de-ddwyrain, ceir sôn am frenhinoedd Gwent, Glywysing, a Brycheiniog. Erbyn 927, roedd Gwent a Glywysing wedi uno o dan awdurdod un brenin – Owain. Cafodd ei olynu gan ei fab Morgan, a chafodd y deyrnas enw newydd ar ei ôl: Morgannwg. Ychydig a wyddom am hanes teyrnas Brycheiniog yn y cyfnod hwn. Ymosododd Æthelflaed, brenhines y Mersiaid, ar Frycheiniog yn 916 a chipio brenhines y deyrnas. Cawn gyfeiriad at frenin o'r enw

Tewdwr ab Elisedd yn 934, ond mae'n bosib mai ef oedd brenin annibynnol olaf Brycheiniog. Mae peth tystiolaeth i awgrymu i Frycheiniog syrthio i ddwylo disgynyddion Hywel Dda erbyn diwedd y ddegfed ganrif.

Roedd Gwynedd y ddegfed ganrif yn nwylo un o orwyrion eraill Merfyn Frych. Cefnder Hywel oedd Idwal ab Anarawd, a esgynnodd i'r frenhiniaeth wedi marwolaeth ei dad yn 916. Roedd awdurdod brenin Gwynedd yn ymestyn dros Bowys hefyd yn y ddegfed ganrif, teyrnas a gipiwyd, mae'n debyg, gan dad neu dad-cu Idwal. Roedd gan Idwal nifer o feibion, gan gynnwys Elise, Iago ac Ieuaf. Ond pan fu farw yn 942, ei gefnder, Hywel, a esgynnodd i goron Gwynedd. Caiff y datblygiad hwn ei drafod ymhellach isod.

Yn y ddegfed ganrif, roedd pob un o frenhinoedd y Cymry o dan uwch-arglwyddiaeth y Saeson. Hynny yw, roedden nhw'n derbyn awdurdod brenin neu frenhines y Saeson drostynt. Cyn troi at union natur y berthynas hon, cawn amlinelliad o hanes teyrnas Lloegr.

Teyrnasoedd y Saeson

Rheolid teyrnasoedd y Saeson yn y ddegfed ganrif gan gyfres o ddisgynyddion y Brenin Alfred Fawr (*m.* 899) (gweler coeden deuluol, tudalen, 7). Fodd bynnag, doedd eu hawdurdod ddim yn ymestyn dros Loegr gyfan. Ers diwedd yr wythfed ganrif, roedd trigolion Prydain wedi gorfod dod i arfer ag ymosodiadau gan y Llychlynwyr. Yn y nawfed ganrif, trodd yr ymosodiadau hyn yn ymgyrchoedd llwyddiannus i gipio tir. Yn dilyn brwydro estynedig yn erbyn y Brenin Alfred, cytunwyd i rannu Lloegr. Roedd y rhan fwyaf o ddwyrain a gogledd Lloegr yn nwylo'r Llychlynwyr erbyn hyn – dyma oedd y 'Danelaw'.

Roedd tir y Saeson wedi ei rannu'n ddwy brif deyrnas: Wessex a Mersia. Roedd y Brenin Alfred wedi uno'r ddwy deyrnas o dan awdurdod un brenin yn y nawfed ganrif, ond roedd gan Fersia beth annibyniaeth o hyd. Yn 911, man cychwyn ein stori, Edward fab Alfred oedd yn frenin ar Wessex, tra roedd ei chwaer, Æthelflaed, yn rheoli Mersia. Yn ystod teyrnasiad Edward, gwnaethpwyd ymdrech arbennig i ailgipio tiroedd a gollwyd i'r Llychlynwyr yn y dwyrain. Roedd gan Æthelflaed rôl flaenllaw yn y llwyddiannau. Felly, cipiodd Derby yn 917, ac mae'n bosib iddi hefyd ymosod ar y Llychlynwyr yn Corbridge yn 918. Fel rhan o'u hymdrechion, adeiladodd ac atgyfnerthodd y brawd a chwaer nifer o drefi ar draws Lloegr, gan gynnwys Tamworth, Runcorn, ac Eddisbury yn y nofel hon.

Yn anaml iawn y câi benyw gyfle i deyrnasu ym Mhrydain yr Oesoedd Canol cynnar. Felly, mae hanes Æthelflaed yn ddiddorol tu hwnt. Merch i'r Brenin Alfred oedd hi, ac mae'n debyg mai ef a drefnodd ei phriodas ag Æthelred, iarll Mersia. Ond, wedi marwolaeth ei gŵr yn 911, parhaodd Æthelflaed i reoli ym Mersia yn annibynnol. Er mai 'arglwyddes' yw'r teitl a roddir iddi yn y ffynonellau Saesneg, mae croniclau Lladin o Gymru yn cyfeirio ati fel *regina* ('brenhines'). I'r Cymry, felly, doedd dim amheuaeth ynghylch statws Æthelflaed. Yn anaml iawn y câi benyw gyfle i deyrnasu, yn anamlach fyth y câi benyw drosglwyddo'r goron i fenyw arall. Dyna a ddigwyddodd ar ôl marwolaeth Æthelflaed yn 919: pasiwyd rheolaeth dros Fersia i'w merch, Ælfwynn, digwyddiad hollol unigryw yn hanes y Brydain ganoloesol. Ni ellir gorbwysleisio arwyddocâd hyn. Ond byr oedd teyrnasiad Ælfwynn yn y pen draw. Chwe mis yn ddiweddarach cafodd ei difeddiannu o'i hawdurdod ym Mersia a'i chludo i Wessex. Ei hewythr, y Brenin Edward, oedd yn gyfrifol. Ni cheir sôn am Ælfwynn wedi hyn. Er i rai haneswyr ddadlau mai proses heddychlon oedd y newid mewn awdurdod ym Mersia, mae peth tystiolaeth o anfodlonrwydd ymysg y Mersiaid. Mae'n bosib mai'r anfodlonrwydd hwn oedd yn gyfrifol am y gwrthryfel yn erbyn Edward yng Nghaer yn 924.

Wedi marwolaeth Edward, rhannwyd teyrnas y Saeson rhwng dau o'i feibion: etifeddodd Ælfweard goron Wessex, ond etholwyd Athelstan yn frenin gan y Mersiaid. Mae'n bosib y meithrinwyd Athelstan yn llys Æthelflaed ym Mersia, a dyna pam iddo ennill cefnogaeth y Mersiaid. Daeth budd i Athelstan yn sgil marwolaeth sydyn ei frawd rhyw 16 diwrnod yn ddiweddarach, ac unwyd dwy deyrnas y Saeson unwaith yn rhagor. Ym mhob trafodaeth o deyrnasiad Athelstan, un digwyddiad sy'n dominyddu – brwydr Brunanburh yn erbyn y Llychlynwyr yn 937. Er bod Edward ac Æthelflaed wedi adennill tiroedd yn y dwyrain, y Llychlynwyr oedd yn rheoli'r rhan fwyaf o'r gogledd o hyd. Nhw oedd brenhinoedd teyrnas Efrog. A gan fod y Llychlynwyr hefyd yn rheoli teyrnas Dulyn, roedd eu pŵer yn ymestyn ar draws dwy ochr Môr Iwerddon. Ond pan fu farw brenin Efrog yn 927, cipiodd Athlestan y deyrnas. Dyma yw'r cyd-destun ar gyfer y cyfarfod yn Eamont yn 927, sy'n cael ei ailddychmygu yn y nofel. Yma, galwodd Athelstan nifer o frenhinoedd eraill Prydain ynghyd i dalu teyrnged iddo. I bob pwrpas, roedd e'n ymerawdwr ar Ynys Prydain gyfan.

Ond doedd Athelstan ddim heb ei broblemau. Mae'n debyg i frenin yr Alban, Constantín, gynllwynio yn ei erbyn. Ymatebodd Athelstan trwy lansio ymgyrch llwyddiannus i'r Alban yn 934. Daeth y frwydr fwyaf tyngedfennol yn 937, pan gynllwyniodd brenin Dulyn, Olaf Guthfrithson, i ailgipio teyrnas Efrog, gyda chefnogaeth Constantín ac Ywain, brenin Ystrad Clud. Nid yw lleoliad brwydr Brunanburh yn sicr, ond mae Bromborough ar y Wirral yn bosibiliad. Llwyddiant ysgubol i Athelstan oedd y frwydr, ac er i Olaf ddianc i Ddulyn, doedd dim herio pŵer brenin y Saeson dros y gogledd wedi hynny.

Ni phriododd Athelstan ac ni fu ganddo blant. Pan fu farw yn 939, cafodd ei olynu gan ei frawd, Edmund. Roedd pŵer brenhinoedd yn aml yn bersonol yn yr Oesoedd Canol cynnar, a chymerodd Olaf a'r Llychlynwyr fantais o'r newid i gipio teyrnas Efrog. Ef oedd biau'r llwyddiant tro hwn: croesawyd yn Efrog ac aeth ati i adennill tir yn ne'r deyrnas. Doedd dim dewis gan Edmund ond ymateb. Ymosododd ar Olaf yng Nghaerlŷr yn 940, ond doedd y naill ochr na'r llall yn fuddugol. Yn lle, ildiodd Edmund dir i Olaf mewn cytundeb a drefnwyd gan archesgobion Caergaint ac Efrog. Ond ym marwolaeth Olaf yn 941 cafodd Edmund gyfle i daro'n ôl.

Perthynas y Cymry â'r Saeson

Pa rôl oedd gan y Cymry i'w chwarae yn y frwydr am oruchafiaeth dros Brydain? Brenhinoedd y Saeson oedd uwch-arglwyddi brenhinoedd y Cymry yn y ddegfed ganrif. Yn ymarferol, byddai hyn wedi golygu talu treth o ryw fath, mynychu cynulliadau brenin y Saeson, a rhoi cymorth milwrol pan fo galw. Mae'n debyg, er enghraifft, i Hywel ac Idwal orymdeithio i'r Alban gydag Athelstan yn 934.

I bob pwrpas, mae'n ymddangos i Hywel fwynhau perthynas dda gyda brenhinoedd y Saeson. Ef oedd y brenin Cymreig a fynychodd gynulliadau yn Lloegr yn fwyaf aml, a'r brenin Cymreig o'r statws uchaf yn llygaid y Saeson. Mae'n debyg mai'r cysylltiad agos hwn a ysgogodd iddo roi enw Saesneg i un o'i feibion, sef Edwin. Ond doedd cydweithio gyda'r Saeson ddim at ddant bawb. Rhywbryd yng nghanol y ddegfed ganrif, cyfansoddwyd *Armes Prydein Vawr*, cerdd broffwydol sy'n goroesi yn Llyfr Taliesin. Yma mae'r bardd yn proffwydo alltudio'r Saeson o Brydain yn gyfan gwbl. Yn ddiddorol, un o brif gŵynion y bardd yw'r trethi sy'n cael eu casglu gan y *mechteyrn* ('y Brenin Mawr'), enw, mae'n debyg, ar Athelstan neu Edmund. Nid yw union ddyddiad cyfansoddi *Armes Prydein Vawr* yn sicr, na chwaith lleoliad y bardd, ond mae'r gerdd yn awgrymu'n gryf nad oedd pawb yn cytuno gyda dewis Hywel o gynghreiriaid.

Mae'n debyg i rai o frenhinoedd eraill y Cymry ddilyn polisi gwahanol. Yn ôl y croniclau Cymreig, lladdwyd Idwal ac Elise gan y Saeson yn 942. Mae cyd-destun yr anghydfod yn ansicr, ond mae'n bosib i Idwal gefnogi'r Llychlynwyr yn eu hymgais i adennill teyrnas Efrog yn 940. Efallai mai cosbi Gwynedd oedd y Brenin Edmund, felly, am gynllwynio yn ei erbyn. Beth bynnag fo'r rheswm dros yr ymosodiad, roedd y canlyniad yn arwyddocaol dros ben. Hywel oedd yr un i elwa o'r sefyllfa. Alltudiodd feibion Idwal, sef Iago ac Ieuaf, o'r deyrnas. Ef oedd yn frenin ar Wynedd bellach, ac yn wir, yn frenin ar y rhan fwyaf o Gymru. Parhaodd ei oruchafiaeth tan ei farwolaeth yn 950.

Y Llychlynwyr yng Nghymru

Rydym ni wedi gweld bod gan frenhinoedd Gwynedd berthynas agos gyda'r Llychlynwyr, ac efallai wedi cydweithio gyda nhw yn y 940au. Nid yw hyn yn annisgwyl: roedd teyrnas Gwynedd wedi ei hamgylchynu gan diroedd o dan reolaeth y Llychlynwyr. Roedd cysylltiadau agos gydag Iwerddon ac Ynys Manaw, ac roedd gogledd Cymru yng nghanol y llwybr rhwng dwy brif deyrnas y Llychlynwyr, Dulyn ac Efrog. Wedi dweud hynny, nid cydweithio oedd y dymuniad bob tro. Ceir sawl achos o wrthdaro rhwng y Cymry a'r Llychlynwyr yn y nawfed ganrif a'r ddegfed. Yn gynyddol, roedd y Cymry yn troi at y Llychlynwyr am gymorth wrth frwydro yn erbyn ei gilydd hefyd. Felly, petai brenin Gwynedd eisiau goresgyn gelynion o fewn ei deyrnas, un dewis oedd cyflogi Llychlynwyr i'w helpu. Mae'n bosib i rai o'r Llychlynwyr ymgartrefu yng Nghymru: cawn nifer o enwau lleoedd Hen Lychlyneg, gan gynnwys yr enw Saesneg ar Ynys Môn, *Anglesey*. Mae tystiolaeth archeolegol yn awgrymu rhyw fath o bresenoldeb Llychlynaidd yn Llanbedr-goch ar Ynys Môn. Ond nid yw dehongli'r fath dystiolaeth yn dasg syml. Gallwn gasglu bod cysylltiadau helaeth rhwng y Cymry a'r Llychlynwyr yn y cyfnod hwn, ond mae eu hunion natur a'u hyd a lled yn amwys.

Ieithoedd a'u Siaradwyr

Roedd Prydain y cyfnod hwn yn wlad amlieithog. Cymraeg oedd iaith y Brythoniaid, nid yn unig yng Nghymru, ond yng Nghernyw ac Ystrad Clud hefyd. Felly yn y nofel hon mae Ywain, brenin Ystrad Clud, yn siarad Cymraeg. Roedd y Cymry yn ymwybodol iawn o hyd o'u hunaniaeth fel Brythoniaid, trigolion gwreiddiol Prydain gyfan. Roedd iaith yn hollbwysig i'r hunaniaeth hon, ac yn creu cysylltiad amlwg rhwng Brythoniaid yr ynys. Ymhellach i'r gogledd, Picteg a Gwyddeleg oedd prif ieithoedd yr Alban. Saesneg oedd iaith Wessex a Mersia, ond wrth i'r Llychlynwyr gipio tir yn y dwyrain a'r gogledd, byddai Hen Lychlynneg i'w glywed hefyd.

Roedd Lladin, iaith yr Eglwys, yn bont rhwng y Cymry a'r Saeson. Byddai pobl eglwysig ac efallai ambell unigolyn o statws frenhinol – gan gynnwys rhai o gymeriadau'r nofel hon – wedi medru'r iaith. Mae Æthelflaed ac Ælfwynn ein stori ni yn siarad rhywfaint o Gymraeg. Er mai gwaith dychymyg yw hwn, gallwn ddamcaniaethu y byddai rhyw ddealltwriaeth o Gymraeg ymysg arweinwyr y Saeson. Ar yr ochr arall, mae'n bosib y byddai brenin fel Hywel wedi dysgu peth Saesneg o ystyried ei gysylltiadau agos gyda Wessex. Wedi dweud hynny, mae ffynonellau canoloesol yn cyfeirio at bresenoldeb cyfieithwyr mewn cyfarfodydd rhwng brenhinoedd. Yn sicr, o ystyried yr ystod eang o frenhinoedd o Brydain a thu hwnt oedd wrth alw Athelstan, byddai ei gynulliadau ef wedi bod yn achlysuron amlieithog dros ben.

Dyma fyd Angharad felly. Byd amlddiwylliannol ac amlieithog, ond wedi ei ddominyddu gan dyndra gwleidyddol a chystadlu am bŵer. Byd haen uchaf cymdeithas yw'r byd a amlinellwyd yma. Byd y croniclwyr a'r beirdd canoloesol. Brenhinoedd, brwydro, a'r Eglwys oedd eu prif ddiddordebau nhw. Ni chawn wybod rhyw lawer am weddill cymdeithas. Dydy menywod ddim yn cael fawr o sylw yn eu gwaith chwaith. Ond mae hanes Æthelflaed yn dangos sut y gallai fenyw o statws uchel gerfio lle iddi ei hun yn y byd hwn. Ei hanes hi sydd wedi ysbrydoli stori Angharad.